講談社文庫

ブルー・ブラッド

デイヴィッド・ハンドラー｜北沢あかね 訳

講談社

コックルシェルの最後のヒーロー、ドミニク・アベルに

●目　次

謝辞

コネティカット州警察法科学研究所のエレーン・M・パグリアーロには専門知識を惜しみなく分けてくれたことに、才能豊かなアーティストでもある教師のスーザン・ステフェンソン、ジェリー・ワイス、それにピーター・ザリンガーには彼らの視点で見た世界を示してくれたことに深く感謝します。また野良猫保護についての洞察を提供してくれたジュディ・フライデー、絶妙のタイミングで励ましてくれたウィリアム・ゴールドマン、著者の力を信じてくれたルース・ケイヴィン、そしてフィボナッチの数列をはじめ多くのことを教えてくれたダイアン・L・ドレークに、心より感謝の意を表します。

ブルー・ブラッド

●主な登場人物〈ブルー・ブラッド〉

ミッチ・バーガー　映画評論家、本編の主人公

デジリー（デズ）・ミトリー　コネティカット州警察凶悪犯罪班の警部補

ベラ・ティリス　デジリーの友人

トリー・モダースキー　殺人事件の被害者

レイシー・ミッカーソン　新聞社のアート欄編集者

ドリー・セイモア　ビッグシスター島の馬車小屋の持ち主

ナイルス・セイモア　ドリーの夫

キンズリー（バド）・ハヴェンハースト　弁護士、ドリーの元夫

マンディ・ハヴェンハースト　バドの妻

エヴァン・ハヴェンハースト　ドリーとバドの息子

ジェイミー・ディヴァース　元テレビスター

レッドフィールド（レッド）・ペック　ドリーの兄

ビッツィ・ペック　レッドの妻

タル・ブリス　ドーセットの駐在

タック・ウィームズ　馬車小屋の元住人

シーラ・エンマン　元高校教師

プロローグ

四月十八日

彼はスタンと名乗ったが、トリーは絶対に本名ではないと思った。初めてその名を口にした時に、何かが喉に引っかかる感じだったのだ。それにすごく神経質になっていた。誰かに見咎《みとが》められるのを心配しているのか、絶えずちらちら部屋を見回していた。

と言って、〈パープル・パップ〉にたむろする男たちとつるんでいるタイプの男には見えなかった。

スタンは太っていないしうるさくもない。安香水の匂いをぷんぷんさせてもいない。上品で、物腰柔らかだ。トリーが生ビール――ミラーより一ドル高いベックス――を給仕すると「ありがとう」と言った。それに、年配の男としてはとてもハンサムだ。長身で引き締まった身体に上等のラルフローレンを着ている。年齢を当てるのは得意でないのだが、五十歳前後だろうと思った。そして、心から興味をそそられた。〈パープル・パップ〉で彼のようなタイプを見ることはあまりないからだ。まったくないと言ってもいい。スタンはファーミントンのカントリークラブにいるタイプなのだ。

〈パープル・パップ〉は〈クイックループ〉の隣にある薄汚い酒場だ。ハイウェイ66をメリデンに向かって、ミドルタウンから少し西に行ったところにある。ミドルタウンはウェズリアン大学と大きな精神病院、コネティカット・ヴァァレー病院のある街として有名だが、メリデンはせいぜい豪雨・洪水用排水溝の不備で知られているくらいだ。近隣の町の住民は雨量が四分の一インチを超えたらメリデンを避ける。その結果、メリデンは商売に不向きな場所ということになった。それでも〈パープル・パップ〉は、天候に恵まれればウィークエンドはそこそこ繁盛する。バイカー——陽射しの中をヴィンテージのハーレーを乗り回すのが好きな中年の消防署員や郵便局員——にとても人気のある店なのだ。ゴルフをしたりボウリングに行ったりするように、彼らは店にたむろする。何十台とバイクを停めて、酒を飲み、笑って、ジュークボックスでオールディーズに聞きほれるのだ。バイカーが来た時は楽しく、交替勤務の間にトリーもチップを五十ドルくらい稼げる。トリーは大柄で肉付きがよく、バストもヒップも大きい。ファッション雑誌向きではない——が、〈パープル・パップ〉の客には受けがよかった。

トリーがここでウェイトレスをするようになって二年近くになる。この一年は髪をブロンドにしている。

雨の降る寒い日には、〈パープル・パップ〉は閑古鳥が鳴く。ウィークデーは特にそうだ。臨時雇いで働くいまだに親元暮らしの若者が数人、二、三杯のビールをチビチビやり、衛星放送でスポーツの試合を見ながらねばるだけだ。店へのチップはしみったれているし、彼女に対しては薄ら笑いを浮かべて露骨に言い寄ってくる。うまくいくわけがないのだが。店のオーナーで、バーを仕切っているカートも、そんな夜は何とかとんとんで切り抜ける。

スタンが初めてやって来たのは、ちょうどそんな夜だった。雨が降っていた。三月の冷たい雨だ。店先の駐車場には四インチほども水が溜まっていた。

陰になった隅の小さなテーブルに独りで座って、ベックスを二本飲んだ。トリーがもう一本お持ちしますかと尋ねると、仕事が終わったらどこかにドライブしないかと誘ってきた。「どこへ?」と尋ねると、「どこかいい所へ」と答えた。そこで、「いいわよ」と応じた。いい所というのは結局ワッズワースの滝になり、二人ははねの上がった彼のレンジローバーのフロントシートで愛し合い、打ちつける雨音に耳を傾けた。スタンはどこからどこまで紳士だった。ブラをはずす前にはわざわざいいかと尋ねてきたし、舌で優しく愛撫しながらもその大きさと美しさに驚きを隠さなかった。素晴らしく貴重なもののように扱ってくれたので、コンドームを使ってほしいと頼む必要もなかった。ちゃんと用意していたのだ。気遣いを見せ、子羊のように優しかった。

終わると、暮らしは立っているのかと尋ねてきた。

「やるべきことはやってるわ」トリーはあっさり答えた。

「それでうまくいってるのか？」

「あんまり」ぼやいたわけではない。ねだったわけでもない。

それでも、彼女の車まで戻って降ろす時には、スタンはそっと五十ドル渡してきた。そして、今度はいつ会えるかと尋ねた。

「あなたさえよければいつだっていいわよ、スタン」

トリーは娼婦ではない。何とか生きていくために、やらなくてはならないことをやっているだけだ。そのことには、罪悪感も恥の意識もない。独りで頑張っているのだ。生活保護を受けているわけではない。高校は出ていないし、スティーヴィーの父親のティローンから養育費ももらっていない、二十三歳のシングルマザーだというのにだ。ティローンは今も武装強盗の罪でノースカロライナの刑務所に服役中で、もう四年も会っていないし、今後も会うつもりはないのだが、それでもスティーヴィーを身ごもって以来両親からは勘当されている。両親はティローンがブラックだということにどうしても馴染めないのだ。

トリーは週に三十時間、ウォーターベリーにある〈エームズ〉のディスカウントショップで働いている。ほとんど最低賃金でも、おもちゃは二割引で買えることになっている。夜とウィークエンドは〈パープル・パップ〉で働く。彼女とスティーヴィーはメリデン街道に面したアパートに住んでいる。外装は模造レンガで、十二軒が入居するアパートだ。寝室はスティーヴィー用で、彼女はリビングのソファベッドで寝ている。壁が紙のように薄いので、よそでトイレを流す音も電話のベルも聞こえてしまう。セックスのうめき声もくしゃみも。夜、仕事で長時間立ちっ放しのせいでずきずき痛む足を抱えて横たわっていると、トラックががたがた往来する音も聞こえる。大した暮らしではない。でも、間違いなく二人の生活なのだ。

スティーヴィーは澄んだ目をした元気な五歳の男の子だ。スティーヴィーこそ彼女の恋人で、親友で、すべて。子供と長時間離れているのはいやなのだが、幸い隣人のローラという名前の未亡人が、まさしく一日中家で朝から晩までテレビを見ているので、喜んで世話をしてくれている。金は受け取らない。そこでトリーはお礼に、毎週彼女のために〈パープル・パップ〉の裏の部屋から上等のバーボンを持ち出す。カートはいずれ近いうちにその同じ部屋で一発やらせてもらえると信じて、見て見ぬふりをしている。そんなチャンスは皆無なのだが。でもトリーの生活はそれで成り立っている。表には出ない経済のおかげで自立していられるのだ。彼女には健康保険もない。年金もない。ぽんこつのイスズには新しいブレーキが必要でも、彼女の面倒をみてくれる男はいない。カートは彼女の男になりたがっている。〈エームズ〉の副店長のウェイドにもその気がある。が、トリーは見返りもなしに降参するつもりはなかった。彼女の考えでは、セックスは取引なのだ。結婚は取引。

人生は取引だ。

だからスタンのような男が現れれば付き合う。彼はそんなふうに付き合う三人目の紳士だった。ダブって関係を持つことは絶対にしない。それに週に二回以上は会わない。ウォーターベリー選出の州議員だったアルが最初の男だった。彼はアパートに来て、アダルトビデオを見て、ソファベッドで彼女とふざけるのが好きだった。太りすぎの不器量な男だったが、家のフリーザーをステーキで、クロゼットを服と靴でいっぱいにしてくれた。新しいソファベッドまで買ってくれた——それまでのソファでは彼の背中を傷めそうだったからだ。アルとはほぼ六ヵ月続いた。妻に知られて、離婚すると脅されるまで。アルの後はドミニクだった。ミドルタウンのジョリー・ラビッシュ社の重役だ。ドミニクは派手なヴィンテージのコルベットに乗っていて、彼女を乗せてアンカスヴィルのネイティヴ・アメリカン居留地にある大きな〈モヘガン・サン・カジノ〉に行くのが好きだった。カジノではホテルにチェックインして、ルームサービスで次から次へとシャンパンのボトルを注文した。シャンパンをトリーの素足にかけて、爪先を舐《な》めるのだ。ドミニクは彼女の爪先フェチだった。終えると、ギャンブルするようにとチップの山をくれたが、トリーはその大半をこっそり換金してしまい込んだ。ドミニクとは三ヵ月続いた。が、ぷっつり連絡は途絶えた。

スタンが現れた時には誰もいなかったので、週に二晩会うことになった。彼はその都度別れ際に五十ドルの現金をくれた。一緒に泊まろうと言われたことはない。それで彼も結婚しているのだと確信した。どうなのだろうと思ったわけではないし、気にしたわけでもないけれど。税金のかからないお金が月に四百ドルとなれば、楽しいパートの仕事としては途方もないものだ。スティーヴィーの健康保険を考えてやれるということなのだ。

スタンとはワッズワースの滝かローレルブルック貯水池で会った。どちらもこの季節には人影はない。トリーは毛布を持参した。天気がよければ、草の上に広げて愛し合った。天気が悪ければ彼の車の中だ。スタンはレンジローバーで来ることもあれば、ピックアップトラックのこともあった。一度はミニバンで来た。それで彼は販売代理店を経営しているのかもしれないと思った。あるいはある種の建築請負業者か——彼はきつい仕事を知る手をしていた。大きくて、驚くほど強い。が、彼は自分については何も語らなかった。その点、スタンはいくらか変わっていた――トリーの経験では、たいていの男は自分のことを自慢せずにいられないのに、スタンは違った。彼は控えめで、極端なまでにプライバシーを守った。アパートを訪れたことは一度もないし、〈パープル・パップ〉にも二度と来なかった。自分の電話番号も教えてくれない。〈パープル・パップ〉に電話してきて、いつどこで会うかを知らせるだけだ。

セックスはとりたてて刺激的ではなかった。あくまでトリーにとっては、ということだ。早くて無害。もっとも、手の届かないところまでウルシにかぶれてしまったことはある。それにスタンがいくらか変態気味なことを頼んできたことが一度。でも気にしなかった。それどころか、独りであのホテルにチェックインしたのはちょっと面白かった。演技をしたのだ。あのウィッグをかぶって、すっかりミステリアスにきわどく。あそこにいた男たちの視線を釘付けにした。しかもあの筋立ては彼を間違いなく興奮させたようだった。ドアをノックしてきた時にはもうその気になっていて、彼女の中に入るやすぐに果てたのだ。

森以外でスタンに会ったのはあの一度きりだ。

トリーは、いつもロトを買っている人たちのようには、自分に大それた夢を見させない人間だ。それでも、スタンが妻と離婚して、二人が本当に一緒になれたらどうだろうと夢想することはあった。どこかの並木通りにある裏庭付きの家に住むだろう。

投資のポートフォリオがあって、スティーヴィーのための大学学資資金があって。もちろん夢を見た。人間なのだから、当然でしょう？

ところが、それからすぐに、彼は関係を終わらせることを願った。

それぞれの車から降りた時、彼はとても緊張して心ここにあらずに見えた。彼の懐中電灯を頼りに小道を歩いていく間も、ひと言も口をきかなかった。トリーは毛布を持参していた。手頃な小さな空き地まで来ると、その毛布を月光に照らされたひんやりと湿った春草の上に広げた。そして毛布に膝をつき、彼に腕を差し伸べた。スタンは突っ立ったまま動かなかった。

「どうしたの、ハニー？」トリーは尋ねた。

「これが最後なんだ、トリー」スタンが言葉を詰まらせた。

「奥さんに感づかれたの？」

「ど、どうしてわかった？」

トリーは柔らかな肩をすくめた。「よくあることよ」そして、あたしはどうしていつもこうなってしまうのかしらと思った。

「君は怒らないのかい？」

〝君〟――これまでそんなふうに呼ばれたことはなかった。「もちろんよ、スタン」

「オトナなんだな」

「そうね、そうだわ。あたしはもう大きいの」

二人とも黙り込んだ。急にもう話すことがなくなっていた。

トリーは大きく息を継いで、ゆっくり吐き出した。「ねえ、スタン、あなたはとってもいい人だわ。あなたのことが好きよ。もし状況が変わるようなことがあれば電話して。いいわね？　あたしたちならやめたところからまた始められるかもしれないわ」

スタンはこらえていたすすり泣きを漏らした。「ぜ、絶対にそうはならないんだ」ジャケットの内ポケットに手をやって38口径のリボルバーを取り出し、彼女の頭に狙いを定めたのはその時だった。銃を持つ手がひどく震えていたので、一発目は彼女の額をかすめて驚かせただけだった。トリーはどういうことか理解しようとした。反応しようとした。動こうとした。とにかく何かしようとした。が、できなかった。こんなことはあるはずないのだから。起きるはずはないのだから。もっともその最期の一瞬には、やっぱりどんな男も、たとえ行儀のよい男でも、信用してはいけなかったんだわと思った。

その時、二発目が左目を貫通し、彼女は毛布に仰向けに投げ出されて死んだ。

三週間後

1

午後二時、ミッチ・バーガーがリビングのソファにだらしなく座って、『影なき狙撃者』を観ながら、本日四個目となるクリスピー・クリームのハニーディップ・ドーナツをむしゃむしゃやっていた時、上司の女性がアパートの呼び鈴を鳴らした。ミッチが真っ昼間に家のテレビで古い映画を観ているのは珍しいことではない。ニューヨーク市の日刊三紙の中でも最も権威のある——したがって、最もギャラの安い——新聞のトップ映画批評家なのだ。そこで、ミッドタウンの新聞社には文化を食い物にする他の著名な連中と並ぶ机があることはあるのだが、たいていは家で仕事をしている。本はここにあるし、ビデオデッキもここにある。寝床もここだ。

しかし、予告もなく編集者がアパートにやって来るのは非常に珍しい。ショッキングなくらいだ。

レイシー・ミッカーソンは長身で痛烈な音叉《おんさ》のような女性だ。五十代後半で、着こなしは完璧。グレーのフランネルのパンツスーツを好み、若い頃にはアーウィン・ショー、ミッキー・マントル、それにネルソン・ロックフェラーと寝たと公言している。新聞のアート欄編集者として、彼女は全米でとまでは言わないまでも、ニューヨークでは最も影響力のある文化の審判人の一人だ。どの舞台と映画が特別の注目に値するかを判断するのがレイシーなのだ。トルーマンがホワイトハウスにいた頃から君臨していた専属の映画批評家が、ようやくフラッシュライトペンを置くことに同意した一年前、学術的な映画誌からミッチを引き抜いたのもレイシー。ミッチはその手の重要な仕事に就くには若く、まだ三十二歳だ。ウィリアム・ホールデンが『サンセット大通り』でジョー・ギリスを演じたのと同い歳。しかし、こと映画に関する限り並外れた物知りで、レイシーなどはこれまでに製作された映画を彼は事実上すべて観ていると信じているくらいだ。そんなことはないが、とても権威があって面白い映画のガイドブックを二冊書いている。『それはシンクの下からやって来た』と『頼む、妻を撃ってくれ』で、それぞれホラー映画と犯罪映画の世界を分類して批評している。批評家としてのミッチは、才気縦横で、情報が豊富で、熱心だと思われている。本人はといえば、極端に控えめだ。自惚《うぬぼ》れはない。自分の意見が他の人の意見より重要だとは思っていない。実際のところ、映画を観ることで誰かが金を払ってくれているのが彼にはまだ信じられない。

レイシーは雇ったその日に、ミッチは四十歳を待たずにピュリッツァ賞を受賞するだろうと予言した。

そして今は戸口に立って、強烈な不満をこめた目でリビングを見回していた。ミッチのアパートは、ウェストヴィレッジの精肉市場地区ガンズベルトにある。二十世紀初頭に建てられたブラウンストーンの建物のとても魅力的なワンフロアだ。暖炉の上には、『オーシャンと十一人の仲間』のキャスト全員を写したシド・アヴェリーの素晴らしいモノクロ写真を組み合わせた額入りのポスター。メイシーが一緒に暮らしていた頃はジョージア・オキーフの写真が掛かっていた。メイシーが一緒に暮らしていた頃は、部屋は塵一つなかった。今はむさくるしく散らかっている。本やビデオや雑誌がありとあらゆる平らな面に積まれている。衣類や食べ物の包装紙があたり一面に散らばっている。苦痛を和らげるために最近購入したフェンダーのエレキギター、水色のストラトキャスターがばかでかいスタックアンプに立てかけてある——対になったフェンダーのツインリバーブアンプは縦に重ねられ、その上にはシグナルスプリッター、それにフットペダルが二つ、ワウワウペダル、アイバニーズのチューブスクリーマー。その気になれば、町内の窓という窓を吹っ飛ばすこともできる。同じアパートの住人はこぞって、彼が一式購入したことを非常に不快に思っていることをはっきりと伝えていた。

以前は猫がいたが、人にやってしまった。メイシー亡き後、どうしても見ていられなかったのだ。

ミッチはリモコンに手を伸ばして、画期的な園芸クラブのシーンの途中だったにもかかわらず、『影なき狙撃者』のテープを止めた。ソファのものをどかして、レイシーが座れるようにした。そして、ドーナツを勧めた。彼女は一つ受け取った。クリスピー・クリームのドーナツはニューヨークのグルメの間では素晴らしく美味だとされている。そしてレイシーは完璧なニューヨークのグルメなのだ。

「一緒にチョコレートミルクはどうだい？」ミッチは真昼の陽射しを入れるためにシャッターを開けながら尋ねた。「そのドーナツがチョコレートミルクとすごく合うのを発見したんだ」

レイシーはしばしば彼を物珍しそうに見つめていた。パッとしない姿なのは、ミッチ自身承知している。まだバスローブを着ているし、ひげも剃っていない。縮れた黒い髪もとかしていない。「いいわね」ようやく彼女が答えた。

ミッチはキッチンから冷たいグラスを二つ持ってきて、一つを彼女に渡し、腰を下ろした。

「今は何にかかっているの？」彼女がドーナツをかじった。

「ローレンス・ハーヴェイについての日曜版の記事だ」ミッチは答えて、ミルクをすすった。「この頃の映画の彼は驚くほどいいんだ。自己嫌悪がはっきりとにじみ出ていて。これまで彼がこれほどいい俳優だとは思っていなかった。『年上の女』と『ダーリング』を観終えたから、今は『女体入門』を探してる。クリフ・リチャードと共演した英国のカルト映画だよ。彼を公平に扱ってやるつもりなんだ。三十歳以下となると、彼が誰か知る者もいないというのが悲しい真実だから」

「それ、すごくいいわ、ミッチ！」レイシーが興奮したように言った。興奮するのがうまいのだ。編集者としての彼女の最も優れた適性の一つだ。「ただね、他には誰を忘れているだろうって考えちゃったわ」

ミッチは考え込むように眉をひそめて彼女を見た。「オスカー・ヴェルナー……？」

「それよ！」

「もちろん」そして急いで指摘した。「ここには彼らに代わるマイケル・サラザンやリチャード・ベイマーが何人もいるから。どうやってハリウッドのメジャー映画の主役をものにしたんだろうと思わせる俳優たちさ」

「それも日曜版の記事になるかもよ」レイシーがマニキュアをした長い指を彼に振り立てながら提案した。「〝あの人は今どこに？〟という関連記事とセットにして。リポーターを一人つけてあげるわよ」

ミッチはしばらく黙って彼女を見つめていた。「君がここまで話しに来たことを話してるわけじゃないな」彼女が答えないので、「レイシー、何の用で来たんだ？」と尋ねた。

「あなたにニュースがあるのよ、ミッチ」レイシーがそわそわと答えた。「あなたが失望するか安堵《あんど》するかわからないけど……今年はカンヌには行ってもらわないことを知らせに来たの。カレンを行かせることにしたから」

実のところは安堵した。いつもはカンヌを待ちわびる。フランスだし、楽しいし。が、行きたくなかった――カンヌだろうがどこだろうが。人に会いたくないのだ。誰とも口をききたくない。

「彼女にはいい経験になるだろう」と励ますように言った。カレンは新聞社の新しい控えの批評家で、まだまだ未熟だ。彼女の前任者はオックスフォードを卒業した学者だったが、新しいジャッキー・チェンの映画を書くためにクリスマス直後に辞めてしまったのだ。「ただしあそこはちょっとしたナンパの名所だってことを忠告すべきだろうな。彼女をべつの新聞社にさらわれるかもしれないよ」

レイシーが黙り込んだ。話は終わっていないのだ。断固として引き結んだ口元を見ればわかる。「あなたには他の場所に行ってもらうわ、ミッチ」彼女が静かなきっぱりした声で付け足した。

　パニックの波が不意に全身を駆け抜けた。そうら、来た——最悪の悪夢だ。LA局に飛ばすつもりなのだ。それはミッチが死ぬよりひどいと考えている運命だった。一週間もしないうちに、まさに『イナゴの日』の登場人物になってしまうだろう。崩れかかった小屋に住んで、いじめられたチビや身体を壊したカウボーイ、それにベビーフェイスでおつむは空っぽのブロンドと付き合う羽目になる。新聞社を辞めることになる。きっとそうなる。辞めなきゃならなくなる。

〝ああ、そうとも。で、何をするんだ？〟

　ミッチは息を吸っては吐きながらレイシーを一心に見つめて、待った。

「日曜版の旅欄の、週末に出かける保養地の記事を、あなたのために無理して取ったの」

　ミッチはほっとして大きく息を継いだ。「それで俺はどこに出かけるんだい？」

「ドーセットよ」

「どこだって？」

「コネティカットの海岸線にあるの。ロード・アイランドの近くよ」

「で、何を……。待ってくれよ、そこって去年の夏すごく危険な蚊《か》が大発生した場所じゃないのか？」ミッチは問い詰めた。彼の自然環境は暗い映画館なのだ。できれば十四丁目より南にある映画館がいい。

「あそこはゴールド・コーストの宝石よ」レイシーがてきぱきと答えた。「ものすごい世襲財産があって——一平方マイルあたりの百万長者の数はイーストハンプトンより多いの。それに美しくて俗化してなくて、ニューイングランド風。もう何年もアーティストたちを引きつけてるわ。ドーセット・アートアカデミーがあるの。あなたも聞いたことがあるはずよ」

「まあね」ミッチはぼそりと答えた。

レイシーは何とかこわばった笑みを浮かべた。「ったく、あたしが行ければいいのに」

「それじゃ行けば？　俺はここでローレンス・ハーヴェイの記事を書くよ」

「これは役得なの、ミッチ。ただなのよ。コラムニストとトップ寄稿者しかできないことになってるの」

「それじゃどうして俺がそんなラッキーな仕事を？」

「これならあなたも気分転換に家を出られると思ったのよ」彼女が答えた。

彼女の言うとおりだ。ミッチにはわかった。彼女は自分の知る唯一の方法で助けようとしてくれている。それもわかった。彼は世捨て人になりかけているのだ。丸一日人と口をきかない日がある。用心しないと、『恋愛小説家』のジャック・ニコルソンになってしまうかもしれない。もう一度自分の人生の責任を引き受けなくては。回復しなくてはならない。それはわかっていた。回復はやるべきことのリストのほとんどトップに掲げられている——クリーニング屋にシャツを取りに行く、オリバー・ストーンを叩きのめす、ニックスのシューティングガードを務める、回復する。目の前にあるのだ。が、わかっているのとやるのとは大違いだ。とりわけ傷ついて孤立して脂肪も気にならなくなった時には。座ったまま古い映画を何日も観続けることで言い知れぬほど慰められるとなれば。

「ドーセットに行くのよ」レイシーが命令するように言った。「あなたの目で見たものについて記事を書くの。二、三日は他のことは考えないのよ、いいわね？　あのね、あたしは子育てみたいなことがうまいわけじゃないの。でもわかるのよ、あたし自身……」ニューヨークのメディアに生息する自己陶酔型の人間がやるように、レイシーも他者の気持ちについての話を自分の気持ちについての話にすり替えてしまう。

「だからこれは、業界でモーニングコールと呼ばれるものよ。最近のあなたの仕事はあなたの通常の高水準に達していないわ。実際、コメディ俳優アダム・サンドラーについてのあなた批評なんてひどい敵意に満ちてたじゃない」

「わかった、そこまで」ミッチはむきになって反論した。「あの映画はクズもいいところだった」

「社内の他の連中はこぞって面白いと考えたわ。エレベーターでのシーンがあったでしょ？　あたしなんかチビりそうになったわよ」

「サンドラーと同じだ！」

「率直に言ってね、ミッチ」レイシーが叱りつけるように言い返してきた。「あなたにはもうコメディの概念が理解できないみたいよ」

ミッチは反論しなかった。時々微笑むことはできても、もう笑い方がわからないのだ。

「もちろん、あたしはわかってるわ」レイシーが気配りを見せた。「みんなわかってる。それでもあなたが帰ってきた時には、あなたの人生の方向について話し合わなきゃならないわ」

用心しないと、西海岸行き、忘却のかなただ。

「旅行の企画は二人用よ」レイシーが果敢に付け足した。「誰か同伴したら？」

「それくらい考えてるに決まってるだろ？」

パワーブックを同伴した。やっとのことでウェスタンについての新しいガイドブックに取りかかれるかもしれないと期待したのだ。フロッピーディスクに山ほどメモと素材を詰め込んでいるのだが、これまでどうしても書き始められそうになかった。締め切りはぐんぐん迫っているというのに。パソコンは隣の助手席に、〈カップケーキ・カフェ〉のご馳走がたっぷり入った袋と一緒に乗っている。レンタカーのトヨタでしぶしぶマンハッタンを出発した時には、両手でハンドルをしっかり握りしめていた。ミッチ・バーガーは正真正銘の街っ子——スタイヴェサント・タウン生まれで、スタイヴェサント高校とコロンビア大学を出た。生まれつきのニューヨーカーなので、まず車の運転などしないのだ。しかもマンハッタンを走るのは、あのタクシー運転手、穴ぼこ、配送トラック、バイク便、それに歩行者を思えば、決して簡単な仕事ではない。五月の蒸し暑い金曜日の午後のラッシュアワーともなればなおさらだ。

週末旅行用バッグは後部席に積んである。メイシーはややだらしない彼の衣類をきりっとしたものに替えるべく虚しい努力をしたものだった。彼の姿をテディベアと竜巻が二対一で混ざっていると表現したこともあった。彼女が死んでしまったからというわけではないが、今は以前着ていたものに戻っている——しわくちゃのボタンダウンのシャツ、たっぷりしたVネックのセーター、それにくしゃくしゃのチノだ。スポーティなジャケットは二着持っている。オリーヴ色のコーデュロイと濃紺のブレザーだ。宿泊先のホテルの食堂で必要とされる場合に備えて、コーデュロイを持ってきた。が、ネクタイは持ってこなかった。持っていないのだ。ミッチはそのことをとても誇りにしていた。

運転しながら、思いは最後に行った週末旅行へと戻っていった。二人で行った週末旅行。あれはちょうど一年前だった。ハイキングをして、身体を寄せ合って過ごし、月曜日に出るはずの検査結果のことは考えないように、〈モホンク・マウンテン・ハウス〉まで車を走らせたのだ。山に向かう道すがら、メイシーは信じられないほど元気で陽気だった。彼女は主としてフィボナッチの数列とか呼ばれるものについて延々と喋り続けた。

「何週間も、私たちは植樹計画の反復に頭を抱えてきたの」と興奮したように言い放った。植樹計画はヒルヴュー貯水池のためのものだった。ニューヨーク市は空気で運ばれる汚染——鳥のフンの上品な言い方——の予防のために貯水池に蓋をすることにしたのだ。彼女の会社はそれをきれいに見せるために雇われた。「で、誰がフィボナッチの数列のことを思いついたと思う——私よ！」

「おめでとう！」ミッチは叫んだ。「メイシー……？」

「なあに、あなた？」

「そのフィボナッチの数列って何だい？」ドイツ表現主義がロバート・シーオドマクのフィルムノアールに及ぼした影響ならわかる。が、メイシーの仕事はさっぱりなのだ。

「あら、黄金分割のバリエーションよ」

「それは……？」

「ギリシャ神殿の構造まで遡《さかのぼ》る、割合の基本的な数学理論よ。ル＝コルビュジェ（フランスで活躍したスイス人の建築家）のモデュラーシステムもそれに基づいてるの。そのように分割される線は、少ないほうの部分対大きいほうの部分は大きいほうの部分対全体だと幾何学的に定義されてるの」

「で、フィボナッチの数列というのは……？」

「すべての数字を使うバリエーションよ。それぞれが先立つ二つの数字の和になるの。だから一、二、三、四、五と数える代わりに、一、一、二、三、五、八、十三というふうに数えるの。二百エーカーに及ぶ草地の植樹の図形として想像してみて。空から見たところを思い描いてみて」メイシーがため息をついた。「ああ、せめて鳥になれればいいのに」

「せめてな」

メイシー・ローレンソンはデュエイン通りにある造園会社を、他の四人の若い女性と一緒に経営していた。全員がハーバード・デザイン学部大学院の卒業で、全員が垢抜けている。これは必ずしもハーバードを卒業したことと同義にはならない。そして全員が美人だ。もっともミッチの考えでは、メイシーが群を抜いてダントツの美人だ。彼女はすらりとした長身のブロンドで、ゆったりしたリネンやシルクの服を着て、年がら年中急いでいた。

彼女とはファイア島のフェアハーバーの桟橋で出会った。最初にかけた言葉は、「フェリーを待ってるんですか?」だった。彼女の最初の答えは、「もうそうは呼ばないのよ――むしろ代替ウォータークラフトとして知られたがっているわ」だった。それから三週間もしないうちに同棲を始めた。あの週末にモホンクに出かけた時には、結婚して二年近くになっていた。どちらも相手が完璧だとは思っていなかった。メイシーは彼のことを、社会的な迷子、引きこもり、試写室のネズミ、野暮天だと思った。ミッチは彼女のことを衝動的で性急になりやすいと思った――アルシュのサンダルを履いたポリアンナだ。が、彼女は彼のメイシーだった。

モホンクから戻ったあの月曜日の朝までは。あの朝、彼女を失うことになると知った。卵巣癌だった。沈黙の殺人者と呼ばれる。初期の徴候がまったくないからだ。医者はまず彼女の卵巣を摘出《てきしゅつ》した。次に化学療法。美しいブロンドが抜け落ちた時には、ヤンキースの野球帽を買ってやった。今でも街でヤンキースの野球帽をかぶった子供を見ると、決まって泣き出してしまう。彼女は六ヵ月で旅立った。三十歳だった。

姉はデンバー、両親はフロリダ、ミッチには同僚も友だちもいなかった。殻から出してくれたのはメイシーだった。彼女が生命線だったのだ。彼女がいなくなると、ミッチは痛いほどに、壊滅的なほどに独りになった。

ベッドから出るだけでやっとの朝があるし、未来は怖かった。夜中に喘《あえ》ぎながら飛び起きることもあった。心臓が制御できないほど激しく不規則に動悸《どうき》を打っていた。医者は不安のせいだと診断した。そしてカウンセリングを受けるよう勧めた。受けると、カウンセラーはリラックスできるものを見つけるよう助言した。それでストラトキャスターに行き着いた。高校時代に女の子に出会うきっかけになればと、短期間ながらギターに興味を持った。熱い幻想は砕かれたが、演奏は楽しかった。

ブルックナー高速道路に乗るためにトリボロー橋を小刻みに進みながらカップケーキを食べ、もらった旅行用具一式に目をやった。目指すは、歴史に残るドーセットにある歴史に残る〈フレデリック・ハウス・イン〉。ドーセットは、ロング・アイランド海峡の歴史に残るコネティカット川の河口に位置している。

歴史に残るという言葉が古いになるのも時間の問題だな。ミッチは不機嫌に考えた。

州間高速自動車道のI-95号線に乗って洒落たグリニッチの外辺を這《は》うように進むうちに霧雨が降り出した。ウェストポートに着くまでに何とかワイパーの使い方がわかってよかった。土砂降りになっていたからだ。気温も急激に下がった。フェアフィールドを過ぎると、高級な郊外はブリッジポートやニューヘヴンといった低所得の斜陽鉄鋼業地帯に道を譲った。そのあたりでカップケーキはなくなった。やがてクウィニピアク川を渡り、正式にサザン・ニューイングランドに入った。木々の緑は濃くなり、行き交う車は減っていった。出口69に着いた頃には暗くなってきた。69はコネティカット川の手前にある最後の出口だった。出口70を出たかったのだが、レーンを間違えたために川を越える代わりになぜか9号線に出てしまい、真北のハートフォードに向かった。イースト・ハッダムに向かっている途中でやってしまったことに気がついて、何とか引き返した。おかげでドーセットを見つけた時にはあたりは真っ暗だった。

街は寝静まっていた。ちゃんと起きていてもまったく同じように見えるのではないか。ミッチは妙な気分に囚《とら》われた。

立ち木が〈フレデリック・ハウス・イン〉を道路から隠していた。広い環状の私道が一七五六年に建てられた三階建ての建物の玄関に続いている。客室は十二あり、どの部屋もアンティーク家具を備えている。食堂には暖炉があった。たっぷり注がれたブッシュミルズを手に、冷えた身体をその前で温めた。ディナーには間に合わなかった。食堂は厳密には閉まっていたのだが、主人が冷たいソーセージの皿、レンズマメのサラダ、それにロールパンを何とか揃《そろ》えてくれた。

食事を終えると、居心地のよい小部屋に上がり、猫足のタブにバブルバスを作った。湯を入れている間に服を脱いで、鏡に映る姿をじっと見つめた。ひどくはない。禿《は》げてもいないし、チビでもない。体重はたくましいと太っているの間を、甘いものの摂り方によって行ったり来たりしている。今現在は太っているが勝っている。それでも、起きている時間の大半を暗い部屋に座っている者にしては悪くない体型だ。息を吸い込んで胸をふくらませて腹を引っ込め、鏡に映るタトゥーのある右の二頭筋にぐいと力を入れて収縮させた。タトゥーは〝ロッキー・ダイズ・イエロー〟。鏡の自分ににやりとした。『海賊ブラッド』でのエロール・フリンを思わせる勇敢で意気揚々としたにやり。最近やるようになったことだ。俺は大丈夫だと自分を安心させる、彼なりのやり方だ。

〝危険に直面しても、俺は笑っている〟

風呂から出ると、五〇年代に書かれたマニー・ファーバーの映画コラム集を持って、天蓋のあるベッドにもぐり込んだ。バッド・ベティカー監督作品に対する偏屈な因習打破主義者の素晴らしい精密な吟味にしばし心を奪われたものの、すぐに心はあてどなく漂い始めた。本を傍《かたわ》らに置き、雨の音に聞き入りながら、独りでベッドに寝ていると毎晩考える、あの同じことを考えた。

〝護身用の銃を持っていなくて本当によかった。もし持っていたら俺は自分を撃ってしまう〟

2

午前三時五十九分、スケアリー・スパイスがデズを起こした。このやかまし屋さんは典型的な頭突きテクの巧妙な複雑さを、一週間もしないうちにマスターしてしまったのだ。まず人間標的の胸に直接乗っかる。次に、その人の胸をしつこくしっかり前足でもむ。喉を鳴らす。それからひげで標的の顔をくすぐる。そして最後に、標的がうめくまで頭で突く。

デズはうめいた。頭を今しがた枕に預けたばかりのような気がする。確かに。仕事で遅くなり、何とかわずか四時間の睡眠を確保したのだ。仕事に執着しすぎているのかもしれない。かもしれないは余計かもしれない。思い切り欠伸《あくび》をすると、角縁メガネを手探りしてからナイトスタンドのスイッチを入れ、スパイス・ガールズのオリジナルメンバーの面々を見て驚いた——ジンジャー、スポーティ、ポッシュ、それにベビー。全員が尻尾の短い灰色がかったしま猫だ。生後三ヵ月。この時間を思えば、腹立たしいほど快活に目を輝かせている。彼女とベラが二週間前にシェルトンの〈アウトバック・ステーキハウス〉の駐車場で保護したのだ。数日のうちに、どの子も気持ちのいいマフィンになった。

デズのベッドに男はいない。生活にも男はいない。デズ・ミトリーは、男というのは非常に過大評価された種だと判断して、今現在は断《た》っている。彼らは注意、世話、給餌《きゆうじ》、忍耐の膨大な出費を要求するが、その見返りと言えば、バスケットいっぱいの洗濯物、空っぽの冷蔵庫、それに性病。彼らからいいものなど何も出てこない。何もだ。だからデズは当面は独りで頑張るつもりだ。恋愛関係など求めていない。実際のところ、これほど幸せだったことはないのだ。誰一人信じる者はいないけれど。独り身の女性は不幸せだということになっているから。それは、四輪駆動の無敵神話や、ライトビールの素晴らしい味わい、それに万人平等の正義といったものと並ぶ、現代アメリカ社会の基本的な神話的概念の一つだ。

デズはベッドをきちんと作らない。ウェストポイントでの四年間以後は、起きたままのだらしないベッドの大いなる罪深い楽しみを享受している。彼女にとってそれは、ロバート・クレイの咽《むせ》ぶような声がステレオから流れる中、よく冷えたモエエのグラスを手に熱いバブルバスに浸かる気持ちに匹敵する。前屈をして爪先に触ると、ドレッドヘアが床をかすった。主寝室のバスルームでTシャツを脱いでドアの裏にかけ、スウェットパンツとニューヨーク・ジャイアンツのジャージーを着た。

裸足で階下に下り、キッチンでコーヒーメーカーをセットした。腹を空かせたスパイス・ガールズが声を揃えて鳴きながら我先にと懸命に追いかけてきて彼女の足首につまずいた。家は二階建てにした三寝室の農場風で、ウッドブリッジの袋小路にある。ニューヘヴンの木々の多い郊外住宅地区で、エール大学の数学者や実験フリークに人気があるが、その多くはアジア人か中東人だ。夕食時に何とかジョギングができた時の雑多な料理の匂いは信じられないほどだ。家族持ちの住む地域で、隣家のベラを除けばこのブロックで一人暮らしをしているのはデズだけだ。

デズはまた、このブロックでただ一人のブラックだ。

彼女とブランドンは結婚してすぐにここを買った。二人で裏にアメリカスギのテラスを手作りして、仕上げに温水浴槽を据え付けた。キッチンを改造した。オークの床の表面を削り直した。革とチーク材の上品な家具にお金をかけた。終えた時には、誇るべき家になっていた。二人の愛の巣だった。離婚してからは売り払って、もっと小さな家を探そうとも思った。彼女一人には広すぎるのだ。でもそうするとべらぼうな税金を払わなくてはならない。それならこのままでもいいんじゃない？　経費は何とか払えるのだから。仕事場までは車で三十分だし、手入れをするのは楽しい。屋外の仕事も全部自分でやった。デズは芝刈り機を走らせるのが大好きなのだ。実際トロ社製のあの機械がこれほど好きなのは尋常ではない。おかげで前世はアイオワの養豚業者だったに違いないと思うようになった。

コーヒーができるのを待つ間に、猫たちの餌を置いた。それから他のお客を調べた。スピンデリラ、フォクシーブラウン、リルキム、それにジャム・マスター・ジェイは地下室で仲良くやっていた。詰め物をした梱包用の箱の中で。ミリ・ヴァニリ――ファブ&ロブ――は他とうまくやれないらしいので、二匹でガレージを独占している。この二匹は保護した時にはもうオトナだった。オトナの野良猫は一番厄介だ。信頼を勝ち取るまでに時間がかかる。忍耐と優しさが必要だ。保護したばかりの猫の多くは、思い切って出てこられるようになるまでの数週間を、客用バスルームのような狭い孤立した場所で過ごさせてやらなくてはならない。現在はビッグ・バッド・ヴードゥー・ダディ――無愛想な黒い威張り屋――が地下の汚れ物脱衣部屋に入っている。デズは部屋に入って膝をつき、彼と数分間一緒に過ごす。手を差し出して優しく囁くのだ。「パパはきっと水素なのね、あなたも爆弾みたいだもの、ダディ」毎朝毎晩この猫にそう話しかけている。そして猫は、毎朝毎晩シューッと威嚇《いかく》して差し出された手を払う。彼女の餌を食べ、彼女の水は飲んでも、近づかせない。

それでもデズはめげない。恩知らずの強面《こわもて》が大好きなのだ。彼らを挑戦だと考えている。挑戦は大好きだ。

野良猫の平均寿命は二年に満たない。飢餓と、病気と、捕食者と、さらには猫同士で戦うからだ。が、それをものともせずに凄《すさ》まじい繁殖力を見せるので、アニマルシェルターは追いつかない。危機だ。危機には行動が求められる。そこでデズとベラは行動しているのだ。これまでに四十四を超える野良猫を保護した。保護した野良猫はそのまま地元獣医のジョン医師のもとへ。ジョン医師はすぐに寄生虫とミミダニを調べ、ジステンパー、恐水病、ネコ白血病のワクチンを注射する。それに去勢手術も――すべて無料だ。ジョン医師はデズとベラの野良猫への関心を賞賛しているのだ。彼はまたデズのスタイル、とりわけスパンデックスのランニングタイツをはいた姿が大好きだった。

ベラのガレージの扉が開く音がした。出かける時間だ。内報があったのだ。アミティ街道にあるスーパーの〈A&P〉で働くドナが、マネージャー――正真正銘の馬鹿――が裏の大型ゴミ収集箱にたむろする五、六匹の猫のことでアニマルシェルターに電話すると言っているのを耳にしたと。アニマルシェルターは処理施設だ。となれば、そうした決定は大量虐殺と同義に近い。

そこで、デズとベラが暁のパトロールに出動することになった。

デズはコーヒーを引っ摑んで、夜明け前の暗闇に出ていった。ベラが私道に停めたジープのラングラーのエンジンをかけて運転席で待っていた。後部にはケージ、思いやりのある罠、それに餌が詰め込まれている。ベラのジープの名入りナンバープレートは〝CATS22〟。

「おはよう」デズは飛び乗りながら言った。

「おはよう」ベラが大きな声で明るく答えた。丸ぽちゃの手がハンドルをしっかり握っている。「デジリー、朝の五時からどうしてそんなに素敵でいられるの？」

「うーん、そうだわ、またコンタクトを入れ忘れたのね、ベラ。あたしが運転したほうがいいみたい」

「あたしは本気よ、デジリー」ベラは言い張って、膝に乗せていた買い物袋をデズに渡した。「ロールキャベツよ。昨日の夜作ったの。温めて食べて」

「ベラ、どうしてそうやってあたしに餌を与え続けるの？」デズは微笑みかけながら抗議した。

「それはあなたが健康な若い娘で、食べる必要があるからよ。あたしはあなたがあのアリー・マクビールみたいにガリガリになるのは見たくないの」

「あたしならお金を払ってでも見てみたいわ」デズは声をあげて笑った。靴を履かなくても六フィート一インチの長身で、肩幅は広く、お尻は引き締まった筋肉で盛り上がっているのだ。

一方のベラ・ティリスは、身長は五フィートに一インチ足りない。丸々とした元気いっぱいのゴムまりのような女性で七十代前半、ブルックリン育ちのユダヤ系の未亡人だ。亡くなった夫はエール大医学部の教授だった。ベラには北東部のあちこちに散る子供たちが三人、孫は八人、それに九百万の主張がある。ウッドブリッジ周辺では、陳情運動の女王として有名だ。最近はその少なからぬエネルギーを殺さないシェルターのための資金集めに役立てている。

「今日は何をするの？」デズは活気のない小道を疾走するジープの中で尋ねた。今のベラは悪魔に取りつかれたように飛ばしている。

「午前中はユダヤ教会で衣類を集めて募金運動よ」ベラが答えた。ハンドルの上にあごを突き出している。足が短いのでシートをハンドルのすぐ前まで詰めなくてはならず、もうほとんどバストにハンドルがめり込んでいる。「古い衣類はない？」

「まだ着てるわよ」

「ブランドンは——何か置いていかなかった？」

デズは笑い声をあげた。「悪意だけだわね」

デズが二十三歳の時、彼女とブランドンは『コネティカット』誌の表紙を飾った。見出しは、〝我らが州の輝ける未来〟。彼女はウェストポイントの卒業生で、アーモンド形の淡いグリーンの瞳と千フィート離れたチタンも鎔《と》かしそうな顔いっぱいに広がる微笑とえくぼの持ち主だった。ブランドンはエールのロースクールを卒業してまだ二年だというのに、州でもトップの若き地方検事だった。ただ、二人の未来はコネテイカットではなくワシントンで、ということになった。ともかくも彼の未来は。彼は数人の高位の上院議員による選挙戦での不正行動を調べるために司法省に出向した。当初は臨時の仕事だと主張したが、一つの調査が次の調査を呼んだ。しかも彼はデズに断りなく、ワシントンのアパートを二年契約で借りていた。

ちょうどその頃から、デズはベラと一緒に野良猫保護を始めていた。ペット仲間のサークルには古い格言がある。「飼い主のいない動物を救おうとする者は、実は自分を救おうとしているのだ」

デズはアレサがブランドンの三百九十五ドルもするフェラガモのローファーにおしっこをした時に、終わったことを察した。猫はそうしたことがわかるものなのだ。その同じ夜、彼がべつの女性がいることを告白した。はっきりさせておくと、その女性は白人ではない。が、裕福なフィラデルフィアの下院議員の娘だった。二人がロースクールの学生だった頃からの関係だったが、ワシントンで再会して再燃した。実際には関係が切れたことはなく、デズと結婚してからも続いていたのだ。デズは人生で最も貴重な教訓を得た。

〝法律家を絶対に信用するな〟

「あなたに必要なのは」ベラが車を走らせながら助言した。「ユダヤ人の男よ」

「そうなの？」デズは片方の眉を上げてベラを見た。

「そうですとも」ベラが絶対の確信をこめて答えた。「彼らならお酒を飲みすぎることもないし、夜は必ず家に帰ってくるし、それに、うーん、自尊心が高くないから」

「それがどうして美点なの？」

「あなたを喜ばせるためにもっと働くってことよ——朝も、昼も、晩も」

「えっ、ちょっと待ってよ。ユダヤ人の男のほうがいい恋人になるって言いたいの？」

「そうよ」

デズはブーッと口を鳴らした。「ベラ、あなたってアブナイ人ね」

「あら、誤解しないでよ」ベラが忠告してきた。「遊び人だってことじゃないんだから」

「あたしだって経験の一つくらいあるわ。二つかしらね」

「けどよきユダヤ人の男はあなたが満足したと確信できるまで一睡もしないわ。マジに一睡もよ。たとえ朝には目の下に隈《くま》を作って、口もきけない状態で仕事に行かなきゃならないとしても」

「おやおや、でも見当はずれもいいところだわ」

「彼らなら素晴らしい父親にもなれるわよ」

「うわっ、先走るのはやめときましょうよ」デズはコーヒーを飲み干して、空になったカップを足元のバッグにしまった。「でも、ねえ、彼らって同類の人たちとしか付き合わないんじゃないの？」

「問題ないわ。あなたはあたしたちの仲間よ」

「あたしが？」

「忘れてるみたいね。あたしはあなたが温水浴槽を出たり入ったりするのをこの目で見たことがあるのよ」ベラがいたずらっぽく目をきらきらさせてデズを見ながら答えた。「だからはぐらかしても無駄よ、デジリー——あなたは選ばれた者の一人だわ」

デズは彼女を見ながらにやりとした。「ひょっとしてお尻のことを言ってるの？」

「お尻がヒップの別名なら、答えはイエスだわね。あれはすごいわ。もっともあなたの仕事は彼らを怖がらせるかもしれないけど」

「あら、それならあたしだって怖いわよ」

照明の消えたスーパーの裏手に到着して罠を降ろした時には、まだ夜は明けていなかった。二人は犬のケージが最も有効なことを発見していた。ある程度の長さの紐をケージの扉に結びつけ、蓋を開けたベビーフードの瓶——七面鳥の裏ごし——を中に仕込んで猫をおびき寄せる。猫がケージに入ったら、紐を引いて扉を閉めるのだ。

二人は紐を手にジープのそばにうずくまり、期待をこめて静かに待った。夜が明けて最初に現れたのは、顔と足に白いぽっちのある黒のオス猫だった。デズはビッグウイリーと名づけていた。彼は彼女好みの猫だった。痩《や》せていて、片方の耳は血で汚れ、片目――左目――は半分ふさがっている。今日こそ捕まえられるかもしれない。実際ケージまで二フィートのところまで忍び寄ってきた。二人がゴミ収集箱を見張り始めて以来最も接近したことになる。やがてあと一フィートまで接近した。ひどくお腹が空いているのだ。が、同時にとても用心深くて疑い深い。頭がケージの中に入った……デズは緊張して、扉を閉めようと身構えた……が、最後の瞬間に素早く藪《やぶ》に走り込んで行ってしまった。二人はそれから一時間待ったが、他の猫は一匹も現れなかった。

六時には家に戻り、デズはスタジオに改装した客用寝室に入ると、ストラスモア400シリーズの18×24インチの画用紙と柔らかなブドウの木炭を手にイーゼルの前に座った。二台の高輝度ランプが画材に光を投げかけた。画材は強力な紙バサミでイーゼルの目の高さに留めてある。スタジオとして理想的な環境とは言えない。自然光のほうが大いに望ましいはずだ。が、仕方ない。毎朝出勤前に最低一時間は絵を描くことが、デズには絶対に欠かせないのだ。スタジオはデズの聖域だ。ここで自分の存在そのものとその意味を見出す。ここで平安を見出す。そうしたものは他の場所では絶対に見出せないのだ。

ここで決まって静物を描く。画材は決まって写真から得る。

デジリー・ミトリーは、決まって死体を描く。

犯行現場の写真だ。陰惨な写真。ぞっとする写真。彼女が仕事で見たものの写真だ。デズはたいていの人が見ることもなければ、見る必要もないものを見てきた。いやというほど見てきた。

だから描く。

今朝の彼女の画材はトリー・モダースキー。ワッズワースの滝近くの森で顔を二発撃たれているのが発見された若いシングルマザーだ。一発は額をかすめている。もう一発が彼女の左目を捉え、目そのものは凝固した血と脳組織に覆い隠されてしまっている。右目はまっすぐカメラを見つめている。唇は凍りついた死の微笑みに引きつって、歯をむき出している。

〝見えるものを描きなさい、知っているものではなく〟

デズは教えられたとおりに大胆な筆致で描く。もっとも、柔らかな木炭を望ましい方法で扱ってはいない。軽くではなくきつく、親指と中指に挟んでいるので人差し指の先が木炭にめり込む。でも彼女にはそれでいい。筆致は力強く精密、情熱は果てしない。そして常にデッサンの教師が何年も前に叩き込んだルールを心に留めている。

デズにとってはマントラになっているのだ。

〝見えるものを描きなさい、知っているものではなく〟

デズは見えるものを描く。見えるのは線と輪郭、シャドーとハイライト。それだけだ。トリー・モダースキーの顔をまずはとても暗く描いてから、練り消しゴムでシャドーをごしごし消して明るい部分を引き出し始めた。トリーの顔立ちが浮かんできた。シャドーに輪郭とバリューを、ハイライトに質感を与える。線から線へ、シャドーからシャドーへ、ハイライトからハイライトへ、デズは記憶にあるトリー・モダースキーのイメージを解体していった。お腹の底で感じる衝撃を消し去って、恐怖を無効にしていく。痛ましい現実を抽象する——引き延ばし、ねじ曲げて、凄まじい感情のパワーを吹き込むのだ。イメージがもはや鮮やかに焼きついた記憶ではなくなり、うっとりと忘れられない芸術品になるまで。

自分のデッサンに、背筋には寒気が走る。が、慰めも与えられる。描いている間は生きている実感があり自由なのだ。自分のなりたい自分でいられる。完璧な世界にいるなら、仕事を辞めて一日中絵を描いているだろう。でもここは完璧な世界ではない。だから、犯罪現場の写真を家に持ち帰っているのだ。そのことは誰も知らない。デッサンを見た者は誰もいない。見せたりしないのだ。人に話したこともない。デッサンが仕上がれば、画帳にしまい込んで、彼女自身二度と見ることはない。

誰も知らない。ベラですら知らない。

描き終えると、シリアルのグレープナッツとバナナとスキムミルクの朝食をとった。毎朝食べている同じ朝食だ。それから、シャワーを浴びて着替えた。こざっぱりした白のブラウス、ピシッとアイロンのかかったグレーのギャバジンのパンツ、ブルーのブレザー、磨き上げたコードバンのローファー。角縁メガネから木炭の汚れを拭いてかけ直し、少しだけパープルの口紅をつけた。化粧はそれだけだ。ドレッドヘアにした髪は肩から背中のあたりででたらめにはねている。三ヵ月ごとにイースト・ハートフォードに住む女性に編み直してもらっている。デズがすることといえば、洗ってオイルをつけることくらいだ。直属の上司は全員が白人だが、そのヘアスタイルを好戦的ブラック・フェミニストの何らかの態度表明とみなして嫌っている。デズは気にしていない。

それどころかある程度は的を射ているのだ。

鏡に映る自分をにらんで、ハートフォードあたりの大手保険会社にいるスマートで有望なマイノリティ枠の管理職にそっくりだと思った。

でもそれは、腰に装着しているシグザウエルのふくらみに目が行かなければの話だった。

3

朝には嵐は去った。空は澄み渡り、鳥はさえずり、窓に漂ってくる空気は桜の花とツンと清々しい海の匂いがした。陽気な、人生を肯定したくなる類の日だ。が、それはまた、ミッチには暗い映画館が恋しくなる類の日でもある。トッド・ブラウニング監督作品の二本立てと、徳用サイズのバター味のポップコーンが。

でも、今日はそうはいかない。今日は、記事を書かなくてはならない。

ひげを剃り着替えると、〈フレデリック・ハウス〉特製のスコーン&蜂蜜《はちみつ》とコーヒーをベランダで食べた。それから、ノートとこの地域の地図に身を固め、徒歩で村を一巡すべく出発した。眩《まばゆ》い陽射しに目を細くして、尖《とが》ったものにぶち当たるまいと細心の注意を払った。

迷う間もなく、気がつくとドーセット歴史地区に入っていた。美しく修復されていて、まさしくノーマン・ロックウェルの絵から抜け出てきたかのようだ。素晴らしい尖塔《せんとう》のある白い会衆派教会があった。庁舎、図書館、小学校、それによろず屋があった。杭垣《くいがき》とウィンドーボックスと花壇のあるコロニアル様式の堂々とした邸宅があった。消防署があり、昔懐かしいワイルドルート・ヘアトニックの看板が出た床屋があった。世界中から画家や彫刻家を引き寄せるとレイシーが言っていたドーセット・アートアカデミーは、一八一七年建造とされるジルハウスにあった。葉を茂らせたカエデやオークの巨木が至る所にある。落書きはない。ゴミもない。行き交う車もなければ、ストレスもない。歩道ですれ違った年配の女性は微笑んで言った。「おはよう」釣り竿《ざお》を担いで自転車に乗った少年を、シープドッグが楽しそうに吠えながら追いかけていった。

「一日目――発見」ミッチはノートに殴り書きした。「時間が忘れていった土地をついにようやく発見した。すべてが静まり返っている――静かすぎるほどだ。誰か、あるいは何かに後を尾けられているような妙な感覚に陥る」

床屋に立ち寄った。七ドルで散髪してもらいながら、遠慮のない地元民が釣りの腕前をからかい合うのを聞いた。どれも陽気で無邪気――どうやら子供の頃からの付き合いらしい。ミッチが今年の釣りはどうかと尋ねると、はっきりと違う三つの答えが返ってきた。三人とも威勢がよかった。

散髪したての頭で、ぶらぶら村の墓地まで足を伸ばした。と、ニューイングランドの珍しい歴史のひとコマに遭遇した。一六〇〇年代の船長たちだ。現在から独立戦争前まで遡る先祖代々の墓所があるのだ。そんな墓所の一つでは、愛されたコーギーがご主人のそばで永遠の眠りについていた。ミッチはその小さな墓石に心を打たれ、ノートを破り取って拭いてやった。

新鮮な大気と運動に食欲が刺激されたので、重くなってきた足で宿まで戻り、サーモンの冷製、ポテトサラダ、青野菜のスモールサラダの昼食をとった。それからはレンタカーに乗り込んで、もう一度出かけた。

ビッグブルック街道で村の商業地域を見つけた。市場、酒類小売店、金物屋、銀行。注目すべきものはなかった。が、それも給油のためにガソリンスタンドに立ち寄った時までだった。生きて呼吸をしている店員がいて、給油をしてフロントガラスを洗ってくれたのだ。オイルを調べましょうかとまで言ってくれた。まさしくこの世のものとも思えない経験だった。

そこから進路を北にとり、156号線に乗って、ドーセットのなだらかに起伏する丘陵地帯をうねうねと登っていった。いよいよ金持ちの農場地域に入ったのだ。石塀で区切られた古くからの広大な植民地風私有地には、瑞々しく茂った牧草地と森と勢いよく流れる小川がある。名前があった。そうした私有地には名前が付けられているのだ。バターミルク・ファームと呼ばれる乗馬学校を通り過ぎた。グレーロックスはビルマママウンテンドッグのチャンピオン犬を繁殖させる農場。格安で売りに出ている要修繕家屋とかゴミ捨て場と呼ばれる場所は通らなかった。メモをとった……平均資産価値概算——二百万ドル以上。目についた売り物の標識数概算——ゼロ……。稼動している酪農場があった。ウィンストン・ファームという名前で、サイロが三つに何百エーカーという放牧場がある。首に名前のタグを付けた黒と白のぶちの牛が、背板でできた柵のそばのかいば桶に群がっていた。ミッチは車を降りて、リジーに自己紹介し、地元の政治状況について短いながら辛辣なインタビューを行った。

そこから156号線を下って海岸に出た。釣り具と釣り餌を売る丸太小屋がいくつも見られた。艇庫ではヨットや釣り舟が来るべき夏に備えている。海辺のコロニーでは貸し別荘の化粧直しが進んでいる。オールドショア街道にそれてみた。細いくねくねした田舎道で、別荘もますますはっきりとラルフローレン調になった。多くがロング・アイランド海峡に臨んでいる。それにブドウ園。ブドウ園まで持っているとは、何という人たちだろう。

オールドショア街道はペック岬までだった。自然保護区で、手彫りの木の看板によれば日の出から日の入りまでオープンしている。泥道を通って中に入った。岬は吹きさらしの半島で、ちょうどコネティカット川河口で海峡に突き出ている。切り立った岬に沿って遊歩道があり、展望台があり、潮の干満により変わる湿地に続く急勾配《こうばい》の草地がある。草地では、標識によれば、ミサゴ、小型アジサシ、絶滅危惧《きぐ》種のフエチドリが巣作りをしている。湿地の先は海峡で、ヨットがきらめく青い海面を疾走していった。晴れた日には、海峡を挟んだロング・アイランドの北の海岸線が一望できる。今日は晴れた日だった。

そこに座ってフロントガラス越しに見入っていると、ぐんぐん引き寄せられる気がしてきた。今年は何年ぶりかで海辺の別荘を借りない夏になる。ファイア島には戻れない。残影が多すぎるし、ハンプトン人は大嫌いだ。見栄ばっかりなのだ。庭の造り方ですら容赦のない競争で、喜びのかけらもない。牡丹《ぼたん》と芍薬《しやくやく》の妬み、メイシーは言ったものだ。だから、この夏はニューヨークに残ることにした。エアコンの効いた孤独の中で本に取り組むのだ。

が、こうしてここに座っていると、後悔に胸が痛んだ。

岬の最南端近くで、泥道はバリケードのついた橋に行き着いた。細くて長い橋は四分の一マイルくらいあるだろうか、渦巻く波を超えて小さな島を結んでいる。島に家が固まっているのが見えた。その中に古い真っ白な美しい灯台がそびえ立っている。バリケードに貼られた標識には、〝私有地。許可なく侵入を禁ず。侵犯者は起訴〟。バリケードは、専用ガレージのように電子センサーに暗証カードを差し込んで開閉させる。配達人や客は、住人にブザーで知らせて出入りする。住人は明らかにとても裕福で、とても幸運な人たちだ。

地図を調べた。島はビッグシスターと呼ばれている。

そのまま座って島を見つめていると、誰かが後ろに車を停めた。この専用橋を渡りたいのに、ミッチが見事に道をふさいでいるのだ。旧式の青いメルセデスに乗った女性だった。アイドリングさせたディーゼルエンジンが低くうなり、震えながら排気ガスの煙をあげている。ミッチが車をどかせるより早く、女性が車を降りて近づいてきた。

四十代後半か五十代前半で、娘時代はさぞや美しかっただろうと思われた。今もとても美しく、とてもきちんとしている。五フィート二インチにも満たない小柄で、痩せているが、もって生まれた上品で優雅な雰囲気がある。ミッチは最も上品でしとやかだった頃のデボラ・カーを思い出した。澄んだブルーの瞳、繊細な顔立ち、高い頬骨。銀色の混じったブロンドはあごにかかる長さで、少年のように横で分けている。よく日焼けしていて、しわのない顔は若々しい。化粧はしていない。バター色のカシミアのセーターに仕立てのよいギャバジンのパンツ、パールのイヤリング、それにシルクのスカーフを首に結んでいる。

彼女が開けた窓を覗いて、ミッチにおずおずと微笑みかけた。「お早いのね――広告が出るのは火曜日以降だと思っておりましたのに」声はとても物静かで控えめだ。

「広告？」

「馬車小屋の件でいらしたのでしょう?」彼女がいくらか顔を赤らめながら尋ねてきた。

「あっ、ええ、そうです」ミッチは思わず答えていた。

「家まで——あのクリーム色の建物ですが——いらしていただければ、喜んでご案内しますわ」

「ぜひ拝見したいです」ここには週末旅行の記事を書くために来た。記事に個人所有の島を案内してもらったことも書ければもっといい。「あっ、僕はミッチ・バーガーです」

「どうぞよろしく、ミスター・バーガー。私はドリー・セイモアです」彼女がプラスチックのカードを保安装置に差し込んだ。橋の前にあるバリケードがうなりながらゆっくりと上がっていった。「お入りになって。ついて参りますから」そして自分の車に戻っていった。

ミッチは波立つブルーの海面にかかるきゃしゃな木の橋をゆっくりと渡りながら、通常の会話で誰かが〝参ります〟という言葉を使うのを最後に聞いたのはいつだっただろうと考えた。橋はおっそろしくでこぼこで、がたがたとうるさかった。しかもおっそろしく狭い。ぎりぎり車一台分の幅で、両側には手すりがある。それに送電線と電話線の電柱。

ビッグシスターに近づくにつれ、家々が思ったほど固まっていないことがわかった。それぞれが海峡を見晴らす岩の崖《がけ》に建てられていて、隣家との間には何エーカーもの森と草地が広がっているのだ。ドリーの言っていた中央に煙突のあるクリーム色のコロニアル様式の家があった。少なくとも築二百年で、とても広大だ。が、隣に建つヴィクトリア朝風の淡黄褐色をした夏別荘の比ではない。こちらには家をぐるりと囲むバルコニーと小塔、それに外気の下で眠れるベランダがあり、寝室も少なくとも十か十二はあるだろう。それに目にも鮮やかな庭がある。そのミニチュア版ともいうべきヴィクトリア朝風の夏別荘がもう一軒あった。古い灯台の陰にはずんぐりした石造りの灯台守のコテッジ。砂利の私道が家々をつないでいるが、野生のビーチローズとベイラムが咲き乱れる遊歩道ともつながっている。ここにはテニスコートがあり、プライベートビーチがあり、専用の桟橋があって、今も二隻のヨットが係留されている。

ここは百エーカーほどの本物のパラダイス。ミッチは思った。

彼女の家の前に車を停めて降り立った時に、彼女にもそう告げた。海からの爽快な微風のおかげで、本土より五度くらいは涼しい。

「ええ、本当に美しくて」彼女が切なげに認めた。「でも時々、どんなに美しいか忘れてしまいますの」

「どうしてビッグシスターと呼ばれるんですか?」

遠く離れたところから眺めているかのように、彼女が目を細くしてミッチを見た。

「潮の満ち干のせいですわ。干潮の時には、岩や潮溜まり越しに歩いて渡れるのです。動物はそうやって島から出ていきます。鹿やその他いろいろですが。でも満潮時には、今がちょうどそうですが、川からの逆流が速くて、そうは見えなくても危険です。岬からここに泳ぎ渡るのはほとんど不可能です——たちまち海に流されてしまいます。岩もあります。それで灯台が建てられたのです。もう何年も、かわいそうに稼動してはいませんが。でも全盛期には、千ワットの二基の電灯が星明かりの夜でも三十五マイル沖合からでも見られたのです。昔は橋もありませんでした。岬まで専用の小型フェリーを使っていたのです。ところが、ひどい嵐の時に、フェリーが転覆して、乗っていた祖父の姉のイーニッドが溺《おぼ》れ死にました。それでビッグシスター——姉——と呼ばれるようになったのです。それまでは単にペック島として知られていました。橋を造ったのも同じ理由からです。一九八五年のハリケーン・グローリアに壊されましたが」ドリー・セイモアがヤンキーの不屈の誇りにあごをきっと上げて想起した。「再建しましたわ」

そして家の裏手に続く小道をきびきびと歩き出した。元気よく振っている手は小さなこぶしに握られている。ミッチは遅れないように足を速めた。裏には型どおりの観賞用の庭があったが、目指しているのは庭ではない。彼女はペンキも塗られていない傾きかけた古い納屋のほうへと導いていった。

「昔はこの島では塩分を含んだ湿地でも草を栽培していました」ドリーが続けた。「五十エーカーくらいは優にあるので、平底の艀《はしけ》で牛を連れていったんですよ」納屋の先には住居に改造された馬車小屋があった。「さあ、ここですわ」と大きな声で言って、「どう思われます？」と尋ねてきた。

どう思っていいかわからなかった。小さい。荒れ果てている。廃墟だ。片側は生い茂る低木林の中に沈み込んでいるようだ。いや、実際には低木林のおかげで持ちこたえている可能性が高い。屋根板はカビと腐敗のせいで緑色。窓ガラスは割れているかなくなっている。ちょっと強い突風が吹けば、小屋はきれいさっぱり吹き飛ばされてしまいそうだ。

「以前は管理人が住んでおりました」ドリーが説明した。「でも、もう長年専従の者はおりませんの。それにナイルスがいなくなってしまった今は、お金が……」そこで急に言葉を切った。明るいブルーの目が心配そうに見開かれている。「あら、いけない、こんなことまでお話ししていいのかしら。べつに問題はないでしょうね。私が申し上げたいのは、収入は大歓迎だということですの。それで貸し出すことにしましたのよ」

「夏の間ですか？」

「年間通してを期待しておりましたけど」彼女が不満そうに答えた。「でももし夏の間だけがよろしいのなら、何とかできると思います……。あら、いけない。これも言ってはいけなかったのかもしれないわ。最初に来てくださった方なのに。代理店は通したくなかったんですの。ここいらの不動産屋はひどいでしゃばりで。ぞっとするほど詮索《せんさく》好きな女性たち。でも彼女たちの知ったことではないでしょう？」

「ええ、そうです」ミッチは彼女が好ましく思われて同意した。ほんの少しそそっかしいだけだ。

「顧問弁護士は証明書や保証金といったものを求めると思います」彼女が曖昧に頼りなく手を振りながら付け足した。「ニューヨーカーでらっしゃいますよね？　ナンバープレートを拝見しました」

「ええ、そうです」

「それで、あなたとミセス・バーガーにはお子さんはおありですか？　こんなことをお尋ねするのは、ここはまるで家族向きではないものですから」

「あっ、いえ、男やもめです」

ドリーは同情するように額にしわを寄せて考え込んだ。「何てことかしら。まだすごくお若かったのでしょうに、お気の毒に」

ミッチは答えなかった。声が喉に引っかかってしまうからだ。

ドリーはあわてて気詰まりな沈黙を埋めようとした。「中を見てみましょう、ね？　ただご忠告しておかなくては――階下を倉庫代わりに使っておりましたので、その、ちょっと……」

汚い。本当に汚かった。くもの巣やネズミのフンが至る所に散らばっているし、カビの臭いと長年使っていなかった部屋特有のあの臭いが染み付いている。男の荷物がむき出しの床の真ん中にかなりぞんざいに積んである。衣装バッグがいくつもある。スーツケースはどれもコートやスーツやセーターではちきれんばかり、段ボール箱には靴、陸上競技のトロフィ、古い年鑑、書類が詰まっている。ゴルフクラブのセットがあり、自転車があり、台に載った剝製《はくせい》のイボイノシシの頭があった。

にもかかわらず、ミッチは畏敬の念に打たれて見ていた。これはどこにでもある離れ屋ではないのだ。正真正銘の古風な柱と梁《はり》を持つ馬車小屋で、人が斧《おの》で切り出したクリ材の梁が見えている。部屋はちょうどよい大きさで、一面には自然石の大きな暖炉があり、床は幅広のオーク張り、床から天井までの三つの窓からは何にさえぎられることもなく三方向の海の景色が見られる。海上で船のブリッジにいるような感じだ。

立っていると、興奮の疼《うず》きが感じられた。いつの日か二人のために小さなコテッジを見つけるというのが、メイシーの夢だった。炎の前で一緒に丸くなれる場所。庭が作れて、そうしたい時には二人して他の誰からも逃げて来られる場所。ここだ。ミッチは確信した。これまでの人生でもこれほど自信を持ったことはない。

「彼の荷物をどうするかまだ決めかねていますの」ドリーがすまなさそうに呟《つぶや》いた。「ナイルスはどうしてほしいとも言ってきません――まだ身を落ち着けていないのでしょう。もちろん、そっくりゴミ捨て場に持っていくことも考えましたわ。でもそんなの、ひどく心が狭いってことになりません？」

どうやら夫は彼女を捨てたらしい。ミッチには想像しがたいことだった。ドリーはとても魅力的で、素敵で、上品なのだ。それにこの島は目を見張るほど素晴らしい。離れたくなる人間なんているのだろうか。

「もちろん、ぜんぶ運び出します」ドリーが続けた。「それにちゃんと床は磨かせ、ペンキも塗らせます。窓は修理させますし、他の場所も。ただ、ここでは多くを自給自足で片付けるところがあります。ですからここを借りる方も器用だと助かります。いかがかしら？」

ミッチは器用ではない。要修繕家屋の経験はケーリー・グラント主演の『ウチの亭主と夢の宿』に始まって終わった。もっとも彼自身はあの作品はひどく過大評価されていると思っている。「まあ、僕もやる気満々ですよ」お役に立ちますとばかりに答えた。

「まあ、よかった！　屋根はしっかりしています……。とにかく、まずまず大丈夫です。それに専用の石油コンロと浄化槽と井戸があります」

「以前は管理人が住んでいたんですか？」

「ええ、私が子供の頃には。私はこのビッグシスターで育ちましたの。旧姓はペックですのよ」

「ペック岬と同じ？」

「そうです。一六四九年に一族がこのあたりに住み着いたのです。セイブルックは当時ドーセット・リージスのライオン・ガーディナーが建造した砦《とりで》があるだけの土地でした。それ以外の何百、何千エーカーの土地が国王のために尽力したマルコム＆マシュー・ペックに譲与されたのです」

「どんな尽力を？」

「知る人はいません。でも私自身は、二人は盗賊で悪党だったと思っています」ドリーがにっこりした。

簡易キッチンと、傷だらけの古いタブのあるバスルームがあった。どちらも大したものではないが、用は足りる。キッチンの床には蝶番《ちょうつがい》のついたはね上げ戸。引き輪がはめ込まれた真鍮《しんちゅう》の横長の取っ手がついている。ドリーは引き開けて、下がどうなっているか見せてくれた。床下作業用の狭い空間で真っ暗だった。

「残念ながら地下室はありませんの」ドリーが謝ってきた。「ですから乾燥機付き洗濯機も。でも街にはコインランドリーが……」そこで急に言葉を切って、かわいらしく眉をひそめた。「もちろん、あなたお一人であれば、うちのをお使いになればいいわ。それに納屋には余った家具がいくらか埃をかぶっています。大したものではありませんが」

狭い急な階段で、リビングの上のロフトに上がった。天井は尖っていて天窓があり、梁はむき出しのままだ。採光と換気のための屋根窓が二つ。ベッドを一台置くスペースはあるが、それ以上は難しい。

「ああ、何てことかしら。私のファーストキスはここでだったなんて信じられます？」ドリーが乙女の憧れに瞳を輝かせた。「十二歳だったわ」

ミッチは好奇心に駆られて見つめた。この小屋に愛着を持っているようだし、手放すのは気が進まない様子なのだ。「本当にこの話を進めてもいいんですか？」

顔に暗い表情が走った――と、ドリー・セイモアは急にどこか他の場所に行ってしまったようだった。どこか遠くの場所へ。どこかとても不快な場所へ。それが彼女を揺すぶった。純粋に動物的な嫌悪の震えが全身を刺し貫いたらしい。が、これまた急にここへと戻ってきた。「いいなんて絶対に思ってませんわ」彼女がか細い静かな声で答えた。「でもそうしなくてはなりませんの。収入が必要なんです。私にはお金になるどんな技能もありません。何もです。ところが財産税にはごっそり持っていかれます。それで岬を自然保存地域として寄付したのです。私たちに残っているのはここにある家々だけのようなものです。でもこれだけは失うわけにいきません。問題は、私が独りになってしまったということですの、ミスター・バーガー」

「ミッチですよ」と静かに告げて、「独りでいるのは楽じゃないですよね？」と応じた。

「ええ、そうです。あなたならおわかりになるんじゃないかしら」彼女が注意深く彼を見やった。彼のことなど何も知らないに等しいことに、初めて気づいたかのようだ。「お仕事は何を、ミッチ？」

「映画批評家です」

「まあ、素敵！　創造的な仕事をなさる方を昔から崇拝しておりましたのよ」

「創造的な仕事をするのは映画製作者ですよ。僕はそれについて書くだけです。でも仕上げなくてはならない新しい本があって。それで仕事のできる静かな場所が必要なんです」

「ビッグシスターは確かに静かですわ。実際冬などは人によっては、静かすぎるくらいですのよ」

「僕はかまいません」ミッチは雪が吹き寄せられたビーチに長い散歩に出かける自分を思い描いた。燃え盛る火の前によい本とともに丸くなる自分。窓の外では波が打ち寄せているのだ。「菜園を作りたいんですが」

「納屋の裏手に、ちょうど誰かにもう一度命を吹き込まれるのを待っている古いものがあります。園芸の道具は私のところにたくさんありますし……」そこで大きく息を吸い込むと、出し抜けに言い出した。「家賃は月に千ドルです、ミッチ。いかがでしょう、顧問弁護士に電話して、あなたが借りたがっていることを伝えましょうか？」

ミッチはしばし呆然《ぼうぜん》と黙り込んでいた。ついに来たことに自分でも驚いていた。一つの扉が閉まり、べつの扉が開いている。今日こそがその日。この瞬間から、俺は前を向いて歩き出す。メイシーもそれを望んでいるだろう。変わることは健全だ。変わることは生きることだ。今こそ自分の人生を始めるべき時だ。そこでミッチ・バーガーは、ドリー・セイモアに微笑みかけて大きなはっきりした声で告げた。「ぜひ電話してください」

4

コネティカット州警察凶悪犯罪班の中央管区本部は、ルイス・アヴェニュー・モールの向かいの、かつては州立少年院だった建物にある。

道路名のない細い道がくねくねと丘を登ると、人目に触れない意外なほど牧歌的なキャンパスがある。歳月に古びた赤レンガの寮と教室だ。威信ある州の科学捜査研究所は、国中にその名を知られる指導者、ヘンリー・リー博士の指導のもと、ここで産声をあげた。州の警察犬訓練所もここに本部があり、ジャーマン・シェパードの吠える声が日常的なBGMになっている。デズには眠っている時でも聞こえるくらいだ。それに、本部に入る時には駐車中のパトカーに決して必要以上に近づいてはいけないことも学んだ――訓練中の警察犬が中にいたら、少し開けた窓から飛びかかられることがあるからだ。

凶悪犯罪班はかつての院長の住居で仕事をしている。スレートのマンサード屋根（下部は急で上部はゆるやかな二重勾配屋根）の落ち着いた威厳のあるレンガ造りの邸宅だ。堂々たる階段の下の玄関ホールは、机と郵便受けのある受付エリアに改造されている。掲示板もあって、その上にかかるぞんざいな手書きの看板にはこう書かれている。『無法地帯へようこそ』管区司令官のオフィスは華麗なダイニングだ。広大なリビングと寝室は小部屋に分割されている。

デズは男の同僚たちと陽気な茶目っ気のある冗談を交わしながら、自分の小部屋に向かってぐいぐい歩いていった。相手がウェートトレーニングにはまっているなら、その腕の太さに注目してやり、相手が何ポンドかでも減量しようとしているなら、たくましくてかっこいいと告げるのだ。同僚の新しいネクタイに感心し、へたなジョークにも笑ってやる。凶悪犯罪班の部屋はチャンスの宝庫。去勢された健康なオス猫の暮らせる家が見つかるとなれば、少々ふざけ合うくらい何でもない。実際あまたの独身男が彼女の魅力の虜《とりこ》になって、保護した猫を引き取った。デズが追跡調査のために訪ねてくれると勝手に期待してのことだ。そんなことはありっこない。家庭訪問はしない。幸せな結婚をしている者たちはどうかと言えば、彼女と目を合わせるのさえ怖がる。噂が流れているのだ。デジリー・ミトリーと親しくなりすぎると、野良猫を押し付けられるぞ。

すべてを言い尽くしているのは、同僚の一人が彼女の小部屋に貼り付けた手書きの看板——『地獄からのキャットガール』。

八時には、キャットガールは机について熱心に仕事を始める。二十八歳のデジリー・ミトリーは、コネティカット州警察凶悪犯罪班の最も若い警部補の一人なのだ。三人しかいない女性警部補の一人で、その三人の中では唯一の黒人だ。そのせいで州警察の大切な広告塔であり、非白人の大いなる期待の星だ。デズにはコネもあった。大きなコネがある。

助祭《ディーコン》（カトリック教会で司祭に次ぐ聖職者）と呼ばれる男が後ろ盾になっているのだ。

そのために白人警察官の恨みを買うこともある。上は管区司令官、カール・ポリート警部に至るまでの連中だ。この警部はいわゆるウォーターベリー・マフィア――ブラス・シティに生まれ育ったイタリア系アメリカ人警察官の固い結束のネットワークで、いろいろな形でつながり合っている――に属している。ポリート警部の副官、アンジェロ・テドーン警部補は警察学校の同級生なばかりか義理の兄弟でもある。そしてデズが背負い込んでいるムキムキマンで気取り屋の巡査部長、リコ・〝ソーヴ〟・テドーンはアンジェロの弟だ。

ソーヴはデズに対してより、マフィアに対して圧倒的に忠実だ。デズの警部補昇進が肌の色とジェンダーとコネのなせる業《わざ》だと彼が信じていることを、デズは内心確信している。彼女より自分のほうが相応《ふさわ》しいと思っていることも。さらにはデズの長く美しい脚をへし折って出し抜く機会は何であれ絶対に逃さないだろうことも。彼女に不利なことが現れでもすれば、ソーヴは兄のアンジェロに即ご注進だ。どんなしくじりも、どんなつまずきも。とにかく何でも。デズはこのいけすかないやつを信頼するわけにはいかない。と言って、配転させるわけにもいかない――正当な理由があるならともかく。理由がなければ、男性の部下とよい関係が保てないと記録されてしまう。だから我慢している。

デズは同僚全員に我慢している。多くの点で彼らには、自分たちだけの秘密クラブがあり、秘密の握手の仕方があり、自分たちだけの砦がある、少年の遊び仲間のようなものなのだ。そしてデズは、女の子。でも対処はできる。実際してきた――日々彼らをしのぐ働きをすることで。配属されるとまずはレイプ事件や爆弾事件で経験を積んだが、今では取り扱い件数の多くが殺人事件だ。殺人が彼女の飯《めし》の種。ポリート警部は必ずしも彼女の応援団ではないにせよ、馬鹿ではない。管区司令官は常にハートフォードからの結果を出せというプレッシャーにさらされている。そしてそれこそデズのやっていることなのだ。彼女は結果を出していた。

それに、絶対の必要に迫られない限りは、彼女自身もディーコンのところへ駆け込みたくはない。

机についた瞬間から、デズは扱っている事件に全身全霊で集中する。集中したら、何にも邪魔はさせない。

今朝は、トリー・モダースキー事件のファイルに没頭した。この射殺事件は少なからぬメディアの注目を集めた。若く魅力的な白人女性の射殺死体が森で発見されたとなれば、必然的にそうなる。そしてその犯人逮捕に少なからぬプレッシャーがかかるのもまた避けられない。事件はこの数週間、デズの最優先課題だった。彼女と、ソーヴ、それに制服警官が多い時で十二人、捜査に何百時間という時間をつぎ込んできた。が、進展がないまま行き詰まっている。デズには許せないことだった。

そこで、進行中の捜査記録をもう一度詳細に調べ、初めから終わりまで細部に至るまで注意深くふるいにかけていった。検死所見にはずっと悩まされていた。デズの経験では、美人が暴力的に殺されるのはセックスがらみだ。決まってそうだ。が、トリーにはその形跡がなかった。精液の痕跡もなければ、膣《ちつ》の分泌液もない。挫傷《ざしょう》もなければ、擦過傷もなし。かみ傷も唾液も引っかき傷もない。爪の中に皮膚組織も血液も残っていない。本人以外の毛髪もなし。肌にも本人以外の指紋はなし。人との接触を示すいかなるものも発見されなかった。数日後に届いた毒物学の報告書によれば、犠牲者の体内にドラッグやアルコールの痕跡もなし。

不手際な強盗仕事？　まさか。現場に真っ先に駆けつけた州警察官がイスズの八七年型セダンのフロントシートで彼女のハンドバッグを見つけている。車は近くの砂利を敷いた駐車場にあった。財布には九十七ドルの現金とクレジットカードがあった。

駐車場の砂利に他に識別できるタイヤ跡はなかった。何かを見たり聞いたりした者もいなかった。遺体は翌日早朝ジョギングをしていた人が見つけた。死亡推定時刻は午前零時から一時の間。

当初の丹念な現場捜索で、鑑識が遺体から八フィートほど後方の木の根元にめり込んでいた38口径の弾丸を回収した。弾道から——弾丸は上方から彼女の前頭葉に入り、側頭葉を鋭角に下りて小脳を抜けた——彼女は座っていたのに犯人は立っていたと思われる。科研の線条痕検査がスミス&ウェッソン38口径リボルバーから発射されたものと一致する特徴を明らかにした。が、データベースに記載のある凶悪犯罪の現場から回収された弾丸の中に、同様の線条痕があるものはなかった。過去三年間に州内で起きた殺人事件の記録の中に、似通った未解決の事件もなかった。

犠牲者の車の捜索から、トランクのスペアタイヤのハブに繊維がわずかに付着していたことがわかった。繊維はウールとナイロンの粗い混紡で、一般的には安物毛布に使われるものだった。現場で毛布は発見されなかったが、同様の毛布の繊維が遺体近くの地面にあった小枝にからまっているのが見つかった。遺体周辺の下生えや落ち葉は平らに押し潰されたように見え、毛布が広げられていたとしてもおかしくない状況だった。トリーは知り合いの男に会うために貯水池に来たというのが、デズの考えだった。彼女は車の毛布を森に持っていって広げた。が、男は彼女と一緒に座らずに撃った。そして以前の密会で毛髪や精液が付着しているかもしれない毛布を持ち去った。

犯人は注意深かった。が、わずかな証拠を一つだけ残していた――トリーの遺体近くの湿った地面から不完全ながら男の片方の靴跡が見つかったのだ。石膏型が作られた。ゴム製の靴底の模様はビブラム社のもので、多くの靴メーカーが作業ブーツにこの靴底を使用している。型の深さと幅は、男は体重が百八十ポンドから二百ポンドで、サイズ11か12の靴を履いていたことを示唆していた。この情報をもとに一般的な規格から男の推定身長が割り出される――今回は、六フィート二インチ。しかしデズはこの規格を昔からあまり評価していなかった。役に立つのと同じくらいの確率で、捜査員を欺《あざむ》く気がするのだ。小柄でも太りすぎで足の大きい男は周囲にいくらでもいるのだから。

デズは足跡の情報をメディアに教えなかった。鑑識捜査員二人が、現場で作業中にひどくウルシにかぶれたことも教えなかった。特にひどかった一人は医者にジプロピオン酸ベタメタゾンの軟膏を処方してもらった。デズはふと思いついて、殺人のあった直後の数日の間にひょっとして同様の治療か投薬を求めた成人男子がいなかったかどうか一帯の診療所と薬局を詳細に調べた。いい結果は出なかった。

トリー・モダースキーは二つの職に就いていた――ウォーターベリーの〈エーム

ズ〉のレジと、メリデン郊外の酒場〈パープル・パップ〉のウェイトレスだ。どちらにも彼女に気のある男がいた――〈パープル・パップ〉のオーナーのカーティス・ウィルカーソンと〈エームズ〉の副店長、ウェイド・スティーヴンソンだ。彼女はその両方を袖にしていた。が、二人とも犯行時の所在を説明することができた。ウィルカーソンは〈パープル・パップ〉のカウンターにいた。スティーヴンソンは友人三人とウィルマンティックの地ビール醸造所に行っていて、全員が午前二時の閉店までいた。ウィルカーソンは銃の所持許可証を持っていた――ベレッタの9ミリ・セミオートマチックだ。スティーヴンソンは持っていなかった。二人とも前科はなかった。

鑑識がトリー・モダースキーのアパートを洗って証拠を探したが、何も出なかった。いかなる男の痕跡も見つからなかった。掃除機のゴミ袋の中にすらなかった。実際のところ、彼女のアパートには身の回りの品が極端に少なかったのだ。住所録もなければ、手紙も、写真もなかった。名刺もないし、電話番号を走り書きした紙切れもない。それでも銀行からの定期的勘定通知と使用済み小切手は見つかった。彼女はフリート銀行に小切手勘定があり、残高は二百七十一ドル十六セントだった。貯蓄預金はなし。ビザカードを持っているが、使い方は慎ましい――通りの先の〈アモコ雑貨店〉でガソリンを買うか、従業員割引のきく〈エームズ〉でおもちゃや衣類を買うか。いかなる支払いも遅れたことは一度としてなく、借金もなかった。衣類は質素でカジュアル、高価な毛皮や宝石は持っていない。実際、百ドル以上しそうなものは何もなかった。通話記録から数本の市外通話が明らかになった——ウォーターベリーの〈エームズ〉へ——が、長距離電話の類はまったくなかった。

デズはトリー・モダースキーには生活がまったくなかったと思い始めていたが、それはお隣のローラ・バートのドアを叩くまでだった。ローラ・バートは亡くなった女性の一番の親友だったのだ。彼女はデズの最も貴重な情報源になった。

トリーがスティーヴィーを妊娠してニューブリテンの高校を中退したことも、ローラ・バートから聞いた。ローラによればトリーの母親は以来娘を勘当同然。ローラはその理由を話すのをしぶった——が、デズはスティーヴィーの浅黒い肌をひと目見て察した。そこで白人警官のほうが話しやすいだろうと、ソーヴを母親のもとに行かせた。読みは当たった。母親は彼に、トリーの元夫、ティローン・ディオンヌは〝スラムのくず〟だと語った。ディオンヌ自身の家族もほとんど役には立たなかった——本人が武装強盗の罪でノースカロライナの刑務所に服役中なのだ。ディオンヌ家もモダースキー家も子供を当座の間でさえ保護することなど考えてもいなかった。デズは許せないと思った。しばしば預かっていたローラ・バートだけが子供の身の上を本気で心配しているようだった。デズは彼女にコネティカットの児童・家族局に行ってみるよう話した。彼に里親を見つける責任を負う機関のはずだからと。

トリー・モダースキーを殺害した犯人は、罪のない子供の生活まで破壊してしまったのだ。たのだ。それもデズがこの事件にひどくやきもきしている理由の一つだった。ソーヴがノースカロライナ方面を受け持った。トリーの殺害が元夫の犯罪仲間による報復の可能性もあるからだ。ティローンが金をちょろまかした相手か、刑の軽減と引き換えに売った相手の。しかし、逮捕した警官も検察官もそうした可能性がありそうな事柄を提示できなかった。ティローン・ディオンヌに仕事仲間がいるという話はなかった。誰かに不利な証拠を出したこともなかった。彼の周りを飛び回っているハゲワシはいなかった。彼は一匹狼だった。

一方デズは、ローラ・バートに付きまとった。ロングヘアのオス猫、サー・ミックスアロットまで引き取ってもらった。しぶりにしぶった末にようやくボーイフレンドのことを持ち出したのはローラだった。彼らは皆年配で、妻子持ちだった。ローラは、トリーは娼婦ではないと言い張りながらも、何がしかの金銭の授受があったのではないかと疑っていた。トリーは一度に何人もと付き合うことは絶対にしなかった。それに彼らの苗字はローラにも絶対に教えなかった。

ローラは、アル、ドミニク、それにスタンとしか知らなかった。

アルとドミニクはそれなりに慎重だった。が、本気で慎重だったわけではない。心配なのは妻で、法律ではないからだ。アルはトリーに新しいソファベッドを買ってやった。ローラは昼間も家にいるので、配達人を部屋に入れた。〈ボブのディスカウント家具店〉からだった、と思い出してくれた。配達伝票をたどりトリーの住所と一致するものを探し出して、ソファベッドはアルバート・マダッチに購入されたものだと確定することができた。ウォーターベリー選出の論争の最中にある議員だ。アル・マダッチはこの半年の間に二度酔っ払い運転で捕まっていて、すでに非難を浴びていた。二度目はストリップクラブを出てからのことだった。デズは議員を丁重に扱って、妻の前で恥をかかせないように自宅ではなくオフィスで尋問した。それでも議員はまだ喧嘩腰でこちらを欺こうとした。トリー・モダースキーなどという名は聞いたことがないし、ボブの店でソファベッドを買ったことはないと主張した。その上、週末にボートでヌード日光浴に行かないか、とデズを誘ってくるような、見下げ果てた男だった。

「事件とは何の関係もないのなら」デズは冷淡に言った。「捜査のこの部分もメディアに公表してかまいませんね？」

それからはすっかり協力的になった。トリーを知っていたことを認め、関係は二年前に終わったと主張した。事件の夜の所在についても余すところなく説明した。願ってもないほど協力的だった。もっとも、その後旧知の間柄のカール・ポリート、デズの管区司令官に電話して、彼女の無礼な態度に苦情を申し立てた。ポリートはそれを受けて、彼女をオフィスに呼びつけ、〝職業意識〟という言葉の意味について辛辣な説教を垂れた。デズは鬱屈《うっくつ》した思いを抱えながら叱責に黙って耐えた。が、結局はそれも無に帰した。アル・マダッチはトリーが殺害された夜には妻や家族と一緒に家にいたのだ。深夜には二人の隣人が犬の散歩をしている彼を見ていた。

ドミニクを探すのはもっと簡単だった。彼がクラシックカーのコルベット・スティングレーでアパートまで乗りつけてトリーを拾うのを、ローラが何度か見かけていた。バイアグラカー、とトリーは呼んでいた。ローラは、彼の個人プレートが〝65 RAY〟だったことも難なく思い出した。ソーヴがプレートをたどって、ドミニク・サレーノを見つけ出した。ミドルタウンのジョリー・ラビッシュ社の筆頭共同経営者だった。ええ、トリーなら知っています。サレーノは認めた。が、二人の関係は一年前に終わっていた。しかも事件のあった夜にはボカラトンに行っていた。証明することもできた。

事件に対して、二人ともいささかの悲しみも見せなかった。二人の関心は自分の評判を守ることだけだった。彼らにとっては、トリー・モダースキーは人間クリネックスにすぎなかった。使い捨ての人間。

これも、デズには許せなかった。

捜索は三番目の既婚ボーイフレンド、スタンに移った。が、スタンは他の二人よりずっと慎重だった。トリーのアパートに来たことはない。ローラも彼を見たことがなかった。それでは乗っている車がわからない。実際、彼については何一つわからないも同然だった。〈パープル・パップ〉のオーナーのカーティス・ウィルカーソンは事件から一ヵ月ほど前の雨の夜に、スタンを一度見たことがあるかもしれないと思っていたが、白人で中年だったという以上に人相を教えることはできなかった。

デズはスタンが気に入った。わざわざ何も残さないようにしているところが気に入った。トリーを殺すことを計画していたかのようではないか。でもどうして？　それにどうしたら彼を探し出せるのだろう？　彼は誰なのだろう？　どこにいるのだろう？

ソーヴがモーニングコーヒーを手にデズの机にぶらぶらやって来た時にも、答えを探して報告書に没頭していた。デズの考えでは、二十八歳のソーヴは要するに身体でも頭でも——本人がいくら努力しても——一生兄を追い抜けない弟といった男だ。実際努力しているのだ。胸と腕を強化するためにウェートを上げすぎたおかげで爬虫類《はちゅうるい》にそっくりだし、老けて見えるようにと不ぞろいな口ひげを生やしていても実際には口の上に綿毛をつけたただっ子にしか見えない。それに黒のスーツを着ている。本人は一流だとさりげなくアピールしているつもりでも、実際にはちゃちな下っ端だと触れ回っているようなものだ。もし街で彼を見かけたら、斎場のリムジンの運転手だと思ってしまうだろう。ソーヴというニックネームは、刑事になりたての頃に流行っていたジェラルドのラテン系ラップから自分で取ったものだ。

「おはよう、ルート《LOOT》」彼がうなるように言った。ルート――警部補《LIEUTENANT》ではなく――と呼ぶのは、自分に対する彼女の権限を認めるのを拒否する彼なりのささやかな抵抗だ。リコはデズに打ち解けられないのだ。彼女は母親ではないし、ガールフレンドでもない。彼女が彼の半生では女性にあり得なかった役割を果たしているからだ。

「おはよう、大物」デズは答えた。「リトル・エヴァは元気？」

「ブリジットのことか？　俺を嫌ってるよ」リコが猫に引っかかれたばかりの両手を見せた。

「もっと優しくしてあげなきゃいけないのよ、リコ」デズは冷たくならないように告げた。ソーヴには噛《か》んで含めるように教えなくてはならない。彼は仕掛け品で、家で保護している野良猫と変わりないのだ。「野良猫は女性みたいなものなの。何とかして彼女に好きになってもらえれば、死ぬまであなたに忠実でいてくれるわ」べつに彼が女性に詳しいというわけではない。高校時代からずっと同じ女の子、マニキュア師のトーニーとデートしているのだ。デズがベラに説明したところによれば、見てくれはリサ・クドロー、ただし頭は空っぽという女だ。

「まだ売春婦にかかずらってるのか？」リコが彼女の肩越しにちらりと報告書を見て

尋ねた。「こっちにツキはないぜ」

「トリーは売春婦じゃないわよ、リコ」

「でも、主婦の鑑《かがみ》ってわけでもないぜ」

「あら、それじゃそれなりの意見があるわけね」どこか棘《とげ》のある声になった。堪忍袋の緒《お》が切れる時があるのだ。

ソーヴは神妙になって下唇を突き出した。「何もないよ、ルート。何もないさ」そして顔を真っ赤にして自分の机に戻っていった。

デズはデズで下唇を噛んで、報告書を入念に調べる作業に戻った。彼は正しいのかもしれない——あたしは躍起《やっき》になってるだけなのかも。でも正当な理由はある。それは単にトリー・モダースキーが若いシングルマザーで、安く見られてそのために高い代償を払ったというだけではない。

問題はスタンだ。デズはスタンが怖かった。彼は計算していた。彼は慎重だった。彼は優秀だ。

その彼が、今もどこかをうろついているのだ。

「率直に言って、ドリーはあの場所をべつの人に貸してくれればよかったのにと思います」キンズリー・ハヴェンハーストがきっぱりと言った。「君がいけないというのではないのですよ、ミッチ。でもあの馬車小屋には私どもが知っている人に住んでもらいたかった」

ミッチはハヴェンハーストの法律事務所に座っていた。面接を受けて、賃貸契約書にサインするためだが、どう見ても面接は不調だ。ハヴェンハーストは握手した時に、亡くなった母親以外は誰もがバドと呼ぶと告げた。が、ドリー・セイモアの顧問弁護士の口から出た友好的な言葉はそれだけだった。バド・ハヴェンハーストは育ちがいいので、露骨に敵意を示すことはしないが、冷たい男だった。まず間違いなくミッチを、やかましくて押しの強い携帯持参のニューヨーカーの先鋒《せんぽう》だとみなしている。どう見てもそんなミッチに脅かされる気がしている。

5

法律事務所はドーセット歴史地区の真ん中に位置する美術館の先にあった。かつては穀物と飼料の倉庫だった建物だ。内装は異様に古風だ。ロールトップの机があり、だるまストーブがあり、はっきりと船舶を意識した雰囲気がある。古ぼけた船舶用の晴雨計が壁に飾られている。他にも海図や帆船の設計図が何枚も。ハヴェンハーストのエール大学ロースクールの卒業証書は秘書のいる外オフィスの壁に掛けてあった。秘書はどうやら徒歩通勤しているらしい。ミッチが車を停めた裏の駐車場には、車は一台——泥のはねたレンジローバー——しかなかった。

「もっと正直に言えば」バド・ハヴェンハーストが言葉を続けた。「彼女が賃貸に出さないでくれたらよかったと思います」

バド・ハヴェンハーストは五十代前半で、生まれながらに裕福で、ハンサムで、自分に自信のある男という印象だった。長身でスタイルもよく、日焼けしている。短く刈り込んだごま塩の髪、貴族的な長い鼻、自己主張の強い大きなあご。ブルーのボタンダウンのシャツに、縞《しま》のネクタイをして、カーキのチノにかかとのないトップサイダーのデッキシューズを履いている。特権的な雰囲気がある。威光がある。ドーセットの名士なのだ。

「彼女もいやみたいでした」ミッチは認めた。

「いいですか、ここで相手にしている者の価値を、君がきちんと理解することが大切ですぞ。ドリーはアメリカにおける極めて卓越した家柄の出なのですから」

「ペック一族がドーセットを興《おこ》した話は、彼女から聞きました」

バドはキャプテンズチェア（座部がサドルシートで、背もたれが低く湾曲している肘掛け椅子）にもたれて、グレーの目を細くしてミッチを見た。「父親がカーター政権時代の駐日大使だったことは？　祖父が一九四八年から一九六〇年までコネティカット州選出の上院議員を務めたことは？　曾祖父《そうそふ》が州の最高裁判所長官だったことは？　曾曾曾祖父がベンジャミン・ハリソンのもとで合衆国副大統領を務めたことは？」

「いいえ、そこまでは聞いてません」

「私の一族は一七〇〇年代前半からこの地にいました」バドが堂々と言い立てた。「ハヴェンハースト家はホワイトオークを伐り倒すためにやって来たのです。それを樽《たる》やボート用に加工して、材木が不足していた英国に送りました。コロニーが大きくなると、コネティカット川は輸送の大動脈になり、ドーセットも忙しい港になりました。ワシントン将軍はアメリカ陸軍の指揮をとった後、一七七六年四月にニューヨークへ向かう途中ここに滞在しました。これは大変なことですぞ。ラファイエットは軍勢とともにここを通って進軍していきました。兵士はペック岬で野営してから、渡し舟で川を渡ったのです」バドは椅子から立ち上がり、窓辺まで行って、ドーセット通りに並ぶ慎重に保存された邸宅を眺めた。「今は、ここは美しくて静かな場所に住みたいと願う人々の場所になっています。ニューポートやハンプトンほど注目を浴びて観光客向きになっていない場所です。私はたまたま村議会議員を務めています。ドーセットの純朴な特色を守るために懸命に戦ってきたんです。いいですか、まさしく戦いだったのですよ。マンション建設、ハンバーガーチェーン、ドライブスルー、モーテル……といったものを入れないようにしなくてはならなかった。毎日、新たな戦いが生まれ、我々も毎日受けて立つ——ドーセットは至宝だからです。我々としてはこれからもそうあってほしいと願っています」そこで窓から振り向くと、ほっそりと長い鼻を向けて見下すようにミッチをじっと見つめた。「ドリー・セイモアも至宝です。しかも今は一人。私としては彼女がいいように利用されるのは見たくないのです」

「ご主人が彼女を捨てたみたいですね」ミッチは言った。

「彼女にはひどい痛手だった」バドが認めた。「彼女はナイルスを愛していた。しかしながら、素敵な女性は必ずしも男性の趣味がいいとは限らないのではないですかね。長くは続かなかった——三年です。彼女にとっては二度目の結婚でした。最初の結婚は二十四年間続きました。地元出身の良家の男との幸福な結婚で——男というのはたまたま私なわけですが」彼が鋭い目でミッチを見やった。「私が別れた妻の法律業務の代理をしているのは妙だと考えているのでしょうな」

それはもう奇妙この上ない。が、ミッチには関係ないことだ。「いいえ、そんなことは」

「私は再婚しました」バドは席に戻った。「とても幸せな結婚です。実を言えば、マンディと私はビッグシスターに住んでいるのです。離婚による財産分与で、客用コテッジを受け取ったもので。私の母が最後の十年を過ごした屋敷なので、私の愛着が深いことをドリーも知っていたのです。私たちは今でも仲のよい友だちで、私は兄のような存在。ったく、十三歳の時からの付き合いです……」顔が優しく輝いた。「あの頃は彼女のことを誰もがピーナッツと呼んでいました。見たこともないほどかわいい子で、その彼女と私は結婚した。果報者でした。彼女のことは今でも気にかけています。結婚が終わったくらいで、気持ちがなくなるわけではありません」

「ええ、そうですね」

「実際、ビッグシスターに住む我々は全員がファミリーなのです。我々の息子のエヴァンは友だちのジェイミーと古い灯台守のコテッジに住んでいます。二人はハッドライムでアンティークショップを経営しています。大きな夏用コテッジにはドリーの兄のレッドフィールドと妻のビッツィ。これまであそこに他人を入れたことはありませんでした。ですから、馬車小屋も知っている者に貸してほしかったのです。しかし彼女は君の保証金を受け取り、君の身元もきちんとしていることがわかって、こうなった……」

「ええ、こうなりました」ミッチはペンに手を伸ばした。

バドはためらって、机に置かれた賃貸契約書をどっちつかずにちらりと見下ろした。「君が考え直すというなら話はべつです。ドリーは喜んで保証金を返還するでしょう」

「まさか」ミッチは上機嫌で勢いよく契約書にサインした。ドリー・セイモアの元亭主が自分を迎えたいかどうかなど知ったことではない。

バドが大きくため息をついた。「それじゃ、君がこれを後悔しないことを心から願いますよ」

「それはまたどうしてですか？」

バド・ハヴェンハーストは答えなかった。どうしてそんなことを言ったのだろう。ミッチは訝《いぶか》った。妙な話だ。

ドリーは、小屋はきれいに洗ってペンキを塗ると請け合った。嘘はなかった。タック・ウィームズという名前のつなぎを着た地元の便利屋が、その作業のためにやって来た。ウィームズは五十代の大柄でがっしりした男で、ブロンドの髪はまとまらず、依存症のありとあらゆる徴候が見られた。まず間違いなく震えが来ている。切り傷を作らずにひげを剃ることができないらしい。毎朝トイレットペーパーの切れ端があごや首の違う箇所に見られた。冷たいブルーの目もドラッグかアルコールのせいで輝いている。ミッチは二度会話を試みた。二度とも相手は返事もせずに歩き去った。それでもウィームズは堅実で有能な働き手だった。窓を直し、腐った屋根板や土台を取り替え、小屋を飲み込まんばかりだった低木林を刈り込んだ。一週間もすると、小屋は十分住めるようになった。

車は必需品だ。幸いにもドリーが古いピックアップトラックをたまにゴミ集積場にゴミを運んでくれるならという条件で、二束三文で手放してもいいと言ってくれた。いいですとも。ミッチは答えた。おかげで、誇らしくも錆《さ》び一つない深紫色の一九五六年型スチュードベイカーのオーナーになった。積載量五百キロ、V8エンジンで、三段ODだ。道路を行き交うエアロダイナミックなスタイルの車に比べると、この車だけがもっこりふくれているのが目立つ。しかも走行距離は十八万六千マイル。それでも立派に走った。ミッチもニューヨークとの往復に使おうとは思っていなかった。せいぜいオールド・セイブルックまで。アムトラックの駅のある川向こうの近隣の街までだ。

一度だけニューヨークまで物を取りに乗っていき、新聞社に顔を出した。日曜版の旅欄の担当編集者は、週末に出かける保養地についてミッチが送ったドーセットの記事をとても喜んでいた。とりわけミッチが牛と差しで行ったインタビューを気に入っていた。それにレイシーは、彼が家を借りたことをとても前向きな兆候だと受け止めた。もっともいくらか驚いてはいたが。

「そこで暮らしてるあなたなんて、ちょっと想像できないわ」エレガントにしつらえられたオフィスに立ち寄った時には、そう言った。

「どうして？」

「ヴィレッジ——村——に住んだことあるの、ミッチ？」

「グリニッチ・ヴィレッジ以外はないが、どうして？」

「私はあるからよ。全然違うのよ、本当なんだから」

「それならわかるよ」ミッチは声を大にして言った。「人はみんな互いに微笑みかける。どうぞとかありがとうとも言うし。本当にハンディキャップがない限り、ハンディキャップ用のスペースに車を停めることもない。まったく驚くべきことだよ」

「で、まったくインチキ」レイシーが言い返した。「彼らは鋭いナイフを持ち歩いているのよ、ミッチ。みんながみんなに干渉する。それが彼らの気晴らしなの。プライバシーもなければ、秘密もない。ヴィレッジの暮らしは、まさに大きな昼メロなのよ」

「俺はべつに昼メロは嫌いじゃないよ」

「自分が登場人物の一人になってることに気づいたら、嫌いになるわよ」

夏公開の新作映画の試写も最初の大きな山を越えていたので、ミッチはレイシーに夏はほとんど向こうで過ごすつもりだと告げた。試写があれば戻ってくるにせよ、映画会社が秋に向けて再び攻勢をかけてくるまでは静かなものだろうしと。レイシーはそれでかまわないと同意して、幸運を祈ってくれた。ミッチの人生が向かう先について、彼女はもうそれ以上何も言わなかった。

「俺は一人になって、本を執筆したいだけなんだよ、レイシー」ミッチは説明した。

「頑張って。でもそうはいかないわよ、ミッチ」

「いくさ」ミッチは言い張った。「いくに決まってるじゃないか」

書斎の隅に押し込まれて、新聞紙と埃にまみれていた茶色のコーデュロイの小型ソファを持ち出した。今やいくらでも大音量で演奏できる完璧な環境が整ったと考え、ストラトキャスターとスタックアンプを持ち出した。美術品を二つ、食器に深鍋や浅鍋をいくつか、シーツにリンネル類、さらにはファイア島用に購入したステレオとテレビを持ち出した。

管理人が喜んでスチュードに積み込むのを手伝ってくれた。ミッチのことが好きなのだ。ブロードウェイ・ミュージカルの招待券をくれる賃借人など他にはいないからだ。

ベッドが必要だった。ウェストブルックにあるマットレスのアウトレットで購入した。他のものは廃品から拾った。揺り椅子とキッチンテーブルは、ドリーの納屋で見つけた。おんぼろの手漕ぎボートは上に雨戸を載せてコーヒーテーブルに代用した。薄い幅広のトランクはナイトスタンドになった。村のガレージセールで、気持ちよく使い込まれた肘掛け椅子を十ドルで買った。キッチン用のぎょっとするほど真っ黄色の椅子も二脚買った。

街のゴミ集積場では、浮き彫りの施された古い上等のオークのドアを見つけたので、木挽《こび》き台に載せて机にした。ゴミ集積場は実際のところ、ゴミ拾いのパラダイスだった。出かけるたびに、たいてい必要以上のものを持ち帰った——シェルバックのアルミのガーデンチェア二脚、各種スタンド、本棚。しかも行くたびに、たいていとてもよい仲間に恵まれた。元ニューヨーク市長や、トニー賞受賞の女優、児童書のベストセラー作家と、ゴミ集積場で親しく話をした。彼らも拾っていたのだ。

何日もみっちり骨身を惜しまず働いて、新しい住み家を整えた。栄養をつけるためには、かの名高い手作りのチャプスイを山ほど満喫した。レシピは細心の注意を払って秘密にしている。イタリア料理用ソースを一瓶、牛ひき肉一ポンド、スパゲティ一箱、玉葱《たまねぎ》一個、ピーマン一個、それに冷凍のミックスベジタブル一箱。味付けはガーリックソルト。メイシーは犬の餌だと言い切って、食べようとしなかった。でもミッチは五、六日続けて食べても平気だ。

ビッグシスターでは、夜はまだ冷える。夕食後は、暖炉に火をおこし、ハーゲンダッツのバニラ・スイスアーモンドの一パイントパックとスプーンを手に、その前に寝そべって、炎を見つめた。ベッドに入るのも早かった。仕事の疲れと、小屋の外で岩に優しく打ち寄せる波のリズムに誘われて眠りに落ちた。もう何ヵ月もぐっすり眠ったことなどなかったのだが。

朝は朝で、明るい陽射しに、七時にもならないうちに起こされた。フィッシャーズ島フェリーはすでにニューロンドンとの往復を始めている。漁師と船乗りももう仕事を始めている。ミッチはリビングの窓辺に立って、清浄な海の大気を吸いながら彼らを見守った。海面に斜めに射す早朝の光を見ていると、エドワード・ホッパーの海辺の絵が思い出された。

朝、とりわけ干潮時に、島の岩だらけのビーチを散歩するのが好きだった。ズボンの裾をまくって、裸足で潮溜まりを苦労して進みながら、そこで見つかる生き物に目を見張った。ホンダワラ、紅藻、鮮やかな緑色のアオサ。蟹《かに》に牡蠣《かき》。オレンジ色の嘴《くちばし》をしたミヤコドリ、アジサシに鵜《う》。雁《がん》は大声で鳴きながらV字編隊を組んで、すぐ頭の上を飛んでいった。

活発かつ堪能にレジャーライフに勤《いそ》しんでいる島の住人を観察するのも楽しい。夕暮れが近づくとガーデンチェアに座って、しばしば彼らを見守った——島にあるコートでテニスの試合をしているのを、帆走を終えて桟橋に帰ってくるのを。みんな日焼けして快活だ。いわば最前列から見ているミッチにしてみれば、そうした名門の血筋というのがマーチャント&アイヴォリーのコンビによる映画の登場人物同様にエキゾチックだった。

ドリーとバドの息子のハンサムなエヴァンがいる。ポルシェ911を乗り回し、石造りの灯台守のコテッジに年配の男のジェイミーと住んでいる。二人は多くの時間を一緒にヨットで過ごしている。

バドと若くセクシーな妻のマンディがいる。マンディは素敵な脚をした長身の活発なブロンドで、クラシックカーのMGAを乗り回し、テニスコートでは決まって弁護士を粉砕している。二人はある午後、自宅の芝生でクロッケーパーティを開いた。客は白のフランネルに身を包んでやって来た。男たちはかんかん帽を頭に載せていた。笑い声とグラスが触れ合う音が、暖かな気流に乗ったシャボン玉のように島を渡ってミッチのところまで漂ってきた。

ドリーの謎めいた兄のレッドフィールドもいる。夜明け前に仕事に出かけていって、決まって何日も戻らない。ミッチにはどんな仕事をしているのかわからなかったが、CIAだろうと勝手に決めた。妻のビッツィは丸ぽちゃの主婦で、もうしょっちゅう庭に出ている。それはもう見事な花と野菜を育てているのだ。

彼らはミッチを完全に無視した。ようこそと言ってくれた者はいなかった。一杯どうかと家に招待してくれた者もいない。同じ島に住んでいても、ミッチは彼らの一員ではなかった。

寝室にしたロフトには電気の配線がなかった。ベッドで本を読むために、見事に散らかった村の金物屋で灯油ランプを買わなくてはならなくなった。リンゴの頰をした陽気な店主のデニスは、ハリケーンのシーズンにものすごく重宝すると請け合った。ミッチが新しい居住者だとわかると、顧客名簿に載せると言い張った。そこで住所を告げると、ずいぶんといろんな反応が返ってきた。

一つには、ナイルス・セイモアという名前が、この太っちょの店主にあまりよく受け入れられていなかった。「ツケを二百ドルも溜めたままなんだぞ、あのサイテー野郎」店主は丸い頰をますます赤くしてガミガミ言った。「女とずらかる前に地元の貧しい商店のツケくらい清算できたはずだと思わないか？」二つには、ドリーが馬車小屋を人に貸したというニュースに心底驚かされたようだった。「あそこに引っ越すなんて、あんたも勇敢だな」彼はカウンター越しに低いしゃがれ声でミッチに打ち明けた。「俺には、とてもそんな度胸はないよ」

デニスは詳しい話をしなかった。ミッチにはどういうことかまるで見当もつかなかった。それでも訝った——バド・ハヴェンハーストが後悔しないことを願うと言った時と同じように。

　どういうことだろうと考えながらオールドショア街道を島に向かって走っていると、州警察の灰色のパトカーが背後でライトを点滅させた。路肩に車を停めて待った。降りてきたのは、肩幅の広い長身の五十代の男だった。誂《あつら》えたような制服を着て、つば広の帽子をかぶっている。もみ上げは白いものが交じっていても剛毛だし、角張った顔は革のように堅く、背筋はぴんと伸び、腹はまったく出ていない。ミッチはひと目見ただけで、『捨身の一撃』のランドルフ・スコットを思い出した。

「スピード違反ですか？」まさかと思いながら開けた窓から尋ねた。「強い追い風でもない限り五十マイルも出せないと思ってたんですが」

「いいえ、そういうことじゃありません」州警察官が丁寧に答えた。「旧式のトラックに見覚えがあるのに、運転手には見覚えがなくて。それで、ミスター・バーガーに違いないと思いまして」

「そうですけど……」

「挨拶がしたかっただけですよ。ここの住人とは知り合いになっておきたいもので。彼らのどんな質問にも答えられるように」と大きな茶色の手を窓の中まで突っ込んできた。「タル・ブリス、駐在です」

　ミッチはその手を握った。「それじゃ新入りを歓迎してくれてる？」

　ブリスが微笑んだ。「そうです。そんなところですよ」

「それはどうもご親切に。感謝します」ミッチは自分も車を降りるほうが隣人らしいだろうと判断した。で、降りたのだが——途端に、自分がすっかり縮んだ気がした。タル・ブリスは少なくとも六フィート四インチある。それも帽子なしでだ。帽子をかぶっているとなると、この駐在は落ち着いた物腰柔らかな巨人だ。

「想像していたよりずっとお若いですね」彼が通り過ぎていくジープの二人に手を振りながら、ミッチに言った。「男やもめと聞いて、もっと年配の紳士だと思いました」

「実を言えば、やもめになったなんて自分でも驚きました」

「ヴェトナムで多くの友——と自分自身——を失いました」ブリスが静かに言った。

「その傷が癒《い》えることはないと思いました。一番つらいのは我慢することです」そして近くの塩湿地に視線を漂わせた。塩湿地ではミサゴが微風に乗って旋回している。

「自分を癒やすにはここはいい場所です。いい場所を選ばれましたよ」

「それはうれしいな」ミッチは答えた。よりによってこの初対面の男とこんな会話をするとは思っていなかった。

「ドリーははるか昔からの友人なんですよ」ブリスがブーツの爪先で固い土を蹴った。「子供の頃からの」

「とても素敵な方みたいですね」

「実際素敵です」ブリスがいくらか顔を染めながら断言した。「あれほど素敵な人は他にはいないくらいですよ」

「バド・ハヴェンハーストのことはご存知ですか？」

「よく知ってます」彼が答えた。「どうしてです？」

「あなたなら答えられるかもしれない質問があるんですが」

いかつい駐在がミッチを凝視した。「いいですとも」

「契約書にサインした時に、僕が後悔しないことを願うと言われたんです。それに金物屋のデニスは僕のことを勇敢だと言いました。ビッグシスターには僕が知っておくべきことがあるんですか？」

ブリスは帽子を脱いで、長いこと手の中で回しながら調べていたが、とうとうミッチに目を向けた。「そのことならドリーに訊くといいかもしれません」

「あなたに訊いてるんです」

ブリスが頰をぷっとふくらませた。「いいでしょう。そのほうがいいかもしれません。タック・ウィームズという名前の男には会いましたか？」

「まあね。挨拶しても、答えてもらえませんでしたけど」

ブリスがかすかに笑みを浮かべた。「いかにもタックだ。彼はビッグシスターで育ちました。タックの父親のロイが管理人だったんです。彼らとタックのママのルイーザはあなたのあの馬車小屋に住んでいました。高校を卒業するとすぐに、タックと私はヴェトナムで軍務に就いたんですが、その、ロイが狂ってしまった。かわいそうなルイーザの頭をショットガンでふっ飛ばしてから、自分も後を追った。それがまさにあそこ――あなたの馬車小屋で起きたんです。しかもドリーが二人を発見してしまった。あんな愛らしい十七歳の女の子が出くわすにはあまりに恐ろしい出来事で……。それはともかく、以来あそこは空き家になっていました。誰も住まなかった――今の今まで。あなたが初めての住人です。ドリーが何も言わなかったのは、くよくよ考えたくないからです。ほら、ドリーはとても繊細なんですよ。脆《もろ》いとも言えるかもしれません。それに彼女にはつらい時でもあります。新しい夫が彼女を捨てた時にはひどい衝撃を受けたんです」駐在は言葉を切った。その目はミッチの顔を探っている。「あなたにもぜひとも彼女の気持ちを汲《く》んでもらいたいです」

ミッチは頭をぐいと引いて不思議そうに彼を見た。「どういう意味ですか？」

ブリスがそわそわと唾を呑み込んだ。「男が村にやって来て、また彼女に付け入るのは見たくないということです」

「また？」

「ナイルスですよ」駐在は汚い言葉だとでもいうようにその名前を吐き捨てた。「彼はドリーに襲いかかり、お世辞を言ってうれしがらせ、彼女を操って、バドから奪った。それがこのざまだ。彼女は胸の張り裂ける思いをした。私はまた同じことが起きるのは見たくありません。わかりますか？」

わかった、ちゃんとわかった。駐在はドリーに近づくなと言っているのだ。彼女に髪の毛一筋ほどの興味があるわけでもないのに。だいたい、彼女は母親でもいいくらいの年齢なのだ。ミッチにわからないのは、この警告を伝えるブリスの立場だった。ドーセットの駐在——一族の利害を保護して守る権限を与えられた公僕——として話しているのだろうか。それとも、彼自身がドリーを愛していて、彼女の愛情を奪い合うライバルはいらないと思っているのか。ミッチにはわからなかった。が、いずれにしろ、答えは一つだ。「話はよくわかりました」

駐在は顔をくしゃくしゃにして微笑んだ。「よかった。わかり合えてうれしいですよ、ミスター・バーガー」そして、ミッチを見ながら頭に戻した帽子に軽く触れてから、大股でパトカーに戻り走り去った。残されたミッチは目眩《めまい》を覚えた。

夢の住み家は死の小屋だった。

細い橋を渡っていても、島はもはや同じには見えなかった。島は屈託のないヤンキーの楽園ではなかった。災いの地だった。そして小屋には寒気を覚えた。足を踏み入れた瞬間に、死の匂いが感じ取れた。天井はこれまでより低く、壁は迫ってきた気がした。静けさももはや慰めにはならず、無気味なだけだ。

ミッチは震えながらバスエールを手に外に戻り、夕方の陽射しを浴びてガーデンチェアに座った。まだここで幸せにしていられるだろうかと思った。過去の出来事を忘れられるだろうか。できるとも。俺だって自分自身の過去から決別しようとしているんじゃないか。これだって同じことなんじゃないか？　いいや、実際には違う。メイシーの存在まで忘れようとしているわけではない。ただ、過去ではなく現在に生きようとしているだけだ。となると、これもそれほど違わないのだろうか。

ミッチにはわからなかった。わかるのは、この地についての当初の思いは完全に失われてしまったということだけだ。

一時間後、フォードのピックアップが停まった時にもまだ座っていた。タック・ウィームズだった。ドリーの屋敷と馬車小屋の間に広がる瑞々しく伸びた芝を刈りに来たのだ。ミッチは手を振ったが、彼が手を振ってくることはなかった。相変わらずだ。座ったまま、ウィームズが大型芝刈り機を降ろすのを見ていると、ドリーが彼に向かって恥ずかしそうに微笑みながら砂利の小道をこちらに向かって歩いてきた。テニスのラケットを抱え、口元に屈託のない笑みを浮かべた、足取りも軽やかな愛らしい少女だった彼女を想像するのは難しいことではなかった。いいや、難しいなんてとんでもない。彼女はきちんとした仕立てのグレーのパンツに、胸元の深いVネックの黒いカシミアのセーターを着ている。片手には小さな瓶、もう片方には錆びの浮いた古い蹄鉄を持っている。近づいてくるうちに、ピリッとしたレモン系の香水がミッチの鼻をくすぐった。

「新居のお祝いをお持ちしましたわ、ミッチ」彼女が上品に言って、蹄鉄を差し出した。「ニューイングランドの古くからの慣わしなんです。玄関のドアに上向きに掛ければ、幸運をもたらすことになっています。これはうちで使っていた蹄鉄で――納屋で見つけましたの」

「へぇ、ありがとう」ミッチは重さを計るように蹄鉄を手で持った。「どうぞお座りください。飲み物でもいかがですか？」

「ありがとう、けっこうですわ」彼女がもう一脚のガーデンチェアに座った。「ただできれば……。実は家にお客さまをお招きするのですが、このピメント（欧州原産の多肉甘味種のトウガラシ）の瓶が開けられなくて」彼女はピメントと発音した。そんな発音を聞くのは初めてだった。ともかくも上流階級の英国紳士を気取っていたノエル・カワードを真似ているわけではない者から聞くのは。「お湯に浸けてみました。あの忌々しい人間工学的に進歩した瓶開けも試してみました。でもまるで役立たずで。蓋が固まってしまっているようで。試していただけるかしら？」

「喜んで」

瓶はあっさり開いた。簡単ではなかったが、さして厄介でもなかった。

「どうもありがとう！」彼女がうれしそうに叫んだ。「男性がそばにいるのも時にはとても素敵ですね。ホームパーティにお招きしなかったなんてひどい怠慢でしたわ。そんな夕べをぜひ実現しなくては」

二人はウィームズの仕事を見ながら、しばし黙って座っていた。彼はこちらのことをまったく意に介していない様子だ。

「越してらしても、あまりお客さまはないようですね」ドリーが片方の眉を上げてミッチをちらりと見やった。「窓から双眼鏡で一挙手一投足を観察していたわけではありませんのよ。でも、ひどく孤独だとは思われませんか？」

「いいえ、べつにひどくは」

「でもつらいでしょう？」彼女がこだわった。「喜びのない生活に順応するのは。喜びに慣れていた身にはってことですが」

「ええ、とてもつらいです」

彼女が自分に納得してうなずいた。「一人で喜びを味わうのは人間には無理だと思います。二人必要なんです。一人でも小さな喜びは味わえるようになるでしょう。それを受け入れることも。でも私は、どうしてと自問して泣きながら寝つく夜も多いです」そこまで言ってから、ふっと黙り込んだものの続けた。「あなたならたいていの人よりずっとよくおわかりいただけるんじゃないかしら」

「残念ながら確かに」

彼女が哀願するようにミッチの目をじっと見つめた。その目からはものすごい緊張と重圧が感じられた。ピーンと張り詰めているようだ。実際今にもポキンと折れてしまいそうだ。「彼がもう私を求めていないなんて、誰も教えてくれませんでした。いい歳をしてそんなことを言うのは愚かだとは思いますが……。これまで一度として誰からも拒絶されたことがなかったもので。と、とても幸運だったんです。ただ、どんなに幸運か気づかなかった。今はわかります。自分にもそう言い聞かせています――あなたはとても幸運だったのよ、ドリー。それを慰めになさいって」そこでまた、唐突に話すのをやめた。小さな胸がふくらんではしぼんだ。「まあ、いけない。こんなことをぐずぐず喋っていてはいけないんだわ。あなたも私に会ったことを後悔されているでしょうね」

「とんでもない。それどころか、お会いできて本当によかったと思ってたところです」

「優しい方なのね。何か入り用なものはあるかしら、ミッチ？　必要なものは？」

「それなら答えをいくつかかな。今日駐在のブリスに会って……」

「ああ、知ってます。彼から聞きました」

「どうしてあなたから話してもらえなかったんですか？」

「もう昔のことなのよ、ミッチ。今さら重要だとは思わなかったの。とりわけ当時ここにいらしたわけではない方には。あら、それが……？」

「正直なところわかりません」ミッチは答えた。「あなたがここを貸したことを、彼は気にしてるんじゃありませんか？」ウィームズのことだ。

「タックのことは誰にもわかりません」彼女が答えた。「どちらかと言うとあんなふうに自分に閉じこもってる人ですから。どうするつもりか話した時も、うなずいただけで立ち去りました」芝生の向こうの彼を見つめる表情が和らいだ。「そういう人なんです。もう小さい頃からずっと」

ミッチはドリーから聞いたファーストキスのことを考えた。相手はあのタック・ウィームズだったのだろうか。「事件は家のどこで起きたんですか？」

「二階です」声は虚《うつ》ろでよそよそしかった。「二人は一緒にベッドにいました。あれは……本当に恐ろしかった」と、ドリーは急に立ち上がった。ミッチの視線を避けている。「出ていきたいというのであれば、ミッチ、仕方ないと思います。でもそうならないことを心から願います」

それだけ言うと、ドリーはピメントの瓶を手に、しっかりした足取りで家に戻っていった。

ミッチは家に入って、ドアの上に蹄鉄を掛けた。

ここが好きだ。ここにいたい。いるつもりだ。ここはもう我が家なのだ。

この小さな家の唯一の現実的な問題は、一階がどうにもカビ臭いことだ。この問題については、新聞に家の修理についてのコラムを寄稿している女性と詳細なチャットをしていた。彼女は床下の換気が問題だと考え、二種類の処置を勧めていた。ミッチは袖をまくりあげて、仕事にかかった。

まず、この小さな家の土台にある換気口の位置を探し当てた。四ヵ所あって、それぞれおよそ一フィート四方。案の定寒気と小動物を防ぐために板でふさがれていた。バールで板を引き剝がし——たちまち湿っぽい地下牢のような臭いが発散された——代わりに通気性のある金網を取り付けた。

次は、薄いプラスチックの防湿層を暗い床下の湿っぽい露出した地面に敷き詰める。床下は十八インチくらいの高さしかないので、それはつまり懐中電灯を手にほとんど一日中腹這いで過ごさなくてはならないということだった。すぐにネズミやクロヘビや奇妙な大クモが好む住み家だと判明した場所だったのだが。場所によっては、たとえば暖炉の近くでは空間が極端に狭く、泥から鼻を出そうとすれば根太に頭を打ちつけそうになった。ミッチは特に閉所恐怖症ではない——だから、たとえば『大脱走』のチャールズ・ブロンソンではない。それでも汚らしい場所に俯《うつぶ》せで閉じこめられて、プラスチックのシートを広げ、寸法に合わせて切って、岩やレンガで重石《おもし》をするのは楽しいものではなかった。生きているネズミが身体の上をチョロチョロ走り回ったり、足場をなくした彼らが髪にからまり、キーキー鳴きながらもがいたりするのも、楽しいものではなかった。この床下への唯一の出入り口、キッチンのはね上げ戸まで戻るには優に二十フィートは這わなくてはならないことも、慰めにはならなかった。時間のかかる単調で退屈な作業だった。それでもほぼ半分を終えたところで、外の砂利道をこちらに向かってくる足音が聞こえた。

足音は家に入り、頭の真上のフローリングをゆっくり重そうに歩き回った。

「下にいる！」ミッチは大声で言った。「床下だ！　おい……?!」

足音はキッチンへと移動していった。しっかりとした足取りだ。と、鋭い音がした。何かがバタンと閉まる音——はね上げ戸だ。

途端に、床下はもっと暗くなった。

「おい、どうなってるんだ!?」ミッチは叫んだ。足音は慌ただしく家から砂利道に駆け出していった。「おい、戻ってこい！」

身をくねらせて、必死で水道の本管を回り、はね上げ戸まで戻って試した。駄目だ。真鍮の留め金は古い冷蔵庫のドアのような——自動ロック式。しかも機械装置は上側にある。蝶番《ちょうつがい》も同様だ。こちら側にあるのは扉だけ。鋏《はさみ》で扉をこじ開けようとした。渾身の力で押した。無駄だった。しっかりロックされている。次の対応として、一番近い換気口まで這っていった。金網を蹴破って出られるかもしれない。が、やはり無駄だった。換気口は小さすぎて、とても抜けられなかった。事態がはっきりと理解された——地下に閉じ込められたのだ。一瞬パニックに襲われた。鼓動が速くなった。額には玉の汗が浮かんだ。でも、自分を落ち着かせた。ゆっくり大きく息を継いで、言葉を暗誦《あんしょう》した。パニックを起こしてはいけない。パニックを起こしてる場合じゃない。

換気口の一つからドリーのガレージが見えたことを思い出した。そこから彼女を大声で呼ぼう。それだ。換気口に向かって腹這いで床下を端から端まで移動した。懐中電灯の光が刻一刻と頼りなくなっていった。が、彼女の車はなかった。出かけているのだ。ちくしょう。他の家はどうだ？　離れていて、間断のない引き潮の小波《さざなみ》が寄せる中ではとても声は届かないだろう。

そこで声を限りに「助けて！」と叫ぶことにしたが、ついには声がしゃがれてしまった。

とうとう諦めた。頭から湯気を立てて俯せに横たわった。どうしてこんな目に遭わなきゃならないんだ？　こんなことが面白いと考えるのは、いったいどんな野郎なんだ。そいつに会って、この手で首を絞めてやりたい。

換気口のそばから動かなかった。冷静さは失わなかった。恐れるものは何もないのだ。クロヘビがこちらに滑ってきて、脚の間で丸まっても、パニックは起こさなかった。クロヘビには毒はない。それはタカロマでのサマーキャンプで学んだ。それでもヘビが行ってしまうまで、緊張してじっと動けなかった。

閉じこめられて三時間以上も経ったところで、ドリーのメルセデスのディーゼルエンジンがガタガタいう音がようやく聞こえた。エンジンの音がこれほどうれしかったのは、生まれて初めてだった。ドリーは砂利をはねながら車をガレージに入れて、エンジンを切った。ミッチは金網に顔をつけて呼びかけた。

ドリーはトランクから買い物袋を降ろしていたが、その声に微笑を浮かべて振り向いた。が、やがて眉をひそめた。明らかに彼の姿が見えないことに困惑しているのだ。ミッチが「床下です！」と何度か叫ぶと、すっかり狼狽《ろうばい》した顔でようやく馬車小屋に向かって歩き出した。

「まあ、大変！」金網に押しつけられて半ば歪《ゆが》んだミッチの顔を見つけると、そう叫んだ。「そんな所で何してらっしゃるの、お馬鹿さん？」

「閉じ込められたんですよ、ドリー」

「まさかそんなはずはないわ」ドリーが絶対の確信をこめて言った。

「間違いないですよ」

「まあ、何て馬鹿げたことが！」

「同感です。出してもらえますか？」

ドリーはすぐさま入ってきて、はね上げ戸の留め金をはずした。キッチンの下にさっと光が差し込んだ。

「きっと風で閉まったんだわ」腹這いで向かってくるミッチに大きな声で言った。

「まさか」ミッチはキッチンの床に戻るとうめいた。筋肉は痛いし、顔にも髪にも泥がこびりついている。クモを始めとする多くの昆虫が服からぼろぼろ落ちた。「誰かがわざとやったんです」

「誰が？」

「病的なユーモアのセンスを持ったやつですよ。誰とまでは言えません」

「どうしてわかるの？」

「足音を聞きました」

途端に、ドリーは真っ青になって立ちすくんだ。ミッチは一瞬、気絶するかもしれないと思った。「な、何を聞いたですって？」彼女が喘《あえ》いだ。かろうじて聞こえる囁《ささや》くような声だ。

「足音を聞きました」ミッチは彼女を不思議そうに見つめて繰り返した。

「嘘よ！」彼女が急に猛然と言い返してきた。「そんなはずないわ。あなたの想像よ。きっとそうよ」ドリー・セイモアはそれだけ言うと、くるりと背を向けてドアから飛び出し、家に帰ってしまった。残されたミッチはすっかり面食らっていた。

あれは想像ではなかった。誰かがわざと閉じ込めたのだ。足音を聞いた。それは事実だ。いったい誰だ？　どこかのガキか？　でも、ビッグシスターにガキはいない。それじゃ誰だ――タック・ウィームズか？　そうやって俺がここに住むのを喜んでいないことを伝えてきたのか？　足音を聞いたと告げた時に、ドリーはどうしてあんなに動揺したのだろう？　何を呼び起こしてしまったのだろう。

ミッチにはわからなかった。が、その夜初めて悪夢を見ることになった。

夢でも床下にいたが、馬車小屋全体が胸にのしかかっているような感じだった。ものすごい重さで押されて、息もできないほどだ。しかも全身ずぶ濡れだ。床板から水が滴《したた》ってくるのだ。ただ、目にかかった水を拭ってみると、それは水ではなかった。ロイ&ルイーザ・ウィームズの血。そして彼は全身血に染まっていた。口にも、鼻にも入ってくる。さらには……。

ミッチはギャッと叫んで飛び起きた。心臓は早鐘を打ち、びっしょり汗をかいていた。荒い呼吸をしながら横たわっていると、何かが聞こえた――砂利の小道を踏みしだく足音だ。もう夢を見ているわけではない。これは現実。誰かが外にいる……。ミッチは爪先立ちで階段まで行くと、ゆっくりと月明かりに照らされたリビングに下りた。立ち止まって、耳をそばだてる。耳の奥でドクンドクンと血が流れる音がした。海峡の小波が岩にひたひた寄せる音。そしていくつもの足音。玄関の上には戸外灯がある。パチンとつけて、ドアを開け放った……。

と、二頭の鹿と鉢合わせすることになった。家のすぐ脇に植えられたアザレアをかじっていたのだ。鹿は驚いて、早足で離れていった。ひづめが砂利をパッカパッカと蹴っていた。

ミッチは大笑いして、ドアを閉め、ベッドに戻った。横たわって、意識して息を吸っては吐いた。真上の天窓から見える月は満月だ。『狼男』のシーンのように真珠色のかさがかかっている。見上げていると、隣にメイシーがいてくれればいいのにと痛切に思った。心に生きている者は消えない。メイシーは間違いなくミッチの心に生きているのだ。まだ彼女の声が聞こえる。まだ彼女の姿が見える。

できないのは、彼女を抱きしめることだけだった。

朝になると、ミッチはもうこれ以上引き延ばせないと判断した。家はまずまず片付いた。本に取り組むべき時だ。とっておきの素材は山ほどある。『逮捕命令』のような埋もれた宝だ。これは見落とされることの多いアラン・ドワン監督の一九五四年製作の西部劇で、ジョン・ペインが不滅の名台詞を吐いている。「一人が殺せれば、二人目はそれほど苦労しない。三人目ともなれば楽勝だ」ミッチはまた、ほとんど忘れられている『砂漠の三銃士』の偉業にも敬意を払っていた。リパブリック・ピクチャーズが三〇年代に製作した西部劇のふざけん坊トリオだ――うすのろのレイ・コリガン、イカレたマックス・タヒューン（人形と一緒に馬に乗っている腹話術師）、それに若くハンサムなジョン・ウェイン。彼の初期作品の中でもこれを知るファンは多くない――『砂漠の三銃士』はたいてい彼の出演リストには入れられないからだ。それこそまさにミッチが発掘して本に書きたい類のことだ。

コーヒーをポットで作った。それから、窓の前の机についた。パソコンのスイッチを入れた。そして仕事にかかった。

そして、うまくいった。集中できた。情熱を傾けられた。調子を取り戻していた。指がキーボードを跳び回り、頭が一つの鋭い所見から次の所見へと飛んでいる間に、とうとう訪れた、と幸せにも実感した。

癒やされている。

生産的で有意義な数時間を過ごすと、立ち上がってアンプのパワーボタンを押し、手の中で水色のストラトキャスターが活気を帯び、六本の銀の弦がブーンと鳴り出すのを聞いた。目を閉じて弾いた。本格的な技巧を要するものを。スティーヴィー・レイ・ヴォーンの『アイム・クライング』。やがて、リフを弾いたり、ベンドをしたりしながら、気分を高揚させていった。片方の足は爪先でワウワウペダルを操作し、もう片方でチューブスクリーマーを操作した。ミッチ・バーガーにはずば抜けた才能があるわけではない。それは本人も自覚している。しかし彼には愛と苦痛とパワーがあった。ああ、そうとも、パワーがあった。

人がいることに気づかなかったのだが、目を開けると、ドリーが文字通り目を見開いて立っていた。「まあ」彼女が叫んだ。「何の音かと思えば」

「うるさがらせたのならすみません」ミッチは謝った。「ボリュームを下げます」

「いえ、いえ、ちっともかまわないのよ。それで来たわけではないの」彼女が急いで言った。おろおろしているようだ。明らかに動揺している。「まあ、どうしましょう。私こそお邪魔をしてしまったのでなければいいのですけど。作家にはプライバシーが必要なのはよくわかっていますもの。通常ならお邪魔はしないの。けど、その、バラ園にキツネがいて。それが、その、死んでるの。それで、どうしていいかわからなくて。タックに電話しようにも、彼は電話には出ない人だし、島の男性はみな仕事に出払っていて。それで、ひょっとしたらあなたが……」

「ええ、もちろんです」ミッチはすぐさま答えた。「すぐに片付けますよ」そして、靴を履き、軍手をとると、彼女についてバラ園に向かった。途中納屋に寄って、シャベルを持ち出した。

ドリーは美しい庭を持っていた。牡丹にジギタリス、それに風露草、アイリス、ケマンソウが植えられていて、それらが一斉に花開いているのだ。それは意図的な無秩序の爆発だった。バラ園は、丁寧に刈り込まれたツゲの低い生け垣で区切られている。レンガの小道が十字模様を描き、中央には銅製の小鳥の水浴び用水盤が固定されている。その水盤のそばに死んだキツネが横たわっていた。赤毛で、その目がこちらをじっと見ている。ハエが飛び回っているが、まだそれほど臭わない。

「水を探していたんでしょう、かわいそうに」ドリーがしゃがれた声で言った。「きっとうちの森で暮らしていたんだわ」

ミッチはキツネをそこに埋めた——彼女の家と大きな別荘の間に広がる樹木の茂った場所に。柔らかな土を二フィートほど掘って、死体を入れ、土をかぶせると足で踏み固めて平らにならし、他の動物が近づかないように重い石を置いた。

ドリーはいたく感謝して、その日の夕べに彼を招待した。ホームパーティで島の住人と引き合わせるからと。「私にもそれくらいのことはできますわ」彼女は言った。「それもしないとしたら、とても失礼だということになってしまいますもの」

ミッチは丁寧に断った。絶好調の時ですら社交的とはとても言えないし、今は絶好調には程遠い状態なのだ。

しかしドリーは聞く耳を持たなかった。「世間の風に当たって、人に会わなくてはいけないわ、ミッチ」と舌打ちして続けた。「一人で長い時間を過ごすのは健全ではないわ。いらして。ぜひ。カジュアルでかまわないのよ」

カジュアルというのは、ビッグシスターでは、ブレザー着用、ソックスはいらないということだった。ミッチは逆をいってしまった——ソックスをはいて、ブレザーは着なかったのだ。それに、ドリーのカクテルパーティに素面《しらふ》で赴いたのはどうやら彼だけだった。

ガレージ奥の洗濯室をべつにすれば、彼女の家に入るのは初めてだった。内部も、古い屋敷を完璧に修復した外部に調和したものだろうと思っていた——大切に保存されているアンティークや家宝にあふれ、床は幅広のオーク、壁にはこの地に入植した今は亡き祖先の油絵の肖像画が並んでいると。まるで違った。ドリーの両親は伝統に逆らって、五〇年代に時代の風を取り入れたのだ。古い厚板の床には麦の穂を思わせる金色のシャギーカーペット。鏡板張りの壁は、何層にもペンキが塗られている。暖炉はガス炎管に改造され、古い開き窓には金色のラメのカーテンが掛かっている。アボカド色のビニル樹脂のキッチンには軽食用コーナーが設置されている。ほとんどの家具には、どれもいくらか新しいものだが、柿色の平織りの綿布が掛かっている。

マティーニを飲んでいるドリーは、ローラースケートを履いた少女のように浮き立って見えた。バド・ハヴェンハーストもことのほか上機嫌だった。そのバドがバーを仕切っていた。バーは書斎のサイドボードにしつらえられ、アイスバケツやトングも揃っていた。紹介役を買って出たのもバドだった。

ミッチが最初に会った島の住人は、長身で若くテニス好きのバドの妻、マンディだった。間近で見るとさらに印象的だった。長い滑らかなブロンド、大きなブルーの瞳、ふっくらした官能的な唇、眩しいばかりの笑顔。ノースリーブの白い麻のミニドレスは、日焼けした腕や脚を見事に引き立てていた。ファッションモデルのように美しいというのではない。あごはどちらかと言えば男っぽいし、鼻はむしろ平べったい。それでもとても魅力的な女性で、間違いなくまだ二十代だ。

握手は堅く、態度は率直だ。「ヘビメタのギタリストなの？」

「実はブルースなんだ。音がでかいだけで」

「で、ニューヨークに家があるの？」

「ああ、そうだ」ミッチは答えてブッシュミルズのロックをすすった。

「あたしたちもよ。豪華なものじゃないわ――ほんの仮宿ってところ」彼女はものすごい勢いで喋るものの、口はほとんど動かさない。「でもあれがなかったら、あたしはどうしていいかわからなくなってしまうわ。できるだけ向こうで過ごすようにしてるの。ほら、ニューヨークにはものすごく活力があるじゃない。あたしが言うまでもないけど。あなたの批評も定期的に読んでるのよ。同感だと思うことはまずないけど、すごくよく書けてるわ」

「ありがとう、俺は……」ミッチは来たことをもう後悔していた。社交はうまくないのだ。舌足らずでぶざまな気がした。

あるいは、この場面全体が明らかにMGMの総天然色映画的だからかもしれない。アイスバケツやトングも。BGMに優しく流れるデイヴ・ブルーベックのアルバムも。ドリーが用意した数々のレトロなオードブルの盛り合わせ――ホットドッグ、チキンレバーのベーコン包み、ミニ春巻きも。格子柄のベストを着たギグ・ヤングが控えめにしゃっくりをしながら、ふらふらと戸口から入ってくるのではないかと思ったほどだった。

が、次に現れたのはレッドフィールド&ビッツィ・ペックだった。ドリーの兄は彼女にまったく似ていない。浅黒い肌のいかつい顔の男で、頭はばかでかく、胸板は厚く、脚は極端に短い。ズボンのサイズは36－20だろうとミッチは思った。それに、ドリーと違って非常に堅苦しかった。

「ヘビメタのギタリストなのか？」彼が尋ねてきた。温厚な小さな声だ。

「実はブルースなんです。音がでかいだけで」

「銃は、ミッチ？」

「えっ？」

「銃。狩猟だ。狩猟はやるのか？」

「いいえ、やりません」

「残念だな。定期的に鹿を減らさないと、島全体を乗っ取られてしまうんだ。ところが協力してくれる者がいたためしがなくて」それだけ言うと、レッド・ペックはぶらぶらと窓辺まで行って、海峡を眺めながら酒をすすった。見たところ、もう話題がないらしかった。

ビッツィは思いやりがあり、せかせかしていて、意欲的だった。夫がしょっちゅう留守にするわけを教えてくれたのは彼女だった——レッドはユナイテッド航空のパイロットで、ニューヨーク—東京便が専門なの。二人の子供がいることを話してくれたのも彼女だった。息子はデューク大の二年生で、ダンサーの娘はサンフランシスコに住んでいると。ビッツィは小柄で小太り、しし鼻でそばかすがあり、明るいブラウンの髪を内巻きにしている。デニムのジャンパーにタートルネックを着て、スパッツにつっかけを履いていた。彼女は気安くて母親のように優しかった。

それに彼女とドリーは親友らしかった。二人はたちまちお互いの花について早口に喋り出した。ドリーはようやく息を継ぐと、まだオーヴンから出さなくてはならないものがあると言った。ミッチは手伝いはいるかと尋ねた。彼女がええと答えたので、二人と一緒にキッチンへ行った。キッチンに入った途端に、二人はマンディの服装を槍玉に挙げた。

「あんなミニを着たいなら」ドリーが言った。「腿《もも》の後ろ側を何とかしたほうがいいと思わない？」

「そうそう」ビッツィが応じた。「十六歳じゃないんだから。でも男性ははっきりとわかるたるみでも気づかないか、気にしないのかもよ。そうなんじゃない、ミッチ？」

「彼女は美しい女性ですよ」

「あら、そんなたわ言を言いたいなら、書斎で男たちと一緒に過ごせば？」ビッツィが快活に言った。

「ミッチはナイルスの菜園を甦《よみがえ》らせる予定なの」ドリーが春巻きのシートをオーヴンから出しながら告げた。

ビッツィが大喜びでキャッと叫んだ。「ステキ！　いつ始めてもいいわよ、ミッチ。チキンの乾燥厩肥《きゆうひ》があるわ。ウサギのフンも。州でも一番の堆肥《たいひ》の大山もあるし。私は堆肥レディって呼ばれてるくらい。いくらでも使ってくれてかまわないわ！」

「それはどうもご親切に」

「それで何を植えたいのか聞かせて」彼女が命じてきた。

「トマトにしようかと」

「まあ、サイコー！」彼女が叫んだ。「私も今年は在来種をいくつか植えてるし、スイートミリオンや病気になりにくい品種もいくらか植えてるの。タイミングはぴったりよ。土温は申し分ないわ。急げばキュウリも間に合うわよ。レタスもたくさんあるから分けてあげる。今年は収穫が少し遅れているの」と、そこで言葉を切って、春巻きを試食した。器用にかじって、「教えて、奥様が園芸を？」と尋ねてきた。

突然、感情の大津波がミッチを襲った。喉仏が二倍にふくれ上がったようで、目はヒリヒリし、胸が締めつけられた。メイシーが思いがけなく立ち現れた時には、今でもそうなることがあるのだ。「ああ……」答える声がしゃがれた。「ああ、やってました」それから、失礼すると断って、トイレに逃げ出した。

が、なかった。一階にトイレはなかったということだ。階段の上でようやく見つけた。主バスルームで、鉤爪《かぎづめ》状の足のついたバスタブがあった。陽気な壁紙には、旧式の自動車とゴーグルをかけ長いダッフルコートを着た男たちが描かれていた。顔を洗って、鏡に映る自分の顔を見つめ、ゆっくり呼吸を整えた。目が無意識にシンクの脇にある白い籐《とう》の家具に向けられた。一番上の棚には処方薬がまとめて置いてある。抗鬱剤が勢ぞろいしている、とふと気がついた。ドリー・セイモアはプロザック、バリウム、バイコディンを処方してもらっている。バイコディンは主婦のヘロインとも呼ばれる薬だ。ドリーはリチウム塩剤も処方してもらっていた。重症の躁鬱病のための本格的な薬剤だ。傷ついた女性なんだ。ミッチは思い巡らせた。レラフェンの瓶もあった。抗炎症薬で、ナイルス・セイモアの名前が書かれていた。ユーリスパスの瓶もあった。前立腺の薬だ。男は逃げ出すのに、薬を持っていかなかった。そしてドリーはそれを捨てずにいる。ミッチはいくらか奇妙な気がした。

階段を下りていくと、マンディ・ハヴェンハーストが座って、行く手をふさいでいた。スカートは腿をずり上がっていて、とても誘惑的だ。ミッチが立っているところから見る限り、腿には何の問題もなかった。

「子供はいなかったの？」彼女が挑発するように長いブロンドを彼のほうへ払った。

「ああ、いなかった」ミッチは階段で立ち往生していた。彼女を迂回することもできない。またぐわけにもいかない。そこで、彼女より上の階段に腰を下ろした。「二人ともまだそういう気分じゃなかったんだ」

「あたしはすっかりそういう気分で、もう爆発しそうよ。少なくとも二人はほしいわ。三人いてもいいかも。けどバドはもう歳だから今さら父親はできないって言うばかりで」

ミッチはうなずきながらも、そんなことをどうして赤の他人に話すのだろうと思った。

「しょっちゅうニューヨークに行ってるの」彼女が続けた。「一緒に美術館にでも行きましょうよ。知り合いが誰もいないのよ。バドは絶対に来ないし。ニューヨークが怖いんだと思うわ。ここで育って、知り合いはみんな子供の頃から知ってる人ばかり。あたしにはそんなこと想像もできないわ。あなたはできる？　知り合いは生まれた時からの知り合いばっかりだなんて」

「いいや、できないな」

「誤解しないでね——あたしだってここは大好きよ。けど、ものすごく孤立しちゃうこともある。ずっとここにいなきゃならないとなったら、頭がおかしくなっちゃうわ」マンディはそこでためらって、長い睫毛《まつげ》の奥からちらりと彼を見上げた。「だから、ちゃんとした人と出会うのは素敵だわ」

「ありがとう」ミッチは答えたが、不意に二人だけで話しているのではないことに気がついた。

バド・ハヴェンハーストが戸口をうろつきながら、露骨に警戒して二人を見守っていた。ドリーの元夫は目をきらりとさせて、見るからに緊張に身をこわばらせている。『汚名』の中で、イングリッド・バーグマンがケーリー・グラントに近づいた時のクロード・レインズのようだ。バドはどう見ても、この美しいブロンドの戦利品が自分のものだとは信じられないのだ。そしてどう見ても、他のすべての男も彼と同じくらい彼女を求めていると信じ込んでいる。マンディも、彼より若い独身の男にいくらか余計に気配りを見せて、ますますそう信じるように仕向けているのだろうか？ミッチは疑った。二人が何らかのゲームをしているように見えるからだ。彼女は今やあごをぐいと上げ、決然と挑戦するような顔で夫を見据えている。

こんなことに巻き込まれるのはご免だ。ミッチは内心思った。

「酒を作り直そうか、ミッチ？」バドが引きつった声で尋ねてきた。

そうなると、マンディはミッチを通さなくてはならなくなった。ミッチは書斎でバドに合流した。部屋には二人掛けのソファ、それにセットになった肘掛け椅子が二脚あった。それに、パソコンとプリンターが載った机。

「ここに新しい血が入るのはとても素晴らしいと思ってることを、ぜひ君に知ってもらいたいんだ、ミッチ」弁護士はオンザロックを作りながら言った。ひどくピリピリした声だ。それにグラスをあまりにきつく握りしめているので、手の中で砕けてしまうのではないかとミッチは思った。「この間オフィスで君に失礼な態度をとったと思わないでくれるといいのだが。私はドリーを守りたいだけなんだ。我々みんながそうだ。ナイルス・セイモアが彼女に地獄の苦しみを味わわせたから」そして、ミッチにグラスを手渡しながら、注意深く見つめてきた。「マンディは素晴らしい娘だ。そうは思わないか？」

「とても素敵な女性のようですね」

「私は果報者だ」バドが顔をほころばせて認めた。「朝目を覚まして……ああ、こんな幸せは信じられない、と思うことがあるよ」

陽気な声がロビーから聞こえてきた。若いエヴァンが連れ合いのジェイミーと一緒に到着したのだ。エヴァンは二十代半ばで細身の長身、よく日焼けしている。黒い髪はウェーヴがかかり、ドリーの繊細な顔立ちとブルーの瞳を受け継いでいる。胃のあたりまでボタンを開けた透けるように薄いシャツを着て、ジーンズに革のサンダルを履いている。ジェイミーは五十歳くらいですらりとした体型、ブルーのブレザーに黄色のシーアイランドコットンのシャツと白のスラックスというオシャレな装いだ。ミッチは絶対に見覚えがある気がしたが思い出せなかった。

「ああ、あんたがヘビメタのギタリストか」ジェイミーが握手した手を勢いよく振りながら大声で言った。

「実際にはブルースなんです。音がでかいだけで。音量を下げなきゃいけないみたいです」

「僕たちならかまわないよ」エヴァンが請け合った。

ジェイミーもうなずいた。「『主体性を持って、と牛にフレンチキスしながら老女が言った』と、お袋が昔言っていたよ。俺が多少潤色したが。ビッグシスターにようこそ、ミッチ。俺はあんたの仕事の大ファンなんだ。一つには、あんたは自分が何を言ってるか、ちゃんとわかってる——こいつは、お粗末な話だが、滅多にあることじゃない。その上、あんたは個人攻撃をしないし卑劣でもない。最近じゃ痛烈な皮肉ばかり浴びせたがる批評家が多くて。言葉がどんなに人を傷つけるかわかっていないんだ」

「もちろんわかってますよ」ミッチは反論した。「だからやるんです」

「僕たちの灯台を見に来てくれよ」エヴァンが言った。「すごくカッコいいんだぜ。ニューイングランドの南側の沿岸で二番目に高い灯台なんだ。ブロック島の灯台には十フィートほど負けてるが」

「ぜひ。今でも何かに使われてるんですか？」

「もちろん」ジェイミーが陽気に答えた。「ハイになるにはサイコーの場所でね」

そこで、はたと思い当たった——ドラッグの言及からだ。「今気がつきました」ミッチは言った。「ジェイミー・ディヴァースだ」

「確かに」ジェイミーが笑顔で認めた。「昔は」

バッキー・スティーヴンスという名前のほうがよく知られている。『バッキーのせいだ』に登場したかわいい子供。番組は、『パパは何でも知っている』や『ビーバーちゃん』や『ドナ・リード・ショー』と並んで五〇年代のファミリードラマの傑作に数えられている。その最盛期にはジェイミー・ディヴァースはテレビの売れっ子スターの一人だった。丸顔にそばかす、立ち毛のあるおチビさんはおかしな鼻声で「僕、やってなぁい」と言うのだった。が、よくある話だが、成長すればかわいくなくなる。番組は打ち切りになった。ジェイミー・ディヴァースはあごひげを生やし、六〇年代後半のピーター・フォンダやデニス・ホッパーのハリウッドのドラッグ事件に関わった。本人も何度か逮捕された。やがて、表舞台から完全に消えた。それが数年前に異論の多い告白自伝で再び浮上した。告白によれば、思春期前の最も活躍していた時期に、映画会社幹部やエージェントや俳優からなるゲイの秘密クラブから定期的に性虐待を受けていた。『僕、やっちゃった』というタイトルの痛烈な自叙伝はまた、バッキーのママを演じた女優がロサンゼルス・ドジャースの外野手と長い間内密の恋愛関係にあったとも主張していた。本は大ベストセラーになり、短期間ながらジェイミーは再び脚光を浴びた。そして今はここ、ビッグシスターにエヴァン・ハヴェンハーストと住んで、アンティークを売っている。彼は心安らかに見えた。間違いなく健康で陽気だ。

「ヨットはやるのか？」彼が尋ねてきた。

「いいえ、ニューヨーク生まれのニューヨーク育ちなんで、泳ぐのも駄目です」

「心配無用だ——そのためにライフジャケットがあるんだ。俺だって泳げない。子役スターは何もできないんだ。ちくしょう、靴の紐の結び方だって……」ジェイミーは言葉を切って、自分の足元をちらりと見下ろして、「いまだにわからない」とばか笑いした。「俺たちと一緒に海に出ようぜ、ミッチ。きっと楽しいから。俺たちも服を脱がないと約束するからさ」

最後のひと言が引っかかったらしく、バドは途端に顔を赤らめて大股で歩き去った。

エヴァンが気を悪くしたようにため息をついた。「ジェイモ、どうして親父に当てつけを言わなきゃいられないんだ？」

「すまん、エヴ」ジェイミーはエヴァンの手を軽く叩いた。「道徳家ぶってるあの顔を見るとつい我慢できなくて」

エヴァンが二人の酒を取りに行ってしまい、ミッチは往年のスターと二人になった。

「今でも役者をやってるんですか、ジェイミー？」

「いいか、俺は役者だ<ruby>っ</ruby>たことなんかないんだ」彼が嫌味でも何でもなく答えた。「子役スターは素のまんまだってことだ。それが大きくなると、役を演じることを期待されてると気がつく。ところが、演技など習った覚えがないわけだ。しかも参考にすべき実体験もない。現実の生活なんて経験していないんだから」

エヴァンが二人にワインのグラスを持って戻ってきた。ジェイミーは彼に礼を言ってから、ミッチに向き直った。「あんたがするはずの次の質問に答えると、いいや、再放映は絶対に見ない。あんなものは丸っきりの嘘だ。インチキの連中がインチキの世界に住んでるだけだ。実を言えば、家にはテレビもないんだ。今の俺にとってはあんなものはすべて過去。ティンセルタウンも。ビバリーヒルズはアメリカでも唯一のネズミが壁の奥に住んでいないゲットーだ。ここに来て、俺は生まれて初めて安らぎを得た」そして、ハンサムな若い連れ合いを愛しげに見やった。「かわいそうなエヴァンはどうやらまだ演技の虫に取りつかれてるらしい。それで出会ったんだが――ニューヨークで俺が教えていた演技クラスにいたのさ。俺は手を尽くして、その道に進むのをやめさせた。バドと俺の見解が一致するのはそこだけだな」

エヴァンが取ってきたオードブルは温めないと食べられなかった。彼は失礼と断ってから、温めに戻った。ミッチとジェイミーはぶらぶらと書斎に入っていった。バドとレッドが座って話し込んでいた。話題は、ナイルス・セイモアがどれほどろくでなしだったか。

「ドリーに胸の張り裂ける思いをさせるだけじゃ足りずに」レッドが低い囁くような声で言った。「ドリーを見捨てた。それこそ最も憎むべき点だ」

「許せない」ジェイミーがワインをすすって同意した。

「共同名義の預金を引き出してしまったんだ」バドがミッチに説明した。「債券類まですっかり換金して。合わせれば十万ドルを優に超える金額だ。しかも、共有のビザカードでセント・クロイ行きの航空券を二枚買った――ドリーが使用を差し止める前に」

ミッチはうなずきながら、みんなはどうして急に隠し立てをしなくなったのだろうと思った。

「やつは離婚の申し立てはしてたのか？」ジェイミーがバドに尋ねた。

「いいや、でも彼女がするだろう」バドが答えた。「遺棄《いき》を理由に」

「俺ならこいつは明白な窃盗《せっとう》だと言うね」レッドが息巻いた。「あんなやつは刑務所に入れられるべきだ。あの男は何の価値もない詐欺師だ」

「俺なら価値もないとは言わない」とジェイミー。「べらぼうな価値がある。ハンサムだし、魅力的だし、ものすごく口がうまい。あらゆるものを共有名義にするようドリーを丸め込んだんだろ？」

「我々は彼に手が出せないんだ、レッド」バドがむっつりと認めた。「ナイルスはあの金に当然の権利がある」

「でもあの口座の金は彼女のものだった」レッドがあくまで言い張った。強い酒のせいで、口が止まらなくなっている。それに、バド同様、彼もとにかくドリーを守りたがっている。「あの投資は彼女のものだった。ナイルス・セイモアとあの……あの……ふしだら女とは関係ない」

「べつの女というのは誰なんですか？」ミッチは尋ねた。

「我々にはわからん」バドが答えて、スコッチに手を伸ばした。「どうやらドリーに出会う前にアトランティックシティで付き合ってた赤毛らしい。我々にわかってるのは、その女がある日〈セイブルック岬イン〉に現れると、翌日ナイルスと車とドリー名義の金がきれいさっぱり消えたってことだけだ」

「二人が一緒のところを見たんだ」レッドが言った。「バドと俺とで。ヨット遊びをしてから、ブランチをとろうとインの埠頭にヨットを着けた。と、二人が食堂で和気あいあいと飯を食っていたんだ。女はいかにもナイルス好み——若くて安っぽくて。どこから見ても売春婦だった」

「ドリーは翌朝、離婚要請状がキッチンのテーブルに載っているのを見つけた」バドが続けた。「あの野郎は自分の口から彼女に告げる度胸もなかった。黙って消えたんだ」

「彼の仕事は？」

エヴァンがケサディア（トルティヤを二つに折り、中に肉などの詰め物をして揚げ、チーズを載せたメキシコ料理）の皿を持って入ってきた。そして父親のスコッチのお代わりを作ったり、ジェイミーのワインを注ぎ足したりして居残った。

「セールスだ」レッドが答えた。「紳士服、車、ヨット……」

「それに自分自身」バドが辛辣に付け加えた。「何にもまして、ナイルス・セイモアは自分を売り込む」

その名前を聞くと、エヴァンはワインのボトルを叩きつけるように置いて、さっさとキッチンに戻っていった。

「エヴァンは彼の話をしたくないんだ」ジェイミーがそっとミッチに説明した。「ほら、ボボを殺されたから。俺たちはボボをかわいがっていた。娘のような大切な存在だった。あの小さなダックスフントが腕の中で苦痛に悶《もだ》えているのに助ける手立てもなく見守るしかなかったのは、エヴァンの人生で最も深く傷ついた経験だった。獣医が検死解剖をした――誰かが砒素《ひそ》を加えたひき肉を食わせたとのことだった。ナイルスの仕業とは証明はできないが、まず間違いない。彼はいつもボボが吠えることに文句を言っていたんだ」そこで何かを思い出して、ジェイミーの顔がこわばった。「彼は俺たちのことをホモのカップルと呼んだものだ。いつだって〝ホモのカップル様〟という言葉で始まる卑劣なメモを置いていった。ゴミ箱を出しっ放しにしてしまった時、ホームパーティを開いた時……俺たちがゲイの乱交パーティを開いていると思ったんじゃないかな。本当にぞっとするほどイヤなやつだった」

「我々は誰も、彼が去ったことをべつに残念だとは思っていないんだ、ミッチ」レッドが話を引き取った。「この島の住人をことごとく敵にまわそうとしたようなものだったから。私にもここに豪華分譲マンションを建てろとしきりにせっついてきた。森をなぎ倒すつもりで、図面を引かせていた。マ、ン、シ、ョ、ンだなんて……」レッドの口で語られると、最も下品な言葉のように聞こえた。「信じられるか？」

「何度もマンディにちょっかいを出してきた」バドが怒りに声を荒らげた。「彼女は見向きもしなかったんだが、それでも手を引こうとしなかった。結局私が対決した。あの野郎は何と言ったと思う？『かみさんが品のないふしだら女だからって、俺を責めるなよな』だぞ。鼻に右を一発お見舞いしたよ。人を殴るなんて三十五年ぶりだった」

「ナイルスはよくドリーを殴っていたな」レッドが思い出した。「あざを見たよ。タック・ウィームズのことも殴った。おかげで絞め殺してやると脅された。あれはナイルスを本気でビビらせたな——タックは精神的に安定した人間とはとても言えないから。で、ナイルスはタックのことをタル・ブリスに通報した」

「それでブリスは逮捕したんですか？」ミッチは尋ねた。

「いいや、そいつはタルのやり方じゃない」バドが答えた。「タックにもうビッグシスターで働かないほうがいいだろうと告げただけだ。ナイルスがいなくなって、戻ってきたが。ドリーがどうしてもと言ったんだ。昔からタックのことが好きだったから」

レッドがむっつりと空になったグラスを見つめた。「ひどく気がかりなことが一つある……」

「何だ、レッド？」バドが尋ねた。

「ナイルスが戻ってきたらどうなる？　だってきっと帰ってくるぞ――金がなくなればすぐにも」

「それはない」バドがぴしゃりと言った。「そんなことはとうてい考えられない」

ジェイミーが言い出した。「俺はレッドに同感だ。あの野郎はきっとここそこ帰ってくる。おまけにドリーは彼を受け入れるだろう」

「ひどい目に遭ったのに？」とミッチ。「どうして？」

「最も古くからある理由だな」レッドが答えた。「まだ彼を愛してるんだ」

全員が重苦しい沈黙に陥った。外では険悪な雲が海峡にかかっている。空が暗くなってきた。

「昨日は床下に閉じ込められたんだってな、ミッチ」バドが無造作に言った。

「ええ、そうなんです。誰かにはね上げ戸を閉められてしまって」

「馬鹿なことを」レッドが呟いた。

「誰にやられたんだ？」ジェイミーが尋ねた。

「さっぱりわかりません」ミッチは答えた。「わかってるのは足音が聞こえたってことだけで。重い足音でした」

「なるほど……」バドがそわそわとレッドを見やった。レッドもいくらか不安そうだ。「それじゃ訊いてもいいかな――君の災難にドリーはどう反応したのかな？」

「そう言えば、奇妙でしたね。僕が足音を聞いたはずはないと言い張って。実際すごく強情だったな」

「まあ、そうだろうな」レッドが重苦しく言った。

「どういうことですか？」ミッチは尋ねた。

レッドは夕闇の近づく窓の外に目をやった。「君が心配するようなことじゃないんだが――なぜなら、まっ、病的に錯乱した者の話で――タックの父親のロイ・ウィームズが……」

ミッチの寝室で妻と自分を撃ち殺した血迷った男だ。ミッチは椅子から身を乗り出した。「それで……？　彼がどうだと？」

「あの事件が起きるまでの数週間」レッド・ペックが言った。「ロイは足音を聞いたと言い続けていたんだ」

ミッチは二度目の悪夢を見ることになった。

今度のは凄まじいものだった。今回は、あの三人の男と一緒にドリーの書斎にいるのだが、彼らの目は赤く、歯は鋭く尖っていて、ハマー・フィルムズ製作のクリストファー・リーやピーター・カッシング主演のごてごてしたホラー映画に出てくるバンパイアのようだ。しかも部屋にはメイシーもいる。彼らの仲間なのだ。彼女がミッチを殺そうとした。彼女から逃れるために、あの床下に避難した――が、彼らは追ってきた。全員揃ってだ。暗闇でこちらを見つめる彼らの目が赤く光った。取り囲んで、じりじりと迫ってくる……。

ミッチは悲鳴をあげて目を覚ました。心臓がドキンドキンと早鐘を打っている。Tシャツは汗でぐっしょり濡れている。しかも家が揺れていた。大嵐がやって来たのだ。風がうなり、空にはバリバリと音を立てて稲妻が走っている。雷鳴が轟《とどろ》いた。海峡は活気を帯び、怒濤《どとう》が岩に打ちつけている。

暗闇の中、ベッドに横たわって、そうした音に耳を澄ませていると、また足音が聞こえた。初めは想像力のなせる業《わざ》だと思った。が、違う。足音は現実のものだ。しかも家の中から聞こえる。階下から。それが、階段にかかった。階段の軋《きし》む音がする。足が一段上るたびに段が軋み、一段ごとにその音が大きくなった。誰かが暗闇の中をしっかりした足取りでこっそりこちらに向かってくる。近づいて、さらに近づいて……。

「誰だ？」ミッチは厳しい声で言った。

答えはない。沈黙があるだけだ。

ミッチはぎこちなくマッチを手探りして火屋《ほや》付きランプを灯《とも》し、ロフトを明るい光で照らした。

ドリー・セイモアが階段の上に立っていた。

白いネグリジェ姿で、顔はまったく無表情だ。裸足で震えている。両手を後ろに組んだ姿は、むしろ学級写真用にポーズをとった子供のようだ。ただ、彼女は子供ではない。大人の美しい女性だ。ネグリジェは透けるほど薄く、ミッチにはバストの丸みも、ローズ色の乳首も、黒っぽい陰毛も見えてしまった。

「どういうことですか、ドリー？」尋ねる声がかすれた。「大丈夫ですか？」

返事はない。黙って彼を見つめるばかりだ。が、その目は不気味に焦点が合っていない。何らかのトランス状態にあるようだ。夢遊病？　ドラッグを飲んだ？　ミッチにはわからなかった。彼女の唇が動いて、低い呟きがもれたが、言葉にはならなかった。ともかくもミッチに理解できる言葉にはならなかった。

ミッチは声を張りあげた。「ドリー、聞こえますか?!」

「お母さんが」彼女が低い小さな声で歌うように言った。唾が口元から泡になって流れ出た。

「お母さんが怪我してる」彼女がミッチに向かってロフトを歩き出した。後ろで組んでいた手をほどき、片手を頭の上まで振り上げている。

手には切り盛り用ナイフが握られていた。大型のナイフだ。彼女はそれを振りかざして、まっすぐ彼に向かってきた。

ミッチはベッドを這い出ると、彼女と取っ組み合ってナイフを手からもぎ取った。ドリーは大して抵抗もせずにナイフから手を離した。短時間ながら取っ組み合ったことで、トランス状態から覚めたらしい。数回目をぱちくりさせた。それから、目を見開いてロフトを見回した。と、紛れもない恐怖の喘ぎを洩らして、ミッチの腕の中で失神した。ミッチは彼女を抱いたまましばし佇《たたず》んでいた。ベッドに寝かせようか。が、考え直した。彼女を抱いて横向きに狭い階段を下りた。胸に抱き寄せていると、彼女が生きていることが感じられた。腕にも手にも彼女の温かさが伝わってきた。彼女を抱いたまま、開いた表ドアから暗闇の中に出ていった。風がうなり、木々が鳴った。大粒の雨がパラパラ落ちてきた。すぐに土砂降りになるだろう。砂利《じゃり》の小道を彼女の屋敷に向かった。人を抱いて運ぶには長い距離だが、彼女は羽のように軽かった。抱いたまま洗濯室のドアから入り、何とかキッチンの照明をつけた。引き出しがいくつか引き出され、中身が床に散らばっていて、さながら強盗に入られたかのようだ。そのままドリーを二階の寝室に運んで、そっとベッドに降ろした。ナイトスタンドをつけると、彼女は生気を取り戻しはじめていた。瞼《まぶた》がピクピクしている。小さな手と足は氷のように冷たい。ミッチはこすって温めようとした。

彼女が意識を取り戻したのはその時だった。ミッチの姿を見てうろたえた。「まあ、ミッチ！」と叫んで、ネグリジェをかき合わせた。「い、いったいここで何をしているの……？」

「あなたは夜の間にさまよい出たんですよ、ドリー。僕の家に来ていました」

「そんなはずないわ！」

「間違いありません。二階の僕の部屋まで来たんです」

「まあ、大変」彼女が真っ赤になってごくりと唾を飲み込んだ。「ごめんなさい、ミッチ。時々夢中歩行してしまうことがあるの。ひ、ひどい迷惑をかけてごめんなさいね」

「大丈夫ですよ。隣人はそのためにいるんですから」

「優しいのね。ありがとう」ドリーの目元がふっと和らいで、彼の視線をしっかり受け止めた。それからミッチの手を取って、しっかり握った。その瞬間、彼女はとても怯《おび》えていて、一人ぼっちで、とても頼りなげに見えた。

　と、突然沈黙がぎこちなくなってきたことが強烈に意識された。ミッチは腕に抱いていた時の感触を思い出した。もう長いこと女性に触れていなかったことが思い出された。しかし、そちらに進むのは絶対にまずいこともわかっている。そこで、「何か持ってきましょうか――水とか、毛布とか？」と尋ねた。

「いえ、いえ」ドリーがすぐさま答えた。「大丈夫。私なら大丈夫よ。迷惑をおかけしたことだけがとにかく申し訳なくて。あなたがどう思ったか考えると……」彼女が欠伸をした。急にひどく眠くなったらしい。「お休みなさい、ミッチ」と口の中でもごもご言うと、上掛けにもぐり込んだ。「それから、ありがとう」

　ミッチは照明を消して、階下に戻った。そこで、一人ではなかったことを知った。シルクのガウンを着たバド・ハヴェンハーストがキッチンに立って、彼をにらんでいた。「明かりが見えた」バドが非難するように言った。「いったいここで何をしてるんだ？」

「彼女が夢中歩行で、僕の寝室まで来たんです。それで運んできました」

「本気で私がそんな言葉を信じると思うのか？」

「あなたがどう思うかなんて、本気でどうでもいいですよ」ミッチは言い返した。

「でも事実なんです。僕が招いたことじゃない。楽しかったわけでもない。それにあなたの薄汚い心がどう考えようと、知ったことじゃないです。だからやめてください、いいですね？」

「わかった、わかった」ハヴェンハーストが慌てて言った。「君の言うとおりだ。私が口を出すことでは……」そして、片手で顔を拭うと、キッチンのカウンターにだらしなくもたれた。「生意気なことを言ってしまった。すまない」

ミッチは突っ立ったまま、まじまじと彼を見た。「いつも夜中の三時に別れた妻の家を見張ってるんですか？」

「昔の習慣はなかなか消えないものなんだ。結婚していた頃に浅く眠ることを覚えた」

「つまり、彼女はしょっちゅうこんなことをする？」

「いいか、彼女は大丈夫、いいな？」バドが疲れたように言った。「みんな大丈夫。だから家に帰りたまえ」

ミッチは動かなかった。「あの女性はベッドで寝ていた僕を刺すところだったんですよ」

バドが息を呑んだ。「彼女はナイフを持っていたのか？」

「そうです」

「ここの引き出しが引き出されてるのを見て、不思議に思ったのだが……」恐ろしい考えが心をよぎったらしい。「タル・ブリスに通報するつもりじゃないだろうな？」

「どういうことか説明してもらえなければしますよ」

「いいだろう」バドがしぶしぶ同意した。「ドリーには症状の発現がある。現れたり現れなかったりなんだが。三、四年も何もなかったこともある。かと思えば――」パチンと指を鳴らして、「また始まる。理由は誰もわからない。ニューヘヴンのエール大学の精神科医は何一つ確かなものは見つけられなかった。『厳密な科学ではないので』とばかり言っていたよ。牛乳はどうだい、ミッチ？」と続けた。

「けっこうです」

「私はいただこう」バドが冷蔵庫から取り出した。近くのセーレムにある酪農場からガラスの瓶で届く牛乳だ。自分用にいくらか注いで、考え込むように少しずつ飲んだ。「この嵐に誘発されたのかもしれない。風を怖がるんだ、昔から。あるいは、ナイルスのことでまだ動揺しているのかもしれん。何とも言えないな。すべてはどうやらルイーザ＆ロイ・ウィームズの遺体を見つけた日に端を発しているらしい。彼女は喋ったのか？　何か言ったかな？」

「ひと言だけ。『お母さんが怪我してる』」

バドが重々しくうなずいた。「ルイーザ・ウィームズ、タックの母親のことだろう。ドリーは十七歳だったんだ、ミッチ。世間の荒波から守られた感受性豊かな娘だ

った。彼女には耐えられない経験だった。残忍な行為も戦慄《せんりつ》も。ひどいトラウマにな
った。おかげで……」言葉が途切れた。思い出すだけで苦しいのだ。「彼女は別人に
なってしまった。それまでは屈託のない快活な娘だった。いつも笑っていた。とても
愉快な娘だった。でもあれからは、重い鬱病になってしまって。何ヵ月も入院して、
大量の鎮静剤を投与しなくてはならなかった。電気ショック療法まで検討された。で
も幸いなことに、そこまでいかないうちに立ち直った。それでも今もまだとても繊細
だ。まだ時々薬物療法が必要になる。それに……夜にはまだ時々気ままな行動をと
る。だから見張っているんだ」
「あなたを襲ったことがあるんですか？」
「いや、それはない」バドがすぐさま答えた。「でもエヴァンを襲ったことが一度あ
って。襲おうとしたと言うべきか——ステーキナイフで。幸い私が事前に止めた。そ
れでエヴァンを寄宿学校に行かせた。私と二人だけなら、状況はコントロールできる
と常日頃から思っていたので」
「ナイルス・セイモアと結婚してからは？」
「彼は説明を受けた。レッドが話した。私の知る限りでは、発現はなかった。ドリー
はナイルスと一緒になって幸せだったんだ」バドが苦々しさを隠せないまま付け足し
た。そこで牛乳を飲み干すと、コップを洗い、重いため息をついた。「まあ、これで

君も家族の秘密をすべて知ってしまったわけだ、ミッチ。胸に納めておいてくれるとありがたいのだが。こんなことを村の人間が知る必要はないだろ？」

ミッチは黙ってしばらく彼を見つめていた。世間体《てい》。噂。この男の頭にあるのはそれだけだ。心配なのはそれだけなのだ。「僕から洩《も》れることはありません」結局そう答えた。

「感謝するよ」バドは散らかった床を眺めた。「ここは私が引き受ける。お休み」

突風が吹き荒れる中、雨が降り出した。ミッチは大急ぎで自分の家に戻った。ベッドのそばに落ちていたナイフはキッチンの引き出しに片付けた。再びベッドに入ったところで、雨が本格的な大降りになった。雨と強風が狂ったように家に打ちつけてくる。荒れ狂う海に出た船に乗っているような気分だ。と、とりわけ大きな雷鳴が轟いたと思うと、ポンという音がして、ドリーの屋敷のポーチライトが消えた。階下では、冷蔵庫がうなるのをやめた。島全体が停電したのだ。ミッチは上掛けにもぐり込んだ。奇妙な話だが、凄まじい嵐に気分が鎮まる気がした。嵐は納得できる。嵐は現実だ。ミッチは眠りに落ちた。

嵐は、朝にはあらかた去っていた。が、それでもまだ冷たい小ぬか雨が降っている。空と海峡はほとんど同じ青みがかった灰色だ。どこか遠くから霧笛《むてき》が聞こえた。海に船は出ていない。一隻もだ。

停電はまだ続いている。つまりは暖房も水もないということだ。オイルバーナーも井戸のポンプも電動なのだ。ミッチは分厚いウールのローブを着込んで、湿気と寒さ対策に暖炉に盛大に火をおこした。レンジはプロパンなので、マッチで点火して、コーヒー用にミネラルウォーターを沸かした。そして、コーヒーのマグを手に、昨夜の冒険でまだひどくよれよれの身体を暖炉の前に丸めたところで、ようやく電力が復旧した。シャワーを浴び、ひげを剃って、着替えた。スクランブルエッグにベーコン、それにトーストを作った。皿を洗い終えた時、砂利の小道を踏みしだく園芸用のカートの音が聞こえてきた。

ビッツィ・ペックが明るい黄色のゴアテックスの胸当て付き作業ズボンに緑色のゴム長靴に身を固め、元気いっぱいやって来たのだ。カートには苗の皿が山積みになっている。ミッチのためにちょっとした苗床を持ってきてくれたのだ。ミッチは家を出て、彼女を出迎えた。

「おはよう、ミッチ！」彼女が活発な早口で喋り出した。「今朝は私たちが島を独占してるみたいよ。レッドは五時にニューヨークに向かったわ。マンディも便乗してった。エヴァンたちは店だし、バドはオフィス。ドリーは歯医者に行ったわ。昨日の晩彼女が訪問したらしいわね——彼女、すっかり仰天しちゃって、信じられないくらい当惑してたわ。あなたに誤解されるんじゃないかと心配して。すごい暴風だったたわね。ここはたいてい停電になるって、誰かから教えてもらってるならいいけど。もうひと吹きでアウトなのよ。明かりなんかなくてもいられるけど、シャワーもトイレもアウトになったらもう駄目ね」そこでひと息ついて、いくらか喘いだ。「どうしてカササギみたいに喋りまくってるんだろうと思ってるなら教えるけど、四時から起きてるのよ」

「本当にご親切に」ミッチは苗をえり分けながら言った。

「何言ってるの」彼女が舌打ちした。「嵐の後というのは苗を植えるのには絶好なのよ。手伝ってあげるわ——すぐにやらなきゃならないことがあるならべつだけど」

本来ならあの忌々しい本に取り組まなくてはならない。が、こんなに素敵な言い訳ができるとは、うれしくてぞくぞくした。その上、彼女は取りかかりたくて仕方ないらしい。自分の熊手《くまで》と鋤《すき》まで携えている。本物の園芸フリークだ。「やらなきゃならないことなんてありませんよ」ミッチは断言した。「始めましょう」

ナイルス・セイモアが世話をしていた菜園は納屋の裏手にあった。太陽が出ていれば、どこより日当たりのいい場所だ。今朝は出ていないのだが。広さはだいたい12×16フィート。網目が六角形の金網の粗末な手作りの柵が囲いになっている。

「ウサギ除けなの」ビッツィが倒れそうなゲートをそっと押して開けながら言った。

「もっとも正直なところを言わせてもらえば、ウサギが入りたいとなったらどんな柵を作っても無駄なんだけど」

　畑は荒れ放題だった――土が固まってでこぼこの上に雑草だらけだ。野ばらの枝や自生の小さな木々がのさばり出している。ビッツィは膝をついて、コテで汚い地面に穴を開けると、何が混じっているかを熟練の目で調べた。それから、鋤を取ってくると、さらに深く掘って固まった土を指の間からこぼしてふるい分けながら、なにやら一人で呟いた。ミッチはそんな彼女を見ながら、『黄金』で金脈を調査していたウォルター・ヒューストンを思い出した。

「うちの息子なら言うわね」彼女が結論を出した。「まるでインチキ」

「インチキって？」

「ナイルスはほんの上っ面を耕しただけってことよ。六インチも掘ってごらんなさいよ。完全に固まってるわ。これを見て――水はけがなってないの。これじゃ根づくものなんてないわ。何もよ。園芸のえの字も知らなかったか、怠け者だったかだわね。たぶんどっちもあながちはずれてはいないと思うけど」ビッツィは大きな尻をおろしてしゃがむと、ため息をついた。「ミッチ、きっと二倍掘り起こさなきゃならないわ」

「どうするんですか？」

「鋤の二倍の深さまで掘り起こして、石を取り除く。堆肥と厩肥《きゅうひ》で土を肥やし、水はけのためにピートモスを足す。それだけやって、初めて苗が植えられるってことよ」

「そんなに大変だとは思わなかったな」ミッチは考え込んだ。

「それが正しい園芸というものよ、お若い方。土の準備がすべてなの。あなたのトラックで私の畑に有機肥料を取りに行けばいいわ。でもまずは……」彼女がよく太った人差し指を突き出した。「掘る！」

フリーク。ミッチは思った。この女性はフリークだ。

そして、納屋からシャベルと鋤を取ってきた。彼女はもう始めていた。取りつかれたように、土を掘り返している。

二人で掘った。すぐに石が当たるようになった。小さいものもあったが、直径が十インチを超えるものもあった。柵のすぐ内側に積み上げていった。ミッチは湿気の多い朝の大気に早速汗が出た。ビッツィの上唇にもごく小さな汗の玉が浮かんでいたが、太めの女性にしては驚くほど体力があった。まさに疲れを知らない。しかも無駄話をしたくてうずうずしている。

「昨日の夜の経験で、疑問にはちきれそうになってるんでしょうね」と陽気に言った。「まず間違いなく最初の疑問だと思うものに答えれば、この島で本当のお金持ちと言えるのはマンディだけよ。もうなるほど持ってるの。あの一族は一八〇〇年代にセントルイスで醸造所を興したのよ。ただあのかわいそうな娘には何のステータスもないの。村の女性たちは彼女をひどく嫌ってるわ——身につけるゴールドは多すぎるほどなのに、肌を覆う布は足りないくらいだから。ミス・ポーター女学院を出たわけでもないし、スミス女子大を卒業したわけでもない」

「あなたは？」

「もちろんよ」ビッツィが無造作に答えた。「いいこと、彼女の父親を見たら、トラック運転手だと思うでしょうよ。だから、彼女はバドと結婚したのよ」

「子供をほしがってるようですね」

「もう何が何でも」ビッツィが認めた。ミッチはもう息が上がっていた。

彼女を信じたものかどうか、いまだに決めかねてるの。「ともかくも本人はそう言ってるわね。私はいだろうと思うことを話すタイプの女性だから。彼女はいつだって人が聞きたなボーイフレンドがいるんじゃないかとも疑ってるわ。それにニューヨークに若いセクシートは彼女にせがまれて借りてるだけですもの」

「バドは彼女を厳重に見張ってますね」

「どうしてそんなことを？」ビッツィが熱心に訊き返してきた。「彼女があなたに迫ったの？」

「まさか。僕は彼女のタイプじゃないんじゃないかな」

「自分を卑下しちゃ駄目よ、ミッチ。あなたはとてもハンサムな若い男性だわ」

「僕に迫ってるんですか？」

「やめなさい！」彼女が大笑いしながら言った。「次はジェイミーとエヴァンだけど、ジェイミーはヴィレッジ・クイーン役を時々ちょっとやりすぎることがあるわ——たいていはバドを怒らせるために。けど、気立てはいい人よ。エヴァンにもぴったりで。ジェイミーが現れるまで、エヴァンはまさに迷えるウサギちゃんだったんですもの」

「バドにとってはエヴァンがゲイだと認めるのはつらいことだったんですか？」

「あなたにもわかるでしょうけど」ビッツィが断言した。「バドは自分にわからないことを認めるのは何であれつらいのよ。実を言うと、バドのことではずっと疑問に思ってることがあるの。彼は今でもドリーを熱愛してるわ。それに起きたことにはひどく打ちのめされたって顔をしてる。それなのにナイルスに彼女を奪わせたのよね」

鋤を何度も花崗岩《かこうがん》の塊《かたまり》に振り下ろしたせいで、ミッチは肩が痛くなってきた。

「そうなんですか？」

「もちろんよ。ドリーみたいな善良な女性は夫からふらふら離れたりしないわ。追い払われない限り。バドはもう彼女を必要としていなかったの。だから彼女、ナイルスが現れた時には、自分は愛されていないし、魅力もないんだと思っていた。それに、ほら、ここにいるとちょっと孤独な気分にもなってしまうでしょ。私だってそうよ。

レッドは月に四回東京に飛ぶわ。四日間——行きに二日、帰りに二日——のフライトをこなすと、三日間の休み、ほとんど寝てるわね、かわいそうに。で、また出かけていく。レッドは両親の期待に応えられなかったの。両親としてはペック家の政治的遺産を継いでほしかったんだけど、彼はスピーチをするのが嫌いなのよ。あるいは知らない人たちの間を歓談して回るのが。彼は静けさが好きなの。彼のコックピットが。彼の小さな島が。私たちは息子に公職のセンスがあればいいと思ってるの。実際大学を出たらロースクールに行くと……まあ、いやだ！」彼女の鋤がまた何か固いものにぶち当たったのだ。ただ今回は金属が石に当たった時のカチンという鋭い音はしなかった。もっと鈍いズンという音だ。「これを恐れてたのよね」

ミッチは鋤にもたれて、ひと息ついた。「これって？」

「木の根よ」彼女が批判的な目で周囲を見渡した。「あなたの畑における最大の敵の一つだわね、ミッチ。土の水分も栄養も全部吸い取られちゃうわ」

「あのオークの根ですかね？」納屋のそばに古い大木があるのだ。

「いいえ、オークは直根——まっすぐ下に伸びるの。これはきっとあそこの桑の木よ。剪定《せんてい》鋸《のこ》を取ってくるわ。さっさと片付けてやりましょう」ビッツィは作業ズボンの泥を力任せに払いながら、自宅に向かってよたよた歩いていった。

ミッチは根っこがはっきり見えるように周囲の土を掘り始めた——と、不意に何かの臭いが鼻を突いた。強烈だった。腐臭だ。あまりの悪臭に、喉が詰まって、あわや吐きそうになった。

固いものは、木の根っこではなかった。人の脚だったのだ。

6

メリデンからドーセットまでは9号線で南にまっすぐ三十分の道のりだ。デズはドーセットでの事件を一度担当したことがあった。エサン・ソールズベリーという名前の十六歳の少年が母親の頭のてっぺんを金属バットで百回ほども殴った揚げ句、母親のBMWのトランクに詰めて、アンカス湖に捨てたのだ。気持ちのいい事件ではなかった。デズも木炭のスケッチでそれを証明していた。このソールズベリー殺人事件は大いに注目を集めた。彼らが名門だったからだ。サウナとプールのある、百八十万ドルの屋敷で起きた事件。そうした屋敷に住むそうした人々には、そんなことが起きるはずはないのだ。が、起きてしまった。

同様に、ビッグシスターの菜園で死体が掘り出されるはずはなかった。が、掘り出されてしまった。

デズはペック岬に向かってクラウンビクトリアのライトバーのない覆面パトカーを走らせながら、歴史的な村の緑豊かな静けさに驚いた。あまりに静かなので、自分の呼吸まで聞こえるほどだ。それに塵ひとつなくて、無菌化されたテーマパークの虚構のように見える。落書きもなければ、ゴミもなく、醜悪な物はいっさいない。

ともかくも目に見える形では。

速度を落としてドーセット・アートアカデミーの前を通り過ぎながら、しばらく憧れの眼差しを向けていた。ここにはポストモダンのいかがわしさはまるでない。ルネッサンスの巨匠たちが生み出した厳格な正統派のトレーニングをいまだに信奉している。何年もかけて、人体構造について、遠近法について、題材について研究する。いつかここで学ぶことが、デズの密かな夢だった。そんな日が来ることを夢想していた。

ペック岬のはずれにはバリケードがあった。そこで、パトカーとテレビ局のニュースバンの大群に遭遇した。島そのものは、木造の橋で渡れるとはいえ、濃霧に覆い隠されている。そのために遠く離れているようで、いくらか不気味だ。サンフランシスコ湾に浮かぶアルカトラズの感じが思い出された。

最初の通報を受けたのは、ドーセットのベテラン駐在のタル・ブリスだった。彼はすぐにウェストブルックの本部に連絡。本部は現場を封鎖するために数人の州警察官を派遣するとともに、凶悪犯罪班に連絡をとった。

デズはパトカーを降りるやいなや、コネティカットの四つのローカルテレビ局——

3、8、30、61――のニュースカメラに襲撃された。リポーターは車に押し寄せ、彼女の顔にマイクを突きつけて答えを迫った。彼らは常に視聴率争いにしのぎを削っている。しかも裕福な白人の村で起きた凶悪犯罪ほど彼らを興奮させるものはない。

「警部補、犠牲者の身元は？」

「警部補、うちは正午に中継をやります！」

「最新情報をお願いします、警部補！」

「警部補、何を話してもらえますか⁉」

デズのごっつい角縁メガネがいくらか鼻をずり落ちた。メガネを上げ、気を落ち着かせるために答える前にひと呼吸置いた。答えないとひどく敵対的だという印象になってしまうことを、経験から学んでいるのだ。それに、神経質になっていると声が恐ろしく低くなるクセがある。ブランドンにドン・コーネリアスのようだとよく言われたものだ。「現段階で話せることはほとんどありません」ライトに目を瞬《しばたた》かせながら言った。「ご覧のとおり、今来たばかりなんです」

「声明はいつもらえますか？」

「正午に中継をやるんです！」

「十二時ちょうどから十二時十分までの間に、何か出してもらえますか⁉」

「声明をお願いします！」

「それじゃ私に仕事をさせてもらえるかしら」デズは辛抱強く言った。彼らに対して礼儀を保つのは容易ではない。とにかくしつこいのだから。しかも自分たちの生放送に必要なものは、誰にとっても最重要なはずだと絶対の確信を持っている。彼らがそう考えるのはごく自然だ。この惑星の住人は事実上、市民生活も私生活もテレビを中心に回っているのだから。となれば、彼らの要求は満たしてやらなくてはならない。それでも、断固とした態度をとらないと、彼らはこちらをそっくり飲み込んで食い潰してしまう。「さあ、道を開けて！」デズは怒鳴った。

と、彼らはデズを通した。誰も怒ったお姉さんのそばにはいたくないのだ。銃を携えているともなればなおさら。

タル・ブリスが木の橋のたもとでデズを迎えた。例によってつば広の帽子、誂《あつら》えたような制服、磨き上げたブーツという堂々とした風采だ。ソールズベリー事件を一緒に担当したので、彼のことは尊敬している。いかにもプロらしい働きだったし、デズにも丁重だった。自分の器量にも身分にも担当地域にも満足している立派な駐在なのだ。彼は自分の立場を心得ている。ここの住人のことも心得ている。駐在制度は、州内でも小さいために警察署のない村にはありがたいものだ。昼夜兼行でいてもらうのと引き換えに、村が給料の半分を負担している。

「ビッグシスターにようこそ、警部補」ブリスが帽子に軽く触れて挨拶してきた。

デズはにっこりして答えた。「あら、どうも、駐在。で、バスタ・ライムズはどうしてる？」

「ダーティ・ハリーって名前にしたよ。あんたがかまわなければだが」

「ええ、ちっとも」

「質問に答えれば、やつは太って、恩知らずに暮らしてるな」

デズは笑い声をあげた。「まっ、猫だものね。最近はおいしいものを焼いた？」

ブリスがヴェトナムで二度の軍務に就いたことを知った時にはショックを受けたものだった。彼が元海兵隊員のように立派にふるまっているからだ。しかし、彼が一年間パリの料理学校、ル・コルドン・ブルーで学んだことがあり、ドーセットでも最高のシェフだとされていることを知った時にはびっくりした。

「キシュを再発見したよ。いつかあんたにも作ってやらなきゃな」

「それじゃぜひ食べさせてもらわなきゃ」デズは答えて、黄色の立ち入り禁止テープをくぐって、木の橋に足を踏み入れた。

「どうも灰色だという以外わかっていないみたいだが、違うかな？」

「と言うと？」

「紳士というのは扱いやすいどころか厄介なんだ、本当だぞ。犠牲者はナイルス・セイモア、五十二歳、ドリー・セイモアの別居中の夫だ。彼は数週間前に若い女と駆け落ちしたと誰もが思っていた。が、どうやらどこにも行かなかったらしい。あんたにもすぐにわかるが、長いことここに埋められていたんだ。現場に行く前に訊きたいことはあるかな？」

「ここの保安措置はどうなってるの？」デズは機械化されたバリケードを見やりながら尋ねた。

「これまで問題が起きたことはなかった」とブリス。「システムがいたずらされたとしても、民間の警備会社が十分で来る」

「最近いたずらはあったの？」

「いいや。地元のガキが面白半分にチューインガムをカード挿入口に貼り付けることがあるが。岬は連中にとっちゃ夜の溜まり場の一つなんだ。ここいらでドラッグをやるのが好きでね。定期的に追い払うようにしている。でも最近は静かなものだった」

「住人以外にIDカードを持ってる人は？」

「管理人のタック・ウィームズだけだな。他にはいないよ、警部補。郵便配達ですら持ってない――住人は郵便を郵便局で受け取ってるんだ。ただ、潮のことは話しておかないと。今は満ち潮だから、十分深くて、足場は不安定だ、わかるだろ……」

デズは木の欄干《らんかん》越しに海面を見た。岩の上で渦を巻き、泡立っている。確かに足場は不安定だ。

「でも引き潮の時には」ブリスが続けた。「ビッグシスターに歩いて渡ることもできる。歩いて渡る者を阻止する術《すべ》はない。ただし、ここ何年もそうやって盗みに入ろうとした者はいなかった。一つには、何を盗んだとしても、徒歩で足場の悪い岩の上をこちら岸まで引きずってこなきゃならないからだ。さらには、あの屋敷はどれも大きな窓がやたらたくさんある。忍び寄るのは事実上不可能なんだ」

「つまり、犯人は外の人間ではないってこと?」

ブリスがそわそわと彼女を見やった。「俺の考えでは、犯罪のプロが相手の可能性は極めて低い。俺としては、彼は知り合いの誰かに殺されたのだと思う。彼がロックを解除して招き入れた人間か、ここの住人に――ただし、後者の可能性は極めて想像しにくいってことも話しておきたい。彼らのことなら生まれた時から知ってるんだ」

二人は島に向かって橋を渡り出した。島に近づくほどに、湿度は高く、気温は低くなっていった。デズはセーターを持ってこなかったことを後悔した。送電線が狭い木の橋をまたいでいる。コネティカット電力社は、普通なら私有地の島まで電線を延ばすことはしないはずだが。

「彼らのことを聞いておきたいわ」デズは震えながら言った。

「ドリー・セイモアはペック家の一員だ」ブリスが見るからに誇らしげに言った。

「ペック岬のペックだ。名門中の名門なんだ、警部補。本物のレディ。もっとも昨今ではその言葉は軽蔑的に使われてるようだが」

「あたしはそうは思わないわよ」デズは答えながら、どれくらいでポリート警部から の早期解決の圧力を感じるようになるだろうと思った。遠いことではないはずだ。

「町の噂では」ブリスが続けた。「ナイルスはドリーに離婚要請状を残し、共同名義の口座から金を洗いざらい引き出して、ヴァージン諸島に逃げた——悪評だけをごっそり残して」

「相手の女の名前は？」

「誰にもわからないらしい。ここの女ではないんだ」

「遺体を発見したのは？」

「ドリーの馬車小屋の賃借人で、ミッチ・バーガーという男だ。それにドリーの義姉のビッツィ・ペック。二人は畑を掘っていて、遺体に遭遇した。彼女には遺体が見分けられた」

「ここの住人全員のリストが要るわ」デズはブリスに告げた。

「それなら今でも教えられるよ。ビッツィとドリーの兄のレッドフィールドは夏用コテッジに住んでる。ドリーの元夫のバド・ハヴェンハーストは再婚した妻のマンディと客用コテッジに。ドリーが彼と別れてナイルスと一緒になった時に財産分与で受け継いだんだ。それに二人の息子のエヴァンが灯台守のコテッジに連れ合いのジェイミー・ディヴァースと一緒に住んでいる。ジェイミーは地元の名士の一人だが、ずいぶんと人目につかないようにしてるな」

デズは眉をひそめた。「ジェイミー・ディヴァース？」

「五〇年代のテレビの大スターだ――『バッキーのせいだ』だよ」ブリスはデズがぽかんとしているのを見て、「あんたが生まれる前の話か……。ああ、俺も歳を食ったもんだ」と続けた。

「全然そうは見えないわよ」デズは断言した。「今でもハンサムな紳士だわ」

「やめてくれ」ブリスがたちまち警戒モードに入った。「猫はもういらんから」

「でも仲間がいるほうがずっとずっと幸せなのよ」

「ダーティ・ハリーは十分幸せだよ」そう主張してから、彼女に向かって力なく微笑んで、「できることなら、今すぐでもあいつと替わりたいくらいだ」と付け足した。

二人とも橋を渡り終えて、島に降り立っていた。もう信じられないほど完璧に美しい――デズは、たとえばマーサ・スチュアートのような人間が住んでいる姿が思い浮かんだ。自分やこれまで出会ったことのある人がこんな場所に住んでいるところはとても想像できない。

ブルーと白の凶悪犯罪班のトラックが三台、大きな黄色い家の外にある砂利の私道に停まっていた。濃紺のウィンドブレーカーを着て、水色のラテックスの手袋をはめた鑑識十二人が、すでに仕事に取りかかっている。彼らは一流の技術者で、あらゆることに備えている——どのトラックも、O・J・シンプソン事件の教訓から米国法医学検討委員会が作成した指針に推奨された五十二種の用具をすべて装備している。あの事件の前は、信じられないことだが、殺人現場調査について国内三千の司法管区に統一的な方式はなかったのだ。死体袋のようなものは当然でも、防虫剤となると備えているところは少なかった。

　菜園は古い納屋の裏にあった。ソーヴがいた。ピカピカの黒いスーツの中で筋肉が盛り上がっている。鑑識の連中もいた。ナイルス・セイモアの死体も。目にも鼻にも気持ちのいいものではなかった。鹸化《けんか》が始まっているのだ。脂肪組織は土壌の塩類と反応してどろどろになり、膨張のせいで皮膚の圧点は裂け、目と舌は飛び出している。衣類は腐って、身体から剝《は》がれ出している。

　現場写真が撮影されている。デズは余分のコピーをもらうことになるだろう。これもきっとスケッチせずにいられない。

「二発食らってる、ルート」ソーヴが透けて見えるほど薄い口ひげを親指と人差し指で慎重に撫でながら告げてきた。「胸と首に」

「弾丸はまだ体内に？」デズの胃の筋肉が否応《いやおう》なしにこわばった。喉の奥に熱い胆汁《たんじゅう》がこみ上げてきた。

「胸の一発は残ってる」

「犯行現場はここなの？」

ソーヴが首を振った。「死体の下にそれほど血は溜まってなかった。ここに埋められた時にはもう死んでたんだ」

「犯行現場までの道筋はわかる？」

「いいや、まだ」ソーヴがうなるように言った。「ここはメチャメチャだし——園芸家がどかどか歩き回っちまったから」

それにもかかわらず、法医学センターの考古学者は発掘作業を始めた。彼と助手は湿っぽい土の薄い層を少しずつすくい取っては、証拠を慎重により分け、ビニルシートに置いていく。史跡の発掘と何ら変わりはない。今回は史跡がとても新しく、生体だというだけだ。

一方、法医学センターの昆虫学者はナイルス・セイモアの腐敗した死骸に入り込んだ昆虫や卵の塊のサンプルを集めている。作業が終わるまで、死体は動かせない。昆虫の発育の程度が——土壌の温度、土壌に含まれる水分の量、それに犠牲者の腐敗の状態を加えれば——ナイルス・セイモアが埋められていたおおよその期間を教えてくれるはずなのだ。昆虫の種類が犯行現場を特定する手がかりを与えてくれる可能性もある。

デズは見るべきものは見たと思った。ソーヴに来るように合図して、二人はブリスと一緒に私道に戻った。

「賃借人は納屋で見つけた鋤と熊手を泥だらけの手で触りまくっちまった」ソーヴが気難しい顔で言った。「道具から指紋が取れる見込みもなさそうだ」

「島の住人で銃を持ってる人はいるの？」デズは駐在のブリスに尋ねた。

「レッドが多少猟をやる」ブリスがあごをかきながら考え込んだ。「ジェイミーも護身用の銃を持ってるんじゃないかな」

「リコ、制服警官にすべての家を捜索させて、銃を探してほしいわ」とデズ。凶器がここにある可能性はまずないことは承知の上だった。それでも調べないわけにはいかない。調べずに済ますわけにはいかない。「まずちゃんと許可を取ってね。そうしないと――」

「令状が必要だ」彼がむきになった声でさえぎった。「わかってるさ、ルート」

彼がわかっているくらいわかっている。それでも念を押すのが自分の責任だというのもわかっていた。デズはこの現場では最上級の警官なのだ。もし念を押すのを忘れて、そのために証拠管理が危うくなれば、彼女のミスだということになる。〝責任を負え〟ディーコンが叩き込んだことがあるとすれば、これだ。「付属の建物や納屋もすべて、あらゆる岩の下も探させて。手配が済んだら戻ってきて。家族から供述を取らなきゃならないから」

「了解」ソーヴが離れていった。腕をわざとらしく広げた、ボディビル選手特有の気取った歩き方だった。

「庁舎のあの豪華な会議場は今でも使えるのかしら」デズは駐在のブリスに尋ねた。ソールズベリー事件の時も、三日三晩そこが彼女の司令部になった。あの部屋の臭いはまだ覚えている——カビ臭いカーペット、防虫剤、それに鎮痛軟膏のベンゲイ。

「大丈夫だ」駐在が断言した。「あんたが使えるように俺が取り計らおう。他に手伝えることは？」

「妻の他には誰がナイルス・セイモアに恨みを抱いているか教えて」

「みんなだな」ブリスがにべもなく答えた。「ナイルスは評判のいいやつじゃなかった」

「容疑者候補はいる？」

ブリスはつば広の帽子をとると、長いこと慎重に調べていたが、「タック・ウィームズ」と言って、白髪混じりの剛毛の角刈りに大きな茶色の手を走らせた。「二、三ヵ月前だったが、ドリーの腕にあざを見つけて、虐待しているとナイルスを責めた。その、ナイルスを殺すと脅したんだ。それで俺も関わることになって事態を鎮めた——と少なくとも俺は思った。ドリーはナイルスに対していかなる告訴もしないと言った。俺にも心配はいらないと請け合った。二人で解決すべく努力しているからと。ドリーとタックは子供の頃から仲がよかった。彼もここで育ったんだ。でも悪いやつじゃない。権力がいくらか苦手だってだけだ。それに一人では抱えきれないほどの個人的な苦悩がある。父親は彼がヴェトナムにいる間に母親と無理心中した。ここの馬車小屋でのことだ。それを見つけたのがドリーだった」そこで、ぞっとするような硬い顔で大きな黄色の家をちらりと見やった。「だから、ここでの非業《ひごう》の死は初めてじゃないんだ」

「彼とミセス・セイモアは仲がよかったというのは、恋人同士だったたってこと？」

「それについてはいい加減な推測をするつもりはない」ブリスが慎重に答えた。

駐在は、今度は自分の立場を守ろうとしている。デズは観察した。明らかに彼はこの人々にとても忠実だ。でも、果たしてどこまで忠実なのだろう？

ブリスは帽子を頭に戻して、肩を怒らせた。「タックの住まいはアンカス湖だ。すぐにも尋問したいんじゃないのか？」

「逃げそうなの？」

「いいや、それはないだろう」

「それじゃ後でもいいわ」判断を急がずに、まずは容疑者のことをきちんと知りたい。「ミセス・セイモアの人生に新しい男はいるの？」

「俺の知る限りじゃいない」

「賃借人のことを教えて。名前は何だったかしら、バーガー？」

ブリスがうなずいた。「ニューヨーカーなんだ、残念ながら」

デズは不思議そうに彼をちらりと見た。「つまり——どうしようもない厄介者だってこと？」

「いいや」ブリスがしぶしぶ答えた。「すごくいいやつのようなんだが……」

デズは駐在がさりげなく賃借人に注意を向けさせようとしている気がして、眉をひそめた。

「だから、メディアの人間なんだ」説明が続いた。「ニューヨークの大新聞の一つに寄稿している」

「ああ、なるほどね」ソールズベリー事件で学んだのだが、ドーセットの住人は世間の注目を毛嫌いしている。ニューヨーカーの大半がドーセットを地図で見つけることもできないのを、ことのほか自慢にしているくらいだ。

「ドリーが彼に貸して、まだほんの二週間にもならない」ブリスが付け加えた。

「関係してる可能性は？」

「関係って、警部補？」

「ロマンスよ。彼とミセス・セイモアだけど」

「彼はドリーよりだいぶ年下だが、だからってあながちノーとも言えない」ブリスが肩をすくめた。「二人の人間の間で何が起きるかなんて、誰にわかる？　ともかくも俺にはわからないな」

「彼は犠牲者と知り合いだったの？」

「俺の知る限りじゃノーだ」

「それじゃこの事件に関わっているかどうかは疑わしいわね」デズは考えながら喋った。「だいたいどうして自分で死体を掘り出すわけ？　自分で自分の首を絞めるようなものじゃない」

駐在が大真面目にうなずいた。「ドリーも彼があそこを掘ることをあっさり許可した。ナイルスが埋まってることを知っていたら、彼女が許可を出すとはとうてい思えない」

「同感。見つかってほしいと思っていたならともかく」

駐在がまごついたように眉を寄せてデズを見た。「どうして彼女がそんなことを望むんだ？」

「さあ。あたしは何もわからないのよ。来たばかりだもの。セイモアが駆け落ちしたはずだった女性については何がわかってるの？」

「ほとんど何も。バド・ハヴェンハーストとレッド・ペックが、〈セイブルック岬イン〉で二人がブランチを食べているのを見かけたんだ」

「いつの話？」

「五週間前の——日曜日。二人の話じゃ、女は若くて、いささか安っぽい感じだった。翌朝、彼は出奔して、二度と姿を見せなかった。今の今までってことだが」

デズは、その女についてホテルの確認を取ること、とメモした。「それじゃセイモアの素性についてわかってることは？」

「三年前にアトランティックシティからやって来た。向こうでは会員制マンションを売っていたんだ」かすかな非難が感じられる声だ。「それ以前どこにいたのかは知らん。何をしていたかについても」

調べ上げなくてはならないだろう。会員権ビジネスというのは、マジに堕落した連中を引き寄せることがある。セイモアが誰と渡り合ったかわかったものではない。他にはどんなことに首を突っ込んでいたかにしても。ひょっとしたら彼の過去がここまで追いかけてきたのかもしれない。お金がからんでいる——消える前に銀行口座を空にしたとされるのだから。お金はどこに行ったのだろう。誰かに借金があったのかも。デズは考えた。その相手が彼に金を引き出させ、証拠を残さないために殺したのか。金の行方を追わなくては。引き出した日と失踪した日をつき合わせてみるのだ。それに引き出し方が決定的になる可能性もある。自分でやったのだろうか。それなら銀行に証人がいるはずだ。そうでなかったら——ネットでやったとしたら、証人はまずいない。実際には、正確な暗証番号を知っている誰かがやったのかもしれない。たとえば、彼の未亡人が。彼女ならできる。ひょっとしたら嫉妬に駆られたのかも。でも、単独でできるだろうか。まさか。セイモアは他の場所で殺された。彼女が一人で菜園まで運んで埋めるのは無理だ。となると、共犯者がいる。でも誰が？

「俺も捜査に加わったほうがいいのか？」ブリスが尋ねてきて、デズの推理をさえぎった。通常なら駐在は凶悪犯罪班に引き継いだら、日常業務に復帰するのだ。

「ぜひそうして」彼が地域社会との極めて貴重な接点になることを、デズは経験から知っていた。彼は有力者を知っている。彼自身がその一人なのだ。「あなたさえよければだけど」

「ちっともかまわんさ」

「ミセス・セイモアは今どこに？」

「二階で休んでる。主治医が往診してきた。ドリーが、その、強い人間ではないことにあんたも気づくだろう。慎重に扱ったほうがいいと思う。べつにあんたがそうしないと言ってるわけじゃ……」

「わかってるわよ、駐在」

「他の人たちは」と彼が続けた。「ビッツィ・ペック、バド・ハヴェンハースト、それに若いエヴァンは、俺がさっき見た時にはドリーのキッチンに集まっていた。レッド・ペックは今頃は日本に向かう空の上だ。マンディ・ハヴェンハーストはニューヨーク、ジェイミー・ディヴァースは自分のアンティークショップ、〈大シロイルカ〉だ。賃借人は馬車小屋だな」

「彼から始めるわ」とデズ。「テドーン巡査部長が戻ったら、二人でキッチンの人たちにかかってくれる？　彼が供述を取るのに手を貸せることがあったらしてあげて。あたしもすぐに合流するから」

「了解」ブリスは礼儀正しく彼女に向かって帽子に軽く手をやってから、大股で屋敷に向かった。

小さな馬車小屋の表ドアは開いていた。ノックすると返事があったので、足を踏み入れた。素晴らしい小屋だ。でも、まず目を引いたのは、むき出しのまま見えている荒削りの丸太の梁でもなく、石造りの暖炉で威勢よくパチパチ燃えている火でもなかった。光だったのだ——窓が、窓が至る所にある。そしてさえぎるものとてない海峡の眺望が広がっている。寒々と曇った日でも、ここは純然たる自然光に満たされている。さぞや素晴らしいアトリエになるだろう。途方もない夢の中でさえ、デズにはこんなアトリエを想像したことはなかった。

あまりに素敵だったので、すぐにはその住人にまで意識がいかなかった。

住人は暖炉の前に立って、マグからコーヒーをすすりながら炎を見つめていた。大柄だ。太ってはいなくても、全体に丸みを帯びている。しわの寄った濃紺のウールのシャツにだぶだぶのチノをはいている。そして、彼が振り向いた時には、その目に見慣れないものがあるのに、すぐに気がついた。

ミッチ・バーガーは、愛護協会で濡れた鼻と毛むくじゃらの前足をケージの扉に押しつけている生き物以外では見たことのない、悲しい目をしていた。

「ミスター・バーガー、中央管区の凶悪犯罪班所属のデジリー・ミトリー警部補です。いくつかお訊きしたいことがあります」

「ああ、どうぞ」彼はしゃがれた声で答えると、彼女に向かって部屋を横切ってきた。身長はデズより一インチか二インチ高い程度だが、横幅は断然広い。「すいません、その……」彼がぼさぼさの髪に手をやった。明らかに取り乱している。「まだちょっとショックが抜けないらしくて。何よりショックだったのが臭いで。ほ、ほら、覚悟してたわけじゃないから。だから、ああいったものは映画で数多く見てはいたんだ。だから多少は慣れてたんだが。あの臭いは……これで臭い付き映画が絶対に広まらない理由がわかった気がするよ。まだ鼻腔に残っていて。消せないみたいなんだ」

「オレンジはあるかしら」

「たぶん。どうして？」

「あのね、少し皮を切り取って、指の間にこすりつけてから嗅ぐの。皮にエッセンスがあるから、一発で消してくれるわ」

「ありがとう、やってみるよ」彼がすぐさまキッチンに向かって歩き出した。「君にも切ろうか？」

「あたしは大丈夫よ、ありがとう」

「君のような人たちは慣れるんだな」

「あたしのような人が慣れることは絶対にないわ。死んだものなんて見たくないわよ。ゴキブリ一匹だって」

「ニューヨークに住んだことがないみたいだね」

デズは上品に笑ったが、目だけは忙しく部屋を見回して中にあるものを頭に入れていた。彼はミュージシャンだ。エレキギターと巨大なアンプがある。パソコンがある。本と紙がある。あとはほとんど、リサイクルショップで手に入れたもののようだ。壁に掛かっている額入りの二つの美術品以外はすべて。暖炉の上には、ジョージア・オキーフのすっかり歳を取ってからの額入り写真。細かく複雑にしわの寄った顔は古代の河床のように摩滅している。それは、勝利と敗北、愛と喪失、喜びと悲嘆を知る者の顔だ。それでもまだ踏みこたえている者の顔。サバイバーの顔だ。

「素晴らしいポートレートだろ？」ミッチ・バーガーがオレンジの皮を手に戻ってき

た。「毎日彼女を見て、自分に言い聞かせるんだ、『ジョージアにできるなら、俺にもできる』って」彼が皮を指の間にこすりつけて、匂いを嗅いだ。何だか好奇心の強いウサギのようだ。「妻のものだったんだ」彼が付け足した。

「離婚したの？」

「いいや、死なれた」

「それはお気の毒に」デズは言いながら、彼の妻の死亡年月日と死因を調べること、と頭にメモした。

もう一枚の美術品は、キッチンに続く壁に掛かっているが、中心から離れるほどに幅が広がっていくように見える均一の線で構成されたコンピュータグラフィックスだ。「あれは？」デズは彼に尋ねた。

「フィボナッチの数列だよ」彼が答えた。「妻の最後の設計なんだ。造園家だった」そしてオレンジの皮を暖炉に投げ込むと、振り向いて、傷ついた子犬の目でデズを見つめた。「それじゃ君は殺人課の刑事？」

「そんなところね」

「身の毛もよだつものに数多く遭遇してきたんだろうな」

「人間は優しい生き物じゃないのよ、ミスター・バーガー。最も愛している相手に、とりわけ残酷になってしまうことがあるわ」このとっておきの鋭い見識は、街ではなく寝室で得たものだ。デズは彼に微笑みかけて、部屋を見回した。「この家、大好きだわ」

「素晴らしいだろ？　二階が寝室用のロフトになってるから、見たいならどうぞ」

ベッドは起きたままの状態だったが、ほとんど目も留めなかった。その目が行ったのは天窓だ。ここはさらに明るい。ここでの生活がどんなものか、想像もつかない。夜明けのきれいな光の中で毎朝スケッチをして、プライベートビーチをジョギングして。ここに比べたら、自宅など洞穴の中に閉じ込められているようなものだ。

「いいなあ。あたしならすぐに馴染んじゃうわ」狭い階段を下りながら言った。

「それじゃ今度はスケッチブックを持ってきて、しばらく滞在するといい」

デズはドキリとして、目を細めて彼を見た。「何ですって？」

「スケッチするんだろ？」

デズは頭をつんと上げて彼を見上げ、両手を腰にやった。が、好きなポーズではない。これではまるでTVドラマの『サンフォード&サン』に出てくるエセル伯母だ。そこで腕を組んで言った。「どうしてわかるわけ？」

「中指の爪に木炭が入ってる。木炭に爪を立てたんだな。妻もそうだった。同じ爪だ」

デズは爪をちらりと見やった。ほとんどわからないくらいなのに。この男はとても観察力の鋭い白人だ。怖いほど鋭い。

「君の描いたものを、時々俺にも見せてほしいな」紛れもない興味が感じられる声だ。

「自分のためだけにやってることなの」慎重に答えた。

「たいていはそれこそ最高のものだとは思わないか？」

聞き流した。彼のせいで急に平静を失い、むき出しにされたような気がして当惑していた。こんな気持ちは好きではない。本当にいやだ。デズはじりじり暖炉に近づいていった。

「セーターを持ってこようか？」後を追いながら、彼が尋ねてきた。「暖かくて気持ちのいいセーターは？」

「いいえ、あたしなら大丈夫よ」

「大丈夫じゃないさ。震えてるぞ。ここはすごく湿気《しけ》ることがあるんだ。そうなると芯まで冷え切ってしまう。コーヒーはどうだい？」

「あたしなら大丈夫なの、ミスター・バーガー」今度は自分が女々しくて不甲斐ない気がしてきた。マジに大嫌いな気分だ。

「それじゃご自由に。でも風邪を引いても、俺のせいにしないでくれよ」

「風邪なんか引かないわよ」つっけんどんに答えて、会話の主導権を取り戻した。

「新聞の仕事をしてるんですってね」

「確かに」彼が答えて、使い古した肘掛け椅子にドサリと座り込んだ。

「ナイルス・セイモアの遺体を発見したことも記事にするつもりなの？」

彼が首を振った。「そういうライターじゃないんだ――映画の批評家なんだよ」

「ホントに？　映画の批評家に会うのはたぶん生まれて初めてだわ」デズはにっこりしてえくぼを見せた。もっと話が聞きたくなっていた。「どうするとその手の仕事に行き着くのかしら」

「それならしょっちゅう自分に訊いてるよ」ミッチが答えた。「どうすればなるのかわからない。理由もわからない。初めて映画館に入った時に何かただならぬことが俺に起こったとしか」

「それってどんなこと、ミスター・バーガー？」

「俺は暗闇で活気づくんだと気がついたのさ。バンパイアというよりは、風変わりなキノコみたいなもので。暗くされた映画館は俺本来の住み家なんだよ。子供の頃はいつもあの中にいた。俺の知識はすべて映画館で学んだものだ。ジェームズ・キャグニーには勇気とは何かを教えられた。ケーリー・グラントには魅力を、オードリー・ヘップバーンには優雅さを。マレーネ・デートリッヒは規則の曲げ方を、ロバート・ミッチャムは規則の破り方を教えてくれた」彼はそこで言葉を切ると、小さな光の家をちらりと見回した。「ここは、これは俺の場所じゃない。俺がこの島にいるのは、脚本家が言うところの強制対応だよ」

「強制対応？」デズはおうむ返しに言った。「どういうこと？」

彼がぽかんとこちらを見た。「強制対応って聞いたことないのか？」

「みたいね」

「登場人物が何か重大で個人的な理由のためにやらなくてはならないと考え、性格に反したことをわざわざやるような場合のことだ。『サリヴァンの旅』で、ジョエル・マクリーがホームレスになったみたいに」

「観たことないわ」

「観たことない？」声が興奮したように大きくなった。「何と、お預けを食ってるんだ！　空前絶後のハチャメチャコメディの傑作だぞ。なのに、信じられないほど悲しくなる。で、また信じられないほどおかしくなるんだ。プレストン・スタージェスの作品だ。終わり近くの黒い教会のシーンで、彼らが漫画を朗々と読むと、俺なんかいつも決まって泣きじゃくってしまう」

デズは片方の眉を上げて彼を見た。「あなたみたいな人に会ったのは初めてだと思いながら立ってるんだけど」

彼が微笑んだ。「俺たちにはもう共通点があるわけだ——俺も凶悪犯罪班の警部補の女性に会うのは初めてだよ。そのドレッドヘアすごくいいな。君はそれが鳴る音をいつも聞いてるんだろうな」

「ええ、いつも」デズはぶっきらぼうに答えた。彼はまたやっている——話を彼女のことにすり替えようとしている。「ナイルス・セイモアのことは知ってたの？」

「会ったことはない。話はずいぶん聞かされたが」

「どんな？」

「実際のところはくだらないやつだったとか。ビッグシスターの住人はみな彼のことが大嫌いだとか」

「ミセス・セイモアも？」

「彼女を捨てて逃げたんだろ？　ともかくも彼女はそう思っていたんだ」

「ここに引っ越してくる前から、ミセス・セイモアを知っていたの？」

「ああ、知ってた」

デズは彼のほうにあごをぐいと上げた。「いつから？」

「数日前に会ったんだ——ここを案内してくれた時に」

デズは無表情に彼を見つめた。今度は彼に追い込まれている気がする。「あなたたち二人は恋愛関係だったの？」

「俺は誰ともそんな関係にはない」彼が静かに告げてきた。

「そう。それじゃここに来てからの短い間に、奇妙だとか、普通じゃないと感じたことはある？　どんなことでもいいんだけど」

「ああ、それなら」彼が椅子から身を乗り出してきた。「いくつか」

「と言うと……？」

ミッチ・バーガーは誰かが故意に彼を床下に閉じ込めたことを話した。はね上げ戸を実際に開けて、床下を照らしてみせた。高さのない暗い土の穴倉だった。閉じ込められたらぞっとするほどいやな場所だ。

「セイモアを殺した犯人が俺を追い出そうとしたのかもしれない」彼が言い出した。「俺が菜園を掘って、遺体を見つけることを恐れて、脅して追い払おうとしたんだ。最初にここを見せてもらった時に、菜園を作ってもいいかと、実際ドリーに訊いたんだ。彼女が誰かに話したとしても……」言葉がしばし途切れ、彼は頭をかいた。「バド・ハヴェンハースト……。そうだ！」

「彼が何なの？」

「俺がここに引っ越してくることに大反対だった。俺に貸さないように、ドリーを説得したとまで言っていた」

「それは面白いわ」デズはうなずいた。「それじゃタック・ウィームズは？　あなたが菜園を掘り返すつもりだってことを知っていたのかしら」

「たぶん。ここは一人が何かを知ってれば、全員が知ってるって場所だから」

「さっき、いくつかかって言ったわよね、ミスター・バーガー」

「セイモアの処方薬だよ。置いていったんだ。ドリーのバスルームで見たんだが、ちょっとおかしいと思った。もう帰らないつもりでここを出るなら、薬は持っていかないか?」

「どこのバスルームにあったの?」

「階段を上ったところだ」一瞬ためらったものの、彼が付け足した。「ドリーはかなり強い薬物を服用している」

「どんな?」

「リチウム塩剤とか……」

デズは彼を注意深く見守りながら待った。他にも話がある。それが感じられた。はっきりわかった。「他にも何か、ミスター・バーガー?」

彼は答えようとしたものの、彼女を見ながら頭を振った。洩らすのは気が進まないのだ。

いったい何だろう。デズは思った。なぜ彼は黙り込んだのだろう。でも追及しなかった。どうせ現段階ではニューヨークから来た映画批評家のミッチ・バーガーからはこれ以上聞き出せないだろう。礼だけ言って、ドアに向かった。

「島の住人の誰かが彼を殺したんだろうか、警部補？」彼が尋ねてきた。

「それはやらないの」

「それって？」

「当て推量」

「でも直感はあるはずだろ」

「そうね。あるわ。ただメディア関係の人には話さないことにしてるの」

「でもさっきも言ったように――俺はリポーターじゃない。知りたいだけなんだ」

デズはドアで立ち止まり、彼をじっと見つめた。「ミスター・バーガー、今の状況は誰かが自制心を失ったってことなの、いい？　あたしの経験では、人が一度自制心を失うと、その彼なり彼女なりは再び失う可能性が高いの。だからあなたへのアドバイスは……」

「何だい、警部補？」

「知りたがらないこと」

彼は反論しなかった。ただふさぎこんで暖炉の火を見つめている。ったく、悲しげな人だ。二十分話しただけなので確信はないのだが、地上で最も孤独な人間に出会ってしまったのかもしれない。

「個人的なことを訊いてもいいかしら」デズはとっておきの笑みを向けた。

ことはない？」

「我が家と心を、温かくて抱きしめたくなるような素敵な猫と分かち合おうと考えた

「いいよ」彼が不思議そうにこちらをちらりと見やった。

「先月ご主人が出ていったことについては何を話していただけますか、ミセス・セイモア？」

「お話しできることは……ほとんどなくて、警部補」ドリー・セイモアが低い声でたどたどしく答えた。「あ、あの朝、階下に下りてきましたら、キッチンのテーブルに彼の手紙があって。それで……それで……」

「それで……？」デズは優しく促した。

「それで、彼はいなくなりました」

ナイルス・セイモアの未亡人はアフガン編みの上掛けをかけて、ぐったりとベッドに横たわっていた。小さな手に濡れたティッシュを握りしめ、青い目は泣いたせいで赤くはれ上がっている。ショックに押し潰されないように強い鎮静剤が投与されているので、いくらかぼんやりして理解が遅くなっている。それでも質問に答えることはできた。子供のような繊細な顔と透けるような肌をした、ほっそりとか弱そうな女性だ。

寝室は取り立ててエレガントではなかった。小さいし、天井がかなり低い。家具はデパートで買えるような普通のものばかり。名門出身の顧問弁護士で元夫のバド・ハヴェンハーストがベッドの脇の椅子から気遣うように見守っている。タル・ブリスは帽子を両手で持って、戸口から入ったところにぬっと立っている。デズはベッドの足のほうに座った。

階下では、ソーヴがキッチンの軽食用コーナーに陣取って、息子と義姉の供述を取っている。

「手紙には何と書かれていたんですか、ミセス・セイモア？」

「自分は……私に相応《ふさわ》しくない。出ていくと」

「その手紙、まだお持ちですか？」

「たぶん。思い出せませんが」長いこと黙り込んだ末に、ミセス・セイモアが言葉を継いだ。「誰も知らなかった」

「何を誰も知らなかったんですか、ミセス・セイモア？」

「彼がどれほど優しく穏やかになれるかを。彼が私を笑わせてくれることを」

デズは直感的にこの女性が嫌いだった。ドリー・セイモアは裕福で、白人で、特権階級で、弱々しい――か細い声で泣くかわいい陶製の置き物だ。この手の女性には無性に腹が立つのだ。が、彼女には見た目以上のものがあるかもしれないこともわかっていた。ドリー・セイモアは見かけほど無力ではないかもしれない。そうふるまうことでほしいものを手に入れる冷静で打算的な陰謀家の可能性もある。人を操り、人を利用する人間かも。殺人者だってこともあり得る。「ご主人があなたに手を挙げたことはありますか、ミセス・セイモア？」

その言葉に、バド・ハヴェンハーストが椅子に座った身体をかすかに動かした。

「手を挙げる？」ドリーが繰り返した。

「殴ったりして、暴力で虐待したことは？」

「まさか。一度もありません」

「確かですか？」

「彼女なら確かですよ」ハヴェンハーストが彼女の代わりに冷ややかな声で答えた。

「ここにはアトランティックシティから来たんですか？」

「そうです」ドリーが答えた。「カントリークラブで出会いました」

「その前は？　どこで生まれ育ったんですか？」

「彼は南部人でした」ドリーが愛しげに答えた。「ヴァージニア州のサウスボストンの生まれです。父親は建築現場で働き、母親は美容師でした。彼が美しいものを好きだったのは母親譲りです。身だしなみのよさも。自分の手もいつもそれは念入りに手入れしていました。彼は裸一貫身を起こしたのです。専門学校すら出ていませんでした。でも彼には人が理解できた。表現というものがわかった。表現こそ彼の命でした」そして寝室をちらりと見回して、「この部屋も改装したいと、いつも言っていました。ひどく嫌っていたのです」と続けた。

「あなたのクレジットカードの記録を見せていただかなくてはなりません、ミセス・セイモア」デズは言った。「銀行からの勘定通知も。銀行口座すべての情報をお願いします」

答えはなかった。実のところ、聞いていないらしい。まだ寝室の装飾を見回している。唇が動いているが、声は出てこなかった。

「それについては私がお役に立てると思いますよ、警部補」バド・ハヴェンハーストが慎重に割り込んできた。「階下に移動したらどうかな？　ドリーを少し休ませないと」

「そうですね」デズは応じた。

ハヴェンハーストはカーテンを閉め、ベッドサイドのスタンドを消すと立ち止まって、元妻の額を優しく撫でた。それから、揃って部屋を出て、階下の書斎に行った。ハヴェンハーストは机についた。デズは椅子に座って、彼を疑いの目で見守った。彼は弁護士だ。となれば、その口から出る言葉はことごとく嘘のはず。ブリスはまた戸口から入ったところに落ち着いた。何の感情も見せず、黙り込んでいる。

ナイルス・セイモアがドリーに残した離婚要請状は机の一番上の引き出しにあった。普通のコピー用紙で、きちんと二つにたたんである。デズはハヴェンハーストに触れないように警告した——肉眼では見えない指紋がついているかもしれない。ブリスにピンセットを取ってきてもらい、それを使って引き出しから出した。短い手紙で、こう書かれていた。

愛するドリー——私は君の人生に関わってはいけなかったのだ。君は素晴らしすぎる。ところが私はあまりに貪欲《どんよく》だ。べつの女性のために君とは別れなくてはならない。どうか私のことを優しく思い出してくれたまえ。愛をこめて、ナイルス。

手紙は手書きではなかった。パソコンからプリントアウトされたものだ。

「署名がないわ」デズは注目した。

「おや、本当だ。でもそんなに重要なことか?」ハヴェンハーストが目を剝《む》いた。「やれやれ、私は何を言っているんだ? もちろん重要だ。これまでまったく気づかなかった——彼がドリーを捨てて逃げたと思った時にはってことだが。置き手紙とはまったく無作法だとばかり考えて。でもそれが違っていたとなると……ナイルスは端《はな》からこんな手紙は書かなかったんじゃないのか？」

「たぶん彼を殺した犯人が書いたんでしょう。書かれた時には、おそらくセイモアはもう死んでいた」

「誰だって書けた。パソコンにアクセスできる者なら」ハヴェンハーストが机に置かれたパソコンに目をやって、がっくりと肩を落とした。「ここで書かれたとするなら」

「照合してみます」デズは言った。「指紋を調べます。ハードディスクに残っているかもしれませんし。もっとも誰にせよ、こんなことをやった人間が削除するのを忘れるほど馬鹿だとは考えにくいですけど」

ブリスは鑑識に知らせるために出ていった。

ハヴェンハーストが机についたまま言った。「彼女は決してドアに鍵をかけないんだ。となれば、島の住人の誰であってもおかしくない」

「うーん、そうですね。で、クレジットカードと銀行の勘定通知は……？」

ドリー・セイモアの元夫はしばしばどこか遠くに行ってしまったようだった。どこに行っているのだろう。デズはふと考えた。やがて、彼は身体をぶるっと震わせてから、べつの引き出しを開けた。「彼らの領収書や記録類はここにあるはずだ。セイモアの私物は納屋にある——古い書類や手紙類。多くはないが……」

「ありがとう。調べてみます」デズは椅子にもたれて、長い脚を組んだ。「ミッチ・バーガーが引っ越してくるのをどうしてやめさせようとしたんですか、ミスター・ハヴェンハースト？」

「よそ者だった」弁護士が穏やかに答えた。「私は彼のことを何も知らなかった。それを言うなら今でもだが」

「本当に他の理由はなかったんですか？」

彼がデズに向かってあごをぐいと上げた。「と言うと？」

「あの菜園に何が埋まってるか知ってたとか」

「まさか」弁護士がかっとなった。「それに、そのような無責任で中傷的な言いがかりをやたらに投げかけないよう助言させてもらおう、警部補。ハートフォードのノースエンドで起きた走行中の車からの射撃事件とはわけが違う。公民権を剝奪《はくだつ》された輩《やから》や貧困者を相手にしているわけでもない。ここで問題になっているのは有力者、最上流の人々だ。あなたもそれをわきまえないと、大変なことになるぞ。おわかりかな？」

どっちにしろそうなのよね。デズは惨《みじ》めな気分で考えた。すぐにもポリート警部の圧力を感じることになるのだろう。「自分の立場はちゃんと心得ています、ミスター・ハヴェンハースト」平静を保って答えた。「ただ、裕福な最上流の人々のいるここで殺人事件が起きたのです。あたしにはやるべき仕事があります。協力していただけるものと思います。それはおわかりですね？」

「聞こう」彼がつっけんどんに言った。

「ミスター・バーガーはここに来てから起きたことにそれとなく言及しました。誰かが彼を脅して追い払おうとしたと感じているようです」

ハヴェンハーストが不機嫌にため息をついた。「ドリーの話をしたんだな」

デズは表情を変えずに答えた。「いいえ、しませんでした」

ハヴェンハーストは立ち上がって、窓まで歩いていった。どう見ても、自分から言い出してしまったことに苛立っている。

「ひょっとしてあなたから伺えますか？」デズは言ってみた。

「いいだろう」ハヴェンハーストが怒ったように言った。「ドリーは時々……夜中に歩き回る。健康な女性ではないのだ、警部補。それを理解してもらうことが大切だ。もう何年も前にここで起きた出来事に端を発しているのだが」

「ウィームズ事件？」

彼が鋭い目でちらりと見た。「タル・ブリスから聞いたようだな」

「ミセス・セイモアが遺体を発見したと」

「彼女にはとんでもない経験だった」ハヴェンハーストが当時を振り返った。「彼女はその後すぐにひどい鬱病になり、自殺未遂が何度かあって、入院しなくてはならなくなった。危うく死にかけたほどだ、警部補。そしていまだに極めて傷つきやすい存在だ。私がいくらか過保護に見えるとしたら、そのせいなのだ」

「わかりました、ミスター・ハヴェンハースト」

「いいや、わかっていない」彼が激しい口調で言い張った。「死体を発見したという単純な事実だけではなかった。新聞記事にならなかったことがある。当時はそうしたことを世間から隠すことも可能だった。しかしどうせ君はすぐに公式報告書を掘り出すだろうから、そこに書かれていることを私の口からお話ししよう」

「何なんですか、ミスター・ハヴェンハースト」

「彼女はレイプされたのだ、警部補」弁護士が苦々しげに答えた。「ロイ・ウィームズ、ペック家の管理人は、私のドリーを力ずくで残忍にレイプした。彼女はヴァージンだった。屈託のない快活で愛らしい十七歳のヴァージンだった。それをあの野郎は彼女から永遠に奪った。彼は――」ハヴェンハーストは言葉を唐突に切ると、間を取って気を静めた。「我々は、その現場に妻がうっかり足を踏み入れてしまい、逮捕されると彼を脅した、だから彼は妻を撃ち、次にその銃を自分に向けた、かわいそうなドリーはその一部始終を見てしまったと考えている……」

デズは眉をひそめた。「彼女が見たと考えている……」

「そう」ハヴェンハーストがうなずいて認めた。「確かなことはわからない。まったくわからない。いいかね、警部補、ドリーにはあの出来事の記憶がないのだ。今日に至るまで、彼女は何一つ思い出していない」

オールド・ボストン・ポスト街道をアンカス湖に向かうパトカーはちょっとした車両部隊だった。道順を知る駐在のブリスが先導し、デズが自分の車で続いた。三台目は州警察官で、用心のためのバックアップとしてしんがりを務めていた。

ソーヴはセイモアのパソコンと仕事の記録に目配りするためにビッグシスターに残った。デズに告げたところでは、犠牲者の義理の息子にあたるエヴァン・ハヴェンハーストからはほとんど何も聞き出せなかった。義理の姉のビッツィ・ペックとなると、ソーヴはこう報告した。「ルート、あれだけベラベラ喋りながら、ほとんど何も洩らさない人間なんて、生まれて初めてだよ」彼はまだジェイミー・ディヴァースからも供述を取らなくてはならない。そして、島ではまだ凶器の捜索が続いている。島の住人の中でも二人はまだ摑まっていない。レッドフィールド・ペックは東京に向かう空の上だし、マンディ・ハヴェンハーストはまだ、ハヴェンハーストのニューヨークのアパートに入れた電話を返してこない。夫の話では、メトロポリタン美術館で一日を過ごす予定だそうだ。

実際には、二つのドーセットがある。デズは車を走らせながら思った。一つはペックことやハヴェンハースト家のドーセット。先祖伝来の財産のあるWASP《ワスプ》の支配階級で、はるか昔に青々とした草地や牧草地、ロング・アイランド海峡に面した貴重な土地、村の権力、さらには上流階級を自分のものだと公言したのだ。もう一つのドーセットは、支配階級の私道を整備し、彼らの芝生を刈り、彼らの浄化槽を汲み取った人々だ。彼らはエレクトリックボート社の潜水艦工場で低賃金の工員をしたり、アンカスにあるネイティヴ・アメリカン居留地の巨大カジノで客室係のメードとして長時間労働についたりしている。こうした下層階級の人々の大半は、アンカス湖の周りに密集するカビの生えた小屋やシンダーブロックの小牧場に詰め込まれている。強い悪臭を放つ硫黄《いおう》色の湖は、海岸線から五マイルほど内陸にある。土は岩が多く、道路は細くて暗い。汚いオムツをつけた子供たちが前庭の伸び放題の芝生にうっちゃらかしで転がっている。犬は鎖にもつながれず、群れをなして歩き回ることもある。仕事にあぶれた男たちは、昼の日中からポーチに座ってビールを飲んでいる。

そんな白人には呼び名がある。無気力ヤンキー。

ブリスはポスト街道から脇道に入るとパトカーの速度を落とし、ごみごみした地域を抜けていった。駐在はこの区域をよく知っていた。彼自身がここに住んでいるのだ。

彼がみすぼらしい小屋の前で車を停めた。私道には、ブロックに載ったタイヤのない錆《さ》びたピックアップ。雑草が伸びた家の前には古びたソファが置かれ、周りには空のビールの缶が散らばっている。ブリスが車を降りた。デズも続いた。どこかから音楽が響いてくる。犬が吠えて、赤ん坊が泣いている。スパゲティソースの匂いがする。デズは、通りの両側の窓から無数の目に見つめられている気がした。と、いつものように、自分の中でくすぶっている怒りと狭量さの入り混じった気持ちが意識された。いかなる人種や民族が住んでいるにせよ、この手の地区に来ると決まって感じる。とにかく人がどうして一日中何もしないでいられるのか、デズには理解できないのだ。

三人目の警官は、ダッシュボードにショットガンを載せて、ポスト街道の曲がり角に残った。

デズとブリスは一緒に大股でポーチに上がった。網戸からテレビの音が聞こえた。ブリスがノックした。女の声が答えた。「開いてるわ——入って!」

部屋は蒸し暑く、煙草の煙と汚れたオムツの臭いがした。十八歳にもなっていない、だらしない、どちらかと言えば鈍重な感じの少女がかったるそうにソファに寝そべって、ダイエットソーダを飲みながら低俗な昼のワイドショーを見ていた。裸の赤ん坊——男の子——がその脇の毛布の上ですやすや眠っている。少女はタンクトップにカットオフ。赤毛で色白、小顔とはいえ下品な顔立ちだ。むき出しの腕と脚は柔らかく、そばかすが散っている。足はよく太っていて汚い。黒のペディキュアをして、二本の指にリングをしている。小鼻にも一つ。丸ぽちゃでも、ある種の爛熟《らんじゅく》した情欲を発散している。三十になる頃には、二重あごでプリンプリンの自堕落女になっているわ、とデズは思った。四十歳でババア、おっぱいがすっかり垂れているわ。が、今現在は、タック・ウィームズの父親がレイプしたドリー・セイモアとほぼ同年齢だ。

少女が部屋に入っていった二人を油断のない目でじっと見つめた。それでもソファから動こうとはしない。テレビの音量を下げることもしなかった。「おや、駐在さんだわ」彼女がからかうような声で言った。

その隣では、赤ん坊が相変わらずすやすや眠っている。

「ダーレーンだったたっけな?」ブリスが愛想よく言った。

「そうだけど、何よ」少女が喧嘩腰で言い返した。「彼女は?」

デズは名乗った。

「俺のボスだと思ってくれていい」ブリスが説明のために付け足した。

「冗談じゃない」ダーレーンが大声で答えた。「そんなのヘンじゃない。悪く思わないでよ、けどヘンじゃやない?」

「あたしたちはあなたのお父さんを探してるの」デズは言った。

少女はテレビに目を戻した。「あたしの親父だったら十五年前に死んだわよ」そして、不機嫌に続けた。「タックを探してるんだったら、ここにはいないわ。見てないもの、ええと……」声が小さくなり、しばし黙り込んだものの、「ねえ、彼が何をしたの？」と訊いてきた。

「彼はどこにいるんだ、ダーレーン？」ブリスが尋ねた。

「あたしにわかるわけないでしょ。あら、あんな人たち信じられる？」テレビの話だ——二人の女性が取っ組み合って床に倒れ、殴り合っている。番組のホストが二人をけしかけている。「テレビに出て、男のいる前であんなことやるなんて信じられる？　だからどうしてあの二人あんなことしてるの？」

あんたみたいなだらしない女たちが一日中テレビの前で見てるからよ。デズは胸の内でそう呟いた。実際驚くべき役割を果たしていることになるのだ。「ダーレーン、タックはものすごく困ったことになるかもしれないの。なってるとは言ってないわよ。かもしれないってだけ。殺人事件に関連する質問のために捜してるのよ、わかる？」

ダーレーンの目が見開かれた。「殺人？　まさか……」

「あたしたちが見つけ出して、話をしないと、州警察官全員に警戒態勢を取らせることになるわ」デズは少女に説明した。「いいこと、そうなるとまずいの。彼は危険人物とみなされるから、あたしとしても痛めつけられないって保証はできない。彼にいくつか質問したいだけなのにね。彼のことが心配なら、協力して」

ダーレーンはソーダをゆっくり飲んで、考えた。「どうしてあたしが心配すると思うの？」

「彼の赤ちゃんがいるんでしょ？」とデズ。

「だから何なのよ」少女は煙草を取って、火をつけた。

デズは少女を一心に見つめた。柔らかな子供っぽい手が震えているのを。膝が小刻みに揺れているのを。思い切り強気でタフを気取っていても、明らかに怖がっている。面倒をみなくてはならない赤ん坊がいるのだ。職もなく、学歴もなく、これといった手腕もない――一目瞭然の一つ以外には。タックは金づるで、雨露をしのぐ屋根で、家族。それが今、目の前で消えようとしているのだ。

「あのね、彼がどこにいるのか、あたしは知らないの、いい？」と結局答えてきた。

「昨日から会ってないのよ」

「昨夜は戻らなかったのか？」ブリスが尋ねた。

ダーレーンが肩をすくめた。

「彼は定期的に家を空けるの？」デズはたたみかけた。

少女がもう一度肩をすくめた。が、今回はかっとしたようにいくらか小鼻をふくらませた。タック・ウィームズはどうやらティーンエージャー一人のものではないらしい。

「彼は最近どこで働いてたんだ？」ブリスが尋ねた。

「働いてなんかいないわよ」

「ビッグシスターか？」

「たぶん」

「〈ロックンロード〉は今でも行きつけの店か？」

ダーレーンは答えなかった。だんまりを決め込んでいる。

デズとブリスはちらりと視線を合わせた。この少女からはもう何も聞き出せない。

「協力をありがとう、ダーレーン」デズはこれも務めだと付け足した。「ねえ、赤ん坊を副流煙にさらすのは重大な健康被害の危険があるのよ。耳の感染症や呼吸器疾病、心臓疾病にだってかかりかねない。わかってるでしょう？」

「あたしはマジにいい母親なの」ダーレーンが怒鳴った。「自分の仕事の心配でもすりゃいいでしょ、えっ?!　さっさと帰ったらどうなの?!」

二人はそうすることにした。ドアを出て、車に向かって階段を下りた。

電話があったのはその時だった。ソーヴからで、彼はウェストブルックの本部から連絡を受けたのだ。

きちんと衣服を身に着けた白人男性の雨に濡れた死体が、ロッキー・ネックと呼ばれるドーセットの村営ビーチのはずれにあたる砂丘の陰で見つかった。二発撃たれていた。死後少なくとも十二時間。死体はタック・ウィームズだと確認された。

7

ミッチの牧歌的な島のパラダイスは様変わりしてしまった。

もはや隠れ家とは言えない。もはや穏やかとは言えない。もうそうはいかないのだ。地元の人間が二人射殺された。『ニューヨーク・ポスト』は、今やドーセットを〝コネティカットのゴールド・コーストにおける殺人中心地〟と呼んでいる。『インサイド・エディション』——全国ネットのワイドショー——は、ビッグシスターをあっさり国中に引き渡した。「名門の血が流れ出している」と放送記者が息を切らして言い放ったのだ。『デートライン』も負けじと、タック・ウィームズの両親のあさましい無理心中を発掘して、頬ひげを生やした警官が映っている、三十年前の不鮮明なローカルニュースのフィルムを引っ張り出してきた。『エンターテインメント・トゥナイト』もやはり行動を開始して、名士という切り口を嗅ぎつけた——ビッグシスターのジェイミー・ディヴァースだ。

実際問題として、橋のたもとにリポーターが詰めかけているので、ミッチが島を出るのも難しかった。それでも思い切って出たのは、食品雑貨が必要だったからだ。他にも金物屋で買いたいものがあった。金物屋ではデニスから、メディアにナイルス・セイモアは彼らの一員——そうではないのに——として描写され、一方のタック・ウィームズは下層階級のレッテルを貼られていることに、村人が痛烈に憤慨していると教えられた。タック・ウィームズはヴェトナム戦争で勲章を受けた退役軍人で、その一族はドーセットに一八〇〇年代前半から住んでいたのにと。

村人は、これほど多くのニュースバンとカメラとマイクが集まっていることにとりわけ憤慨していた。はなはだしいプライバシーの侵害だと考えたのだ。しかもドーセットでは、開発業者に自分の土地を売り払うのに次ぐ大罪が、プライバシーの侵害なのだ。

レイシーはオフィスからミッチに辛辣な一行をメールしてきた。「まだほっといてもらえると考えてるの?」

ミッチの返信は、「何とか考えないようにしているよ」。

彼が寄稿している新聞のコネティカット支局の記者が、ナイルス・セイモアの死体を掘り出した時の気持ちを、ミッチからの直接情報として独占記事にできないかと電話してきた。話したくないと断った。「そうだろうな、わかるよ」記者はミッチが自分で記事にしたいのだろうと考えて言い返してきた。そんな気はなかった。いっさい関わりたくなかった。ミッチにはこの現実世界の侵入がいやだった。自分の写真があらゆる新聞に載っているのがいやだった。混乱が静まるまで、ニューヨークに帰ろうかとも思った。でも、それもしたくなかった。そこで、島に残り、本を書こうとした。ただ、今となっては西部劇の馬の背に乗った腹話術師にもなかなか夢中になれそうもなかった。

そこで安楽椅子にだらしなく座って、ストラトキャスターでヘンドリックスの『リトル・ウィング』を根気強くなぞっていた。ミトリー警部補が二度目の尋問のために戻ってきたのは、そんな時だった。

スケッチブックは持っていなかった。ノックもしなかった。ただ戸口に立って、彼に向かって愛想よく微笑みかけている。「あたしは毎日何かしら新しいことを発見するって知ってる?」

「へぇ、そうなのか?　それじゃ今日は何を発見したんだい?」

「そうね、ドン・ホーがジミ・ヘンドリックスの歌をカバーするとは思ってもみなかったってことかしらね」

「おや、ありがとう、ホントに」

「あら、誤解しないでよ、ミスター・バーガー。あたしは『タイニー・バブルズ』を聞くと泣いちゃう人なんだから」

「覚えておくよ、警部補。で、今日は……」ミッチは続けるのをやめて眉をひそめ、「待てよ、あれは何の音だ？」と疑わしそうに尋ねた。

「音って？」彼女が涼しい顔で言った。

「ニャアって。はっきり聞こえたぞ」

「ああ、あれならベビースパイスよ」彼女がポーチからナイロン製の猫用キャリアケースを取ってきた。中では、ほとんど全身グレーの毛に包まれた子猫が目を大きく見開いて、しきりにその牢屋から出たがっている。「寄生虫もミミダニもいないわ。予防注射も全部済ませてる。不妊手術済みの証明書付きで、しかもただよ。うちでも一番いい子なの。彼女に必要なのは愛してくれる人だけよ」

「警部補、野良猫を引き取るつもりはないと言ったはずだよ」

「迷ってるみたいだったわ」

「そんなことはない」ミッチは言い張った。「妻が生きていた頃には飼っていたんだ。でもそれは昔の話だ。俺は昔に戻るつもりはないんだ、いいな？」

「いいえ、よくないわ。奥さんが癌で死んだからって、猫すべてに八つ当たりするのはおかしいわ」

ミッチは驚いて彼女を見つめた。メイシーの癌のことなどひと言も話した覚えはない。彼女はこちらのことを調べている。

「あたしたちは今ここに生きている」彼女が続けた。「昔じゃなくて今なの。そして今、ベビースパイスには我が家が必要なのよ」

「ベビースパイスって名前にしなきゃいけなかったのか？　だって、マジにむかつく名前だぜ」

「名前をつけるのはうまくないのよ。自分でもわかってるわ。アシュレーでも、ヘザーでも、好きなように呼んでやって。とにかく飼ってみて。後悔はしないわ。本当にかわいいんだから。素晴らしい友だちになるわ。神経を静めてくれる猫がいると、男性の血圧が下がるって立証されてるのよ」

「俺はべつに血圧に問題はないぜ。ともかくも前に測った時には」

「試しに数日だけでも置いてみてよ、ねっ？」彼女はもうさっさとキャリアケースをロフトに運び出した。「うまくいかないようなら、引き取るわ。試すだけなら損にはならないし、面倒もないわ」

「マジに俺に飼わせるつもりなんだな？」

「そういうこと」

「俺の気持ちなんておかまいなしか？」

「全然」彼女が断言した。「それじゃこの子を寝室で放すわ。猫って新しい環境には一定の狭い場所で慣れていくのが好きなの。だから二、三日はロフトにいるかもしれない。下りてもいいという気分になれば、下りてくるわ。一週間分の餌《えさ》を持ってきたし、トランクにはトイレもある。臭いのついた砂を入れればいいだけよ」彼女が猫に優しく囁く声がミッチにも聞こえた。「ほら、ほら……。あなたのベッドが好きみたいよ」

「それはまたいじらしい」

警部補は階段を駆け下りてくると、キッチンに直行して、皿に水を入れた。

「ほんの好奇心から訊くんだが、当局はこのことを知ってるのか？」

「あたしが当局そのものよ」彼女が答えて、皿を持ってロフトに向かった。やがて空のキャリアケースを手に戻ってきた。「それから、あなたも知っておいたほうがいいかもね——猫のこととなると、あたしはいっさい妥協しないの」

ミッチはこの女性をどう判断すればいいのかまるでわからなかった。角縁メガネの厚いレンズの奥の淡いグリーンの瞳には、何かどぎまぎさせられるものがあるのだ。彼女の眼差しはとても率直でとても落ち着いていて、ずるさやごまかしはまったく感じられないので、こちらはまごついてしまう。でもそれは単に、装填《そうてん》されたセミオートマチックを合法的に携行している人間と二人きりになったことがないからかもしれない。ミッチが警察と関わった経験は極めて限られたものだ。一度アパートに泥棒が入ったことがあったのだ。が、後にも先にもそれだけだ。凶悪犯罪に関わったことなど一度もない。

でもこの警部補にはある。殺人犯を捕まえるのが仕事なのだ。彼女は見るからにタフだ。見るからに頭がいい。野良猫には見るからにメロメロ。同時に、彼女は人に個人的なことを知られるのが嫌いだ。爪に木炭が入っていることに触れた時には、明らかに狼狽していた。でも、ミッチには彼女のことをそれ以上読めなかった。もっとも、二つの否定しがたい事実がなければ、そんなことは大して問題にはならないはずだった。

第一の否定しがたい事実は、彼女が急に彼の生活を取り仕切り出したように見えることだ。

第二の事実は、彼女が美人だということ。とても美しいのだ。肌は滑らかで輝いている。時々見せる笑顔は、彼の下半身に温かい不思議な効果をもたらす。しかもその姿は思わず息を呑むほど素晴らしい。大柄で、少なくとも六フィートはあるが、動きはしなやかで、軽やかに歩く。しかもこれまでにお目にかかった中でもトップ6に入るヒップの持ち主だ。シド・チャリシーやシェリー・ノース、それにエミリー・ローゼンズウィーグに並ぶということだ。エミリーはスタイヴェサント高校一年の生物の授業ですぐ前に座っていた女の子だった。警部補がこれ見よがしにふるまっていると いうのではない。服装はまるで女らしくない。アクセサリー一つ着けていない。結婚指輪もはめていない。

その彼女が、今は彼の右の二頭筋を一心に見つめていた。暖かい日で、ミッチは『悪魔の棲む家・完結編』の記者会見資料と一緒にもらった赤いTシャツを着ていた。「どういう意味なの？」彼女が尋ねた。〝ロッキー・ダイズ・イエロー〟のタトゥーのことだ。

「『汚れた顔の天使』のキャッチだよ」彼女がぽかんとしているので、「古い映画には興味ないらしいな。ジェームズ・キャグニーがワーナーで撮った傑作の一つでね。本物の傑作だ。ハンフリー・ボガート、アン・シェリダン、パット・オブライエン、それにデッド・エンド・キッズが共演している。監督はマイケル・カーティス……君のは何と？」

「あたしの何が？」

「タトゥーだよ」

「どうしてあたしにタトゥーがあると思うわけ？」彼女が問い詰めてきた。

ミッチは肩をすくめた。

「『アンサー』よ」彼女がしぶしぶ答えた。

「君が？」

「まあね」

「で、そのタトゥーはどこに？」

「あなたが絶対に見るはずのないところ」彼女が答えてくしゃみをした。

ミッチは彼女を見て頭を振った。「風邪を引くと言っただろ」

「風邪じゃないわよ」彼女がティッシュで軽く鼻をおさえながら言い返してきた。

「カビの胞子のせいよ。アレルギーなの」

「それじゃ外に出たほうがいいな——この家はカビの住み家だから」ミッチはアンプのスイッチを切ると、ドアに向かった。「新鮮な空気を吸ってもらおう」

「ミスター・バーガー、あたしは公用でお訪ねしてるのよ」

「そうそう、ベビースパイスも公用だったっけ。さあ、歩こう」

彼女は脚を開いて立ったままどっちつかずにためらった。明らかにビッグシスターにいるのが落ち着かないのだ。

「なあ、こういうことにすれば、君も気が楽なんじゃないか」ミッチは言った。「俺は散歩をする。もし質問があるなら、一緒に歩くといい。出かける前にトイレに行くかい？」

「けっこうよ、ミスター・バーガー」彼女がぶっきらぼうに答えた。

「ミッチと呼んでくれないかな。ティッシュは？　ティッシュを持ってきてやろうか？」

「歩きましょう」彼女が苛立たしげにぴしゃりと答えた。

二人は歩いた。両側にビーチローズが並ぶ細い小道を通って、ビーチに下りた。よく晴れた美しい日だ。潮風はさっぱりと清々しい。カモメと鵜《う》が頭上を滑空していった。ただ満ち潮なので、そのまま歩けそうな乾いた砂はほとんどない。ミッチは立ち止まってがっちりしたメフィストの靴と厚手のスポーツソックスを脱いだ。彼女もしぶしぶ磨き上げた黒のブロガン（くるぶしまで丈のある丈夫な作業用革靴）とグレーのカシミアのオシャレなソックスを脱いだ。彼女はやはり、ミッチが見たこともない大きなほっそりした足をしていた。

「うわっ、靴のサイズはいくつだい？」

「12・5のＡＡよ」彼女が答えて眉をひそめた。「どうしてそんなこと訊くの？」

「君の足はスキーに素晴らしくよく似てるって言われたことないかい？」

「うーん、そうだわ、あなたの足は子豚みたいって言われたことない？」彼女が言い返してきた。「太っててピンクで毛がなくて」

「ちょっと待った」ミッチは警告した。「そのコメントには人種差別的なニュアンスがある気がするぞ」

「そんなことないわ」彼女が小鼻をふくらませて言い張った。

「あったさ」

「ねえ、どうでもいいお喋りをやめることはあるの？」

「実はある。仕事中は何時間も黙っていなきゃならないんだ」

彼女がちらりと彼を見てうなずいた。「ああ、そうね。で、照明が灯《とも》るや、お喋りのうねりが口から湧き出してくるってわけね。あたしは学習したと思って。次にあなたを尋問する時には、ミスター・バーガー、暗がりでやることになるわよ」

「かまわないよ、ポップコーンを持ってきてくれるなら。できればエクストラバターのやつを頼む」

「お安いご用だわ」彼女が笑顔になった。「シャツを脱いだあなたを見なきゃならないわけじゃないんですもの」

二人は歩いた。ドレッドヘアを揺らして、彼女は並外れた大股で歩いていた。ミッチのほうはどちらかと言えばゆっくり重い足取りだった。彼女に遅れないように頑張らなくてはならない。

「トリー・モダースキーって名前の女性とデートしたことある？」彼女が尋ねてきた。

「ないと思うな――名前に聞き覚えはないから。いつ頃の話だい？」

「この数ヵ月」

「ああ、それじゃ絶対にない。で、誰なんだい？」

「過去形を使うべきだわね。メリデンに住むシングルマザーだったの。五週間前にその森で殺されているのが発見されたのよ」

「それで……？」

「それで、彼女を殺した38口径の弾丸が、ナイルス・セイモアとタック・ウィームズの体内から見つかったものとぴったり一致したの」

ミッチは驚いて彼女を見やった。「今朝のニュースじゃそんなこと言ってなかったぞ」

「メディアに何もかも明かすわけじゃないわ。あなたがあたしに何もかも話してくれなかったのと同じよ」

「何が言いたいんだ？」

「夜中にミセス・セイモアの症状が発現したことを話してくれなかったじゃない」警部補が態度を硬化させて非難するように言った。

「君に話すのは一族の務めだって気がしたんだ。それに、人には言わないとバドに約束していた」

「で、あなたは約束を守る人間なわけね」

「そうだね。考えたこともなかったが――そんなことしょっちゅう頼まれるわけじゃないから」

　二人は何とか灯台を通り過ぎて、ビッグシスターの専用桟橋のほうに向かった。ジエイミーとエヴァンがヨットの手入れをしていた。バドがやはり自分のヨットの手入れをしていた。ミッチは、それこそがヨットを持っている人のすることなのだろうと思った——手入れだ。とりわけメディアに襲撃されて島を離れられない時には。ミッチは彼らに手を振った。三人とも手を振り返してきた。そして、彼が警部補と一緒に大股で通り過ぎるのを興味津々で見守った。

　頭上では、報道ヘリがホバリングして、夕方のニュースのために島を撮影している。ミッチはケネディ家の一員でいるのがどんなものかわかる気がしてきた。

「それじゃナイルス・セイモアとタック・ウィームズを殺害したのと同じ人間が、そのトリー・モダースキーも殺したってことか？」

「同じ凶器がよ。必ずしも同じ人間とは限らないわ」

「でもたぶん、そうなんだろ？」

「おそらくはね」

「凶器は見つかったのか？」

「まだよ。ミセス・セイモアの家近くの森で、最近掘り返された跡を見つけたけど、出てきたのは——」

「死んだキツネ」

彼女がうなずいて、彼をじっと見つめた。

「この間、ドリーに頼まれて俺が埋めたんだ」ミッチはそこでわけがわからなくなって眉を寄せた。「どうもわからないな」

「何が？」

「トリー・モダースキーと死んだ二人の男がどう結びつくのか」

警部補は説明した。トリーがスタンという名前の年配の男と付き合っていたこと。この男は自分を慎重に隠していて、捉えどころがないが、トリー殺害の第一容疑者だと。彼女はまた、スタンの人相がナイルス・セイモアに一致することを話した――もっともスタンを一度見たことのある仕事仲間は、写真からセイモアを見分けられなかったが。さらには、バド・ハヴェンハーストとレッド・ペックが〈セイブルック岬イン〉で、ナイルス・セイモアが失踪する前日に一緒にいるところを見たという若い女とトリー・モダースキーの人相が一致することを。違うのは髪の色だけ――トリーはブロンドで、赤毛ではなかった。ホテルには、四月十六日の夜にナイルス・セイモアなりトリー・モダースキーなりがチェックインした記録はなかった。が、ミシガン州ランシングのアンジェラ・ベッカーがチェックインした記録はあった。彼女は宿泊料金を現金で支払ったので、たどるべきクレジットカードの情報はなかった。しかしながら、客が現金で支払う場合には運転免許証をコピーさせてもらうのがホテルの一般的なやり方なので、それがファイルに残っていた。アンジェラ・ベッカーの運転免許証は偽物だった。と言うか、アンジェラ・ベッカー自体がインチキだった。ミシガン州ランシングの住所にそんな人間は住んでいなかった。アンジェラ・ベッカーの年齢、身長、体重、髪の色――赤――はバド・ハヴェンハーストとレッド・ペックがセイモアと一緒にいるのを見た女と一致している。そして、免許証の写真のコピーは不明瞭ながらトリーに似ている。

「それじゃ、そのアンジェラ・ベッカーは実際にはトリーだったと考えてるのか？」

「ええ」

「どうして偽のIDなんか使ったんだろう」

「それほど珍しいことじゃないわ。セイモアは結婚していた。二人は書いたものを残して離婚弁護士に見つけられることを心配したのよ」

「なるほど」ミッチは考え込んだ。「それじゃトリー・モダースキーがセイモアと一緒にいるところを見られた女だとすると、セイモアが捉えどころのないボーイフレンドのスタンだってことになる。そして、誰かが嫉妬して二人を殺した。次に、セイモアの死体が発見されると、手の平を返すようにタック・ウィームズを殺した。まるで筋が通らないなあ。もっとも……」ミッチは言葉を切って、彼女にうなずいてみせた。「そうか、君の推理が読めたよ」

ミトリー警部補が片方の眉を上げて、彼を見た。「どんな？」

「君はドリーが犯人だと考えてるんだ。彼女は夫がそのメリデンに住む若い女と浮気していることを知った。そこでトリーを森におびき出して射殺した。そして帰宅すると、今度はセイモアを撃った。彼女の一族の忠実なる管理人のタック・ウィームズは彼を埋めるのに手を貸した。銃の手配もしてやったのかもしれない。それからドリーは彼女自身がセイモアの置き手紙だと主張している離婚要請状を自ら書いた。俺が死体を掘り返すことがなければ、すべてはうまくいくはずだった……。どれくらい埋められていたのかはわかったのか？」

「検死官と法医学センターの昆虫学者の予備報告書は四週間から六週間と推断してるわ。辻褄《つじつま》は合うわね」彼女が同意した。「続けて」

「よし、そこで今度はウィームズが喋ってしまうのではないかと心配になった。ひょっとしたら、彼は脅したのかもしれない。だから彼女はビーチで会って、証拠を消すために彼を殺した。彼はビーチで殺されたんだよな？」

「そうよ。彼のトラックもそばに停まってたわ」

「それじゃすべてはばっちり符合するな。一つを除けばってことだが」

「と言うと？」

「君はマジにあの素晴らしいレディが三人もの人間を殺したと考えてるのか？」

「あたしは何かを考えてるわけじゃないわ、ミスター・バーガー。真実を明らかにしようとしてるだけよ」

「けど、彼女はあそこを掘ってもいいと許可したんだぞ!」ミッチはむきになって主張した。「あそこに死体があるとわかっていたら許可するはずはないんだ」

「彼女は知らなかったのかもよ」警部補が冷静に言い返してきた。「ウィームズが死体を埋めた場所を彼女に話さなかったってこともあるでしょ」

「けど、彼女は誰にでも見えるバスルームにナイルスの処方薬を出しっ放しにしていた。彼を殺して、べつの女と駆け落ちしたように見せたいなら、処分すると思わないか?」

「あたしならするでしょうけど」警部補が譲歩した。「あくまであたしならってことだわ」

「それに、もしドリーが彼を殺したのなら、持ち逃げしたとされる金はどこにあるんだ? 彼は逃げたわけじゃなかったのに、金は消えた。誰が盗《と》った? どこにあるんだ?」

「まだわからないわ。手がかりを追ってるところよ」

「でもまだ彼女のものなんだろ?」ミッチはこだわった。「彼女が殺したのなら、彼女は文無しってわけじゃないだろ? 俺に馬車小屋を貸さなくてもよかったんじゃないのか？」

「いい質問だわ。答えられないけど」

二人はしばし口をつぐんで歩いた。ミッチの胸は波打ち、額には汗が流れた。この女性はゆっくりした散歩なんてものがあると思っていない。これでは速足ではないか。

「他にはどんなことがわかった？」ミッチは息を切らして尋ねた。「他にもまだメディアに洩らしてないことがあるのかってことだが」

「マンディ・ハヴェンハーストは法に触れたことがあるわ。公表されてるから、明日にはメディアも嗅ぎつけるでしょうね」

「何をやったんだ？」ミッチは興味津々で尋ねた。

「一九九四年にセントルイスの高級住宅地で、同棲中のボーイフレンドを殺そうとしたの。寝ている彼に灯油をかけて、火をつけたのよ」

「何とまあ！」

「嫉妬に狂ったらしいわ。相手の男は全身に二度の火傷を負ったけど、告訴しようとはしなかった。彼女の父親が買収したの。彼女はさっさとセントルイスを立ち去って、今度はマーサズビンヤード島に姿を現した。そこでは一九九六年に、新しいボーイフレンドのジープを彼のコテッジの引き戸に激突させて、彼と彼が一緒にいた女性を壁に磔《はりつけ》にしたわ。結果は同じ——誰も告訴しなかった。どうも彼女は恋人によそ見をされるのが嫌いみたい」警部補が結論づけた。

「それじゃバドがあんなにドリーのことを気にかけてるのをどう思ってるのかな」ミッチはドリーのキッチンで夜中の三時に弁護士と鉢合わせしたことを思い出した。

「うれしいはずはないだろうに」

「まあね」

「でもすごく面白いな」ミッチはゼイゼイと荒い呼吸をしながら言った。警部補のミトリーはけろりとしている。「他には?」

「ナイルス・セイモアの人物像を固めてるところなんだけど、これがひどい食わせ者。典型的な下司《げす》野郎で、ずっと法律すれすれの危ない橋を渡ってた——まだ完成してない片田舎の会員制マンションや株を、世間知らずの未亡人に電話で売りつけてたの。まさに詐欺的な売り込みよ」

「それじゃドリーがどうして引っかかったのか不思議だよな」

「彼女は孤独で無防備だった。通常なら要注意人物だとわかってるはずの男にもいいカモだったのよ」

「個人的な経験に基づく意見みたいだな」

「あら、違うわよ」警部補がぴしゃりと言い返して、あっさり会話の芽を摘《つ》んだ。

それでもなお、ミッチはデジリー・ミトリー警部補がこんなに率直に話してくれるのはなぜだろうと考えていた。これも警官としての何らかの目論見《もくろみ》なのだろうか。俺を陥れようとしている？　彼女の目には俺は第一容疑者なんだろうか。そんな可能性は思ってもみなかったのだが、他には彼女がこんなふうに自分と話す理由が思いつけない。「俺はレーダーに引っかかってるのか？」

「レーダー？」

「俺も弁護士を探したほうがいいのか？」

「そうは思わないけど」

「よかった。弁護士は嫌いでね。あいつらには倫理規準もなけりゃ、個人としての責任感も良心も——」

「それ以上先に進まないうちに、私が法律家の類と結婚してたことがあるって言っといたほうがいいわね」

「それじゃ君の知ってることばかりだろ？」

彼女が驚いたように彼をちらりと見やると、「そうね」と静かに答えた。

彼女の亭主は彼女を捨てて他の女に乗り換えたんだな。ミッチは察した。二人ともふっと黙り込んだ。ミッチはこれ以上この疲れを知らないガゼルと歩調を合わせていたら、間違いなくひどい心臓発作を起こしてしまうと思った。そこで打ち上げられた流木にドスンと腰を下ろして喘いだ。「俺が訊いた質問にはいずれ答えてくれるのかな？」目を細くして彼女を見上げて尋ねた。

「どの質問？」彼女は海峡に出ているヨットを眺めている。

「どうして今の仕事をするようになったのか」

彼女が肩をすくめた。「ウェストポイントを卒業したけど、冷戦の終結で陸軍は人員削減。で、犯罪学の修士号を取って、州警察官の採用試験を受けた。以上」

「州史に残る最高点を取ったんだよな？」

彼女が淡いグリーンの目を細くして、疑うように彼を見た。「どうして知ってるの？」

「知らないさ」ミッチは白状した。「何となくわかった」同様に彼女が何かを隠しているのもわかった。何だろう。なぜだろう。

「あらそう」信用していないような口調だ。「それじゃ他には何がわかるの？」

「仕事が嫌いだ」

彼女がオーバーにため息をついた。「あたしが嫌いなのは、ミスター・バーガー、あなたのそのやり方よ」

「そのやり方って？」

「あたしを実際に知ってるみたいにふるまうこと」

「わかってしまうんだよ。二人の人間の間ではそういう奇妙なことが起きることもあるんだ。霊感だな。実際のところ、君が今この瞬間何を考えてるかもはっきりわかってるんだ」

「それは……？」

「このでかい白人があとひと言でもあたしの個人的なことを言ったら、グロックで頭を殴って、自分の名前すら思い出せないようにしてやるわ」

「なるほどね、でも今回ばかりは大はずれよ」彼女がにっこりした。「シグザウエルだもの」

「だから、俺は銃には詳しくないんだ」

「そのほうが幸せよ。けどその調子であたしをからかってると、そのうち嫌われるわよ」

「つまり——また猫が来る？」

「あり得るわね」

それだけ言うと、デジリー・ミトリー警部補はこれまでよりさらにきっぱりした大股で再び歩き出した。ミッチが何とか立ち上がって後を追った時には、もう優に五十ヤードは離れていた。

警部補がパトカーで走り去った時には、バド・ハヴェンハーストはドリーの屋敷の外にある前庭でレンジローバーの牽引装置をいじくっていた。彼がそこにいたのは、決して偶然ではなかった。ミッチから情報を聞き出そうと網を張っていたのだ。

「彼女はどんな用で？」弁護士は目一杯さりげなく尋ねてきた。

「僕にもよくわからないんですよ」ミッチは正直に答えた。

「なあ、ゴルフはやるのか？」

「多少は。どうして？」

「今日クラブに誘おうかと思って」バドが愛想よく言った。「あそこで昼飯を食って、一勝負して。メディア軍団から隠れるには最高の場所だ」

「でもクラブを持ってないんですよ」

「セイモアのを使えばいい──納屋にあるから」

「証拠品じゃないんですか？」

「何の？」バドのグレーの瞳がおどけたようにきらめいた。「どうだ？」

ミッチはバド・ハヴェンハーストを注意深く観察しながら考えた。上機嫌には無理があるようだ。動揺して焦っているかに見える。ひげもうまく剃れていない。きっと何か気にかかることがあるのだ。それが何かまでは想像できない。が、好奇心をそそられた。

そこで答えた。「いいですね――でもその前にちょっとベッドを調べないと」

ミッチは小さな我が家に戻ると、ベビースパイスの様子を見るためにそっと二階に上がった。それにしてもひどい名前だ。もし飼うのなら、変えなくては。もし見つけられるのなら。猫はベッドの上にはいなかった、ベッドの中にも下にもいなかった。下着とソックスを入れている小さなドレッサーの陰にもいなかった。寝室用のロフトにはそれだけ――他には隠れる場所はない。優しく名前を呼んでみた。答えて小さく鳴く声を、足音を、とにかく何らかの反応を期待して聞き耳をたてた。でも何も聞こえなかった。この地上で、見つかるまいとしている猫を探すほど難しいことはないのは昔から知っている。そしてこの猫は見つかるまいとしている。

そこでどこにいるにせよ、そっとしておくことにした。ミッチはカントリークラブが見たかった。とても排他的な場所なのだ。金物屋のデニスによれば、入会するにはメンバー三人の推薦に加えて、理事会の満場一致の承認が必要なのだそうだ。簡単に入れない場所というのには魅せられるものだ。

新しいポロシャツまで着た。

ドーセット・カントリークラブがすごいところだったというわけではない。どちらかと言えばフラットで雑草だらけの十八ホール。使用する者もいないようなテニスコートが二面。プールにはひびが入っていた。一九五七年頃建造されたさえないビニル樹脂の外壁のクラブハウスには不揃いの格子柄のソファが並び、すり切れたみすぼらしいカーペットが敷かれていた。トランプ用の部屋では、退職者が何人か、目を閉じて口を開け、午後の時間が過ぎていくのに身を任せていた。食堂はあるが、バーはなかった。その代わりにメンバーが自分のボトルを安全に保管できるロッカーのある収納棚がある。自分でボトルをテーブルに出すのだ。

バド・ハヴェンハーストは半分ほど入った十二年もののグレンモランジーのボトルを出してきて、強い酒を自分に注いだ。どうだと言われたが、ミッチは断った。バドはゆっくりうまそうにひと口やってから言った。「スーパーのストアブランドの中でも一番安いウィスキーを買ってきて、高価なシングルモルトのボトルに移し変えているメンバーがどれくらいいるか知ったら、君も驚くだろうよ」

「どうしてそんなことを？」

「体裁だよ、ミッチ」バドがぶっきらぼうに答えた。「ドーセットでは、いつだって体裁が大切なんだ」

その午後は、四、五十人のメンバーが食堂で昼食をとっていた。それでもとても静かで、部屋の向こうでフォークがぐらぐらの入れ歯に当たる音まで聞こえるほどだった。バドをじろじろ見たり、騒ぎ立てたりする者はいなかった。それでも何人かはテーブルに立ち寄って、弁護士の肩を軽く叩き、思いやりのある言葉を囁いていった。

全員がドリーの様子を尋ねた。マンディの様子を尋ねた者はいなかった。

「ここは何がうまいんですか？」ミッチはメニューに目をやりながら尋ねた。

「ないな。実を言えば……」バドが身を乗り出して、声を潜めた。内臓が腐っているかのように息が臭かった。「金曜の夜のニューイングランド・ボイルドディナーなど食えたものではない。諸経費節約のために交替で給仕を務めるんだが。軸付きのトウモロコシの半分が——本当のところ食えるのはそれくらいしかないんだ——最後には床に転がっているよ」それから椅子にもたれ、ほっそりと長い鼻を向けて見下すようにミッチを見た。「かの有名なヤンキーのつましさってやつだ。はっきり言えばケチだということだ。私にはわかる——彼らの仕事関連の問題を扱っているのだから。こうした連中は十セント硬貨一枚を手放すにも、それがこの世で最後の貴重な財産のような顔をする。何代も続いた百万長者の話だぞ。『元金には手をつけるな』それこそヤンキーのおじいちゃんが揃って死の床で伝える信条だ。そして、いいかね、こうした連中は年長者を敬うように育てられているのだ」

二人はクラブサンドイッチとアイスティーを頼んだ。バドはもう一杯スコッチを注いで、神経質に飲み干した。どう見ても不安そうだ。怯えているとも言える。どうしてだろうとミッチは思った。自分が殺人者の次の標的になるかもしれないと恐れているのだろうか。

「君が我々のプライバシーを尊重してくれて、我々はみな感謝していることを伝えたかったんだ、ミッチ」バドがテーブルクロスから目を上げようともせずに言った。

「僕のプライバシーでもありますから」

「それでも、一族の秘密を暴露すればけっこうな金になるはずだ。濡れ手で粟《あわ》――とか言うのではないか？」

「そうですね」

「しかし君はその誘惑に屈しなかった。極めて思慮深かった」バドが咳払いをした。今度はミッチの左肩の先あたりをじっと見ている。「警部補に対してすらだ。あっぱれだよ。我々一同感謝しているよ、ミッチ」

クラブサンドイッチはバドの前宣伝を裏切らなかった。トーストは冷めてしまっているし、ベーコンは生焼け、ターキーは缶詰のものだ。ポテトチップが添えられていた。ミッチはその一枚を口に放り込んだ。湿気ていた。それでも噛みながら、弁護士が話を続けるのを待った。誘われたのは感謝のためだけでないくらいわかる。

バドは自分の昼食に口をつけようともせずに、「かなり内々のことで君と話し合いたいんだ、ミッチ」と低い切迫した声で言った。「私には是が非でも助けが必要だ。君に期待してもいいか、ミッチ？　当てにしてもかまわないだろうか？」

「もちろんです。でも、いったい何なんですか？」

「ここではまずい」バドは小声で答えて、食堂にいる他のメンバーをそっと見回した。「コースに出てから。コースで話そう」そして、腕時計をちらりと見やって、「スタートまで十分だ。食ってしまえ――食えればだが」と言った。

ドーセット・カントリークラブの一番ホールは比較的短いパー4だった。それでもティーショットは池越えだ。それは、ミッチの意見では、とても親切とは言えない。バドに先に打ってもらい、少し余分に素振りをすることにした。一年以上もクラブを握っていないのだ。しかもさまざまな映画祭が開催されるあちこちのリゾートホテルで、レッスンプロに何度か手ほどきをしてもらったことがあるだけだ。ミッチの場合、ギャンブルをするでもなく、女の尻を追いかけるでもなく、バーでくだを巻くわけでもないので、映画祭の緊張をほぐすために、たいていはゴルフのレッスンを受けることにしているのだ。彼のスイングは力任せで洗練されていない。ツボにはまれば素晴らしいショットになる。はまらなければ、お手上げだ。

一方バドのスイングはと言えば、コンパクトで、正確で、ぴたりと決まる。ティーショットは難なく池を越えて、フェアウェイの真ん中をきっちりキープした。彼の体格ならもっと飛距離が出てもいいのだが、当惑した様子はまるでない。手堅い。彼のやり方なのだ。

ミッチはコースで馬鹿な真似をして笑われるのを心配する気持ちなどとっくの昔に

なくなっている。ティーに近づき、集中して、思い切り叩いた。やすやすと池を越えた——四打目で。その前の三打はいずれも池に摑まって、跡形もなく消えた。

「ナイショット！」ミッチがようやく芯で捉えると、バドが大声で言った。「見事一直線だ！」

ミッチはナイルス・セイモアのバッグをまとめると、カート用の小道を歩いていった。死んだ男のクラブでプレーするのは奇妙な感じだった。自分が今握っているグリップにセイモアの汗が染み込んでいるのだ。バッグのサイドポケットには使い古しの堅くなった手袋まで入っていた。さすがにそれは使わないことにした。スコアカードが同じポケットから出てきた。セイモアは最後のゲームを87で回っていた。ごまかしたのだろうか。そうだろうとミッチは思った。

コースに人影はなかった。前にも後ろにもプレーヤーはいない。

ボールに向かって歩いているところで、バド・ハヴェンハーストが一つ深呼吸してから、一気に喋り出した。「消えてしまったドリーの金のことだ、ミッチ。ナイルスには何の関係もなかった。実は、私がやったんだ」

「いったいどういうことですか？」ミッチは尋ねた。「ドリーの貯金を着服したっていうんですか？」

「まさか」バドが嚙みつかんばかりに答えた。「守ったのだよ。ナイルスが出ていこうとしている気がしたのだ。あの女と一緒のところを見た時にってことだが。既婚の男性が結婚を維持していくつもりなら、公然と不倫はしない。ここの人間ならしない。不文律のようなものだ。それ故、私はドリーの経済状態をそれはもう深刻に心配した。あの男は根っからの日和見主義者——私はやつが彼女を捨てて逃げようとしていると確信した。そこで、厳密に彼女の財産を保護する目的で、多少非倫理的なことをした……」そこで言葉を切って、5番アイアンで第二打を打った。今度も安全に、バンカーに摑まらないように、グリーンのわずか手前に落とした。「私は代理委任状を持っている」彼が話を続けた。「彼女の当座預金と貯蓄預金の暗証番号も知っている。株券をしまっている貸し金庫の鍵も持っている。私はすべてを換金した。そして、ナイルスの手の届かない場所に隠した——私の貸し金庫だ。今もそこにしまってある。一セント残らず。私のためにやったのではない。断じて違う。ドリーのためだった。でも、事前に彼女に知らせることも許可を取ることもしなかった。彼女は金がそこにあることも知らない。ところが今度は州警察が調べ始めた。私は弁護士資格を剝奪《はくだつ》されるかもしれない。やれやれ、刑務所行きになる可能性もある」

ミッチはアイアンをシャンクした。ボールはフェアウェイを十ヤードも飛ばなかった。次のショットでボールを思いきり叩くと、今度こそグリーンに向かって飛んだ。グリーンをはるかにオーバーしたが。二人は再び歩き出し、ミッチは頭を振った。

「ドリーに話せばいいじゃないですか。どうしてドリーに話さなかったんですか？かわいそうに文無しだと思ってるんですよ」

「それは当然の質問だ、ミッチ」バドが大きなあごを突き出して認めた。「答えるとすれば、私には個人的なやむにやまれぬ事情があるからとしか言えない——マンディだよ。彼女は異常なまでにドリーに嫉妬している。そんな彼女が知ったら、私は彼女のせいで弁護士の立場を危うくしてしまったことだろう。そうだな、こう言わせてもらおうか——とにかく彼女には知られたくない」

「寝ている間に火をつけられるのが怖いから？」

弁護士がちらりと鋭い視線を投げてきた。「ミトリー警部補は知っているのか？」

「知ってます」ミッチははっきりと答えた。「大変じゃないんですか——そこまで爆発しやすい女性と暮らすなんて」

「ミッチ、君も私の年齢になれば、そんな質問はしないだろうよ」弁護士が力なく微笑んだ。「激情とは滅多にない貴重なものだとわかるからだ。私の人生からはもう長いこと失われていたものだった。それを取り戻すためとあれば、男はどんなことでもするものだ。たとえそのために多少の……不安定さを受け入れることになるとしても。私はマンディのおかげで取り戻すことができた。この上なく幸せだ」

ミッチには彼が本気でそう信じているのかどうかはわからなかった。この男に困惑させられていたのだ。彼はとてもきちんとしていて、とても信頼できそうに見える。ところが話を聞けば聞くほど危なっかしくなっていく。実際のところ彼の話を真《ま》に受けるとすると、この男はもう病的なまでに自滅的だ。マジに信じるべきなのだろうか。本当に自分の職業と二度目の結婚生活を危険にさらしてまで、ドリーの財産を守ろうとしたのだろうか。それとももっとずっとヤバイことをやってしまい――今は殺人の疑いが晴れる方向に真実を曲げようとしているだけなのだろうか。この男はどれくらい巧妙なのだろう？　どれくらい嘘がうまいのだろう。

「もう一度言いますが」ミッチは言った。「ドリーに話せばいいじゃないですか」

「さっきも言ったが――マンディに知られてしまう」

「やる前にどうしてそこまで考えなかったんですか？」

「ナイルスが死体で発見されるなんてことは想定できないだろう？」

「それじゃどう想定してたんですか？」

「ボカやベガスといったひどい街に現れると」バドが答えた。「そうなったらドリーに、彼に圧力をかけて金を搾《しぼ》り出させたとか何とか――詳しいところまでは踏み込まずに話すつもりだった。それで一件落着だ」

弁護士はウェッジを使い、チップショットでボールをグリーンに載せ、ピンまで八フィートに寄せた。入ればパーだ。

　ミッチはと言えば、自分のボールが見当たらない。探さなくてはならないようだ。

「僕が手を貸せるとおっしゃいましたけど、どう手伝えるんですか？　僕に何ができると？」

「時間がないんだ、ミッチ」絶望に声が甲高くなった。「せいぜいあと一日だ。警部補は必ず見つけ出す。そうなれば私を厳しく追及するだろう」

「それじゃ彼女に説明すればいいんじゃないですか？　話のわかる人のようですよ」

「私の考えは、たとえて言うなら君の口からとなれば、おそらくは調書にならずに済む可能性があるということだ。公式書類にされては困るのだ。そうなったら弁護士資格を剥奪されてしまう。わかってもらえるだろう？」

　ミッチは信じられずに男の顔を見つめた。「彼女には僕から話せと？」

「ああ、まあ、そうだな。君たち二人は友だちだろう？」

「僕たちがですか？」

「裸足で一緒にビーチを散歩する仲なんだろう？　今朝一緒のところを見たよ。とても親しそうだった」

「彼女は尋問してたんですよ、バド。ビーチに出たのは、彼女が僕の家のカビにアレルギーがあるからです。ともかくも彼女の話では。僕は風邪を引いてるんだと思いますけど――でもそんなことはどうでもいい。問題は、あなたが完全に見間違えたってことです。僕たちは友だちじゃありません。実際のところ警部補は僕のことが嫌いだと言ってもいいくらいなんです」

バドが目を伏せた。「やれやれ、とんだ時間の無駄遣いをしてしまった。君に洗いざらい話してしまったよ」そして、きちんと整えられたごま塩の髪に片手を走らせた。明らかに取り乱している。「こうなったら、君は彼女に話さなくてはいけない」

「いけないことなんて、僕には何もないですよ」ミッチは言い返した。急に深みへ深みへと巻き込まれていく気がしていた。

「そんなつもりで言ったわけではないんだ」バドが慌てて答えた。「ああ、参ったな。何と言っていいかわからないよ、ミッチ。私はすっかり途方に暮れているんだ。君が頼みの綱だった」

ミッチは内心ため息をついた。〝外国語の映画を観ていて、わけがわからなくなってしまった。どうなっているのかわからない。俺にはこの人たちのことは理解できない〟「ねえ、バド」とうとう言った。「僕はマジに真実はあなたが直接話すほうがずっと好意的に受け入れられると思います。でもどうしてもとおっしゃるなら、ミトリー警部補には僕から話してみます」

弁護士が相好《そうごう》を崩した。「ありがとう、ミッチ」と大喜びして、ミッチの手を握ると勢いよく振った。「君は本物だ。本当の友だちだよ。なぜかとにかく当てにできるとわかっていたんだ」

　バドがレンジローバーを操ってペック岬に群がっているメディアの連中を抜け、ビッグシスターに戻った時には、午後も半ばを過ぎていた。

九ホールで上がったのだ。バドはまずまずの43でまとめ、ミッチは輝かしくも57でホールアウトした。

　ドリーの屋敷の外に、駐在のパトカーが停まっていた。タル・ブリスはドリーとビッツィが古いブルーのメルセデスのトランクから食品雑貨を降ろすのを手伝っていた。

「何かニュースか、タル？」バドが巨体の駐在に尋ね、ミッチは車を降りて、後部から借りたゴルフバッグを出した。

　ブリスが首を振った。「女性たちがともかくも自分の用事を済ませられるようにと思ってるだけさ」

「買い物に行ってきたの」ビッツィが明るくまくし立てた。「それが楽しいものじゃなくて。あのリポーターの人たち——ノーって言葉を知らないんだから」

「おい、それはナイルス・セイモアのクラブじゃないのか？」ブリスがミッチに厳しい口調で尋ねた。

「ええ、そうです」ミッチは答えた。「バドが使ってもかまわないだろうと」

ブリスは不満そうに腰に手をやって考え込んだ。「本当に?」

「そうだよ、タル」バドがなだめるように言った。「私が言ったんだ」

「ちっともかまわないわ、タル」ドリーが駐在の袖に小さな手を添えて続いた。「ナイルスにはもういらないんですもの」

「そうかい、ドリー」ブリスが優しく言った。「君がそう言うなら」

「気分はいかがですか?」ミッチはドリーに尋ねた。目がいくらかとろんとしている。トランキライザーを飲んでいるのではないだろうか。

「私なら大丈夫よ、ミッチ」ドリーが答えた。「つらかったのはわからなかったから——ナイルスがどこにいて、何をしているのか。でももうわかったから、それなりに終わったと思えるから、これからは……」こみ上げる思いに言葉が途切れた。「あなたにはそれ以上話す必要はないわね、ミッチ? 愛する者を失うのがどんなものか、あなたは知っているんですもの」

「ええ、知ってます」ミッチは静かに答えながら、駐在の厳しい視線を感じていた。

ドリーがそんなふうに親しげに話すのが気に入らないらしい。

「私は本当に彼を愛していたの」ドリーが続けた。声が挑むように大きくなった。

「もちろんよ」ビッツィが早速応じて、ドリーを守るように腕を回した。

「みんな、そんなはずはないと決め込んで」苦々しげな口ぶりだ。「みんな、反対だったから。彼は私に相応しくないと思っていたから。私を馬鹿だと思っていたから。でもナイルス・セイモアは私に話しかけてくれた。ナイルス・セイモアは私の話を聞いてくれた。私は彼のおかげで、人に求められる好ましい人間だと思うことができたの」

それらは明らかに、すべてバドへの当てつけだった。バドはすぐに口元を引き締めた。しばし気詰まりな沈黙が訪れ、弁護士は立ち去ることにした――レンジローバーに戻り、自宅に向かってゆっくりと私道を走っていった。

「それにしてもタックはかわいそうに」ドリーが悲しそうに言った。「ろくに楽しみのない人生だったのに、今度は……」

ビッツィが彼女を支えて家に連れていった。食品雑貨を持ったブリスが続いた。

ミッチは故人のクラブを納屋に戻してからぶらぶら家に戻った。と、玄関に手書きの招待状が貼ってあった。

ジェイミー・ディヴァース&エヴァン・ハヴェンハーストが贈る

『ディナークルーズ』――洒落た三幕喜劇

主演　ミッチ・バーガー

ビッグシスター桟橋にて、本日午後六時開演
必ずデッキシューズでお越しください
返事は無用——キャンセル不可！

おやおや。バドから昼食に誘われたと思ったら、今度はこれだ。俺は急にこの島の人気者になったんだな。ミッチは思った。今度は何だろう？　何が彼らの狙いだ？　べつにないかもしれない。ただ親切にしてくれようとしているだけなのかも。

それを確かめる道は、もちろん、一つしかない。

古いスチュードのエンジンをかけ、上機嫌で元気いっぱいオールド・セイブルックまでデッキシューズを買いに行った。目抜き通りにある〈ネイサンのカントリーストア〉は昔ながらの狭い雑貨店で、床は磨り減ったフローリング、本物の一セントキャンディの売り台があった。白の軟らかなゴム底のデッキシューズでなければいけない理由を教えてくれたのは、ひげ面の主人のバリーだった——普通の靴ではデッキの表面に黒い靴跡が残ってなかなか取れないんだよ。ミッチにはとても思いつかないことだった。ミッチはさらに潮溜まりにもっと深くまで入れるように海釣り用の緑色のゴム長靴も買った。

オールド・セイブルックでは、買い物以外にもしたことがあった。エレガントなノ

ースコーヴのウォーターフロントの邸宅群を通り過ぎて、フェンウィックに向かったのだ。こけら葺《ぶ》きの夏別荘が集まった非常に高級な集落で、キャサリン・ヘップバーンが老後の日々を過ごした場所だ。フェンウィックに着くと、オールド・セイブルック灯台の影が落ちる中に〈セイブルック岬イン〉を見つけた。トリー・モダースキーが一晩泊まって、現金で支払ったホテル。彼女とナイルス・セイモアが一緒にブランチをとっているのをバド・ハヴェンハーストとレッド・ペックが見かけたホテルだ。舟遊びをする人のための桟橋、レストラン、さらにはヘルススパを備えた真新しい超豪華リゾートホテルだった。

敷地内は塵ひとつない。ロビーのドアの真鍮《しんちゅう》銘板はピカピカに磨き込まれている。玄関前に出された地域行事表が、今週後半にライオンズクラブの朝食会があることを通りがかりの人に告知している。それに、〝当ホテルの名高いサンデーブランチ――海岸地帯の伝統料理〟という控えめな広告。駐車場にはニューヨークやロード・アイランドやマサチューセッツのナンバーの高級外車やSUV車がずらり。ミッチはスチュードに乗ったまましばらく見ていた。ブリーフケースを持ったいかにも管理職というタイプの男がホテルから出てきて、洒落た黒のレクサスに乗り込んだ。そのすぐ後には見るからに端正な老婦人が四人、昼食代わりの長い酒のせいかくすくす笑いを洩らしながら出てきた。誰かの荷物を持ってついてきたベルボーイが、横柄な非難の眼差しでミッチのおんぼろトラックをにらんだ。

ミッチはすっかり困惑して車を出した。筋が通らない。ここは絶対に人目を避ける場所ではない。妻のいる中年の男が若い女を隠す場所ではない。ここは地域社会の営みの中心だ。脚光を浴びる場所。人の出入りの多い場所。高級な場所だ。セイモアはいったいどうしてトリーをここに連れてきたのだろう？　彼女と一緒のところを見られたかったのか？　なぜ？

帰宅しても、ベビースパイスはまだ見つからなかった。トイレは使われていない。餌にも口をつけていないようだ。ようやく見つかったのは、ドレッサーからスウェットシャツを取り出した時——清潔なソックスの中で丸くなって眠っていた。どうやって入ったのか想像もつかない——引き出しはほんの少し開いていただけなのだ。彼女がかすかに動いて、ニャアと挨拶してきた。引き出しから出して、ベッドに乗せてやった。グレーに明るい茶色がかなり混じっているが、腹はほぼ真っ白だ。コウモリのような大きな耳。ミッチは小さな歯も鉤爪《かぎづめ》も鋭いことにたちまち気づかされることになった。

互いに知り合うために、彼女と一緒にベッドに長々と寝そべった。彼女がすぐさま胸に駆け上がってきた。とても元気で遊び好きだ。そうっと歩き回っていたと思うと転げ落ち、また登ってきた。そして白い柔らかな腹を撫でてくれとばかりに足を上げて寝転んだ。ミッチは上掛けの下で手をごそごそ動かしてやった。彼女はその動きに跳びかかり、物悲しい声をあげながらベッド中追いかけ回した。ミッチは寝転がって彼女と遊びながら、考えるともなく名前を考え始めた。執筆中の本を記念して、西部劇にちなんだ名前がいいかもしれない。お気に入りをざっと思い浮かべた。大した成果は上がらなかった。たとえば『荒野の七人』には魅力的な女性は出てこない。実際のところ、西部劇には女性の名前は非常に乏しいのだ。それでも、ワイアット・アープとドク・ホリデーを描いたジョン・フォードの一九四六年の大作、『荒野の決闘』に行きついた。ミッチの見解では最高傑作の一つだ。ジョセフ・P・マクドナルド撮影の素晴らしいモノクロ映像。キャシー・ダウンズが演じたクレメンタイン・カーターはヘンリー・フォンダの恋人で、むら気のフィアンセのドク・ホリデーを探しにボストンからやって来た看護師だ。ドクはクレミーと呼んでいた。〝クレミー〟彼女はミッチの首と肩に身体を押しつけるように丸くなって、撫でてもらいながら喉を小さくゴロゴロさせていた。と、再び眠ってしまった。どうやら二段切り替えのようだ――オンとオフ。それに、気持ちを落ち着かせてくれる効果もあるらしい。ミッチもすぐに瞼《まぶた》が重くなり、手足がいくらかぐったりしてきた。

すぐに、どちらも深い眠りに落ちていった。

六時ぴったりに、新しい靴で桟橋に行ってみると、エヴァンとジェイミーの姿はなかった。数分間ぶらぶらしてから、その足で灯台の隣にある石造りのコテッジを訪ねてみた。コテッジの外には、家具が詰め込まれたミニバンが停まっていた。エヴァンのポルシェもあった。コテッジの玄関は大きく開いていた。二人はキッチンにいて、おおわらわで食べ物と酒を二つのアイスボックスに投げ込んでいた。

「僕たちのことなら心配しなくていいよ、ミッチ、遅刻は毎度のことなんだ」エヴァンが謝ってきたが、ひどく慌てているようだ。

石造りのコテッジはとても湿気ていて寒かった。それにアンティークがあふれんばかり。どれについても——揺り椅子、風見、側卓、食器棚——余分なものが三つはあるようだ。ミッチはその間を抜けていこうとして、ほとんど不可能に近いことがわかった。

「俺たちは強迫観念に囚われたみたいなバイヤーでね」ジェイミーが説明してきた。「スペースがなくなると、店に持っていって売るんだ」

「その時が来てるのかもしれないですよ」ミッチは教会のベンチを何とかかわしながら、うなるように言った。

暖炉の上には、亡きダックスフントのボボと一緒に撮った額入り写真がたくさん掛かっていた。犬の首輪と名札も飾られていた。犬のボウルも飾られている。ボボ自身も。炉棚に名前が彫り込まれた華麗な銀の骨壺《こつつぼ》があった。二人はボボを火葬にしたのだ。

「あと十分待ってくれ」エヴァンが懇願するように言った。「灯台からの眺めを見てきたらどうだい？　キーは玄関を入ったところにあるから」

「鍵をかけなきゃならなくて」ジェイミーが引き取った。「そうしないと、地元のニキビ面のガキどもが引き潮の時にこっそり入り込んで、あの上でいちゃつくんだ」

「手提げランプも持ってってくれ」エヴァンが付け足した。「階段室はすごく暗いから」

ミッチは乱雑に置かれた家具の間を悪戦苦闘して玄関に戻り、フックに掛かっているキーと手提げランプを見つけた。キーが灯台のどっしりした鋼鉄の扉の南京錠をパチンと開けてくれた。ドアを大きく開くと、蝶番が不気味に軋んだ――ボリス・カーロフの『魔の家』を思い出すなあ。中に入り、手提げランプをつけると、六階の高さがあるらせん階段の下にいた。らせん階段をしっかりした足取りでゆっくり上っていった。足音が狭い円筒形の灯塔にこだました。今日は一日分以上の運動をしているな。ミッチはふと気がついた。灯火室にたどり着いた時には息が上がっていた。灯火室では、かつては千ワットの電灯二基がこのあたりには油断のならない岩があると船乗りに警告する役目を果たしていた。しかし電灯もレンズも機材も片付けられ、今や空っぽになったガラスに囲まれた部屋は、むき出しのセメントの床に煙草やマリファナの吸い差しが散らばっているだけだ。

それに眺望。何という見晴らしだろう。正真正銘の三百六十度のパノラマだ。畏敬の念に打たれて、突っ立ったまま見とれた。海岸線が細部に至るまで、地図に描かれているとおりの形状で見てとれる。目の前には、フィッシャーズ島が文字通り手にとるように見える。振り返れば、コネティカット川をはるか遡《さかのぼ》って、イースト・ハッダムにある古い鋳鉄製の橋まで見えた。下を向けば、海の真ん中に浮かぶ瑞々しい緑色の肉団子くらいにしか見えないビッグシスターが、細い木造の生命線で岬とつながっている。

お揃いの黄色のウィンドブレーカーを着た二つの小さな人影が桟橋に立って、二人にしかわからない秘密の手旗信号でこちらに向かって腕を上下に振っている。ミッチは思い切り楽しそうな声をあげて二人に合流するために、らせん階段を下りていった。

二人のヨットは『バッキーのリベンジ』という名前だった。船体の低いJ24のレーシングヨットだ。下は調理室《ギャリー》と四人が泊まれるスペースのあるキャビン。ジェイミーとエヴァンはそこにアイスボックスをしまっている最中だった。

「先に言っておいたほうがいいと思う」ミッチは二人に警告した。「俺はまったくの陸者《おか》なんだ」

「お互い様さ、ミッチ」ジェイミーが応じた。「操縦はエヴァンが一人でやる。俺だって舵をとるふりをするだけだ」

そのエヴァンはと言えば、セールバッグを開いているところだった。まず、メインスルの明るいブルーのカンバスバッグを、次にジブのグリーンのやつを。

「ほら、こいつを着けろ」ジェイミーがオレンジ色のライフジャケットを投げてきた。そして、自分も身をくねらせて着込むと、船外機のスターターを引っ張った。モーターがいかにもという音を響かせた。「よし、これで俺たちはお役ご免だ」

「あのロープをほどこうか？」ミッチは尋ねた。

「よろしく」エヴァンがセールバッグを下にしまい込みながら答えた。「でもあれはロープじゃない。綱だよ」

「あいつが船乗り言葉になったら無視していいぞ、ミッチ」ジェイミーが平然とアドバイスしてきた。「俺はそうしてる」

綱は桟橋にボルトで固定された綱止めに巻きつけてあった。ミッチはほどくと、『バッキーのリベンジ』に再び飛び乗った。ヨットはゆっくりと桟橋を離れ、ゴム製のアヒルのように揺れながら大海原に出ていった。凪《なぎ》で、ほとんど風もない。

ジェイミーが舵を受け持って、河口からじりじり離れ、東方のロング・アイランドのオリエント岬に向けて進路をとる間に、エヴァンがメインスルを上げた。ミッチはライフジャケットを着た身体を丸めて、エヴァンを見守った。エヴァンはヨットの上ではまさしく本領を発揮して、猫のように敏捷《びんしょう》だ。この綱を試し、あの綱をほどき、こちらに飛んできたと思えば、今度はあちらへ。無駄な動きは一つもない。絶対にバランスも崩さない。彼を見ているのは楽しかった。

彼らのヨット以外には、夕刻の漁に出てきた漁船が数隻見られるだけだ。海峡をさらに進んでいくと、海面は波立ち騒ぐようになり、大気は爽やかになった。そしてほどなく、微風は紛れもない強風になった。セールは風をはらみ、はためいた。エヴァンがジェイミーにエンジンを切るように合図した。ジェイミーが切り、帆走が始まった。素晴らしい静寂の中を風に運ばれて滑っていく。ばっちり整備されたＪ24は速やかで力強い。

ライフジャケットを着て、片手で舵柄《チラー》を摑んでうずくまるジェイミーの顔に、のんびりと心地よさそうな満足の表情が浮かんだ。「ヨットを出すには一番いい時間なんだ。まず間違いなく風がもらえる」

「あなたがロスを離れたわけがわかる気がしますよ」

「俺なら離れてないぞ、ミッチ。身体はここにあっても、心はまだあっちにある。それだけは一生変わらないだろう」ジェイミーはステレオラジカセを持ってきていた。

手を伸ばして、スイッチを入れた。ヨットはモンキーズの『アイム・ア・ビリーヴァー』の調べに乗って、海面を滑っていくことになった。

「ジェイモ、どうしても君のオールディーズのクズを聞かなきゃならないのか？」エヴァンが文句を言った。

「それを言うなら最高のクズだぜ、お若いの。絶対に廃《すた》れないんだ」それから、ジェイミーはミッチに問いかけた。「最後の最後になって、連中は俺ではなくミッキー・ドレンツを選んだっていうのは知ってたか？」

「いいえ、知りませんでした」

「嘘じゃないんだ。俺はメンバーだった。ちゃんとそう言われた——おめでたくも喜びに満ちた二十四時間、俺はモンキーズのメンバーだった。ところが、あっという間にそうでなくなった。エージェントには、彼らは新しい顔がほしかったんだと言われた。ったく、くやしかったよ。まだ酒も飲めず、選挙権もないのに、お前の顔じゃ古いと言われるなんて、気持ちのいいもんじゃない。俺は二十歳で用済みになったんだ、ミッチ。モンキーズのメンバーになれなかった時に——思い知らされたよ」ジェイミーは重苦しいため息をついた。「ドラッグに深入りしていったのもあの時からだった」

いくらかスピードが落ちたようだ。エヴァンがジェイミーから舵柄を引き継いだが、ほとんど効果はなかった。「上手回しにしよう」エヴァンはすぐさま慌ただしく綱を扱い始めた。

「俺はどうすればいい？」ミッチは尋ねた。

「頭を下げろ」ジェイミーがはっきりと命じた。

ミッチは頭を下げた——下桁《ブーム》が頭のすぐ上を通過した。

すぐにヨットは再び勢いよく滑り出した。

ヨットは小さな豆粒のような島に近づいていた——灯塔をいただいた岩山という程度のものだ。塔には鵜が止まっている。島には名ばかりの船着き場があった。ジェイミーは一直線にそこを目指し、杭のそばに優しく寄せていった。エヴァンが飛び降りて、ヨットを杭に繋いだ。ミッチも飛び降りた。足の下が揺れなくなったのがありがたかった。

「勝手に船を着けてもかまわないのか？」ミッチはエヴァンに尋ねた。

「誰がかまうんだ、ミッチ？」

「それは、島の持ち主さ」

「僕の島なんだ」エヴァンが遠慮がちに答えた。「これはリトルシスター。二十一歳になった時に僕のものになった」そして、すらりとした腰に手をやって、しばし島を見回した。「僕たちはしょっちゅう来るんだ。星の下で眠る。もう信じられないほど平和でね。いつかここにキャビンを建てたいと思っているんだ」

二人はアウトドア用のバーベキューグリルを持ってきていた。エヴァンがせっせと木炭に火をつけ、ジェイミーが冷えたサンセールのボトルを抜いて、三つのグラスに注いだ。

ジェイミーは二人にグラスを手渡すと、煙草に火をつけ、船着き場に寝そべって、若い愛人を愛情と心配の入り混じった表情で見守った。「あんたも知っておいたほうがいいかもな、ミッチ。俺とエヴァンは口喧嘩をしていたんだ。彼はセイモアの葬式に行くつもりがなかった。俺はかまわないと言った。俺も行く気はないからな。ところが今になって、ドリーに敬意を払って行くと言い出した。俺は彼のことをまったくの偽善者だと考えてる。あんたはどう思う？」

ミッチとしては、板ばさみにだけはなりたくなかった。「継父のことをどう思ってたんだい？」エヴァンに尋ねてみた。

「端から継父だなんて思っていなかったさ」エヴァンが怒ったように答えた。「母さんが一緒に暮らしている卑劣なクズ野郎だってだけだ。母さんがどうしてあいつと結婚したのか、僕には本当にわからないんだ」

「ひょっとしたらものすごい巨根だったのかも」ジェイミーが言い出した。

「ジェイモ、僕の母さんの話なんだぞ」エヴァンが憤慨して言い返した。

「わかってるさ。でも彼女は人を利用するについちゃすごいやり手だぞ、あのドリーは」ジェイミーが煙草をふかして考えながら言葉を継いだ。「出会う男をことごとくたらし込むあの頼りなげな演技。うまくいくなんて驚きだが、実際うまくいくんだよな。そうだな、きっとここにいる若い友人にまで接近してるぜ」

「まさか。ピメントの瓶を開けてくれと頼んできただけですよ」

ジェイミーが下品に馬鹿笑いした。「当ててみようか——その時、彼女は襟ぐりの深い服を着ていた。そうだろ？」

そうだった。でも、エヴァンの前では認めたくない。ミッチは岩に腰かけて、ワインをすすりながら、ジェイミーは何かを知っているのだろうかと考えた。ドリーは人の心を操る策略に長《た》けた人間なのだろうか。確かにバドには危ない橋を渡らせた。彼女が口座の金をくすねるように焚きつけたのかもしれない。彼女が焚きつけたのはそれだけではなかったかもしれない。バドは彼女のために殺人を犯したのかも。

「吐いてしまえよ、口の堅いやつだな」ジェイミーがミッチに迫った。「ミトリー警部補はどう言ってる？　誰を疑ってるんだ？　教えろよ、ちくしょう」

「そう、三人目の犠牲者がいます。同じ銃が使われたんです。トリー・モダースキーって名前です」

「そんな、まさか」エヴァンが喘いだ。

ミッチは驚いて彼を見た。「知り合いか?」

「いや、いや」エヴァンはワインのボトルを持ってやって来ると、彼らのグラスに注ぎ足した。「でも彼女が殺された事件は覚えてる——数週間前にニュースになった。彼女はすごい美人で、女手一つでかわいい男の子を育てていたんだ。すごく悲しい事件だと思ったよ」

「どこで起きた事件だ?」ジェイミーが尋ねた。

「遺体はメリデン近くのどこかの森で発見された」

ジェイミーがぎくりとした。「まさか。ナイルスはメリデンに女がいると自慢したことがあった……」

「彼が?」とエヴァン。「僕には教えてくれなかったじゃないか」

「彼女がどんなふうにしゃぶってくれるか、綿々と聞かされたくらいだ」ジェイミーの声が怒ったように甲高くなった。「あの露骨なホモ嫌いは、男は女よりうまくできるだろうかと俺が考えるのを見たがった」そして煙草をもみ消して、エヴァンをちらりと見やった。「お前が度を失うと思ったから言わなかったんだ」

「警部補はそのことを知ってるんですか?」ミッチは話をさえぎった。

「当然」ジェイミーが答えた。「部下の巡査部長に話した。あの筋肉もりもりでチョビひげの背の低いやつに」

「それで……？」

「何の反応もなかった。でも警官ってのはそういうもんなんだろ？」ミッチを見つめるジェイミーの目がきらりと光った。「冗談はなしにしようぜ、ミッチ。彼女は俺たちのどっちかを疑ってるのか？」

ミッチはそわそわとワインをすすった。あまり賢いことではなかったと沈む気持ちで考えていた。有力容疑者二人と人気《ひとけ》のないこの島にいるなんて。三人でここにいることは誰も知らない。彼らが俺を殺して、死体をヨットから海峡に捨てても、誰にもわからないだろう。「彼女はあなたたちが彼を嫌ってたことを知ってます。でもあなたたちがリストの上位にあるようなことは言ってませんでしたよ」

「バド・ハヴェンハーストにちょっとでも度胸ってもんがあったら、論理的には一番の容疑者になるだろう。ちくしょう、あいつには俺たちの誰よりナイルスを嫌う理由があるんだ。ところがやつに人が殺せるとはとうてい思えない。あいつにはタマがないんだ」

エヴァンは木炭を突っついてもういいと判断し、マグロの切り身をグリルに置いた。マグロは早速ジューージューーと音を立てだした。「同感だよ。マンディのほうがよっぽどやりかねない。短気だし、興奮しやすい。情け容赦もないし」

「よし、それじゃマンディがナイルスと浮気していて」ジェイミーが推測を口にした。「トリーと二股だったことを知り、二人を殺した」

「でもそれじゃウィームズは？」エヴァンが言い出した。「彼女がどうしてタックを殺すんだ？」

「気づかれた」ジェイミーが答えた。「菜園に死体を埋めるのを、彼に見られてしまった」

「でもどうして菜園に埋めるんだ？」エヴァンがこだわった。

ジェイミーは答えに詰まって、ミッチに向き直った。

「誰がやったにせよ、その誰かは明らかに掘り返されるとは思っていなかった」ミッチは言った。「僕があそこに住むことは当初の計算に入っていなかったんです。それでも、同じ疑問が浮かんでしまいますね。どうして菜園に？　どうしてナイルスを海峡のどこかに捨ててしまわなかったんだろう？」

「死体は打ち上げられるってこともある」ジェイミーが指摘した。

「そうか、それじゃどうして森に埋めなかった？」

「運ぶ危険を冒せなかったんじゃないかな」とジェイミー。「あいつが菜園に埋められたのは、その近くで撃たれたからだ。きっとそうだ」

「ドリーの屋敷で殺されたか」ミッチは考えながら言った。「あるいは納屋か」

「あるいは馬車小屋か」エヴァンが付け足した。

ミッチは黙り込んだ。考えたくないことだった。

「警部補は絶対に誰かに絞ってるはずだぞ」ジェイミーが彼に言った。

「彼女の質問の方向からいくと」ミッチは答えた。「第一候補はドリーみたいです」

「まさか」エヴァンが言い出した。「母さんはあんなことができる人間じゃない」

「誰だってそうさ。それでもやってしまうことがあるんだよ、ぼうず」ジェイミーが陰気に応じた。「俺は、レッドがずっと気になってるんだ」

「レッドがどうなんですか？」ミッチは尋ねた。

「彼は月に四回のフライトがあるだろ？　つまり、毎週四日間はいないってことだ。考えてもみろよ、レッドには完璧な条件が揃ってるんだ」

「何の？」とエヴァン。

「二重生活をする男のさ」ジェイミーが答えた。

ミッチにはわけがわからず、眉をひそめて彼を見た。「話が見えない。ここに情事の対象がいるならともかく――ドリーは実の妹なんだし」

「もう、大人になれよ！」ジェイミーが言い返してきた。「彼ら名門の血がどうしてここまで濃くなったと思うんだ？」

「ジェイモ、君の口からそんなことを聞くなんて信じられないよ！」エヴァンが爆発した。

「わかった、そいつは忘れることにしよう」ジェイミーがしぶしぶ撤回した。「でもレッドが妹をかばう兄貴の役をやってたのは周知だ。ドリーに隠れて浮気をしてるナイルスを殺すことはあり得る」

「でもどうして相手の女性まで？」とミッチ。

ジェイミーが考え込んだ。「いい質問だ。わからん……。彼も彼女とヤッてたならともかく。だから、現実を見てみようぜ――ビッツィとの結婚生活なんて想像できるか？」

「すごく素敵な女性だと思いますけど」

「ああ、ああ、確かに。けどあの豊満で土臭い元気者と延々と何年も暮らすと考えてみろよ。あのでーんとした白い腿《もも》の間に夜な夜な顔を埋めるなんて――」

「ジェイモ、僕の伯母のことだぞ！」エヴァンがマグロを突っつきながら文句を言った。「なあ、焼けたみたいだ。食おうぜ」

マグロの付け合わせにはレッドオニオンとマンゴー。黒豆のサラダにコールスロー、コーンブレッドもあった。どれもエヴァンが用意したものだ。どれも美味《うま》かった。三人とも桟橋に座って脚をぶらぶらさせながら、ペーパープレートに載せて食べた。日が沈みかけている。頭上では、筋になった雲が赤と紫に染まっている。月が昇ってきた。悪くない夕べの過ごし方だな。ミッチは思った。

「ビッツィの人のよさはすべて演技かもしれない」ジェイミーが話を続けた。「案外世紀のふしだら女なのかも。チャンスはいくらでもあるんだ。子供たちは家を出てるし、レッドも月の半分は留守なんだから。彼女が犯人だってこともあるかも。それは考えてみたか？」

「本気じゃないんだろ？」エヴァンが尋ねた。「君が彼女のことをそんなふうに思ってるとは、僕にはとても考えられないぜ」

「ああ、そうだ」ジェイミーが手を振って認めた。「仮説を立ててるだけだ」

「それじゃ、軽はずみな言動を改めないと、ミッチと僕は君をここに置いて帰るぞ。そうだよな、ミッチ？」

「そうとも——あの灯塔に縛りつけて」

デザートには手作りのブラウニーがあるそうだ。探しに行ったジェイミーがデッキの下に消えた。

と、エヴァンがすぐさまミッチに向き直り、「母さんの話じゃ月曜日に床下に閉じ込められたとか」と抑えた低い声で言った。

「ほとんど午後いっぱい」ミッチはうなずいた。

エヴァンはこっそりヨットを見てから、ミッチに目を戻した。「あの日帰ってきた時に、ドリーの前庭に車が停まってるのを見たよ」

「俺を閉じ込めた人物を知ってるってことか？」

「たぶん。君は知りたいんじゃないかと思って。だから、誰だったのか」

「もちろん。知りたかった。今だって知りたい。誰だったんだ？」

エヴァンはもう一度肩越しにヨットを見てから、誰だったのか大急ぎで囁いた。

8

デズは渦を巻くお湯の中から長い滑らかな脚を片方上げて、夜明けの光の中で裸足の足を調べた。ゆっくりと足首を回し、指を広げて、真珠のような光沢のピンクの爪にお湯がきらりと光るのを惚れ惚れと眺めた。客観的に見て、甲高の形のよい足だ。ほっそりした足。美しい足。

絶対にスキーなんかじゃないわよ。

脚をお湯に戻して、うめき声をあげた。神経が静まってリラックスできるお風呂こそ、今のデズには何よりなのだ。肩と背中は痛いし、鼻は炎症を起こしている。それにひどい睡眠不足だ——徹夜明けで帰宅して、猫に餌をやってから、暁のパトロールに出かけたのだ。ビッグウィリーはこの間よりほんの一歩だけケージに近づいた。それでもまだ罠にはかからなかった。あの子はあたしたちを馬鹿にしてるんじゃないかしら、とデズは思い始めていた。

だらしなく冷たいオレンジジュースのタンブラーを取って、ゆっくり飲んでから、顔の汗を洗面タオルで拭いた。「綴りがeのBerger《バーガー》って苗字について教えて」

タブの向かいにいるベラに呟くように言った。「ユダヤ系の苗字?」

「可能性はあるわね」ベラも紅潮した丸い顔の汗を殴るようにして拭った。実際、ベラの顔はメガネを取ると、驚くほどごぶしに似ている。「さもなきゃドイツ系かな。彼の名前は?」

「どうして男だってわかるの?」

「女だったら、そんなこと訊きゃしないでしょうよ」

「あなた、刑事になればよかったわね」デズは彼女に向かってにやりとした。

「なればよかったものならいくらでもあるわよ。けど私は太った老婆になることにしたの」

「名前はミッチ。ニューヨークの映画批評家なの」

ベラが目を剝いた。「ミッチェル・バーガーのこと?」

「聞いたことあるの?」

「アメリカで唯一尊敬すべき映画批評家よ。彼なら絶対ユダヤ系だわ。とっても情熱的で、とっても感受性豊かな評を書くわ。正直言って……」ベラはデズに向かってずんぐりした指を振った。「ゲイじゃないのは確かなの?」

「男やもめよ」

「掘り出し物って言うべきよ。上映中の映画は全部顔パスで観られるわ」

「あたしには全部観る暇なんかないわよ」

「まっ、私ならあるわね。姪のナオミもいつだって何かやることはないかって探してるわ。ロックフェラー大学で化学の研究員をしてるの。ヤンキースのトーリ監督を若くしたみたいな顔をしてるけど、とってもいい娘よ」そして、デズをいたずらっぽく見つめて、「それで……？」と促した。

「それでって？」

「彼ってハンサム？」

「ピルズベリー社のマスコットの生パンぼうや、ドーボーイをハンサムだと思うかどうかによるわね」

「なあに、彼って野暮天なの？」

「野暮天が太めって意味なら、イエスよ」デズはもう一度オレンジジュースを飲んだ。「奇妙なテレパシーみたいなことが起きてるの。あたしの考えてることがわかるらしいのよ。まるであたしの頭の中に入り込んでるみたいに」

ベラが取り澄ましてうなずいた。「モーリスは私のことを本みたいに読んでたものよ」

「ブランドンにあたしの考えてることがわかったためしはなかったわ」

「と言うことは？」

デズは答えなかった。深入りしたくないのだ。それなら経験があるのだから。

「彼、猫は好きなの？」ベラが尋ねた。

「まだ何とも言えないわ」デズはメガネをかけて、キッチンの掛け時計を見た。「あら、いやだ。その話は改めて、以上」バスタブから出ると、裸の身体からお湯が滴《したた》った。

「そのタトゥーのこと、彼は知ってるの？」

「ええ、知ってるわ」

「どこにあるかも？」

「もちろん。あの男はすべてお見通しなのよ」デズはテリークロスのローブを着ると、シャワーを浴びて着替えるために二階に上がった。残った四匹のスパイス・ガールズが金魚のフンのようにくっついてきた。

スタジオにこもる時間はない。今日はいい。スケッチブックと木炭を取ると、午前七時にはビッグシスターの橋の手前に車を停め、ハンドルにスケッチブックを立てかけて、靄《もや》のかかった朝の光の中で大胆に線を引いていた。

〝形ではなく、線のことだけ考えなさい〟

デズは憂鬱だった。事件はますます複雑になってきた。時間は刻々と過ぎている。

誤りは許されない。しかもこの場所がどうしても理解できない。だからここに座って、家々や木々、引き潮で現れた岩々を凝視して、木炭の助けを借りて理解しようとしているのだ。

〝納得できるまで対象に近づきなさい〟

あの人たちの何か――共有している過去、家族の絆《きずな》、互いに影響しあう生活――にひどく困惑させられるのだ。未亡人がいる。その元夫と再婚相手のその妻がいる。兄とその妻も。息子と愛人も。そのうちの一人が三連勝――流れ者の中年の夫と、若いバーのウェイトレスと、島の管理人を、冷静かつ慎重に消した。誰だろう？　彼ら三人に死んでほしかった者は誰なのだろう。その理由は？

〝紙ではなく、対象を見なさい〟

ナイルス・セイモアのジープ、グランドチェロキーは、ウィンザーロックスにあるブラッドリー国際空港の長期用駐車場にあった。駐車場の自動受付券の日付は四月十八日――バド・ハヴェンハーストとレッド・ペックが〈セイブルック岬イン〉で彼がトリーと一緒にいるのを見たと届け出ている日の翌日だ。トリーの遺体が発見された日でもある。券から遺留指紋は検出されなかった。鑑識が今も車本体を洗っている。ユナイテッド航空によれば、セイモアは十八日発のセント・クロイ行きの航空券を二枚購入していた――一枚は彼の名前で、もう一枚はアンジェラ・ベッカーの名前で。

一週間前に航空会社のフリーダイヤルに電話して購入したのだ。支払いには妻と共有しているビザカードを使用していた。

航空券は使われなかった。

彼がドリーに残した離婚要請状からも遺留指紋は検出されなかった。パソコンのハードディスクにもフロッピーディスクにも作成した痕跡はなかった。書体のヘルヴェティカは彼らのマシンが描く書体と一致した。試しにプリントアウトしたものとは完璧に一致した。要請状はセイモアの書斎で作られたと、警察は信じているのだが、パソコンからは非常に多くの指紋が検出されている。今それらを故人の指紋と照合しているところだ。

近々島の住人それぞれから指紋を採取させてもらわなくてはならないだろう。

デズは夜間の多くの時間を、メリデンの院長の住居に隣接する古い寄宿舎の薄暗い地下で過ごした。地下には、その昔は言うことをきかない子供たちを監禁し――言い伝えを信じるとするなら、拷問にかけた――小部屋がある。デズは当然信じている。今はそこに、中央管区の記録が保管されている。何時間も書類をいじくった末に、ロイ&ルイーザ・ウィームズの無理心中に関する州警察の三十年前の黄色くなった書類を見つけた。事件は極めて慎重に扱われていた。島は社会的地位のある特権階級の領地だったのだ。ドリー・ペックは大使の娘だった。彼女のレイプに関する記録は別扱いで、マル秘のスタンプが押されていた。検査によって、バド・ハヴェンハーストから聞いたことが確認されていた――ドリーは本当に力ずくでレイプされたのだ。目撃者が尋問された。その一人の名前をリストで見つけて、デズは驚いた。捜査官の名前を見た時にもびっくりした。まるでうれしくない名前だった。

この機密データは『ハートフォード新報』にも『ニューヨーク・タイムズ』にも記事になっていなかった。

ドーセット図書館にどちらの新聞のマイクロフィルムも保管されていたのだ。小さくとも充実してきた村の施設は、片足はしっかり過去に根ざし、もう片方をためらいがちにちょっとだけ未来に浸しているのだ。建物は古い。素敵なヴィクトリア朝様式で、壁は鏡板、暖炉があり、気持ちのよいふかふかの肘掛け椅子がある。パソコンと薄い色の材を使った低めのカウンターを装備し、天井埋め込み式の照明を配置した新しい建物もある。二つの建物は溶け合っているようでいて、実は相互に作用しているわけではない。まさにドーセットそのものだわ。デズは思った。

新聞の記事は事実に基づき、適切で、礼儀をわきまえていた。レイプを匂わせるものはまったくなかった。若いドリー・ペックの関与の可能性にすら触れていない。仄《ほの》めかしも、当てこすりも、捜査本部に近い不特定の情報源による憶測も、いっさいなかった。時代が変わったんだわ。今では詮索癖はもっとずっと下劣に、世間はもっとずっとシニカルになっている。彼らは下劣な詳細を求め、実際に手に入れるのだ。となると、下劣な詳細は何なのだろう？

探している時間は尽きかけている。重大な方針転換がすでに始まっているのだ――あのずる賢いソーヴのおかげだ。ナイルス・セイモアにはメリデンに女がいたというジェイミー・ディヴァースの暴露話を、兄貴のアンジェロにご注進したのだ。ソーヴはデズには教えなかった。聞いていれば十二時間は早く、二つの事件がつながっているとわかったはずなのに。ところがソーヴはとっておきの情報を教えず、その影響がのろのろと伝わってくるまでデズを蚊帳の外に置いた。デズは当然かんかんだった。とりわけドーセット庁舎に設置した臨時司令部でそのことを問いただした時の彼の態度に腹が立った。薄ら笑いを浮かべて、ぬけぬけと嘘をついたのだ。「あれ、ルート。知ってるとばかり思ってたよ」信じられない。当然ながら兄貴のアンジェロは親友のポリート警部に、ミトリー嬢ちゃんはナイルス・セイモア事件の捜査でひどく遅れをとっていると伝えた。その結果、ポリート警部はデズをオフィスに呼んで、明日から追加人員を投入すると通告してきた。あくまで顧問的な役割だからと請け合った。お偉方の感情を害してはいけないと、よくよく言葉を選んでいた。その追加人員がやはり警部補で、たまたま彼が選び抜いた例のウォーターベリー・マフィアの一員だとまではわざわざ教えなかった。これは階級やエゴの問題ではないと言っただけだ。「我々は味方同士なんだ、警部補」彼はそう説明した。「我々はみな、悪いやつらを捕まえようとしているんだ」

ごもっともだ。ただ、悪いやつらを追っている白人男性には、重大な方針転換がなされる前に少なくとも七十二時間あった。ところがこちらには四十八時間。これは公平とは言えない。公正ではない。それに、ったく、彼ら男どものふざけた話にはもううんざりだ。でも、だからと言ってディーコンのもとに駆け込みたくはない。そんなことはできない。してはいけないのだ。

デズは木炭で線を描きながら、岩や潮溜まりを越えてこちらのほうに少しずつ近づいてくる人がいるのに気がついた。おかげで絵の構図が微妙に変わってしまう。人影がさらに近づいてきた。ミッチ・バーガーだ。厚手の濃紺のセーターに海釣り用の緑色のゴム長靴を履いて黙々と進んでくる姿は、どこか昔のロブスター漁師を思わせる。ベラは彼のことを何て言ったかしら——野暮天？　優雅でないのだけは確かだ。腕を大きく広げてぎくしゃく歩いている。滑りやすい岩の上で立ち止まって、こちらに手を振ってきた時には、バランスを崩して、危うく転びそうになった。それに、マジに最悪のギター奏者だということもある。音感がなっていない。一緒にビーチを歩きながら、どうしてあんなに率直に話してしまったのだろうと思った。きっと観察力がとても鋭くて、頭がいいからだろう。あの一族のメンバーではないからということもある。

いいえ、違うわ。彼に話したのは、デズ自身が彼と話したかったからだ。実を言えば、喋らずにいられなかった。民間人に打ち明けて相談するなどというのはデズらしくないのだが。それに、あんなに率直になってしまったのは軽率だったかもしれない。この小太りの悲しい目をした男を信用しても大丈夫だという根拠はないのだから。そんなものはまるでない。もっと慎重になるべきだった。

デズが見守る中、彼は岩場を何とか抜けて、島と岬を結ぶ橋に苦労して登ると、まっすぐこちらに向かって橋を渡ってきた。デズはスケッチブックを閉じてシートの下に隠し、ティッシュで手をきれいに拭いた。それから、窓を開けた。

「おはよう、警部補！」彼が大きな声で言った。「今日は風邪の具合はどうだい？」朝のハイキングのせいで、頬は紅潮し、いくらか息が切れている。

「言ったでしょ——風邪なんて引いてないわ、ミスター・バーガー。ベビースパイスは元気？」デズはミッチの手が小さな引っかき傷だらけになっているのに注目した。

「クレミーのことかい？　ぐっすり眠ったよ。午前四時頃、初めて階下を襲撃した。が、すぐに帰還。堂々とトイレを使った。しばらくは丸めた紙を追いかけ回した。やがて俺の胸に登ってきたが、すぐに……。おい、何を笑ってるんだ？」

「猫なんかいらないと言ったのは誰だったかしら」

「まだ決めてない」彼が言い張った。「こいつはあくまでトライアルなんだから」

「はいはい」

「見てもいいかな？」彼がうずうずしている様子で尋ねてきた。

「何を？」

「君のスケッチさ」

　ったく。爪の間にまた木炭が残っていた。「何の話かわからないわ」

　彼が不思議そうにこちらをじっと見た。「誰にも見せたことがないんじゃないのか？」口を引き結んで答えないでいると、「怖い、そうなのか？」と続けた。非難しているわけではない。その声はとても優しかった。

「言ってたでしょ、何の話かわからないわ」

「恥ずかしがることはないんだよ、警部補。誰だって何かを恐れてるものだ」

「そうなの？　それじゃあなたは何を恐れてるの？」

「もう死ぬまで一人だってこと」

「あたしが才能のないことを恐れてると思ってるのね。そうなんでしょ？」

「いいや、才能があることを、だと思う」

　デズは困惑して頭を振った。「ねえ、あなたって頭は休暇中なのに、口は残業してるのね」

ミッチ・バーガーは答えなかった。傷ついた子犬の目でこちらを見つめるばかりだ。その瞬間、彼にはこちらの心が読めるのだとデズは確信した。

「アートについては詳しいの？」用心深く尋ねてみた。

「才能は見ればわかる。そいつが俺の才能だ。俺の仕事でもある。だからぜひとも君の作品を見たいんだ」

「どうしてそんなに興味があるの？」

「君が他ならぬ自分を楽しませるためにやってることを見てみたいからさ」

「ねえ、これではっきりしたわ。あたしには何の話かさっぱりよ」

「それじゃ好きにしてくれ。案外友だちになってきたのかもと思ったんだが。違うんだな？」そして悲しそうにため息をついた。「残念だよ。だって君は俺にとって、掛け値なしに素晴らしい人物なんだから。けど、バドには誤解だと言うしかないな。ほら、俺たちがビーチにいるのを見て、彼はそう考えたんだ。友だちだって。それで君への伝言を俺に頼んだんだから」

ミッチ・バーガーにはドリーの消えた金について重要な情報があることが判明した。ハヴェンハーストが持っているというのだ。セイモアが横領して逃げることを心配して、ドリーに代わってこっそりしまい込んだと。ともかくもハヴェンハーストはそう主張していると。

「彼は君がすぐにも気づくと考えたんだ」ミッチ・バーガーが付け足した。「それでひょっとしたら誤解を招くんじゃないかと」

「案外事実かも」

「と言うと？」彼が眉をひそめてデズを見つめた。

いけない。またやってるわ。「べつに。何でもないわ」

「俺も今やメンバーになりつつあってね。クラブにも行ったし、ヨットにも乗った。デッキシューズまで持ってる。そのうち子供っぽいあだ名までできるんじゃないかな。ブーピーっていうのはどうだろう？　俺に合ってないか？」からかうように黙り込んだデズに対して、「やっぱり違うよな」と認めて続けた。「ここに五十年住んだとしても、俺は彼らにとってはニューヨーク出身のユダヤ系の男にすぎない。ただ、全面的な防戦態勢に入ったんだろう――敵か味方かってわけだ。で、俺のことは味方にしとくほうがいいと判断したんじゃないかな」それから、ぼってりした脇腹を車に預けるようにしてしばらく立っていたが、「ブリス駐在のことはよく知ってるのか？」と尋ねてきた。

「仕事では素晴らしい協力関係にあるわね。どうして？」

ミッチ・バーガーが慎重に言葉を選んで、ためらいがちに言った。「彼がからんでる可能性はあるかな？」

「あたしの助けになってくれてるわ。あなたが言いたいのはそういうこと？」

「いいや」彼が重苦しい口調で答えた。

「何が言いたいの、はっきり言って」

「俺が床下に閉じ込められた日に、ブリスは島に来ていた。島の住人の一人が見ている。俺を閉じ込めた犯人は彼の可能性があるんだ」

「どうして彼がそんなことをするわけ？」

今度はミッチ・バーガーのほうが黙り込んだ。

デズはしばし思いを巡らせた。タル・ブリスはドリー・セイモアの古い友人で、地元のごたごたを片付ける訓練を積んだベテランだ。この件も片付けようとした可能性はあるだろうか？　多少なりともその可能性は？

もちろん、ある。

「あなた、映画批評とかしなくていいの？」デズは不平がましく言った。

「実は朝の列車でニューヨークに行くつもりだった」彼が答えた。「大掛かりな新作が何本かあって試写を観なきゃならない。かまわないかな？」

「いいんじゃない？」

「『町を離れないように』と言われるかもしれないと思ったんだ。あるいはそれと同じ効力のある言葉を」

「あなたを探す必要ができた時には、見つけられると思うわよ」

彼がにやりとしてこちらを見た。「逃げられるものなら逃げてみろってことか？」

「違うわよ。あなたの質問に対する真っ当な反応よ」

「小屋の玄関の鍵は靴拭きマットの下だよ」彼が教えてきた。

「何ですって？」

「ほら、クレミーは連れていけないだろ？」

「それは……」

「もちろん、行けないさ——新しい環境に順応してるところなんだから。で、君は島に来るんだろ？ だから後で立ち寄ってみたらどうかと思って。彼女が元気なことを確認してくれ。明日の朝には帰るから。なっ？」

しぶしぶ答えた。「わかったわ」それからブレザーの内ポケットから札入れを取り出し、名刺を一枚出して手渡した。「他にも何か気づいたことがあれば、その番号で連絡がつくわ。昼でも夜でもいつでも。一番下はポケベルの番号だから」

「わかった」彼が名刺をポケットに突っ込んだ。「来るかい？」島にということだ。

「もう少ししたら」

「それじゃ、警部補」車から離れて歩き出したが、はたと足を止めた。「あっ、もうひとつ……」

「何かしら、ミスター・バーガー？」デズはうんざりして尋ねた。

彼がにやりとした。「まだミッチと呼んでもらえないのか？」

「何かしら、ミスター・バーガー？」もう一度、もっと大きな声で言った。

「わかった、わかった……。ナイルス・セイモアのような既婚者がトリー・モダースキーのような女性を〈セイブルック岬イン〉に隠すとは思えない。あそこは逢引《あいびき》の場所じゃない。どっちかって言えば、見られたい時に行く場所なんだ。筋が通らない。二人の関係を公にしたいならともかく」

デズはコメントしなかった。あそこを見た時に、彼女自身もまったく同じ感想を持ったことも言わなかった。ただうなずいて、彼が木造の橋を踏み鳴らして島に戻っていくのを見守った。

橋の中ほどまで来たところで、ミッチ・バーガーは立ち止まって手を振ってきた。しぶしぶ片手を挙げて答えた。彼がどういうつもりで〝掛け値なしに素晴らしい人物〟と呼んだのか、まだ判断しかねていた。褒められたのか馬鹿にされたのかもわからない。彼が能無しでないことだけは確かだ。コロンビア大学を卒業し、ジャーナリズム学部大学院で修士号を取得している。亡くなった妻はパーク・アヴェニュー育ち――ブレアリー・スクールからベニントン大学に進み、ハーバード大学デザイン学部大学院卒業だ。

彼が見えなくなるのを見ているうちに、手が震えて、胃が締めつけられてきた。それはホルモン的にぐんぐん惹かれる人と接近遭遇したと、身体が知らせてくる独特の合図だった。デズは驚くと同時に怖くなって、あわててスケッチブックを取り出した。ハンドルに立てかけて、島に目を凝らす。

〝見えるものを描きなさい、知っているものではなく〟

デズは深呼吸をして、目を閉じた。目を固く閉じて、描き始めた。

9

〝掛け値なしに素晴らしい人物?!〟

やれやれ、何て気のきかない馬鹿なことを言ってしまったんだろう。ビッグシスターの小さな我が家にえっちらおっちら歩いて帰りながら、ミッチには信じられなかった。ＮＢＡのドラフト候補ファイルの人柄欄から拾い出したかのようではないか。

〝掛け値なしに素晴らしい人物〟——俺はいったい何を考えていたんだ? 俺は、警部補を元気づけたかった。落ち込んでいるように見えたから。それで、何か前向きのことが言いたかった。でも性や人種を意識したように聞こえる言葉はまずい。それで、なぜかすっかり戸惑って、バーン、スカウトの報告書が出てきてしまった。

〝もうどうやって人と話せばいいのかもわからない。俺はがさつ者だ。監禁されるべきなんだ〟

砂利の私道を歩いて、バド＆マンディの家にさしかかったところで、マンディに遭遇した。彼女はＭＧのフロントガラスに糊のようにへばりついた黄緑色の花粉と朝露をぼろきれでせっせと拭き取っていた。おかげさまでミッチには小刻みに揺れる引き締まった尻が観賞できるという寸法だ。尻はデザイナーズブランドのぴっちりしたジーンズにすっきりと包まれている。

　マンディはジーンズに合うスエードのシャツを着て、ミュールを履いている。砂利道を踏みしだく足音に振り返ったしわのない顔に、明るい快活な笑みがこぼれた。白い歯を見せて、ブルーの瞳まで輝かせている。「ミッチ、おはよう！」

「おはよう、マンディ。早起きなんだね」

「あら、あなただって」

「俺はニューヨークに出かけるもんだから」

　その言葉に、彼女は幼い女の子が大喜びした時のようにマニキュアをした手を叩いた。「まあ、よかった！　思ったとおりだわ」

　ミッチは眉をひそめた。「思ったとおり？」

「そうよ。そうじゃなかったら夜明け前に起き出したりしないでしょ。あたしもなの。今日ニューヨークに行くのよ。あの黒人の女性がＯＫしてくれればだけど」

「警部補のことかい？」

「ああ、そうね」マンディは目を細くして、橋の向こうに停まっている覆面パトカーを見た。「それにしてもどうしてあんな所にいるのかしら。あたしたちを監視してるの？」と、急にひどく緊張して、ひどくうろたえたように見えた。「そんなの絶対おかしいわよ。この島は人の目から隠れてるはずなのよ。他人に見張られるなんてことがあっちゃいけないはずだわ」が、これまた唐突に緊張を解いて、温かく微笑みかけてきた。「いつも濃紺を着てるといいわ、ミッチ。そのセーター姿、とってもハンサムですらりとしてるもの」

〝すらり⁈　ああ、そうとも。役を譲れよ、デイヴィッド・ドゥカブニー〟

ミッチは急に不安になって、足踏みするように身体を左右に揺らした。二人の話し声に、バドが自宅の窓に姿を現したのだ。二人を見守っている。若く美しい気まぐれな妻が自分より若い独身の男と話しているのを見守っている。マンディは家に背中を向けている――バドがあそこに立って、聞き耳を立てていることに気づいているのだろうか。

もちろんだ。だから、あんなことを言ったのだ。

「君はとてもやさしいんだね、マンディ」ミッチはとうとう答えた。「すらりとしてるなんて、もう長いこと……いや、考えてみれば、一度も言われたことないよ」

彼女が笑い声をあげた。セクシーな笑い声は次第に大きくなって、間違いなく島の中ほどまで届くはずだ。

「問題にはならないと思うよ」ミッチは声を張りあげた。「君が今日ニューヨークに行くってことだが。警部補は俺にはかまわないと言ってたから」

「そう、それじゃ決まりだわ」マンディがうれしそうに長いブロンドを払った。「何時の列車に乗るの？　一緒に行きましょうよ」

「まだ決めてないんだ。行く前に片付けなきゃならない原稿があるから。だから、俺のことは当てにしないほうがいいよ。君は乗るつもりだった列車に乗ればいい。ばったり会えればラッキーだってことで」

マンディがふっくらした唇をとがらせた。「そうなってほしいわ」

「そうだね」バドが窓から相変わらず二人を見つめる中、ミッチは答えた。でも、そうはさせない。この女性にはひどく心を乱されるところがあるからだ。強くそそられると同時にぎょっとさせられるものが。マンディ・ハヴェンハーストは明らかに、誰であれ狙いをつけた相手に、何であれやりたいことをやりとおしてしまうのを常習にしている。そのために、彼女には向こう見ずな、危険な雰囲気がある。それは、ハリウッドではシャロン・ストーンの遺伝子だと言われる。実社会では火遊びと呼ばれる。興奮させられること請け合いだ。そして、ミッチにはこんな自問が生まれる。彼女がここでフロントガラスを拭いていたのは偶然だろうか？　それとも俺が橋を渡ってくるのを見て、わざわざ出くわしたのだろうか？　こんな疑問も生まれる。どちらもニューヨークに出かけるというのは偶然の一致だろうか？　それとも俺が行くから彼女も行くのだろうか？　そうだとしたら、なぜだ？

「どうしてニューヨークへ行くの、ミッチ？」彼女が訊いてきた。まあ、罪のない質問だ。それなのに、どうしてそうは聞こえないのだろう。

「何本か試写を観なきゃならない映画があるんだ。君は？」

「自分のための日なの。甘やかしてやるのよ。マッサージに美顔術、髪を整えて、マニキュアとペディキュアでしょ。ベンデルの店で新しい喪服を買って……明日のお葬式はそれなりに相応しく見られたいの。ほら、バドがかんかんだから」彼女はそう言いながら、スポーツカーに肘をつくようにほっそりした身体を預けた。

「どうしてだい？」この話、バドにはどこまで聞こえているのだろう。ミッチは思った。

「ナイルスはペック家のお墓に埋葬されるべきではないと思ってるからよ」

「それはドリーが決めることだろ？　彼女はペック家の人間なんだから」

「あたしもそう言ったわ」マンディが同意した。「彼女はペック家の人間なんだって。けどバドの考えは違うの。その時が来たら、自分こそがドリーの隣に埋葬される人間だと思ってるんじゃないかしら。考えてみれば、あたしこそマジに怒らなきゃならない話よね」

「で、君は？」

「全然」彼女が肩をすくめた。「みんなが死んでからどうなるかなんて、あたしは考えないもの。明日のことすら考えないわ。あたしには今しかないもの。バドはドリーがタック・ウィームズの葬儀費用を負担したがってるのにも腹を立ててる。どうやらタックには同棲していたティーンエージャーのふしだら女しかいなくて、その女は一文なしだってことらしいわ。今夜はニューヨークに泊まるの？」

またもやべつに罪のない質問だ。が、マンディの口から発せられると、なぜか精力的な禁断のセックスを約束するような匂いがしてしまう。「ああ、そのつもりだよ」ミッチは答えた。

「あたしもよ。一緒にお出かけしなきゃね。タイ料理は好き？」

「ああ、大好きだよ」

「よかった！　スプリング通りに知ってるお店があるんだけど、もうびっくりするほどおいしいの。それからジャズでも聴きに行けばいいわ」

「いいね、ぜひそうしたいんだが、今夜はスケジュールが詰まってるんだ。試写を終えたら、担当編集者と食事しなきゃならないから、無理なんだ。悪いが」

彼女がかわいらしくむっとした顔をしてみせた。「あたしがちょっとでも自信のない女だったら避けられてると思うところよ」

「まさか」でも、あながちはずれてもいない。試写に誘うこともできるのだ。招待は必ず二名様だ。なのに、どうして彼女を誘わないのだろう。簡単なことだ。彼女が厄介だから。それに、その夫が彼女の動きを逐一《ちくいち》見張っている。この二人がどんなゲームをやっているにせよ、関わるのはご免だ。

「それじゃ、また今度ね」彼女が残念そうに言った。

「そうだな」

ちょうどその時、バドが正式に姿を現した。弁護士はミッチに引きつった笑みを見せて、シルクのバスローブ姿で玄関を出ると、スリッパを履いた足を引きずるようにこちらに向かってきた。髪はくしゃくしゃ、ひげも剃っていない。ミッチの批評的見解によれば、若者はひげを剃っていないほうが精力的に見えるところがある。でも、バドは違った。あごのごま塩の無精ひげは、年寄りくさい年金受給者のそれだ。唇で白っぽく固まった涎《よだれ》の跡にしても。「よう、若いの！」彼が痰《たん》のからんだ声で呼びかけてきた。「早起きじゃないか」

「あたしたちはどっちも今日ニューヨークに行くのよ、あなた」マンディが告げた。

「素敵だと思わない？」

「それはいいね」バドがミッチをじろじろ見た。ミッチも彼を見返した。今朝のバドは絶対に十歳は老けて見える。それに十倍は捨て鉢だ。顔はやつれ、目はくぼみ、焦点も定まらないようで——びくびくしているようにすら見える。こたえているのだ。

危ない橋を渡ることが間違いなく彼を苦しめている。「彼女の面倒をみてやってくれ、ミッチ。君自身も気をつけるように」

「いつも気をつけてるつもりですよ」ミッチは安心させるように言った。

「心してな」今度は声に切迫感が感じられる。「私はあんな数字は信じていないんだ」

「数字って?」

「ニューヨークの犯罪率が下がったことを示す数字だよ。あんなものを出してくる連中は、インフレは抑制されたと言い続けてる連中と同じだ。本当にそうなら、どうして物価はことごとく上がり続けるんだ? 私の話がわかるか、ミッチ?」

ミッチは頭をかいた。「いいや、バド。わかりません」

「ニューヨークは今もまだ危険な、危険な場所だということだ」バドが断言した。声が甲高くなった。ミッチは彼が両手を固いこぶしに握っているのに気がついた。「用心しろよ、お若いの。君に何かあったなんて話は聞きたくない。そんなことは不面目。ひどい恥だ」

10

八時少し過ぎ、デズはパトカーのエンジンをかけて、ゆっくりと橋を渡り、ビッグシスターに入っていった。

私道に車を寄せると、マンディ・ハヴェンハースト――滑らかなブロンドのビール会社の跡取り娘――がにじり寄ってきた。デズの給料一ヵ月分くらいしそうなバター色の柔らかなスエードのシャツを着ている。ドリー・セイモアと同類だわ。デズは思った。特権と美貌の産物だ。おまけに危険なまでにむら気。言いたくはないが、マンディ・ハヴェンハーストが恋人の男性に対する犯罪で服役しなかった唯一の理由は、彼女が金持ちで白人だったからなのだ。バド・ハヴェンハーストは夜ちゃんと眠れるのかしら。あたしだったらこの元気なかわい子ちゃんが隣にいたらベッドに入っても一睡もできそうにないけど。

「おはよう、警部補」マンディが大きな声で言って、白々しい満面の笑みを浮かべた。「あたしにご用かしら」

デズはエンジンを切って、パトカーを降りた。「今はべつに」

「訊いたのは、ニューヨークに行くつもりだからなの」マンディが快活に言った。「けど、もしここにいてほしいということなら……」

「どうぞ行って。ミスター・バーガーも午前中に列車で出かけるそうよ」

「ええ、知ってるわ。同じ列車で行ければって話してたの」興奮したような口調はまるで彼女とミッチは一日中一緒にいる予定だと言わんばかりだ。そのまま夜も一緒に。そうなのかしら。デズは訝《いぶか》った。マンディは長い金色の髪をかきあげながらぐずぐずしている。「あたしの夫に会いたかったのかしら？」無造作に訊いてきたが、こちらに向けられたブルーの瞳に無造作なところはまるでない。射すような眼差しだ。

「ご主人なら後でオフィスに伺えばいいわ」

「本当にあたしに用はないの？」不機嫌に下唇を噛み出している。血が出そうなくらいきつく噛んでいる。「夫のことについてってことだけど」

この女性は彼についてこちらが何を摑《つか》んでいるのか知りたいのだ。特にドリー・セイモアと関係のあることを。デズはそう確信した。が、マンディの病的な嫉妬心をあおる気はさらさらない。「ニューヨークで楽しい一日を」愛想よく言って、レッドフィールド&ビッツィ・ペックの住む板葺《ぶ》き屋根の屋敷に向かって大股で歩き出した。背中に穴が開くほどマンディの視線が感じられた。

このペックの屋敷は、一世帯の家としては見たこともないほど広大だった。全館三階建ての上に、四方八方に翼が張り出していて、その周囲を奥行きのあるポーチがぐるりと取り囲んでいるのだ。階上にはバルコニーがあり、サンルームがあり、観測用の小塔があり、屋根上の露台がある。柵を巡らした庭もやはり広大だ。ものすごい種類の野菜と花とハーブが一段高い苗床で整然と育っている。デズには誰かの庭というより市販用の苗木畑のように見えた。温室があり、鉢植えの収納小屋があり、道具小屋があった。堆肥を作っている一角では、金網製の貯蔵容器が一ダースかそれ以上あり、大きなスチール製の回転ドラムも二個あった。

ビッツィ・ペックがちょうどその一つに、オレンジの皮や卵の殻やコーヒー滓《かす》を満載したバケツを空けているところだった。

「おはようございます」デズは声をかけた。「ご主人はもう東京からお帰りかと思いまして」

「あら、ええ、警部補」ビッツィがほがらかに答えた。「深夜に着陸して、二時ちょっと過ぎに帰宅したわ。二、三日いたら、また出かけるの、かわいそうに。月に四度の国際便搭乗勤務はとてもきついスケジュールなんだけど、レッドは慣れてるわ。必要となれば、人はどんなことにも慣れられるんじゃないかしらね」ビッツィはドラムの扉を閉めると、手動のクランクを素早く三回回してから、空のバケツを摑んだ。

「お入りなさいよ――彼もちょうど朝食をとってるから」

そして楽しげに鼻歌を歌いながら、せかせかと屋敷に向かって歩き出した。デズは後について歩きながら、殺人が起きているというのにどうしてこんなに上機嫌でいられるのだろうと思った。

屋敷の中は山荘に似ていた。セントローレンス川北岸に住んでいた北米先住民アディロンダックのスタイルを思わせるオークと革の家具があり、床は磨きこんだ厚板、鏡板や木工装飾がふんだんに配置されている。どの部屋も広く、風通しがいい。どの部屋にも薪《まき》を燃やす暖炉があり、どの部屋からも素晴らしい海が眺望できる。廊下はない。部屋はあっさり次の部屋につながる。居間があり、ダイニングがある。娯楽室にはアンティークのビリヤード台があり、窓際には望遠鏡とチェス盤が据え付けられている。決して見栄を張った家ではない。心地よく住み慣らされている――笑い声と楽しさ、子供と犬のための家だ。今は何の動きもなく静かだが。

キッチンは広大だった。架台に甲板を載せた、よく使い込まれた巨大なテーブルが中央にでんと構えている。レッドフィールドはそこでスクランブルエッグとトーストを食べ終えようとしていた。髪には櫛《くし》が通っているが、ひげは剃っていない。海軍兵学校のフード付きスウェットシャツにアイロンのかかっていないカーキのチノを着て、しわのあるいかつい顔は眠たそうだ。が、デズがキッチンに立っているのに気がつくと、即座に油断のない顔になった。それにいくらか青ざめたようだ。彼がナプキンで軽く口を叩いて、礼儀正しく立ち上がった。身長は五フィート八インチもなく、胸と肩の広さから想像したよりずっと低い。デズは彼を見下ろす形になった。

「ポットにコーヒーがあるからどうぞ、警部補」ビッツィが言った。「卵を料理しましょうか？　フライパンはまだ温かいわ」

「けっこうです。ありがとう」

「その風邪に温かなおいしい紅茶はいかが？」

「風邪じゃありません。アレルギーなんです」

ビッツィがまさかとばかりにいやな顔をした。「警部補、私は二人の子供を育てたのよ。鼻風邪がどんなものか知ってるわ。あなたはね、鼻風邪を引いてるのよ」

「かまうなよ、ビッツィ」レッドが顔にうっすらと笑みを浮かべてぼそぼそ言った。

「彼女にも母親はいるんだ。そうでしょう、警部補？」

「ええ、そうです」デズも微笑み返した。「少し検討したいことがあって伺いました」

レッドがそわそわと唾を飲み込んだ。「いいとも。ポーチでどうかな？」

「ええ、そうして」ビッツィ・ペックが声をあげた。「私は庭仕事を始めなきゃならないの。もう雑草だらけで。この時期は手に負えないのよ。私にご用がなければだけ

ど、

「ありません。どうぞいらしてください」

ビッツィは鼻歌まじりで出ていった。

ポーチには食用ハーブの鉢植えがあった。小枝細工の調度が置かれている。二人は海を向いた肘掛け椅子に座った。レッドフィールド・ペックの態度は非常に落ち着いていて慎重だった。デズは婦人科の検査を始めようとしている医者を思い出した――彼のボディランゲージのすべてがこちらの気持ちを楽にしよう、権限とプロ意識を伝えようという方向に働いているのだ。それは間違いなく、長年不安顔の乗客が居並ぶキャビンを抜けているうちに培われた態度だ。

今そんな経験に頼るなんて面白いわ。デズは思った。縄梯子《なわばしご》に足をかけて、アーアッと言う時の彼はどんなななのだろう。

「で、どんな話かな、警部補?」指の太い大きな手を膝で組んで、彼が穏やかに尋ねてきた。「私は容疑者ではないんだろう?」

「タック・ウィームズ殺害の容疑者ではありません。彼が撃たれた時には国外にいらっしゃいましたから。航空会社の確認が取れています。それでもお訊きしたいことがあります」

もじゃもじゃの眉がわずかに上がった。「何なりと」

「ミスター・ペック、毎月一週間、奥様が考えている場所にはいらっしゃいませんが、どこにおられるんですか？」

彼はその質問に驚かなかった。気構えができているのだ。「どういうことかな？」落ち着いて尋ね返してきた。自分から必要以上のことまで話してしまうのはお断りということか。

「この一年間」デズは答えた。「あなたの東京行きのフライトは三便、四便ではありません」

「どうか声を落として」彼が庭のほうを素早く見やった。庭では、妻が花壇にどっしりとしゃがんで草むしりをしているのだ。

「大声を出しているとは思いませんでした」

「いいか、君が考えているようなことではないんだよ、警部補」

「あたしはべつに何も考えてませんけど、ミスター・ペック」

「ビッツィに内緒でどこかに女を隠しているわけじゃない。これは家族の問題なんだ。私はサンフランシスコに行っていた。会社が確認してくれるはずだ」

実際彼は毎月平均六回、従業員割引を利用してサンフランシスコに飛んでいる。フライトの何便かは東京発、他はニューヨーク発だ。多くが一晩にも満たない短い滞在だ。

レッドフィールド・ペックは椅子にもたれて脚を組むと海峡を見渡した。「ベッカ――レベッカのことで。うちの長女で二十四になる。サンフランシスコにダンサーのコミュニティがあるということで引っ越した。娘はダンサーなんだ」そこで言葉を切ると、重苦しいため息をついた。「そこで面倒なことになった」

「どんな？」

「静脈に注射するドラッグだ」答える声が感情にむせた。「ベッカはひどい病気にかかっている、警部補。私はあの娘が健康を取り戻せるようにできる限りのことをしてきた。治療やカウンセリングを受けさせた。必ず清潔な注射針を使わせるようにした。ああ、私はあの娘がエイズに感染するのではないかと、心配で、心配で……。ここには帰ってこようとしない。私にはどうしても説得しきれない。でも、トラブルを避けることもできないらしくて。この冬はずいぶんよくやっているようだったのだが、ある男と付き合ってしまった。そして男に捨てられると……。私はパイロットだ、警部補。訓練によって解決できない問題はないと信じている。でもベッカのことは解決できない。解決などないからだ。今日があり、明日があるだけで。私はすっかり当惑している。それに惨めで、とても孤独だ」彼はしばらく息を吸っては吐いて、手をもみ絞っていた。「母親はこのことを知らないんだ。何も知らない。ベッカがドラッグ中毒だと知ったら、ビッツィは死んでしまう。ビッツィは初めから娘の引っ越しには反対だった。ベッカには昔からいくらか放縦なところがあったから。私がビッツィを説得した。娘は大丈夫だと思った——少し大人になればいいだけだと。それがこんなことに。ビッツィにはまるで理解できないだろう。あるいは許せないか。ベッカは弟とはずっと仲良くしていた。だから息子は、あの娘の弟は知っている。エヴァンも。ベッカとはずっと親しかったから。それで私は、彼がジェイミーに話してしまうのではないかといつもびくびくしている。ジェイミーは酒が入るとひどく軽率になりかねない。ジェイミーがドリーかバドに口を滑らせたら、すぐにビッツィの耳にも届いてしまう。この島では秘密は守れない……。わ、私は娘が手遅れにならないうちにドラッグと手を切らせ、ここに連れ帰りたいと思っている。あの娘は馬が好きだった。買ってやることはできる。この町には娘のことが好きだった若者もいる。もう一度会えるなら何でもするはずだ。とても美しい娘で……」そして、財布から写真を出して、デズに差し出した。

チュチュを着てトーシューズを履いた、ほっそりしたブロンドの女の子のスナップ写真だった。特に美人というわけではない。父親にそっくりの顔立ちなのだ。デズが一番すごいと思ったのは、十二歳にもならない時の写真だということだった。

レッドフィールド・ペックは写真を財布に戻すのに何やらてこずっていた。目に涙があふれているのだ。「このことはどうか妻には内密に、警部補」彼が嘆願した。悲痛なすすり泣きが堰《せき》を切ったように胸からこぼれた。

デズは男性が泣くのを見るのは苦手だ。彼らにとってどれほどつらいものかわかるのだ。自分も泣くのはつらいからわかる。立ち上がって言った。「あたしの興味は一連の殺人事件の捜査に関するものだけです。それ以外は興味ありません」

「それじゃ、だ、黙っていてもらえるのか？」

「あたしなら銀行に預けたお金くらい信用できますよ」デズは保証した。

そして、泣いている彼から離れた。彼女がいないほうがずっと心安らかでいられるはずだ。

妻はと言えば、花壇でまだ雑草を抜いていた。

「素敵な花壇ですね、ミセス・ペック」デズは声をかけた。

「あら、ありがとう、警部補」彼女が陽気に答えた。「私も大好きなのよ。毎朝ここに出てきて、生き生きと生長しているものに囲まれているなんて、私は何て幸せ者かしらって思うことにしているの。おかげで私までとても元気な気分に……。まあ、いやだ、忌々しい鳥のせいだわ！」彼女の目はすぐ脇にある牡丹《ぼたん》の茂みの下に生えている一塊の草をにらんでいた。「あの光沢のある緑色の葉っぱが見える？ ウルシよ。何をやってもまた生えてきちゃうの。鳥が種を播《ま》くのよ。しかも私はひどいアレルギーなの。手袋をしていても、ものすごくかぶれちゃう。レッドに抜いてもらわなきや」

「ご主人はアレルギーじゃないんですか？」

「夫なら素っ裸になってあの中で転げ回っても、吹き出物一つ出ないわ。不公平よね。ペック家の人たちは幸いなことにみんな大丈夫なの。ドリーにもアレルギーはないし、エヴァンも平気よ」

「それじゃタック・ウィームズは？　抜くのを手伝ってくれたことはありますか？」

「言われてみれば、ええ、あるわ。レッドが東京に行ってる時に、一度頼んだの。タックにもアレルギーはなかったわね」

「ここの皆さんは同じ医者にかかってるんですか？」

「あら、そうよ。〈ショアライン家庭医療〉よ。お医者様は三人いらっしゃるけど。村の人の多くがあそこにかかっているわ。ビッグブルック街道にある〈A&P〉の向かいにあるの」ビッツィ・ペックは立ち上がって、泥を払った。「ルバーブはお好き、警部補？」

「いえ、あまり」

「そう、でも何か持っていっていただかなきゃ」

デズは鼻水の垂れてきた鼻をティッシュでおさえた。「そんなお気遣いはご無用です」

「何言ってるの。絶対に手ぶらではお帰ししないわ。あれは好き?」ビッツィが白いゼラニウムが咲き乱れる野草花壇のほうに丸ぽちゃの腕を振ってみせた。「あれはゼラニウム・カンタブリアンス・ビオコヴォっていうの。もとはユーゴスラビアの山地に自生していたのよ。すごく美しいでしょう?」

「ええ、とっても」

「それじゃ決まりだわ」ビッツィは鉢植えの収納小屋までおぼつかない足取りで歩いていくと、すぐに水を満たした花瓶を手に戻ってきた。そして、「ゼラニウムって面白いのよ、警部補」とデズのために小さな鋏《はさみ》で切りながら言った。「今の美しさは続かないの。庭を離れた瞬間からしおれ出して枯れてしまうの。けどここに長くいればいたで、他の植物を駆逐するほど茂ってしまう。間引かなきゃならないのよ」彼女がちょっぴり悲しい諦めをこめて説明してきた。「美しいものも他のものと共存していかなくてはならないのが、自然界の法則だわ」

デズはうなずきながら、ビッツィ・ペックは花のことを話しているのだろうか、それともドラッグ中毒の娘のことを話しているのだろうかと思った。実際にはレベッカの問題はすべてわかっていることを、この女性なりに遠まわしに告げているのだという気がしてならない。夫が考えているほど無知なわけではないと。

ビッツィ・ペックは馬鹿ではない。古風なだけだ。

彼女はたっぷりの花を花瓶に器用に生けると、デズに手渡してきた。「お宅のキッチンテーブルに、警部補」温かく微笑みながら、そう言葉を添えた。

「ありがとうございます」

「朝靄が晴れてきたわ」ビッツィが海峡を見渡して言った。「いいお天気になるわ」

「ええ、そうですね」デズも同意した。「とってもいいお天気になりそうです」

「そのことならもうお宅の巡査長にすっかり話したぞ」ジェイミー・ディヴァースはひどく狼狽してデズに言った。「確かそのはずだ。絶対の確信が持てないのは、あんたにもわかるだろうが」

「どうしてですか、ミスター・ディヴァース？」

「これまでに多くの灰色の脳細胞を失ってるからさ」彼が答えた。「ドラッグが脳を駄目にするって話は、あんたも聞いてるだろ？　あれは本当なんだ」と、元子役スターの顔にしまったという表情が走った。「ああ、いかん、気晴らしにドラッグを常用したことを自白してしまった。俺の言ったこと、忘れてくれないか？　あれは六〇年代の南カリフォルニア。猫も杓子《しゃくし》もやってたんだ」

「忘れましたよ、ミスター・ディヴァース」デズは一緒にぶらぶら歩きながら断言した。「ほら、あたしはお店を見せてもらってるんです」

「それはうれしいな」ジェイミーは話題が変わってほっとした。「気に入ったものがあったら、遠慮しないでくれ」

〈大シロイルカ・アンティーク〉はハッドライムのミリントンにある風通しのよい古い納屋を店にしている。ミリントンはドーセット北のなだらかに起伏する丘陵にある小さな村だ。店はとても明るく、散らかっていた。彼とエヴァン・ハヴェンハーストはちょっとずつ何でも提供している。コロニアル様式の家具。風雨にさらされたヴィクトリア朝様式の庭の装飾品。ラグ、キルト、絵画。とても高価な品もいくらかある。ガレージセールで売られるガラクタに近いものもある。エヴァンはファーミントンで行われている遺産の売り立てに出かけていて留守だ。店には客もいない。

「冬の間はマジにけつが凍るよ」ジェイミーが打ち明けた。「断熱材はまるでなし――あるのは薪ストーブ一台だけだ。でもそれが楽しくて。おかげで歓楽街にも足が向かないよ」

「ネズミで困ってるなんてことは？」

「ああ、ある。年配の奥様方を死ぬほど怖がらせちまって」

「それなら納屋猫が必要ですよ」たぶん二匹。ロブとファブがぴったりだろう。

「どうか誤解しないでくれ、警部補」ジェイミーが言った。「何も気難しくしてるつもりはないんだ。ただ、どうしてもう一度繰り返さなきゃならないのかわからない。

ひどい無駄手間だって気がして」

「必要なことなんです」デズにはもう、ソーヴが自分にすべてを報告しているとは確信が持てないのだ。

ジェイミーが腕を組んで、不思議そうに彼女を見た。「それじゃ、具体的には何が知りたいんだい？」

「タック・ウィームズが射殺された夜のあなたの所在を確認させてください」

「巡査長にも話したが、リトルシスターでキャンプしていたよ。ドリーがミッチのために開いたカクテルパーティを終えてから出かけた。エヴァンと俺はよくあそこで夜を過ごすんだ」

「二人一緒だったんですか？」

「もちろん。あいつがいなかったら、俺にはあんなヨットは操縦できない」

「彼のほうはあなたなしでもできますか？」

「エヴァンはどんな船だって操縦できる。いくらか海賊の血が流れてるんだろう。どうしてそんなことを訊くんだ？」

デズは答えなかった。答えられなかった。向こうの隅にある食器棚のそばの、あるものが目に留まったからだ。それは本当に素晴らしいものだった。実際、これほど美しいものは見たことがない。デズはゆっくりと近づいていった。

「美しいだろ？」ジェイミーが愛しげに絵を見つめながら、熱に浮かされたように言った。瑞々しく茂った牧草地に朝日が射している印象派の風景画だ。「ブルーストルだ。ジョージ・M。二〇世紀への変わり目の頃、彼はドーセットの芸術村の卓越したメンバーだった。その深みのある緑色が何より有名だ。この牧草地はエリーズフェリー街道のはずれにある。今もあるんだ」

「とても素晴らしいです。ただ、あたしが微笑んでしまったのはイーゼルなんです」

絵画を載せているアーティストスタンドから目が離せなかった。

「いい目をしてるな。あれはブルーストルのものだ。息子のバートラムが、彼自身も立派な画家なんだが、長年使っていたんだ。未亡人の遺産の売り立てで、俺が仕入れた。地元の家具職人が特別注文で作った。堅牢なオーク材に接続金具は真鍮《しんちゅう》だ。正真正銘無二の逸品。ばっちりだよ」

「売り物ですか？」

「お嬢さん、ここには売り物しかないさ。納屋も納屋の下の土地も俺も含めて売り物だ。ものを広げるのにぴったりだろう？　刺繍《ししゅう》見本でも広げるのかな？」

「使いたいんです」

彼が驚きに頭をぐいと引いてデズを見た。「あんた、絵を描くのか？」

「少しですけど」デズはそわそわと答えた。

「それは面白い。思ってもみなかったよ」ジェイミーが思慮深く親指をあごにやった。「それなら俺の買い値でいいぞ——八百ドルだ」

デズはドレッドヘアの頭を振ってみせた。「あたしにはとても手が出ません」

「よし、それじゃ七百五十にしよう」ジェイミーが素早い反応であっさり応じた。

「無理です」

彼が手を振ってその言葉を退けた。「馬鹿言うな。俺は誰かがある作品を愛するなら、それを手に入れるべきだと思っている。で、その目の輝きから、俺にはあんたがこれを愛してるのがわかる。ぜひ持ってってくれ。何とかなるさ」

デズは鋭い目で彼を見やった。「そんなの絶対にまずいですよ」

「ああ、もちろん、そうだ」彼が慌てて話を合わせた。「俺は何を言ってるんだ？　ったく、これじゃあんたを買収しようとしてると思われちまう。ちくしょう、エヴァンがいてくれないと、俺はまるで駄目なやつなんだ。べらべら喋りまくって、滑ったり転んだり……」と、急に喋るのをやめて、頬をぷっとふくらませた。「今この場で俺を撃って、楽にしてくれないか？」

「ミスター・ディヴァース、どうかリラックスしてください」

「あんたの言うとおりだ」ジェイミーが片手で顔を拭った。「リラックスしよう。緊張を解いて楽になろう」

表ドアを入ってすぐのところに、ジェイミーとエヴァンが机として使っている古い大型の書き物テーブルがある。コニャックをたっぷり入れたクリスタルのデカンターが文鎮代わりになっている。彼はコニャックをスニフターに注いで、一気に飲み干した。それから椅子についていて、煙草に火をつけ神経質に吸った。

彼の向かいに肘掛け椅子があった。デズは座って、彼を綿密に観察した。明らかにこちらを怖がっている。古臭い六〇年代の妄想ってだけだろうか。それとも、実際にやましいことがあるのだろうか。デズは両手の指を合わせてとんがり屋根を作るとあごを載せ、テーブル越しにじっと彼を見つめて、「あの夜は雨でした」と静かに指摘した。

「どの夜だい、警部補？」

「タック・ウィームズが殺された夜です。ものすごい嵐だったんです」

「ああ、そうだった」彼が認めた。「夜中の三時頃吹き荒れた。稲妻、雷鳴、何でもござれだった」

「そんな中でキャンプしたんですか？」

「嵐が来るまでだ。来てからはデッキの下に居心地よくぬくぬく収まったよ。ぬくぬくなんてもんじゃなかった。あそこはひどく蒸し暑くなるんだ。海はひどく荒れてたし。でもそれこそ自慢の海暮らしってやつだ。濡れたくなきゃ、吐き気を催すしかない」

「あなた方を見た人はいますか？」

「俺たちを見た？」

「島の近くを通って、お宅のヨットが停泊してるのを見た人がいたかどうか覚えてますか？　漁師とか？」

ジェイミー・ディヴァースが考え込んだ。「我々を見た者はいないいな。焚き火ならともかく。あそこに着いた時に、焚き火をしたんだ。もちろん、結局は雨が消しちまったが。でも沿岸警備隊は気づいたかもしれない。けっこう几帳面にパトロールしてるから」そして、煙草をもみ消すと、すぐに手を伸ばしてもう一本取った。「嵐が来たら、誰も海には出やしないさ」

「何を燃やしたんですか？」

彼がまごついてテーブル越しにデズを見つめた。「薪だよ。他に何がある？」

「あそこは草も生えない岩の島です。あそこで薪は集められません」

「持参したんだ。薪も焚きつけの木っ端もそっくり」

「ものすごく面倒な話ですね」デズは疑わしげに言った。

「確かに」ジェイミーが認めた。「でも俺たちにはやる価値があるんだ」

「リトルシスターから戻ったのはいつですか？」

「翌朝、嵐が去って、海峡が凪《な》いでからだ。あの嵐の中をＪ24で戻るのは事実上不可能だ。レーシングヨットだから。船体が低いんだ。まず間違いなく沈んじまうだろう」彼が期待するように彼女に微笑みかけた。「だから、ほら、俺たちにはタック・ウィームズは殺せなかった。不可能だ」

「そうですね、確かに――向こうにいたのだとすれば」

「いたさ」ジェイミー・ディヴァースが言い張った。「誓って本当だ」

沿岸警備隊に確認してみなければならない。それに、駐在に一帯の艇庫を当たらせて、焚き火を見たことを覚えている者がいるかどうか調べなくては。でも、焚き火はタック・ウィームズが殺された時に彼らがリトルシスターにいたことの保証にはならない。何の保証にもならない。おとりとして巨大な焚き火をおこし、嵐が吹き荒れる前にビッグシスターに戻ったということもあり得るのだ。

今のところ、ジェイミー・ディヴァースとエヴァン・ハヴェンハーストは互いのアリバイを証明できるだけだ。

今のところ、二人にはアリバイはないに等しい。

11

ショアライナーと呼ばれるちっぽけな通勤列車は、村々を通り、その間に広がる潮汐湿地を抜けて、オールド・セイブルックとニューヘヴンの間を往復している。ニューヘヴンでグランドセントラル駅に乗り入れるメトロノース線に乗り継げるのだ。メトロノースは毎朝フェアフィールドからウォールストリートの戦士を運んでいる。戦士たちは戦闘のために揃いのバーバリーと携帯電話、それに気合の入った顔で武装している。

ミッチにとっては自宅から目的地まで片道二時間半の旅だ。ショアライナーは取り立てて混んでいなかった。ミッチは二人掛けの席に一人で座れて満足だった。肘や膝が知らない人間とぶつかるのは好きではないのだ。車内で読もうと朝刊を持ってきたので、新聞を広げて読み出した。

ミトリー警部補の上司、中央管区凶悪犯罪班のカール・ポリート警部が『ハートフォード新報』で、彼女を支持することを表明していた。「捜査は迅速かつ綿密なプロの手法で進んでいます」と述べている。「容疑者を近く必ず逮捕できるものと考えています」ミッチにはその言葉が、ヤンキースのオーナーのジョージ・スタインブレナーが近々クビにする監督に与える明々白々の不信任票に驚くほどよく似ていると思われた。彼女がピリピリしているように見えるのも無理はない——彼女の首はまな板に載っているのだ。ドーセットの二件の殺人とトリー・モダースキーの殺人の関連を正式に認める言及はまだない。警察は、今はまだ伏せておくことにしているらしい。ナイルス・セイモアが明日ドーセットのダックリバー墓地に埋葬されるという記事があった。タック・ウィームズの葬儀はまだ準備中。

一方ニューヨークのタブロイド紙は、マンディ・ハヴェンハーストのアングルに見るからに面白そうに襲いかかっていた。彼女の情熱的な恋愛人生、警察とのゴタゴタ。「ビール女王にさらなるトラブル」と『デイリー・ニューズ』の見出しは書き立てている。「マンディの激情の炎をあおる」というのは『ニューヨーク・ポスト』。どちらも彼女の古い写真を載せている。ティーンエージャーも同然の写真だ。ヘアスタイルがずいぶん違う——頭のてっぺんに高く結い上げている。それにものすごいアイメーク。ミッチには見分けられないほどだった。

新聞を読んでいると、女性が通路を闊歩《かっぽ》してきて立ち止まり、二人掛けのシートに同席してもいいかと尋ねた。もちろん、マンディだ。眩《まぶ》しいばかりの笑顔を投げてきた。

「ばったり会うんじゃないかって気がしてたの」うれしそうに言って隣にするりと座ると、グルカのショルダーバッグを足元に置いた。

「それは面白いな」とミッチ。「俺もそんな気がしてたよ」

「警部補はあたしがニューヨークに行くのをあんまり喜んでいないみたいだったけど、かまわないって。彼女ってどっちかって言うとコチコチの人なんじゃない？」

くどくて甘ったるい香水の匂いがする。子供の頃いつもスタイヴェサント・タウンのエレベーターで乗り合わせた年配の未亡人を思い出す匂いだ。ショッピングカートを引きずり、うっすらとひげを生やし、東欧のアクセントで喋る貧乏女。流行が変わったんだろう。ミッチは結論を出した。マンディ・ハヴェンハーストは誰が見ても貧乏女ではない。

「警部補が今朝訪ねてきたのか？」ミッチは礼儀正しく尋ねた。

「いいえ、違うわ。ばったり会っただけよ。彼女はレッドと話しに行くところだったわ」

「彼女が？」

マンディが彼の言葉に秘密の二重の意味があるのだろうかと疑うように、一心に見ていた。「ええ、そうよ」

「なあ、君が今朝の新聞に載ってるって知ってるか？」

「そんな、まさか……？」見出しを見せると、マンディはハッと息を呑んだ。それから傷ついた大きなため息をついて、「嘘よ」と歯を食いしばった。「嘘ばっかり。けどどうすればいいというの——十三歳の時から言われてきたのよ。この世界にいる限り、あたしみたいな人間には起きることなの。美人で、ブロンドで、家はお金持ち。そうなると、もう自動的にいやな女だってことになる——あたしのことを知りもしない人にそう思われるの。もう慣れてるけど、つらいものよ」そして見ないですむように、タブロイドを伏せた。「ああ、今日ニューヨークに行けるのがホントにうれしい。島はとんでもないことになるでしょうから。リポーターがひっきりなしに電話してきて、かわいそうにバドは頭がおかしくなるわ」

「君はリポーターと話さないのか？」

「まさか」彼女が急に気難しくなって答えた。

「でも、記事が間違っているなら、自分の言い分を伝えたいんじゃないか？」ミッチは彼女の言い分というのは果たしてどんなものなのだろうと思いながら尋ねた。記事の内容は、警部補から聞いたマンディの波乱の過去と一致しているようなのだが。

が、マンディはこう答えた。「どうしてわざわざ？　世間が評価を決めたら、何をどうやっても変えられないわ。愛した男たちは肉体的にも精神的にもあたしを虐待したと話しても、誰も信じてくれない。だから、あたしはその残虐行為から生き延びるために、文字通り命がけで戦わなきゃならなかったと言っても。あたしはどうして男の残虐行為を引き起こしてしまうのかしら、ミッチ。どうしてもわからないの」大きなブルーの瞳が彼の目をじっと見つめている。「誰かを愛したら、その人のために割れたガラスにだって手と膝をついて這《は》っていくわ。何だってやるの。それに、あたしは誰より優しい人間よ。意地悪なところなんてこれっぽっちもないわ」そしてため息をつき、舌の先で下唇を舐《な》めてから言った。「ホントに今夜一緒に出かけられればいいのに」

「言ったように、予定が詰まっていて——」

「ホントのこと言うとね」彼女がさえぎった。「あなたに話さなきゃならないことがあるの。個人的なことよ。すごく重要なことなの。あなたが約束の夕食を済ませてからでも、どこかで会えない？　ちょっとだけでいいから」

ミッチはためらった。彼女は結婚している。彼女は頭がおかしい。彼女は厄介者だ。それでも、ものすごく好奇心をそそられていた。いったいどんなことを話したいのだろう。殺人事件に関することか？　バドのことか？　見つけ出さなくては。どうしても見つけ出さずにはいられない。そこで、十時頃彼女のアパートに立ち寄って、ブザーで呼び出すことにした。住所は東六十五丁目二十、とても高級な地域だ。そして、一緒にどこかで一杯やる――話のできる静かな場所で。

列車は定刻どおりグランドセントラル駅に到着した。駅の中央ホールの時計近く、磨いたばかりの窓から射し込む一条の明るい朝の陽光の中で別れた。別れの挨拶を口にしかけた時、マンディに抱きつかれて驚いた。彼女は骨盤をぴっちりこちらの骨盤に押しつけて、肉感的な派手なキスを口にしてきた。行き交う人が振り返って見た。口笛が聞こえた。ミッチは身体中の血が頭にのぼった気がした。

「それじゃ後で」彼女は喉を鳴らすように言ってから、立ち去った。ミュールのヒールが大理石の床にコツコツと鋭い音を響かせた。

ミッチはしばし佇んで、下半身にいくらかでも感覚が戻るのを待った。いやだ、この女とは絶対に関わりたくない。

巨大ターミナルを歩きながら、自分がまるで周囲と同調していないことに気がついた。目の前を行き来している通勤者は、もっとずっと切迫した様子で歩いている。ドーセットのペースでぶらぶら歩いていると、人間バンパーさながら彼らにぶつかりまくってしまう。しかし、それは一時的な現象だった。三十秒もしないうちに、代謝機能は田舎町のスローモーションからビッグアップルの高速回転へと戻っていた。都会のテンポについていくためにはそうするしかないのだ。ミッチはすぐにその流れの中で超活動的な群衆の一人となってあちらへこちらへと動き回っていた。

タイムズスクエア行きのシャトルの地下鉄に乗るために、長いトンネルを抜けていった。昼であろうと夜であろうと、街を横切るのにはこのルートが一番早いのだ。一区間だけのシャトルがタイムズスクエアに到着すると、地下駅の人込みをうまく抜け、急な階段を下りて、ダウンタウンに向かう1号線を目指した。列車が出てからしばらく経っていた。人々はホームに十重二十重《とえはたえ》にびっしり並んで、苛立たしげに自分を扇いでいた。暖かい空気は重苦しく、ゴミ入れからあふれた生ゴミと不潔な人の体臭がした。彼らの中にもぐり込んで進んでいくうちに、ミッチはいつの間にかビッグシスターの清々しいきれいな海の空気が懐かしくなっていた。たっぷりのスペースがあるという贅沢も。ニューヨークではそんな特権はない。誰もが同じ島を共有しているのだ。

ようやく列車が入ってくる音がしたので、うまく乗り込もうと人をかき分けてホームの前方に出ていった。妨害はニューヨークの地下ではよくあることだ。それ自体は異常なことではない。が、何の予兆もなく、ミッチは不意にそれを感じた——ニューヨークの究極の悪夢。

誰かが突進してくる列車の前に突き落とそうとしている。

あまりに急なことだったので、とっさに反応できなかった。抗《あらが》うこともできなかった。何もできなかった。今何ともなかったのに、次の瞬間には、ホームの端でなす術《すべ》もなくよろめいて、必死でバランスを取ろうとしていた。命を守ろうとしていた——線路が彼の前に大きく口を開け、四百トンの列車が押し潰そうと向かってくる。猛烈に、凶悪に、誰かが全体重をかけてくる。ブレーキがキーッと鋭く響き、女性が金切り声をあげた。

二つのことがミッチの命を救った。一つは彼が高カロリーの甘いものが純粋に好きだったこと。おかげでどっしりと滅多なことでは倒れない男になっていた。もう一つは、隣に立っていた巨大な建設作業員が彼の襟首を摑んで、列車が猛然と入ってくるところを間一髪引き戻したのだ。

「ったく、もっと気をつけろよ」男がミッチを叱った。この軽快なアクセントはジャマイカ人だ。「慌てないことだ。事故は慌てるから起きるんだ」

「事故じゃない——誰かに押されたんだ！」ミッチは叫んで、周りの乗客を狂ったように見回した。「誰だ？　あんたは見なかったか？」

「誰も見なかったぜ」救ってくれた男はぶっきらぼうに答えた。他の乗客もぽかんと見ているだけだ。彼らはゾンビのようだった。死者でも生者でもない者ども。「あんたはバランスを崩した。急ぎすぎて慌てたんだ」

その時、ミッチは見つけた——改札に向かって階段を跳ぶように上っていく緑色のぼんやりした人影。オリーヴ色のトレンチコートの襟を立て、野球帽を目深《まぶか》にかぶっている。ミッチには誰だか見分けられなかった。男か女かもわからない。

「おい！」ミッチは殺人未遂者に怒鳴った。「おい、止まれ！」

人影は速度を上げた。ミッチは追った。人込みをかき分け、息もつかずに階段を駆け上がって追跡した。襲撃者が細い薄暗い通路を突っ走っていく姿が見えた。ミッチは夢中で走り出して、地下駅を突っ切っていった。向こうから来る人にぶつかり、前を行く人の背につんのめり、文句や悪態を尻目に、人のハンドバッグをいくつも飛ばして走った。あの緑色の人影に追いつこうと、ぜいぜい喘ぎながら走った。荷物を詰めたリュックが重く肩に食い込んだ。それでも追いついてきた。が、ショーツとサンダル姿でだらだら歩いている日本人観光客の集団に出くわしてしまった。何だ、横十二列に広がって歩いている？　小さな子供やお年寄りも交じっている。ほんの一瞬、彼らをかわせなかった。その一瞬の間に、緑色の人影は自動改札を駆け抜けて、タイムズスクエアへと階段を駆け上がった。行ってしまった。

ミッチもゼイゼイ息を切らして階段に突進し、四十二丁目に出たが、無駄だった。

誰であれ、もういなかった。

でも誰だったんだ？　どうして俺を殺そうとしたのだろう。

わからなかった。さっぱりわからない。それでも、生きているのは運がよかったからだというのはわかった。

それがショックで、家にはタクシーで帰ることにした。

アパートには二週間近くも帰っていなかった。部屋はむっとしてカビ臭かった。リビングと寝室のエアコンをつけ、留守電をチェックし、郵便物を調べた。警察に電話して、あったことを話すべきかどうか、長いこと真剣に考えた。しないことにした。ミトリー警部補に電話して、あったことを話そうかと思った。それもやめた。冷蔵庫を開けて、留守の間にカビが生えてしまったものを捨てた。ほとんどだった。スクランブルエッグとカビ臭いトーストを作り、ダイニングのテーブルで食べた。と、このアパートがもはや我が家だという気がしないことに気がついて驚いた。ビッグシスターのコテッジのほうが我が家のように感じられる。そんなことになるとは思ってもみなかった。彼の世界のほとんどがここにあるのだ。本も、ビデオも、思い出も。でも、ミッチは思った。ここは二人の家だった。でも、あの馬車小屋は俺の家。たぶんそういうことなのだ。そうは思っても、まごついてしまう感覚だった。ニューヨークを我が家とみなさなかったことなど、生まれてこの方一度もなかったのだ。

ダイニングに座って、クレミーはどうしているだろうと思った。

午後の試写の会場は、ロックフェラーセンターとセントパトリック大聖堂の近くの666五番街ビルだった。気は進まなかったが、無理をして地下鉄に乗った。列車を待つ間は、線路から十分離れ、こちらに興味を示している者はいないかと絶えずホームをちらちら見回した。あるいはこそこそ目を逸らしている者はいないかと。興味を示す者も、目を逸らす者もいなかった。尾《つ》けられてはいない。ともかくも、ミッチ自身はそう思った。

それでも、異常なほど怯えていた。

同時に、自分は仕事で五番街にいる唯一の人間ではないかとも思った。これはいまだにすんなり受け入れられない現象だった。この数年で五番街は著しい変容を遂げたのだ。今ではブリーフケースを手にしたビジネスマンに出会うことはまずない。とにかくニューヨーカーにはほとんど出会わない。観光客ばかり、そのほとんどが海外からで、カメラを持ち、実用本位の靴を履いている。通りに並ぶ店はそれを反映している。666の一階の素晴らしい書店〈B・ダルトン〉は、今ではNBAの関連グッズ専門店になっている。通りの向かいの伝説的な書店〈スクリブナー〉も〈ベネトン〉になってしまった。

試写室は九階だ。小さい——気取った二十四の席が気取った二十四人の批評家のためにあるだけだ。ミッチは青白い顔で背中を丸めてだらしなくそこに座っている人たちをみな知っていた。彼らはニューヨークの他の日刊紙から、地元テレビ局から、『タイム』と『ニューズウィーク』から、キーステーションのニュース番組とエンターテインメント局から来ている仲間だ。みんな同類のキノコ、稀有《けう》な人種で、彼らの映画への情熱はミッチのそれに勝るとも劣らない。彼らにはそれぞれ、ミッチに対する見解がある。何人かは尊敬している。何人かは羨《うらや》ましがっている。年長の二流の批評家数人はとにかく嫌っている。この若さでこれほど高い地位に到達したからだ。ミッチ自身それに慣れるのには時間がかかったが、もう平気だ。もれなく全員と心からの挨拶を交わし、最新のニュース――何が当たっていて、何は違うか――を仕入れた。やがて照明が暗くなり、ミッチは資料一式を手に席につくと、製作されたばかりの映画をこれから初めて観るという時に決まって感じる、期待に打ち震えるいつもの感覚を味わった。

今回の映画は、一億六千万ドルの巨費を投じた独立記念日の週末に公開される作品で、大統領夫妻の身体に入り込んだ凶悪なエイリアンの話だった。人類には幸いなことに、娘のヘザーがおかしいことに気がつく。しかも彼女は光線銃の扱い方を心得ていた。いやになるほどひどい、とミッチは思った。それは彼一人の感想ではなかった。ニューヨークの卓越した映画批評家の数人がスクリーンに反応して声をあげるようになった。一人などは怒って途中で荒々しく部屋を飛び出していった。ミッチはどちらも絶対にやらない。映画は彼の信仰の対象。すべての映画は、どんなにひどいものでも、神聖だ。そして映画館はどれも神殿なのだ。

それでも、心がスクリーンを離れていくのはわかった。巨額の費用を投じたハリウッド映画のスリルなど、最近現実に経験したものに比べればわざとらしく嘘っぽい。そうした映画には、個人にとっての真の意義が欠落しているのだ。思慮がなくて、先が読めていて、安全。現実は？　現実は先が読めず、安全でもない。しかもスタントマンに代わってもらうわけにはいかないし、スピルバーグ作品のような楽観的なシーンがそのショックを和らげてくれることもない。現実というのは、目の前でメイシーが腐っていくことだ。現実というのは、ナイルス・セイモアの脚に当たったシャベルの音だ。

現実というのは、ついさっき誰かが俺を殺そうとしたことだ。でも誰が？　なぜ？　俺は何かを知ってるのだろうか？　いったい何を？

試写が終わると、ミッチは階下に下りた。街路に出て、夕方の陽射しと忙《せわ》しなく往来するタクシーのせいで一瞬方向感覚を失った。目をパチパチさせ、欠伸をしてから、二本目の試写のために重い足取りで西に向かった。こちらの試写はタイムズスクエアにあるオフィスビルの編集スタジオで行われる。おかげですべてが一日で片付く。

ミッチはタイムズスクエアの変貌が大嫌いだった。彼にとってのタイムズスクエアは、ジム・ブラウンの二本立て、ソニー・チバの三本立て、それに立ち退きを拒否するいかがわしいショーの崇高な揺りかごだった。けばけばしくて、グロテスクで、神々しい。口紅をべったり塗って、伝線したストッキングをはいた老いた売春婦のいる場所。ミッチはそんな場所がずっと大好きだった。それこそ本物で、低俗で、ニューヨークだった。

新しいタイムズスクエアは清潔で、安全で、インチキ——加工処理されたテーマパークだ。ディズニーがこの変容に着手したのは、ニューアムステルダム劇場を改装した時からだった。観光客が『ライオンキング』の咆哮《ほうこう》をブロードウェイで観ることができるように。観劇後にはひと休みして、笑顔もうれしいディズニーのショップで買い物ができるように。巨大ショッピングセンターを飾るのは、ディズニーが贈る最新の楽しさ満載のファミリー映画を売り込む広告看板だ。表面上は一夜にして、本物のタイムズスクエアはディズニー版タイムズスクエア——気の抜けた、洗い立ての、犯罪とは無縁の、都市型観光スポット——に変身したのだ。足りないのは、水兵の格好をしたジーン・ケリー、フランク・シナトラ、それにジュールス・マンシンが八番街で踊る『踊る大紐育《ニューヨーク》』のホログラムだけだ、とミッチは思っている。

試写の二本目は、ブルース・ウィリスの新作だった。ブルース・ウィリスの昔の作品にそっくりだった。急き立てられるのであれば、批評はえり抜きの言葉であっさりこうまとめられる。「割られるガラスはさらに増え、髪はさらに減った」

その後、レイシーと〈ヴァージル〉で会った。西四十五丁目にある騒がしいバーベキュー料理の二階建て大型レストランだ。レイシーは仕事関係者の特選のゴシップを携えてきた。社説面コラムニストの一人がワシントン支局記者と寝ている——が、夫の編集主幹も、CNN勤務の妻もそのことを知らない。

「それなら、どうして君は知ってるんだい？」

「彼と前に寝てたからよ」レイシーは言い返して、口の中の大きなポークの塊をドスエキスでごくりと飲み込んだ。ミッチの担当編集者は針のように痩せているが、港湾労働者さながら飲んで食べる。しかも白い麻の服を着ていても、ソースを一滴も落とすことなくバーベキューを食べることができる。どうしたらそんな芸当ができるのか、ミッチにはわからない。どうしてもわからない。「けど編集室のゴシップなんてどうでもいいわ。それよりあなたのことが聞きたいの。現実の殺人事件に巻き込まれるのってどんな感じか教えてよ」

「見えてくるんだ」ミッチはじっくり考えながら答えた。「恐怖というのは、人がいつもは目一杯隠しているものを引き出してしまうところがある。まあ、人間性だな。脇が甘くなって、いつもなら言わない重大なことを人——たとえば俺——に喋ってしまうんだ」

「たとえばどんな……？」レイシーが俄然《がぜん》身を乗り出してきた。

「俺がいるのは、特権的な、守られた小さな領土——先祖伝来の財産を守る最後の砦《とりで》と呼ぼうか。実際そうなんだ。で、表面的にはすべてがとても美しくて、屈託がなくて、完璧だ。ところがその裏では、彼らは信じられないほど不幸で、メチャメチャで、体面を保つことに汲々《きゅうきゅう》としている」ミッチは言葉を切って、ビールをすすった。「ドリーの夫のナイルス・セイモアはあそこに相応しい男ではなかった。彼らは受け入れなかった。ナイルスは彼らの一員ではなかった。そこで、彼らの一人がナイルスを殺した。三件の殺人事件はどれも、絶対に一つの事実に根ざしている。それに病的な一つの恐怖に」

「何への恐怖？」

「世間さ」ミッチは答えた。「結局はそれなんだよ、レイシー。『エルム街の悪夢』みたいに邪悪なフレディ・クルーガーが彼らの中に潜んでいて、餌食を残虐に一人、また一人と殺してるわけじゃない。これは将来の問題。変化の問題なんだ」

「あなた、変わったわ」レイシーが彼を注意深く観察した。「彼女の名前は？」

ミッチは眉をひそめてレイシーを見た。「誰の名前だい？」

「あなたが出会った女性よ」

「誰にも出会ってないよ」

「あら、出会ってるわよ」

「レイシー、出会ってなんかいないって」

「いいこと、私はその手のことに詳しいの」レイシーが断言した。「人の異性関係というのは、私が本気でプロだと言える唯一の分野でね。他の方面はどれも、お互いわかってることだけど、はったりで乗り切ってるの」そして、口元のバーベキューソースをナプキンで上品に拭くと、鰐《わに》革のハンドバッグを取った。「あなたのためにとてもうれしいわ。ママは賛成よ。もう行かなきゃ。うちのウォールストリートの巨人はぐにゃぐにゃのムスコさんを握ってお休みでしょうよ。それもきっかり三十分間。あの血迷った男は朝の五時に起きるのよ。信じられる?」彼女は立ち上がると、請求書をさっと拾い上げた。「この一件は日曜版の記事にすべきよ、ミッチ。絶対に」

「書くかもしれないな。すべてが片付いたら」

レイシーが行ってしまってからも、ミッチは残ったビールを飲みながらしばらく座っていた。若いキャリアウーマンが数人、バーで酒を飲みながら笑っている。その中の一人はきらきらした瞳と素敵な笑顔のなかなかの美人だった。彼女がこちらの視線に気がついた。そして、率直にしっかりと見返してきた。ミッチは急にとても孤独な気分になって目を逸らした。

一人で〈ヴァージル〉に座っていたこの時ほど、メイシーがいないのを寂しく思ったことはなかった。

夜の大気は爽やかで心地よかった。ミッチはそんな大気を楽しみながら、ポケットに手を突っ込んでハヴェンハーストのマンションまでぶらぶら街を突っ切っていった。芝居がはね出している。歩道は興奮して生き生きした人たちであふれている。騎馬警官が街をパトロールしている。露天商が大声でプレッツェルを売っている。ニューヨークの生活でも一番素晴らしい瞬間——ミッチが何度経験しても飽きない街のひとコマだ。

それでも、時々ちらりと振り返って、尾けられていないかどうか確かめた。大丈夫だ。

東六十五丁目の手入れの行き届いた高級マンションには、十時少し過ぎに着いた。約束どおりブザーを押した。が、マンディは下りてこなかった。その代わりにインターコムで上がってくるようにと言った。ミッチはそうした。建物はエレガントで、中は塵一つ落ちていない。廊下の照明はきらびやか、壁紙はチャコールグレーのヘリンボーン、手すりは光沢のある硬材だ。各階二軒ずつで、ハヴェンハーストの部屋は三階の奥だった。毎月の家賃は三千ドルを下らないはずだ。

「家具付きで借りたの」マンディが室内の装飾についてそう言った。ブルーミングデールのショールームそのままという感じなのだ。「嫌いなんじゃない？」

「そんなことないさ」ミッチは答えたが、装飾用の暖炉の上にある金の筋の入った鏡は、ちょっと凝りすぎだと思った。マンディが聴いていた甲高い声のマイケル・ボルトンのCDにしても。「出かけるんじゃなかったかな」

「もう一度着替える気になれないのよ」彼女がざっくばらんに答えた。「かまわないわよね？」

「まあね」

実を言えば、マンディの着ているものはとんでもなくセクシーだった。白の薄いシースルーのサマードレスで前ボタン。そのボタンの上二つと下のいくつかをはずしている。しかもミッチの見るところ、ドレスの下には何も身につけていない。ストッキングをはいていない脚は均整がとれていて輝くばかり。スリッパも履いていない足の爪は新しく手と同じ深紅に塗られている。カットしたばかりの髪は今朝よりさらに滑らかなブロンドになったように見える。

マンディはとても魅力的な女性だ。でも、バド・ハヴェンハーストと結婚している。それに、ミッチが絶対に関わりたくないタイプだ。

彼女は白ワインを飲んでいた。いかがと言われたので、いただくことにした。

「いい気分じゃない？」彼女がグラスに彼のワインを注ぎながら言った。「あの島を離れてってことだけど。午後にバドと電話で話したわ。メディアがあたしと話したいって一日中電話してきてたそうよ。ここにいられてすごくうれしいわ。あそこはすごく狭いんだもの。とてもじゃないけど隠れられない」

そして彼女は、ミッチは不意に気づいたのだが、ひどく酔っている。

「あなたが来ることは彼には言わなかったわ」彼女がグラスを手渡しながら言った。

「どうして？」

「彼には理解できないでしょうから。ひどく嫉妬するだけだもの」

ミッチはワインをすすった。「君が話したいことって何だったのかな、マンディ？」

マンディがびっくりして呆然としたように彼を見つめた。「お喋りで時間を無駄にしたくないってこと、ミッチ？」

「ちょっと長い一日だったから」

「それじゃ、座って」彼女がソファのほうに手を振って命令するように言った。「リラックスして」

ミッチはソファに座ったものの、緊張は解かなかった。マンディは音楽を切って、隣に丸くなって座った。片足を尻の下にたくし込んでいる。

「ドリーの家でのカクテルパーティの夜のことなの」マンディが喋り出した。が、急に苛立って、ふっとうわの空になった。べつの部屋から聞こえるラジオ放送を聴こうとしているかのようだ。でも、ラジオなどついていない。「ウィームズが殺された夜よ、覚えてる？」

「ああ、覚えてる」

「それがね、バドはあの晩ベッドに来なかったの」彼女が暴露した。「本当のことを言えば、家にもいなかったの」

「どこにいたんだ？」

マンディがワインをひと口すすった。「彼女のところ」そしてグラスの縁越しにこちらを見つめた。

「ドリーか？」

彼女がゆっくりと重々しくうなずいた。

「いったい何が言いたいのかな」

「彼とあの女は今でも寝てるってことよ」声が低く険悪になっている。

「どうしてわかる？」

「彼があたしに当てつけてしょっちゅう夜ベッドから抜け出してるからよ。彼女の屋敷まで尾けたこともあるわ。彼が入っていくのを見たのよ」

ミッチには聞くまでもなかった。バドが夜ドリーを気にかけているのは知っている。彼女のキッチンで鉢合わせしたのだから。「先を聞こう」と促した。

「彼はあの晩、朝の五時頃まで帰ってこなかった。で、帰ってきた時には濡れていた――ずぶ濡れだったってことよ。雨の中を隣家から駆けてきた程度じゃない。あれは長い間外にいた濡れ方よ」

「そうか……」ミッチはしばらく考え込んだ。あの嵐の夜に、ドリーの家以外にバドがいた場所はあったのだろうか。俺が無事ベッドに戻った後で、いったいどこに行ったのだろう。それを言うなら、ドリーには俺の小屋以外に行った場所はあったのだろうか。ミッチには見当もつかなかった。頭が真っ白になっていた。二人が一緒にウィームズを殺した可能性があるからだ。「そのことを、ミトリー警部補に話したのか？」

マンディは目を伏せて、小さく頭を振った。

「どうして？」

もう一度頭を振っただけで、答えはなかった。

「それじゃどうして俺に話すんだ？」

と、ブルーの瞳が彼の目を見つめてきた。こうなると少しも酔っているようには見えない。まったくの素面《しらふ》に見え、その視線は射るように鋭く、身体は緊張にこわばっている。「あたしたちの間に信頼がほしかったから」

「ああ、そうだな。信頼は友だちの間では大切だ」

「それは、あたしたちが……友だちだってこと？」彼女がすがりつくように尋ねてきた。「何でも言える間柄？　恥ずかしがらずに、恐れずに」

「そうとも、マンディ。俺たちは友だちだ」

彼女が緊張を解いて、微笑みかけてきた。「よかった、とってもうれしいわ。頼みたいことがあるんですもの。ちょっと途方もないことなんだけど……」

ミッチはワインをすすった。「言ってごらんよ」

「家族を持ちたいって話したこと覚えてる？」

「ハヴェンハースト・ジュニアを二人か三人、じゃなかったかな」

「けど、バドはもう駄目なの」マンディがあっさり言った。「精子が弱すぎるとかで。実際にはよくわからない。不妊治療の専門家にかかろうとしないから。はっきり言えば、彼はあたしと新しい家族を作るって考え自体に猛反対なのよ。だから考えたんだけど……」最後まで言わずに、ごくりと唾を飲み込んだ。「彼は自分の子だと思うわ、ミッチ。絶対にばれないわよ。あたしは誓って——」

「待てよ、ストップ！」ミッチは鋭くさえぎった。「君は——俺の試験管ベビーがほしいってことか？」

マンディがかわいらしくしかめっ面をしてみせた。「違うわよ、ミッチ。あたしはあなたと寝たいって言ってるの」

「ヒエーッ」ミッチは喘いで、手で自分を扇いだ。「何か妙なことになってないか？そう感じるのは俺だけかな」

「あたしはマジも大マジよ」

「そんなわけない！」

「あたしがふざけてるように見える？」

「いや、そうじゃないが……」

「あたしの結婚を救って、ミッチ」彼女が訴えてきた。「あたしを助けて。あたしと愛し合って」喉を鳴らすような甘い声になっている。しかもソファの上をすぐそばまでにじり寄ってきて、片方の手でミッチの胸を撫でている。「本気なの」そして、彼の手を取って、自分のむき出しの脚に持っていった。彼に触れられると、ベルベットのような肌がピクピクした。「すごくいい」今度は彼の手をサマードレスの下に持っていって、上へ、上へ、上へ……あそこまで。「それに、もういつでもＯＫ」彼女が囁いた。確かにそうみたいだ。

　ミッチは一瞬この事態が信じられなかった。ただただ驚いていた。それにまったく問題外だ。彼女に摑まれた手を引き抜いて立ち上がると、装飾用の暖炉のほうへと部屋を突っ切った。マンディの視線が追いかけてきた。

「俺のことをろくに知らないじゃないか」声がしゃがれた。

「十分知ってるわよ」彼女が言い返してきた。「頭がいいってことを知ってる。大学進学適性試験《SAT》では少なくとも千四百点は取ったんじゃない？」

「ああ、まあね。でもそんなことは必ずしも――」

「あなたは頭が切れるわ。あたしは頭のいい人がいいの。あたしは大きくて健康な女で、運動神経もあるし、美人よ。二人揃えば基本的なところはすべてカバーできるの。すごい子になるわ、ミッチ。正真正銘のすごい子よ」

ミッチは咳払いをして、唾をごくりと飲み込んだ。「なあ、すごくうれしいよ。それに君はすごく魅力的だ。でもわかってもらわなきゃならないことがある……」

「どんなこと？」彼女が知りたがった。

「俺は妻が死んでから誰とも寝ていない。俺がそうする時には——もしそうするなら——本気で関わった相手としたい。大切な特別のことにしたいんだ。わかるか？」

彼女が陰気な笑い声を洩らして立ち上がると、そばまでやって来た。「もちろんよ。ロマンチストなのね。素敵だと思うわ。古風で趣《おもむき》があって、魅惑的で、素敵。マジにそう思うわ。けど、これはどう……」そして、炉棚にグラスを置くとくるりと向き直って、ミッチの顔を思いっきり張った。平手打ちは猛烈に痛かった。「あたしを誰だと思ってるの、ホームレスの女？　あたしがどんなにゴージャスかわからない？　多くの男があたしを自分のものにしたがるのよ、それがわからない？　よくも断れるわね！　何なのよ、あなたってホモなの？」彼女が猛然と襲いかかってきた。

彼の胸を、肩を、拳骨で殴り、蹴飛ばして膝蹴りを食らわした。

キレてしまった。この女は完全に頭がどうかしている。

ミッチは何とか鎮めようとした。むき出しの腕を摑んで、しっかり押さえた。取っ組み合いになって、一緒にドサリと床に倒れ込んだ。彼女の爪がミッチの顔を引っかき、彼女の喉の奥からは獣のうなりが洩れた。彼女にはばねがあり、力もあった。が、力はミッチのほうがある。体重もある。身体を使って、彼女をカーペットに押さえつけた。と、彼女からゆっくりと闘志が消えていき、眼差しは優しくなった。組み敷かれた身体は位置を変え、悶《もだ》え、うねり出した。歯をむき出し、呼吸が浅く速くなった。ミッチはぞっとした。彼女はこの取っ組み合いで、激しく燃えてしまったのだ。

「ああ、すぐにして、ミッチ」彼女がうめいた。ミッチの身体に腕と脚をからめて、しっかり抱き寄せている。見事な形の乳房が片方あらわになっている。熱い息がミッチの顔にかかり、彼女が舌を耳に入れてきた。「して!」

ミッチは、彼女は触れると危険な毒だとでもいうように飛びのいて、すぐさま立ち上がり、ドアから飛び出した。背後では、マンディが声を限りに罵《ののし》っている。家までタクシーに乗った。運転手は、顔や首や手から血を流していることに気づかなかった――あるいはべつに気にならなかったのか。唇ははれ上がって、感覚がなかった。シャツは破れていた。トラに痛めつけられたような気分だ。いや、実際そうなのだ。彼女はトラ。しかも完全に常軌を逸している。しかも諸刃《もろは》の剣――ウィームズが殺された夜、バドが家で寝ていなかったのなら、彼女の所在を裏付けてくれる人間もいないということだ。彼女とナイルス・セイモアがデキていたとしたら？　ナイルスがトリーと付き合うようになって、彼女を捨てようとしたのだとしたら？　マンディが二人を殺したのだとしたら？　マンディは必ずしも拒否された場合の対応は得意でない。今の俺ならそう言える。ミッチは思った。それに、彼女ならできる。ウィームズに勘付かれて、彼も殺さなくてはならなくなったのだとしたら？　ミッチには信じられる気がした。全部信じられる気がした。

　帰宅すると、シャワーを浴びた。こんなに熱いシャワーを、こんなに長く浴びたのは生まれて初めてだった。それでもさっぱりした気がしなかった。引っかき傷に抗生物質の軟膏《なんこう》を塗り、唇はアイスパックで冷やした。一パイント容器のハーゲンダッツのチョコレートーチョコレート・チップを平らげた。ビデオデッキに『汚れた顔の天使』を入れ、家中の照明を消して、真っ暗な中に座り込み、キャグニーがアン・シェリダンと歯切れのいい台詞を威勢よく交わすのを見守った。

　やがて、生活がゆっくりと納得のいくものに戻っていった。フェアで、まともで、楽しいものに。そして、ミッチ・バーガーは三十二年間の人生で何度となく考えたことを思い出した。人はなぜ映画を作るのか、自分はなぜ映画が好きなのか、映画はなぜわざわざ現実と関係ないようにできているのか。

しばらくすると、ミトリー警部補の名刺を探し出して、ポケベルに電話した。ぴったり二分後、彼女から電話があった。油断のない、心配そうな声だった。

「起こしてしまったならすまないね」ミッチは謝った。午前一時三十分だ。「でも連絡を入れるべきだと思って」

「ちっともかまわないわ。そのために番号を教えたんですもの」彼女が答えたが、その声は背後で一斉に鳴いている猫の声にところどころかき消された。「スポーティ、いい子にして。駄目よ！」

「いったい何匹の猫を飼ってるんだい？」ミッチは尋ねた。はれた唇のせいで言葉がいくらか不明瞭になった。

「一匹も。だって彼らがあたしを支配してるんだもの。クレミーのことが心配なのなら……」

「違うよ。でもついでだから……」

「午後に立ち寄った時には、階下の安楽椅子で丸くなってたわ。早速馴染んでるわね。じきに電子レンジでピザを作って、女友だちと電話でお喋りするように……ねえ、何がわかったの？　お願いだから、いい話にしてね」

「そうだな、緑色のトレンチコートを着たやつが今日俺を地下鉄の線路に突き落とそうとしたよ」

彼女が黙り込んだ。

あまりに静かなので、ミッチは声をかけた。「もしもし……？」

「どこで？」

「タイムズスクエア駅だ」

「地下鉄警察には通報したの？」

「それで何て言えって？」

「あたしに話したとおりのことを」

「いいや、通報はしてない」

「どうして？」

「誰が犯人にしろ、逃げてしまったから。それに俺以外に何であれ見た者はいないし。通り魔だったかもしれないだろ、隠れたやくざ者が……」

「なるほど」彼女が疑わしげに言った。

「それに、これも言っとかなきゃ。その数分前にマンディ・ハヴェンハーストと別れたところだった」

「女の可能性もあるってこと？　彼女、マンディってことも」

「ああ、まあね」ミッチははれた唇に触れながら認めた。

「彼女はトレンチコートを着ていたの？」

「いや、それはない。でもけっこう大きなショルダーバッグを持っていた」

「そう、でもね、もう一つの可能性があるわ——バド・ハヴェンハーストよ」

「バドがどうした？」

「彼は今日こっちにいなかったの」

「彼女は電話で話したと言ってたぞ」

「話したかもしれないけど、オフィスにいる彼とじゃないわ。島の家でもないわね。彼は今日一日中どちらにもいなかったもの。ドーセットにいなかったと言ってもいいんじゃないかしら」

「彼が俺を尾けたかもしれないと？」

「むしろ彼女を、でしょうね——あたしが男ってものを知っているとすれば」

「知ってるのか？」

「明日ショアライナーの車掌に当たってみるわ」彼女がするりと彼のジャブをかわした。

「バドが車を使っていたら？」

「彼はすごく抜け目ないってことになるわね」彼女が認めた。「あなたは大丈夫なの？」

「おや、大丈夫そうに聞こえないのか？」

「ええ、アニメに出てくるエルマー・ファッドみたい。どっかから空気が漏れてるわよ」彼女が欠伸をかみ殺した。「歯医者にでも行ったの？」

「いいや、マンディの暗黒面を訪ねて帰ってきたところなんだ。今夜彼女に迫られて、すごかったんだよ」

「それで……？」警部補の声が微妙に冷ややかになった。

「それで、俺は興味ないと言っただろ？」

「あたしにはわからないわよ。話してるのはあなたなんだから」

「よし、俺は興味ないと彼女に言った」

「けっこう。あなたは興味ないと彼女に言った。それで……？」

「それで、彼女は俺の目を引っかこうとした」

「あら、それなら彼女の来歴と一致するわ」

「それでも彼女から面白いことを聞き出した。彼女がまだかわいい女モードだった時にってことだが」そして、タック・ウィームズが殺された夜、バドがどこかから濡れて帰ってきたというマンディの話を、警部補に詳しく聞かせた――つまりはマンディの所在を裏付ける者もいないことを指摘するのも忘れなかった。

「面白いわ」警部補が結論を下した。「すごい一日だったみたいね」

ミッチもそうだと認めた。すると、警部補がまた欠伸をした。猫たちが物悲しい声で鳴いた。そこで言った。「もう寝てくれ。起こしてしまって悪かったよ。それはそうと何て言ってるんだい？」

「何てって、何が？」

「君の着ているTシャツさ」

「ねえ、どうしてあたしがTシャツを着てるってわかるの？」

「何となく。何だ、気になるのか？」

「あなたがあたしの頭の中に入り込んでるみたいにふるまうことがってこと？」

「気になるってことだな」

「違うわよ……。あなたを理解しようとしてるってだけよ」

「おや、それだよ、警部補。俺も君を理解しようとしてるんだ」

「どうして？」

「悪いか？」

「ちょっと、それじゃ謎《なぞ》かけじゃない。答えになってないわよ！」

「どうしてかはわからない。これでいいか？　ただ、このところ俺の生活は筋の通らないことばかりで。だから、何か、あるいは誰かを理解することが大切だって気がして」

彼女は長いこと黙り込んでいた。「何も言ってないわ」

「何もって、何が？」

「Tシャツよ。無地。メッセージはなし。何もよ。お休みなさい、ミッチ」ミッチが言葉を発する間もなく、彼女は通話を切った。

ミッチは玄関の鍵をしめ、ベッドに入った。傍らのスタンドを消し、枕を二度叩いて、目を閉じたところで初めて、彼女がとうとうミスター・バーガーと呼ばなくなったことに気がついた。

12

デズは横たわったまま天井を見上げていた。四匹のスパイス・ガールズがうれしそうに追いかけっこをしてベッドを走り回り、低い声をあげてデズに駆け上がっては転がり落ちた。底抜けに元気だ。際限なく遊んでいる。猫たちの世界はこの家の中だけだ。そしてこのカーペット敷きの中で、すっかり満足している。

癪《しゃく》だわ。デズは時々猫たちが羨ましかった。

ミッチ・バーガーが電話してきた時には、四十八時間一睡もしていなくて、身体はくたくただというのに、眠っていたわけではなかった。頭が働いてしまうのを止められなかったのだ。記憶をたどってはまた巻き戻す。ビッグシスターの住人を一人ずつえり分けていった。彼らについてわかっていることを再検討し、わからないことに焦点を絞った。そして今、その混乱の中へ、新たな事実が投げ込まれたのだ。誰かがミッチ・バーガーを殺そうとした。

なぜ？　彼を殺すことが三件の殺人とどうつながるのだろう？　マンディの仕業だ

ろうか。そうだとしたら、今夜はどうしてマンションから生きて帰したのだろう。それでどう辻褄が合うというのだろうか。

デズは横になったまま考えた。同時に、今自分が着ているものがどうしてあの男にわかるのだろうと思った。

ため息をついて、もう一度電話に手を伸ばし、よく知っている番号を叩いた。呼び出し音二回で、聞き慣れたよく響く低い声が聞こえた。

「会いたいの」もしもしとも言わなかった。

「コーヒーを沸かしておくよ」その後にはさよならもなかった。

二人の間で無駄な言葉が交わされることは皆無なのだ。

デズは急いで着替えた。家中の猫が楽しいご飯の時間だと考えた――デズが起きれば、それは食事ということなのだ。いつ戻れるかわからないので、餌をやることにした。部屋から部屋へ、ボウルからボウルへ、辛抱強く毛玉のような取り巻きの中を抜けていった。地下室の住人、ビッグ・バッド・ヴードゥー・ダディは午前二時にはとりわけ上機嫌で――デズをにらみつけて、喉の奥から低い不吉なうなりを発しただけだった。

いっそ胸にセンチメンタルな短い伝言を貼りつけて、ケージに入れ、マンディ・ハヴェンハーストの戸口に置いてきてやりたいくらいだ。「あたしからあなたへ、このふしだら女」

スタジオに立ち寄って、寝る前に描いていたスケッチを調べた。ミッチ・バーガーのスケッチだ。『ハートフォード新報』に載った不鮮明なモノクロの写真を切り取って、イーゼルに留め、長いこと熱心に見つめてから見たものを描いた。彼を陰影と形に還元したのだ。彼を抽象し、脱構築し、発見した。肖像画をはずして、画帳に滑り込ませた。

それからキーを摑むとライトバーのないパトカーに飛び乗って、静かな闇の中、ヘムロック・ホロウを抜け、アミティ街道を通ってウィルバークロス・パークウェイに出た。そしてニューブリテンに向かった。スタンレー・ツールズの故郷で、ニューイングランド南部におけるポンティアック・トランザムの中心地だ。その二つの事実に関係があるのかどうかは知らない。が、たぶんありそう。道路には夜を徹して突っ走るトラック野郎がいくらかいたが、デズが現れると、途端にスピードを落とした。コネティカット州で目立たないフォード・クラウンビクトリアのセダンに乗っているのは州警察官以外考えられないからだ。誰か一人でも彼女を見つければ、みんながスピードを落とす。時速六十五マイル制限の区間でも、彼女が三十マイルに落とせば、みんなも落とすはずだ。誰も彼女を追い抜こうとはしない。絶対に誰も。

行き先のケンジントンは、金物の町の労働者階級が住む住宅地だ。こぎれいな小さな家は学校の教師、看護師、郵便局員を始めとする勤勉な人々の住むこぎれいで小さな家が並ぶ地域にある。

努力家街、ブランドンはからかうようにそう呼んだものだ。デズにとっては、自分が育った場所というだけだ。

ポーチ灯は灯っていた。そして、バック・ミトリーはフランネルのバスローブ姿でキッチンのテーブルについて、辛抱強くコーヒーを飲んでいた。日に十杯か十二杯は飲めるのだ。かつてはヘビースモーカーでもあったが、デズの母親への結婚二十五周年のプレゼントとして禁煙した。が、母親はやがて彼を捨て、高校時代のボーイフレンドだったジョージア州オーガスタに住むオールステート保険でクレーム処理を担当する男のもとへ走った。「生まれ変わったの」結婚式で母親はデズに言った。「笑いと喜びを再発見したのよ」バックは一人家に残った——この父親にして、この娘ありだ。長身で痩せ型、額にはしわが刻まれ、髪は白髪交じり、ワイヤフレームのメガネをかけている。手はとても大きいが、指は短い。若い頃は優秀な運動選手だった。高校卒業後の二年間はクリーヴランド・インディアンズの一塁手をしていたくらいだ。が、デズの母親に出会って、本気になろうと決心。一九六八年に州警察官採用試験を受けた。たまたま黒人の優秀な警察官が若干求められていた年だった。それからはゆっくりでも着実に出世していった。そして五十六歳の今では副本部長——州史上最高位に登りつめた黒人だ。彼がこの地位にあるのは、誠実で、堅実で、慎重だったからだ。こつこつ仕事をしたからだ。スタンドプレーもなし、賄賂《わいろ》もなし。バック・ミトリーはきちんとした手順が有効だと考えている。〝どうぞ〟と〝ありがとう〟を言うことが大切だと考えている。磨いた靴や、地味なネクタイや気品のあるチャコールグレーのスーツがよいと考えている。そうしたスーツを八着持っているが、どれもまったく同じだ。彼は常に感情を抑えてきた。デズはその一人娘だが、父親が癇癪《かんしゃく》を起こしたところを見たことがなかった。デズの知る限りでは、見たことのある人は一人もいない。

だからこそ、人は彼をディーコンと呼ぶのだ。

「あたしが間違っていたらそう言って」デズは両手を腰にやった。「それは、あたしが十二歳の時のクリスマスにプレゼントにしたローブじゃない？」

「よいものは決して廃れない」彼がおずおずと微笑んだ。「風邪を引いたのか？」

「アレルギーよ」

「風邪みたいだぞ」

「アレルギーなの」

デズは父親の額にキスしてから、自分にもコーヒーを注いで、向かいに座った。裏口のほうから、きっぱりとした間断のないガリガリと嚙む音が聞こえた。キャグニー

&レイシー、父親に引き取ってもらった二匹の捨て猫が粗挽きキャットフードのボウルに鼻を突っ込んでいる。この二匹もやはり朝食の時間だと思っているのだ。

「どうしてそんな髪にしてるんだ？」父親がドレッドヘアに批判的な目を向けた。

「何だ、何らかの意思表示か？」

「意思表示なんかじゃないわ。ただのヘアスタイルよ」

「職業に相応しく見えんぞ」父親がぼやいた。「上層部にラスタファリアンになったと思われるぞ」

「連中はひどい時代遅れなのよ」

「それでも彼らが組織を統轄している」

「ただのヘアスタイルよ」デズは先ほどより大きな声で繰り返した。

「それじゃどうして普通にしない？」

「これは普通なの、パパ。九〇年代はじめにトーマス判事をセクハラで告発したアニタ・ヒルの姿は化学反応を起こしてたわ。で、あたしの頭がフェルトペンの先みたいに見えるとしたら、それも化学反応なの。これであたしはあたしらしく見える。悪いけど、これはあたしの頭よ、だからその話はここまでにしましょ、ねっ？」

二人とも話をやめた。デズは不安なまま黙ってテーブル越しに父親を見つめた。二人は特に近しいわけではない。誰も、デズの母親ですら、ディーコンと親しくなったことはないのだ。もし親しくなれたなら、母親は喜びを求めてどこぞに逃げ出すこともなかっただろう。

「ポリート警部のことなら、手は貸せないぞ、デジリー」彼が口を開いた。「ポリートは彼のやり方で自分の班を指揮している。彼が監督者を増員したいというなら、それは彼の自由だ」

「そのことで会いたかったわけじゃないわ」デズは静かに答えた。

父親は椅子にもたれ、大きな手をテーブルの上で組んで、続きを待った。

デズはコーヒーをすってから、深呼吸をした。「クラウザーに面会したいの」

コネティカット州警察でただ一人、自分より上位の男――ジョン・クラウザー本部長――の名前を聞いて、父親が目を見開いた。「どうしてだ?」

「彼の過去に答えの見つからない事柄があるから」

「答えの見つからない事柄というのは何だね?」父親が堅苦しく尋ねてきた。「曖昧な物言いはするなよ。率直に話すように。具体的に聞きたい」

「三十年前のビッグシスター島におけるウィームズ夫婦の無理心中よ。クラウザーが捜査官だったの」

「それで……?」

「それで、遺体はドリー・ペックという名前の十七歳の少女に発見された。少女はその直前に、心中した男にレイプされていた。で、この少女の祖父がたまたま上院議員だった。そして、この少女は現在ドリー・セイモアという名前で、あたしの足をすくいかねない三件の殺人事件のど真ん中にいる。彼女は要《かなめ》なのよ、パパ、あの時も今も。クラウザーの経歴を洗ってみたわ。ウィームズ事件後に急に出世が始まってるの。瞬く間に巡査部長から警部に。もう一足飛びよ。それに、彼の報告書はなぜか穴だらけ。ドリー・セイモアの記憶も同様で――あの日にあったことは何も覚えていないと主張している。あたしは彼が何を除外したのか見つけ出さなきゃならないのよ」

父親は無表情のまま立ち上がって、コーヒーを注ぎ足した。「彼に揺さぶりをかけたいということか？」

「違うわ。政治的なことなんかべつにかまわない。あたしに関心があるのはこの捜査のことだけ。ここであり、今よ。ところが今起きていることは筋が通らない。けど三十年前に実際には何があったのかわかれば、納得できるかもしれないの」

「もし納得できなかったら？」

「あたしはプレッシャーをかけられてるの。結果を出さなきゃいけないのよ。手がかりを追って彼に行き着いたとしても仕方ないでしょう？」

父親は長いこと考えていた。「このことはポリートと話し合ったのか？」

デズは口を引き結んだまま、ひょいと頭をひっこめた。

「うーん」父親がうなった。「彼が聞いたら、やめるように言うだろうからな。私も同じだ。そっち方向へは動くな。本部長を報告書の偽造と情報隠匿《いんとく》で責めてはいけない。お前の政治生命を断つことになるぞ」

「言ったでしょ、政治とは関係ないの」

「いいか、すべては政治に関わるんだ」父親が彼女に向かって頭を振った。「それが仕事の現実だ。それを認めないと、潰されて粉々にされるぞ。クラウザーは手ごわい下司野郎だ。差しで対決してはいけない。何を考えているんだ——お前がそのきれいな尻尾を振れば、リチャード・ニクソンがホワイトハウスにいた頃から隠し続けていたことを洩らしてくれるとでも？」

デズには自分の顔が真っ赤になるのがわかった。何も答えなかった。

「お前は本気で彼が、三十年前に自分は刑務所に送り込まなかった金持ちの白人女性を、お前が刑務所に送り込めるように、自分のキャリアをそっくりどぶに捨てかねないことをすると考えているのか？　まさか。強力な敵を作る結果になるだけだ。お前はおそらく制服警官に逆戻り、キリングリーの郊外でネズミ捕りをさせられるのがオチだ。それがお前の望みなのか？　自分の言っていることをよく考えろ。どうなってるんだ？」

デズは立ち上がって、父親の目を意識しながらシンクまで歩いていった。父親は明らかに困惑している。これまで父親にそんな思いをさせたことはなかった。ずっといい娘だったのだ。成績もよく、行儀もよく、ドラッグにも決して手を出さなかった。チンピラを家に連れ込むこともなかった。ったく、家から逃げ出すには、ウェストポイントに行けばいいと思ったくらいだし。望ましい職業に就き、望ましい男と結婚した――ともかくも皆そう思った。手に負えない子供だったことはないし、反抗したこともない。

それが今、この小さな塵ひとつない家の小さな塵ひとつないキッチンに立って、急に息苦しさを感じた。身体中の神経終末が自発的な行動をしたい、生きたい、と叫んでいる気がする。「どうなってるのか、自分でもわからないわ」静かに答えた。

「それじゃ、デジリー、まずそれをはっきりさせることだ。それもすぐに。我々の仕事には迷いの入り込む余地はないからだ」父親がコーヒーカップの向こうからじっと彼女を見つめた。「名前を聞かせてくれ」

「誰の？」

「お前を慌てさせた男だ」

「そんな人いないわよ」かっとして言い返した。「どうしてすぐ男のせいだと決め込むの？　どうしてあたし個人の問題だと思ってくれないの？」

「それを話し合うのはもうちょっと遅いんじゃないのか？」

「夜も遅いってこと？　それとも手遅れだってこと？」

「言っただろ」父親が答えた。「遅いんだ」

デズはコーヒーカップを洗って、向かいの席に戻った。「それじゃあたしは何をすればいいの？」

「自分の仕事を」

「助けになるかもしれない男には踏み込んじゃいけないって言ったくせに」

「それこそお前の仕事だ」父親が断言した。「何がどうあろうと、結果を出す。誰にでもできる容易なこと、わけもないことなら、金はもらえない。お前のほうこそ払わなきゃならない。それが現実、それが実社会ってものだ」そこで言葉を探すようにしばし黙り込んだ。大きな胸がふくらんでしぼんだ。「取り組んでみろ。それがいやなら、他に生きる場所を探すことだ」

ハヴェンハースト夫妻――バド＆マンディ――はレッドフィールド＆ビッツィ・ペックの住む広大な別荘の小型版に住んでいた。かわいらしい家のシャッターと玄関ドアは青錆色《あおさび》に塗られている。ウィンドーボックスにはパンジーが咲き乱れている。玄関前の砂利の私道には車が二台、レンジローバーと古いMGのコンバーティブル。タブロイド紙の記者が一人、橋のたもとに車を停めていた。が、それ以外は静かなものだ。

スチュードベイカーはミッチ・バーガーの馬車小屋の外に停まっていなかった。デズは覆面パトカーを停めて降りると、ブレザーのボタンを留めた。ビッグシスターの朝の激しい風は、はっきり言って冷たい。

スペアキーを使って、ベビースパイス——またの名をクレメンタイン——の様子を調べた。今回は二階で、ミッチのTシャツが入った開き加減の引き出しの中でぐっすり眠っていた。普段はお喋りなチビさんはデズが優しく呼びかけても、ぴくりともしなかった。きっと深夜に自分の新しい世界を探検していたのだ。餌も水もまだたっぷり残っていた。トイレは使った跡があった。大欠伸をしながらきれいにしてやった。

本当は服を脱ぎ捨てて、温かな気持ちのよいベッドに飛び込みたいのだ。

彼のクロゼットは階下にあった。今こそ彼の秘密を探り出す時だと、扉を開けた。初めて出会った時にミッチ・バーガーが着ていたウールのシャツが、フックに掛かっていた。フックからはずして、顔を埋め、彼の香りを吸い込んだ。たちまちときめきがお腹から爪先へと走った。と、頭がふわっと浮いて、目眩がするような感覚に襲われた。一瞬、失神するかもしれないと思った。

鼻が詰まっててもこの始末。

ああ、いやだ、くやしい。

急いでシャツをフックに掛けてパトカーに戻り、トランクを開けて持ってきたものをじっと見下ろした。救急箱、発煙筒、毛布といった緊急用の備品の上に載せてある。しばしためらったものの取り上げた。こんなに不安になるなんて信じられない。手まで震えている。小屋に持っていって、彼の机に置いた。戸締まりをして、靴拭きマットの下に鍵を戻した。

それから、ハヴェンハースト家のドアをノックした。

出てきたのはマンディだった。深紫色のアイゾッドのシャツにカーキのスラックス、長いブロンドをきつくひっ詰めてポニーテールにしている。実際のところ、彼女のすべてがピンと張り詰めているように見える。顔の肉もスネアドラムの革のように骨に張りついている。首の腱《けん》は浮き出し、こぶしに握った手は関節が白くなっている。

「いらっしゃるとは思いませんでした、ミセス・ハヴェンハースト」デズは驚いて言った。

「いるに決まってるじゃない」マンディが辛辣に言い返してきた。ブルーの目が氷のように冷たくこちらをにらんでいる。「ここはあたしの家よ、警部補。あたしはここに住んでるの」

「ニューヨークにいらっしゃるものと思ってました」

露骨に軽蔑の目をして、「あたしがニューヨークにいると思ってた？」とマンディ。

「ミスター・バーガーがちらっとそんなことを」

「ミッチは帰ってるの？」マンディがさりげなく尋ねながら、さりげないとは言えない目でデズの肩越しに素早く彼の家を見た。

「いいえ、電話で話したんです」

「ああ、そうなの。まっ、あたしは昨日の夜遅くバドの車で戻ってきたの。駅であたしの車を拾ったのよ」

「ご主人も昨日はニューヨークにいらしてたんですか？」

「そうよ」マンディが引きつったような笑みを見せた。しかめ面と言うほうが近いかもしれない。実を言うと、デズはマンディの顔を見ていると、砂漠で発見されて家の壁を飾ることになった、陽射しに漂白された動物の頭蓋骨を思い出すようになっていた。

「一緒に出かけられたんですか？」しつこく尋ねながら、この滑らかなブロンドのひねくれ女は家に入れてくれる気はあるのだろうかと考えた。

「いいえ、行きは別々だったわ――スケジュールが合わなかったのよ」マンディがデズに向かってあごをぐいと上げ、小鼻をふくらませた。「突っかかるつもりはないけど、警部補、自分の行動を警官にいちいち調べられるのにはあまり慣れていないのよ」

「すごく印象的だわ」デズは満足げに彼女に微笑みかけた。「本当に――あなたには友だちのミズ・ベラ・ティリスが言うところの図太さがあるんですね。あなたに多くの前科があるのはお互いわかってるんです。髪を引っ張り合うような真似はやめましょう、ねっ？」

「昨夜のことでミッチが何を言ったにせよ、事実じゃないわ！」マンディが言い放った。声が上ずり、頬がまだらに赤く染まった。「彼はあたしのことを勘違いしたのよ。あたしたちの関係を。あたしを追ってきて、きっぱりノーって言っても通じなくて。それで――」

「ミスター・バーガーはべつに何も言ってませんよ」デズは冷淡に言った。「あなたもそうされたほうがいいと思いますよ。正式に告発するつもりならべつですが」

「まさか。あたしはただ――」

「よかった。あたしはあなたからその話を聞く立場の人間じゃありませんから。姉妹でもないし、友だちでもない。もちろん電話相談のドクター・ローラでもありません。ところで、ご主人はご在宅ですか？　いくつかお尋ねしたいことがあるんですが」

マンディはようやくデズを招き入れた。古風で趣のある居心地のいい家だ。天井は低く、カントリー風のアンティークの家具がたくさんある。ドライハーブの取り合わせがあちこちに飾られている。『カントリー・リビング』誌そのままだ。デズは前にブランドンと一緒に泊まったヴァーモントの田舎の宿屋を思い出した。足りないのは、部屋に立ち込めていたポプリの匂いだけだ。リビングがあり、ダイニングがある。風通しのよい農家風のキッチンは裏のポーチに続いている。バド・ハヴェンハーストはそこの小枝細工のテーブルにいた。ロング・アイランド海峡の全景に背を向けて、コーヒーのカップを手にだらしなく座っている。

海ではなく家を向いて座るのは、ビッグシスターに長く住んでいる人だけだろう。デズはふと思った。

彼は糊の利いた白のワイシャツにストライプのネクタイをして黒っぽいズボンをはいている。目の下にはさらに黒い隈《くま》ができている。ひどく疲れた様子で、やつれて見える。彼女に向けた笑みも弱々しかった。「おはよう、警部補」礼儀正しく立ち上がって、「まだ眠っているように見えるなら申し訳ない。昨夜はずいぶん遅く帰宅したものだから。どうぞ、座ってくれ」と言った。

デズは海を向いて座った。釣り舟が二、三隻、もう海に出ている。業務用の小型船が一隻、エンジンの音を低く響かせてプラム島に向かって海峡を渡っていく。

「あたし、ここにいないとまずいかしら？」マンディがキッチンの戸口から彼に尋ねた。「買い物に行きたいんだけど」

「行っておいで、ハニー」そして、若い妻を目の中に入れても痛くないとばかりにちやほやし、別れのキスをして送っていった。べたべたしすぎているようにも見える。あたしへの当てつけかしら。いつの間にかデズはそんなことを考えていた。小型MGのエンジンが低くうなり、砂利をはね上げて走り出すのが聞こえた。やがてハヴェンハーストは戻ってくると、椅子に座って言った。「さて、警部補、どんなご用ですかな？」

「昨日オフィスに伺おうとしたのですが、お留守でした」

「ニューヨークに行かなくてはならない用事ができてしまったんですよ」

「奥様とミスター・バーガーは昨日の朝一緒に列車でニューヨークに行きましたね」

「そうです。列車の中でばったり会ったと妻に聞きました。私は少し遅れて車で行きました」

「どうして奥様と一緒じゃなかったんですか？」

「私のほうは土壇場で決まったもので」彼が曖昧に答えた。「財務関係のことで」

「向こうに何時に着いたか確認できる人はいますか？」

「利用している駐車場の男が、たぶん」

デズはうなずいた。駐車場の係員というのは二十ドルのためならエルビスがピンクのキャデラックで——助手席にマリリン・モンローを乗せて——来たと宣誓証言するだろうくらい重々承知しているのだ。

彼が押しの強そうな大きなあごを、剃り残しを調べるかのように親指で慎重に撫でた。「二番街と六十六丁目の角にある駐車場です。半券がまだどこかにあるんじゃないかな。でも、率直に申して、私のニューヨーク行きがあなたにどんな関係があるのかわかりかねますが」

「それがあるんです」デズは説明した。「昨日の午前中に、誰かがタイムズスクエアでミスター・バーガーを地下鉄の線路に突き落とそうとしたからです。彼の話では、奥様と別れてすぐのことだったそうです」

と、バド・ハヴェンハーストが貝のように口をつぐんだ。顔もまったく無表情だ。これでは芝生に置かれた彫像と向き合っているようなものだ。ったく弁護士って人種は。生まれながらの嘘つきより始末が悪いわ。デズは苦々しく思った。連中はその道の第一人者に仕込まれるのだ。

次の話題に移ることにした。「別れた奥様の消えたお金について話しましょう」

「ミッチから聞いたのですか？」バドが心配そうに訊いてきた。

「はい」

「それでは私がなぜあんな行動をとったのかも理解できる？」

「全然わかりませんよ」つっけんどんに答えた。「あなたは元妻に一番いいようにと思って行動したつもりかもしれません。あたしはそれが適法かどうか、倫理的かどうか、妥当かどうか、といったことについて口を出す気はありません。あるいはコネティカット州弁護士会苦情処理委員会が、不法行為にあたるもっともな理由があると判断するかどうかについても。あるいは、判事があなたの弁護士資格を停止するかどうかも」より効果的に餌をぶらさげるために言葉を切ってから、「もちろん、あたしが使える情報を提供する気があるなら、事情はまったく変わってきますが……」と続けた。

バド・ハヴェンハーストは急にえらく景色に興味を持った。よく見るためにわざわざ立ち上がって、ポーチの手すりまで歩いていったほどだ。「たとえば？」

「たとえば、あなたはミセス・セイモアの家に出入りしてますから……」

彼はくるりと彼女のほうを向くと、「以前は私の家でした」と静かに言った。

「あの離婚要請状はあなたが書いたんですか？」

彼が断固として首を振った。「私が書いたなら、ナイルス・セイモアを殺害した犯人だということになってしまう。私は犯人ではありません」

「タック・ウィームズが殺された夜、自宅で寝てませんでしたね。どこにいたんですか？」

ハヴェンハーストは答えなかった。また彫像モードに入ってしまったのだ。

「元の奥様と一緒でしたか？　彼女と寝ていたんですか？」

彼がつらそうにため息をついた。「いいえ、ドリーが私を受け入れてくれることはもうないでしょう」そう答える顔には、切望と欲求不満と絶望が奇妙に入り混じった表情が浮かんでいた。彼は移り気で気まぐれな若い女に夢中になっている熟年の男なのだ。それでもまだ最初の妻に愛着を抱いている。ことによると、何、あるいは誰を求めているのか、自分でもわからないのだ。あるいはただの馬鹿かもしれない――何といってももういいトシをした大人の男なのだ。「私は彼女の様子を見に行くだけですよ。彼女がさまよっていないことを確かめるために。話したと思いますが、彼女はさまよい出すことがあるんです」

「帰宅した時にずぶ濡れだったことはおっしゃいませんでしたね。どうして濡れたんですか、ミスター・ハヴェンハースト？」

「ビーチを歩いたんです」

「暴風雨が吹き荒れていたのに？」

「雨の中を歩くのが好きでね。セラピーになるもので」

「セラピーが必要なんですか？」

ねた。

「誰にもセラピーは必要ですよ」

彼らは幸せな人々のはずなのに。プライベートの島まで持っている。彼らが幸せでないなら、いったい誰が幸せなのだろう。「あなたを見た人はいますか？」デズは尋ねた。

「いいや、まさか」

息子のエヴァンとジェイミー・ディヴァースがリトルシスターに停泊していたのを覚えている者がいないのと同じだ。沿岸警備隊に確認を取ったのだ。艇庫も調べた。何も出なかった。どこを調べても無駄骨だった。

ハヴェンハーストが突然腕時計に目をやった。「もうオフィスに行かないと、警部補。午後ナイルス・セイモアの葬儀があるので、遅い時間の約束をいくつか午前中にこなさなくてはならなくて。話は済みましたか？」

「かまいませんよ」デズは愛想よく言った。「約束の邪魔はしません。正義の大きな車は回り続けなくては」そして立ち上がると、彼に飛び切りの笑顔を向けた。「でも、弁護士さん、話が済んだと言うつもりはありませんから」

13

「ハニー、帰ったよ！」ミッチは玄関に飛び込むと、大声で言った。

明るい色の目をした小さなクレミーは階下にいた。フローリングの床に足を取られながら、ミッチを出迎えるためにやって来た。ミッチの考えでは、猫にしてはいくらか不器用なようだ。実際、あんまり見事に自分の足につまずくので、ニューヨーク・ジャイアンツの先発ワイドレシーバーの道が拓けるかもしれないという気がしてきた。抱き上げて、かわいがった。会えなくてどんなに寂しかったか話して聞かせ、その幼い歯がどんなに鋭かったかを改めて思い知らされた。

帰ったことがこんなにうれしいのが信じられなかった。潮の香を嗅ぎ、ビッグシスター島の小さな我が家にいることが信じられなかった。

警部補が午前中に来てくれていた。クレミーの小さなトイレがきれいになっていたのでわかった。それに、机に大切なものを残していたから。

彼女の画帳。

派手な演出はなかった。メモもなし。能書きもなし。いきなりこれだ。女性のやり方だな。ミッチはそう納得した。

中には、スケッチブックからはぎ取った木炭画が二十四枚、ばらのまま挟んであった。どう期待すればいいかわからなかった。描いている姿を見たのは、橋のたもとに車を停めてスケッチをしていた時だけだ。風景を描いているのだろうと思った。彼女のアートがどんなものか知らないのだ。何を見せてくれるか、見当もつかない。

見せてくれたのは、紛れもない恐怖そのものだった。

潰され、歪められ、凍りついた顔。暴力や、憎悪や、男と女が相手に仕掛ける悪によって奪われた無辜《むこ》の命。一枚一枚のデッサンが見せてくれたのは、アーティストの魂だった。ミトリー警部補は日常生活で目撃する殺人から自分を浄化しようとしていそれを表現しようとしている。理解しようと。そして成功している――デッサンは画面から飛び出さんばかりで、腹の底に響く衝撃に思わず息を呑むほどだ。絶対に忘れられない。めくっていきながら、ミッチはタブロイド紙の写真家、ウィージーが撮った犯罪写真を思い出した。でも、警部補のデッサンにはそれ以上のものがある。ミッチはその中に、エドワード・ホッパーの暗い予感と、あの『叫び』を世に出した偉大なノルウェーの印象派画家エドヴァルド・ムンクの激しい魂の苦悶を見た。しかもその中に、彼女独自の洞察力が見てとれた。

死者。彼女は死者ばかり描いている。最後の一枚以外は。この一枚は生きている男の肖像画だ。その顔は悲惨な悲嘆の仮面だ。目は虚ろで悲しみが刻まれている。ミッチは見つめているうちに、ぞっとして気がついた。俺の肖像画だ。

すぐさまデッサンを集めて画帳に戻し、ピックアップに飛び乗って、並木のある優美なドーセット歴史地区に向かった。パトカーが覆面パトカーを含めて数台、白い木造の庁舎の前に停まっていた。テレビのニュースクルーのバンも。ミッチは画帳をトラックの座席に残して中に入った。古いカーペットのカビ臭さにうろたえそうになった。村長にあたる第一理事のオフィスは入り口を入ってすぐのところにあった。机が部屋の真ん中に置かれ、ドアは開いている。古くからのヤンキーの奇妙な慣習——意見を言いたい人は誰でも入っていって椅子に座り、喋り出せばいい。今現在の誰でもは、小学校を卒業したばかりの女の子で、まさにCBSのレスリー・スタールの服装とヘアスタイルをした十一歳の子供という感じだった。カメラマンが戸口から彼らの会話をビデオに収めている。カメラのライトのせいで部屋は隅々まで人工的な明るさに覆われている。理事は白髪の男だが、鼻を真っ赤にして、ゼイゼイと苦しそうに呼吸をしていて、見るからに惨めそうだった。

ミトリー警部補の臨時司令部は廊下の先の会議室にあった。制服警官四人は電話中、他の二人はパソコンをカチャカチャやっている。ファイルや証拠報告書があちこちに積んである。ミトリー警部補は筋骨たくましい小柄な巡査部長と厳しい顔で話し中だった。最初にミッチに気がついたのは巡査部長だった。

「何か？」うなるように言って、ミッチのはれた唇を訝るように冷ややかにじろじろ見た。

「あたしが話すわ」彼女が素早くさえぎって、ミッチに向かって部屋を突っ切ってきた。「何かわかったんですか？」

「君の忘れ物がトラックに」

彼女がアーモンドの形をした目を細くして、不安そうに彼を見つめた。「ちょっと出てくるわ、リコ」

二人は一緒にドアを出た。

「マンディはあなたの唇にかなりのことをやらかしたのね」ぶらぶらと陽射しの中に出ていきながら、彼女が感想を言った。「正面衝突でもしたみたいよ」

「冗談はやめてくれ、警部補――まさにそれだったんだから」

「おかしいわね、彼女には引っかき傷一つなかったわ」

「それは俺が紳士だからさ」

「彼女はそうは言ってなかったけど」

ミッチが眉をひそめた。「おや、それじゃ何と？」

「バド・ハヴェンハーストは昨日やっぱりニューヨークに行ってたわ」警部補はそう言って、ミッチをかわした。

「ニューヨークは嫌いだと思ってたが」

「嫌いかもしれないけど、行ってたのよ」

「面白いな。他には何がわかった？」

「法医学センターの昆虫学者は、ビッグシスターで採取したもの以外の昆虫をナイルス・セイモアの遺体から検出できなかった」

「彼は島で殺されたってことか？」

「そうでないことを示すものはないってことよ」彼女が答えた。「毒物学がタック・ウィームズからちょっとしたことを見つけたわ――彼、死んだ時にはハイになってたの」

「マリファナか？」

「プラスお酒。血中アルコール濃度は〇・二六パーセント――規制値の二倍以上よ。あの状態でトラックを運転してビーチまで行けたとは思えないわ」

「つまりどういうことだ？」

「つまり、彼は殺される前に犯人と一緒にビーチでジャックダニエルの五分の一ガロンボトルを飲んだ」

「土砂降りの中で？」

「それじゃ、トラックのフロントシートで」

「ボトルは見つかったのか？」

「いいえ」

ミッチはトラックのドアを開けて画帳を取り出し、彼女に手渡した。「残念だが、俺の義務として、君はインチキだと伝えなきゃならない」

「何が言いたいのよ」彼女が迫った。

「君は警官じゃない、アーティストだってことさ」

彼女が長身の身体をトラックに預け、画帳を胸に抱えてため息をついた。「お願いだから、今はあたしをコケにしないで、いいわね？」

「俺はマジだ。これを本業にすべきだよ。絶対に。テクニックを磨く必要があるし、色彩についてもそろそろ考えなきゃ。モノクロこそ報道写真の直接性を捉えるとはよく言われるけどね。自分に何が起きようとしているか、考えるんだ。ムンクのキャリアを見てみろ。彼の習得した技術は、絵画、エッチング、版画、リトグラフ……。彼はまた一九〇八年にノイローゼになったが、まっ、それは彼の場合だ。ノルウェー人だし。要は、君には才能があるってことだ」

「あなたにどうしてわかるの？」彼女がおぼつかなげに目を細くして彼を見た。

「とにかくわかる。でも俺が信じられないなら、一緒に歩いてアートアカデミーに行こう。あそこには世界に名高いアーティストが教えるクラスがある。君が受けるべき授業だ。彼らに画帳を見てもらおう。さあ」ミッチは彼女の手首を摑んだ。

「離してよ、ミッチ」

「彼らも同じことを言うはずだ。俺には確信がある」

「離してって言ってるの！」デズは叫んで、摑まれた手をねじって離させようとした。「人に引っ張られるのって、絶対にいやなの」

「それじゃ慣れたほうがいいな。俺はアメリカの偉大なる引っ張り屋の末裔《まつえい》なんだから。それに俺だったら、君の十分の一の才能でも得られるとなれば何でもやるぜ。ったく、自分にどれほど才能があるかわからないのか？」

彼女は黙って身構えるように立っていた。その目はミッチの目を探っている。その瞬間の彼女は、不意に馴染みのない場所にいることに気づいた大きな猫を思わせた――足を大きく開き、毛を逆立て、いつでも走り出せる体勢にある。さもなければ攻撃に打って出るか。次に何が起きるかによっては。

「教えてくれ」ミッチは穏やかな低い声で言った。「どうして俺に見せることにしたんだ？」

「同じ質問を自分にしてるところよ」

「そうか、俺にはわかってる気がするが」

彼女が小さく笑った。「そうじゃないかと思ったわ」

「君は俺にこんなんじゃどうしようもないと言われたかった——そうすれば、すべてを忘れられるから。でもそうはいかない。そんなことを言うつもりはない。君は優秀だし、君自身それを知っている。でも死ぬほど怖い。無理もないさ、本当だ。才能というのはすごく怖いものなんだから」

「今度はどうしてそんなことを言うの？」

「才能があるなら、それで何かをしなきゃいけないからさ。それが自分に対する義務だ。才能を無駄にするのは七つの大罪の一つだ。聖書では違うかもしれないが、俺の中ではそうなる。君は学んで、取り組んで、成長しなくてはならない。そこで臆病になる。身近な人たちに頭が少しおかしくなったと思われるから。彼らには君が仕事を辞めた理由がわからない——」

「待って、誰が仕事を辞めるですって？」

「彼らはきっと認めない。衝動的だし、実利的でもないし、他にも子供の頃にそうなってはいけないと教えられたことすべてにつながっているから。ものすごいリスクもある。たいていの人間は死ぬまでその手のリスクは取らないものだ。でもたいていの人間に君のような才能があるわけじゃない。俺の話わかるかな、警部補？　君は警官じゃない。君は誰かべつの人間の人生を生きているんだ」ミッチは唐突に話すのをやめて、一心に彼女を見つめた。震えているようだ。実際、今にも吐きそうに見える。

「俺は君が思いもしなかったことを言ってるわけじゃないだろ？」

彼女は長いこと考えていたが、やがて答えた。「素敵な言葉だわ。もうひと言ひと言が」

「でも……」

「どうして〝でも〟がつくと思うわけ？」

「〝でも〟って聞こえるんだ」

彼女がミッチをにらんだ。「でも、アートでは食えない」

「何とかなるさ」

「そんなの夢よ。これは現実なの——最後には誰もが抱き合うロビン・ウィリアムズの映画じゃないわ」

ミッチは彼女に頭を振ってみせた。「気をつけないと、俺をマジに怒らせることになるぞ」

「あら、ロビン・ウィリアムズの大ファンなの？」

「話を逸らすんじゃない、警部補！」

彼女の目が驚きに見開かれた。「あなた、ホントに本気なのね？」

「本気だ」ミッチは認めた。「だから君が俺と同じくらい本気になってもいいと思うまで、この件はもう話題にしない」

「脅されるのは好きじゃないんだけど」彼女が警告してきた。

「俺は勇気づけようとしてるんだ」

「それじゃ、べつのやり方にすることね。さもないとその唇からまた突然出血することになるわよ」ヘルメットをかぶった女生徒が四人、キャッキャッと笑いながら歩道をローラースケートでよろよろ通り過ぎていった。デズは彼女たちを見ていた。悩み事があって、うわの空のようだ。「ねえ、恩知らずな態度をとりたいわけじゃないの。言ってもらったことには感謝してるわ。ただ今は気になることがいろいろあるのよ、わかる？　やらなきゃならないことがあるんだけど、気が進まなくて」

「話してみるか？」

彼女はためらったものの、首を振った。

「個人的なことを訊いてもかまわないかな？」

「どんな？」

「どうして俺を描いたんだ？」

途端に彼女が緊張した。画帳をしっかり抱えている。「あれは……ある種の状況を理解するための試みだったの」

「どんな状況を？」

彼女は頭をひょいと下げただけで答えなかった。ひどく気まずそうだ。

「俺の心は死んでると思ってるってことか？」

「いえ、いえ」彼女が慌てて答えた。「まさか。あれはあなたというよりむしろあたしに関わることなの。た、たぶん見せるべきじゃなかったんだわ」そして彼の目を見上げて、「ごめんなさい」と言った。

「謝ることはないさ。ちっとも。君が謝るなんて……」ミッチはごくりと唾を飲み込んだ。喉仏が急にマスクメロンほどになってしまった気がする。彼女を見つめた。彼女が見つめ返してきた。角縁メガネの奥で大きな瞳が輝いている。「作品を見せる相手に選んでもらって心から光栄に思うよ。俺には忘れられない経験になるだろう」それだけ言って、ミッチはトラックに乗り込み、エンジンをかけると、バックミラーでちらりと彼女を見てから縁石をゆっくり離れた。

デズは縁石に立って、ミッチが遠ざかるのを見守っていた。彼が公共図書館の角を曲がって見えなくなるまで、突っ立ったまま見守っていた。

14

〝ある種の状況を理解するための試み?!〟

何てことかしら。どうしてそんなに堅苦しくて、人間味がなくて、まるでなってないことを言ってしまったのかしら。デズは覆面パトカーでポスト街道をアンカス湖に向かいながらも、それが信じられなかった。ったく、あたしに比べたら、国税庁だってもっと友好的でやわらかい物言いをするでしょうに。いったい何を考えていたのよ。本当は、気持ちを整理しようとしていると言いたかったのだ。でも、気持ちなんて言葉を自分の口から外に出したくなかった。それですっかり調子が狂って、ガーン、未決の監査報告みたいな言葉になってしまった。

〝もうどうやって男性と話せばいいのかもわからない。あたしは救いようのない人間だわ〟

スピードを落として、タック・ウィームズが住んでいたみすぼらしい小屋の前を通った。彼もナイルス・セイモアと同様に今日埋葬される。同じ教会。おそらくは多くが同じ会葬者。たとえばドリー・セイモアとか。あの錆《さ》びついたピックアップが彼の私道で今もブロックに載っている。他に駐車している車はない。誰かがいる気配もなかった。

　そのままさらに多くの小屋や平屋を通り過ぎながら、ミッチ・バーガーは正しいのだろうかと考えた。あたしは、こんなんじゃどうしようもないと言ってもらいたかったのかしら？　わからない。わかるのは、自分の人生がコントロールを失ってきりもみ降下しているかのように感じられてきたということ。まるで馴染みのない感覚だ。おかげでいくらか目眩がしていた。

　道路は急勾配になり、湖の周りをくねくねと登っていった。駐在の家は湖を見晴らす丘の高いところにある。タル・ブリスはヴェトナムのジャングルで二度の軍務に就いた。だからこそ今は陽光と新鮮な大気が優先されるのだ。彼がガラス張りの二階を増築し、その周囲を木造のテラスでぐるりと囲んだことから、デズはそう推断した。道路から見ると、家は山にある消防士の監視所のようだ。

　寝室は階下。自らの勢力範囲をもっとよく監視すべく、キッチン、ダイニング、それにリビングは二階になっている。彼は家をとてもきちんと清潔にしていた。とりわけプロのキッチンは、きらめいている。

「唯一の道楽なんだ」デズにコーヒーを注ぎながら、彼が認めた。

アイランド型の調理台はダブルシンク、使い込まれた銅鍋類が天井に固定された錬鉄製のホルダーに掛かっている。調理台の表面は御影石《みかげいし》で、食器棚は時代がかった風情を出した松材。レンジはステンレスのジェン・エアで天井の換気扇付き、冷蔵庫は最高級品のサブゼロだ。タル・ブリスのキッチンに壁はない。そのまま陽光の降り注ぐリビングやダイニングへとつながっている。

ステレオからはマイルスとコルトレーンの『カインド・オブ・ブルー』が流れ、家は甘美で純粋なものに満たされている。

ダーティ・ハリー——オレンジ色と白の巨大なぶち猫——はテラスで近くのヒマラヤスギにいるリスを一心ににらんで、尻尾を前後に揺らしながら身構えている。リスは彼を馬鹿にして何やら話しかけている。はるか下では、二人の男がカヤックできらめくブルーの湖をゆっくりと渡っている。

ランチは駐在の提案だった。話があると言うと、それならと招待してくれた。デズは招待を受けた。タル・ブリスに何か作ってやると言われたら、断れるものではない。ブリスは真っ白なTシャツにデニムのエプロンをかけて料理をしていた。ちょうどフルーツサラダができ上がるところだ。日焼けした大きな手が素早く巧みに動いて、ルビー色のグレープフルーツを細かく分け、イチゴを半分にした。オーヴンではキシュが焼けていて、素晴らしくいい匂いが漂っている。

「そんなに手をかけなくてもよかったのに」

「かけてないさ、警部補」彼が言った。「パイ皮はあり合わせだ。一度に六個作って、冷凍してるんだ。セージが好きだといいんだが。今年はセージに凝っていて、何にでも入れてしまうんで」そこで新鮮なブラックベリーと焼いたクルミ一カップをサラダに加えて、ミントを刻み出した。「この食事には絶対にスパイスの利いたブラディメリーなんだが。仕事中なのが残念だ」

「ホントね」

「そうだ、バド・ハヴェンハーストから電話をもらったよ」彼が無造作に言った。「昨日ニューヨークであったことについてだった」

なぜかデズは驚かなかった。

「男のほうが話しやすいと思ったんだろう」彼が釈明した。「だから傾聴したよ」

「どんな話だった？」デズはコーヒーをすすった。

「どうやらマンディが地下鉄のプラットホームで、列車が入ってきた時にふざけてミッチ・バーガーを押したらしい。ほんの面白半分だった、とバドは言っていた」

「いったいそれのどこが面白いわけ？」

「バドの話じゃ、マンディは危険には強力な媚薬的効果があると考えている」ブリスが傍目《はため》にも顔を赤らめて答えた。女性にこんな話をすること自体、相当気まずいのだ。「男であれ女であれひどく怖い思いをすると、より高い性的興奮に達しやすくなると思っていて。彼女はあの夜に彼を誘惑するつもりだったらしい。だからあれは彼女にとってはただの……」

「……前戯？」

「バドの話では、彼女はミッチが万一落ちそうになったら引き戻すつもりだったそうだ」ブリスの顔は不愉快そうだった。こんな話をさせられるのがいやなのだ。と、話すのをやめて、オーヴンのキシュを調べた。焼き上がっている。オーヴンから取り出して、台に載せた。キツネ色でいい香りがしている。「彼女にはあくまでゲームだったんだ」

デズは疑わしそうに駐在に頭を振った。「あたしをからかってるの、駐在？」

「まさか、違うよ、警部補」

「よかった。だって入ってくる列車の前に何も知らない人をふざけて押し出すなんてことはあり得ないもの。それくらい幼稚園でも教えてるわ。だから、心身の機能にまったく異常のない大人がやった場合は、無謀に致命的な危険にさらしたってことになる。マンディ・ハヴェンハーストの場合は、犯罪的暴行になってしまう可能性もあるわ。彼女には男性に傷害を負わせた実績があるんだもの。だから、いいこと、とてもじゃないけどまともじゃないわよ」

「わかってる、わかってる」ブリスが即座に応じた。「俺は弁解してるわけじゃない、本当だ。許してるわけでもない。バドの話を報告してるだけだ。でも、覚悟したほうがいいぞ、まだ先があるんだから」そして、一瞬ためらって、咳払いをした。「彼女が部屋でミッチに迫った時、バドはいたんだ」

「いたってどういうこと？」

「ずっと寝室にいて、話を聞いてたってことさ。覗いてもいたんだと思う。これも彼らのゲームだ。その……二人を興奮させるんだ」

「お互い相手を嫉妬させて楽しんでる――そういうこと？」

「そのとおり」

「それじゃ彼のほうは……？」

「彼女に今もドリーと寝ていると言ってる」

「ホントなの？」

「まずそれはない」ブリスがため息をついて、ぷっと頬をふくらませた。「どう言えばいいかな――俺にはとても健全でまともな関係とは思えない。でも、健全でまともな関係なんてものは存在しないのかもしれない。どうかな、警部補？」

「人の関係がどうなってるかなんて知らずにいられれば、とても幸せってところかしらね」

「同感だ」彼がおずおずと微笑んだ。そして、エプロンをはずし、タオルで手を拭いた。Tシャツの下の腹は平らで引き締まっている。五十歳を超えた男性にしては見事な体型を保っている。「食べようか?」

テラスに出て、セコイア材のテーブルで食べた。キシュは美味だった――パイ皮はサクサク、セージを利かせた卵、ベーコン、それにグリュイエールチーズのフィリングは風味豊かだ。彼は本当にずば抜けた才能がある。デズは本人にもそう伝えた。ただ、ほとんど食欲がないことは言わなかった。

ダーティ・ハリーがぶらりとやって来て、気まぐれに彼女の足首の匂いを嗅いだが、アンソニアのあのバーの裏から助け出してやったのが彼女だというのを覚えている素振りはまるでなかった。あそこでは酔っ払いが彼にビールの瓶を投げつけていたのだ。世話をして、餌をやったのも彼女。三ヵ月近くも心のこもった家庭に住まわせ、ブリスという飼い主を見つけてやったのも彼女だ。なのに、挨拶一つない。が、べつに感謝されることを期待したわけではない。彼は所詮《しょせん》、猫なのだ。

カヤックの二人はまだ湖を渡っている。屈託のない笑い声が湖から驚くほどよく響いてくる。まるでほんの数フィートしか離れていないかのようだ。

「それで、俺に用とは?」ブリスが自分の皿をきれいに平らげて尋ねてきた。

「ミッチ・バーガーはナイルス・セイモアの遺体を掘り出す数日前に床下に閉じ込め

られたと言ってるの。おそらくは彼を脅して追い払うために」

駐在はフルーツサラダを取って食べた。真面目な顔からは何もうかがえない。

「島の住人の一人がその午後にあなたのパトカーをあそこで見たことを思い出したわ。それであなたが何か見たかもしれないと思って。彼の馬車小屋のそばで誰か見たとか。そういうことなんだけど」

ブリスはサラダを嚙みながら考え込んだ。「見た覚えはないな」

「あの日あそこで何をしてたか訊いてもいいかしら」

「ドリーの様子を見るために立ち寄った。留守だったが」

「よくそんなことを？」

「彼女をひょっこり訪ねることとか？　もちろんだ。彼女はひどくつらい経験をしてきた。俺たちは昔馴染みだ。それに彼女は……」彼が話すのをやめて、いくらか顔をしかめた。「ああ、ちくしょう、ごまかしたって始まらない。実は八歳の時からずっとドリーに片思いしてきたんだ」

「彼女は知ってるの？」

彼が陰気にふっと笑った。「誰にとっても――彼女を含めてだが――痛ましいほど明らかだと思う。俺は、残念ながらずっと彼女にとっては気さくで陽気なタルにすぎなかった。最初の頃はバドがいた。俺と違って彼女と同じ上流階級の人間だ。決して彼女に相応しい男ではなかったが。バド・ハヴェンハーストは弱虫だから。ベビーシッターが必要な男さ」

「あたしにはマンディをベビーシッターとはとても呼べないけど」デズは言った。

「俺は納得だ」彼が反論してきた。「俺から見れば、彼女は男の弱さを楽しむために存在している女だ。バドも彼女のそばでは、めそめそ泣いてる子供に毛が生えたようなものだ」ブリスはしばし湖に目をやっていた。表情が厳しくなっている。「次にナイルス・セイモアがひょっこり現れた。まさしく下層階級の人間だ。が、こと女に対しては魅力的な男だった。するとどういう展開になるか」彼がテーブル越しにデズの目を見据えた。「俺たちにはまだたっぷり時間があった。俺たちは幸せになれた。俺は彼女を幸せにしてやれた。でもわからないものさ——運命が決めてくれることもあるが、たいていはそうはいかない」そしてフォークを置くと、ナプキンで口元を拭《ぬぐ》った。とてもきれいな食べ方をする人だ。「他にも何かあるのかな、警部補？」

「タック・ウィームズの両親は、あなたたち二人がヴェトナムで軍務に就いている間に死んだと聞いたけど……」

「そうだが」彼女を見る目がかすかに細くなった。

「でもあなたは休暇で帰っていたとは教えてくれなかった。馬車小屋でドリーと犠牲者を発見したのはあなただった。警察に通報したのもあなただった。クラウザーの報告書であなたの名前を見つけたわ」

「確かに言わなかった」彼が認めた。「あまり話したいことじゃないんだ。考えたくもない。避けられるものなら。俺はただ……。いったい何が知りたいんだ？」

「あなたが見たこと」

「もう昔のことだ」

「そうかもしれないし、そうでないかもしれない」

ブリスは彼女を不思議そうに見つめていたが、大きな肩をすくめて、視線を自分の手に落とし、「あの日はあそこのコートでテニスをすることになっていた」と話し出した。「ミックスダブルスだ。ドリーとバドがペアで、俺は彼女が俺とくっつけようとしていた女の子と組むはずだった。彼女は始終、俺と自分の友だちをデートさせようとしていたんだ。決まってでかくて不細工な女の子だった……」そこで急に話すのをやめて、ため息をついた。「バドはまだ来ていなかった。遅刻だった。あるいは俺が早く着いたのかも。よくそうしていた。彼女と一緒にいられる時間ができるから。近くには誰もいなかった。彼女の両親はバミューダに行っていた」

「お兄さんのレッドフィールドは？」

「海軍兵学校だ」ブリスが答えた。「車から降りた時……。初めて聞く彼女の悲鳴だった。あんな悲鳴は聞いたことがない。俺は声のしたほうへ走った。で、馬車小屋の階段の下に四つん這いになっていた彼女を見つけた。服はずたずたに破れ、周りは血だらけ――彼らの血と、彼女自身の血だ。彼女にはひどいかき傷があって、鼻の骨は折れ、肩は脱臼《だっきゅう》していた。それにショック状態だった。同じことを何度も何度も呟いていた。『お母さんが怪我してる。お母さんが怪我してる』それにあの……」ブリスが片手で顔を拭った。胸が大きくふくらんだ。「あの滴《したた》る音がしていて」

「何が滴ってたの？」

「階上の血だ。ロフトの床板を染み透って、リビングのラグに垂れていたんだ。俺はロフトに上がった。寝室用のロフトだ。そこで二人が一緒にいるのを見つけた。タックのママはベッドに俯《うつぶ》せに倒れていた。頭の半分が吹っ飛んでいた。ロイはその隣でヘッドボードに背中を預けて、まだショットガンをしっかり握っていた。ルイーザを撃ってから、上あごを撃ち抜いたんだ。後ろの壁には脳と血が飛び散っていたよ。ものすごい血だった……。俺はキッチンから警察に電話した。それから、警察が来るまでに、ドリーの苦痛と不安をなくしてやろうとした。でも、彼女が乗り越えるまでには長い、長い時間がかかった。実際には……」おぼつかない手でコーヒーのマグを掴んで、「乗り越えたとは思えない。本当には」と結んだ。

「それだけ？」デズは尋ねた。

駐在はしばし心ここにあらずだった。恐怖に我を忘れていた。が、身体をぶるっと震わせてから尋ねてきた。「と言うと、警部補?」

「あなたの描写どおりでなかった可能性は?」

「何が言いたいのかわからないが」

「三十年前のその日にあったことで、何でもいいから、今起きていることの手がかりになりそうなものはなかったかってことよ」

「ルイーザ・ウィームズは夫がドリー・ペックをレイプしているのを偶然目撃してしまった」ブリスが言った。知らぬ間に声が刺々《とげとげ》しくなっている。「二人は喧嘩して、彼が妻を撃った。それから自分を」

「なるほどね。でもどうしてあなたにわかるの? だから、ミセス・セイモアがその日のことを何も覚えていなくて、あなたが行った時に犠牲者は二人とももう死んでいたのなら——そうだったとどうしてわかるの?」

「他には考えられないからだ。みんなそう言った——クラウザーも、検死官も、地方検事も。誰もがそう確信した。隠蔽《いんぺい》工作はいっさいなかった」

「あったなんて言ってないわ」

「言わなくても、目にそう書いてある」駐在の目はと言えば、テーブルの向こうから彼女をねめつけていた。「クラウザーはちゃんと仕事をした。すべて規則にのっとっていた。まず間違いなく次に来る質問に答えるとすれば、本部長と俺には何のつながりもない。俺のことなんてまるで知らないはずだ。何もないんだ、警部補。何も」彼は唐突に立ち上がって、テーブルを片付け始めた。「で、他にも何か俺が渡せる情報はあるのかな？」

「ええ、あるわ」デズは答えて、食器を重ねるのを手伝った。「〈ドーセット薬局〉で、この数週間に処方箋に従ってディプロレン――ジプロピオン酸ベタメタゾンの商標名なんだけど――を調剤してもらった者がいるかどうか調べてみたの。あなたの名前が出てきたわ。〈ショアライン家庭医療〉のクヌーセン医師が四月十九日にあなたのために処方箋を書いていた。あなたはその日のうちに調剤してもらった。ディプロレンはウルシにひどくかぶれた患者に処方されるの」

「そのとおりだよ」ブリスは食器を屋内に運んでいった。デズも続いた。「ボーイスカウトと一緒にデヴィルズ・ホップヤード近くの森をハイキングしたんだ。そこでかぶれた。すごくかぶれやすいタチで。かぶれるとひどい――手から顔から、どこもかしこもだ」食器をキッチンのシンクに積み上げながら、不思議そうに彼女をちらりと見た。「どうしてそんなことに興味があるんだ？」

デズはいやだった。タル・ブリスは家に招待してくれた。彼の料理を食べたのだ。この瞬間、他の場所にいられるものなら何をあげてもいい気分だった。たとえばスタジオで木炭を手にしていられるものなら……〝君は誰かべつの人間の人生を生きているんだ〟……。「興味がある理由は」ゆっくり口を開いた。「あなたがかぶれたのが、ローレルブルック貯水池近くの森でトリー・モダースキーの遺体が発見されたのと同じ日だからよ。あの犯行現場にはタチの悪いウルシがあったの。鑑識が二人ひどい目に遭ったわ」

「なるほど」ブリスのあごの筋肉がぴくぴくした。「そこからどういう結論を出そうとしているのか訊いてもいいかな？」

「駐在、あたしはどういうことなのか理解しようとしているの」

「で、どういうことなんだと思う？」

「わかっていれば、あなたに質問したりしないわ」

駐在は突っ立ったまま、しばし危なっかしく黙り込んだ。「質問というのは――子供の頃から犠牲者の未亡人に片思いしていたという仲間の警官は、その男の殺害について話してる以上のことを知っているのだろうか、とか？　あるいは――彼は誰かをかばっているのだろうか？　深みにはまっているのだろうか？　そんなところかな？」

デズは沈黙を守り、彼の答えを待った。

「警部補、率直にものを言わせてもらっていいかな？」

「ぜひ、お願い」

「彼らは善良な人々だ。よき友だ。ハートフォードで名を揚げるために、メチャメチャにされた生活を蒸し返すのはやめろ。俺が許さない、わかるな？」

「あまり。でもぜひ理解したいわ」

駐在の目にかすかなためらいが浮かんだ。一瞬、デズは彼が迷っているのを感じ取った。諦めて――それがどんなことであれ――洩らしてくれるかもしれないと思った。でも、彼はしなかった。できなかった。目の奥でかすかに揺れた迷いはすぐに消え、断固とした決意と義憤しか見えなくなった。

「失礼させてもらうよ、警部補」彼が冷淡に言った。「葬式の準備があるもんで」そして、重い足取りで玄関まで行くと、ドアを大きく開けた。丁寧ではあっても確固として放り出そうというのだ。

「気を悪くさせてしまったのならごめんなさい」デズは言った。「あなたのこともあなたの仕事も尊敬してるわ。けど、やりたくないことをやらなきゃならないこともあるのよ」

「わかるよ」彼が素っ気なく答えた。背筋をこわばらせ、刺すような目をしている。

「お昼をご馳走さま」

彼は戸口に立って、デズが車に乗り込むのを厳《いか》めしく見守っていた。いったい何を隠しているのだろう。ローレルブルック貯水池の殺人現場を片付けたのは彼なのだろうか。誰かが片付けたのだ。車の行方をたどられないために、誰かがナイルス・セイモアの車をブラッドリー空港の長期駐車場に運んだように。彼は大柄な男で、手も大きい。靴のサイズはいくつだろう。11か12ってことはあるだろうか。

丘をゆっくりと下りたところで、タック・ウィームズが住んでいた家に立ち寄ることにした。車を降りて、網戸を軽く叩いた。

ダーレーンはバドワイザーの缶を手に、昼メロを見ていた。赤ん坊はソファに座る彼女の隣でバブバブ言っている。赤毛の女の子は目を泣きはらしていた。それ以外は、ここはこの間のまんまだ——汚れた食器と灰皿はコーヒーテーブルに積み上げられ、部屋は汚れたオムツの臭いがする。

「あたしはミトリー警部補よ、ダーレーン。この間ブリス駐在と一緒にお邪魔したでしょ」

ダーレーンの目の焦点がいくらか合っていない。探せば、灰皿のどれかにマリファナの吸い殻が見つかるだろうが、デズはやらなかった。

「覚えてるわよ」まだデズよりずっとテレビを気にしている。「何の用なの？」

「あなたがどうしてるかと思って」

「何でさ？」無関心だったダーレーンがたちまち意識過剰になって迫った。

「心配だからよ。一緒にいてくれる家族はいるの？」

「タックが家族だったわよ」テレビから目を離さずに答えた。

「そうなんでしょ。で、あなたと赤ちゃんはこれからやっていけるの？」

「あんたには関係ないわよ、いやな女ね！」ダーレーンが怒鳴った。「あたしからこの子を取り上げようなんて考えないことね、いいわね？　そんなことしたら、あんたをふた目と見られないようにしてやるわよ！」

電話が鳴った。ダーレーンはソファから立ち上がって、キッチンに飛んでいった。

デズはしばらく薄汚いリビングに突っ立って、赤ん坊を見下ろしていた。犯人が残した人間の残骸がここにも。最初はトリーの息子のスティーヴィー。今度はここに二人の子供――無力で、無知で、どうしていいのかもわからない。札入れから二十ドル札を二枚出して、ダーレーンがテーブルに置いていったビールの缶の下に挟んだ。そして、外に出て車に向かった。

車に乗りかけた時、銃声がした。

湖の上の方角からだ。

今しがた戻ってきた方角――タル・ブリスの家のほうから。

アクセルを踏み込んで、猛然ともう一度丘を登った。下りてくる車にはすれ違わなかった。歩いてくる者もいなかった。

玄関が大きく開いていた。ブレーキを思い切り踏み、家を囲む低木に目を凝らして飛び降りた。それから道路を挟んだ近所の家々を素早く見回した。木の葉一枚揺れていない。カーテンも動いていない。シグを手に、壁を背にして、ゆっくりと家に入った。口の中がカラカラに渇き、心臓は激しく動悸《どうき》を打っている。彼の名前を呼んだ。返事はない。シーンと静まり返っている。ステレオは切ってある。あまりに静かなので、耳の奥で血がドクンドクンと流れる音が聞こえるほどだ。家はまだ彼が焼いてくれたキシュの匂いがする。もう一度名前を呼んだ。返事はなかった。

駐在はとても几帳面なシェフだった。食器はすべて食器洗い機に、残り物は冷蔵庫に入れられ、カウンターはきれいに拭かれて、パンくず一つ落ちていない。短い簡潔なメモがカウンターに残っていた。磨き上げた石の文鎮で押さえたメモの文字は整然と几帳面だった。『俺は正しいと思うことをやった。今も同じだ』

そして、タル・ブリスは頭を吹っ飛ばした。

彼はテラスの、ついさっき昼食をとったセコイア材のテーブルについていた。凶器を握っていたが、業務用の銃ではなかった。38口径のスミス&ウェッソンのリボルバー。デズはトリー・モダースキー、ナイルス・セイモア、そしてタック・ウィームズを殺したのと同じ銃だと確信した。絶対に。

ダーティ・ハリーが足首に身体をすり寄せてきた。喉の奥から物悲しい抗議の鳴き声が洩れた。デズは抱き上げて、階下に連れていき、寝室の一つに閉じ込めた。それから、車に戻って電話を入れた。

タル・ブリスは確かに几帳面だった。しかし、彼女が片付けなくてはならないゴタゴタを残していった。デズは腹立ちのあまり唾を吐いた。

15

長年勤めてくれた駐在の死に、村は心からの深い喪に服した。庁舎や消防署や床屋には半旗が掲げられた。市場の声も押し殺された。人々は涙を流し、抱き合った。タル・ブリスは、事実上誰もが尊敬しているらしい稀有《けう》な人間の一人だったのだ、とミッチは知った。彼は兄貴であり、象徴的な父親であり、友だちだった。とりわけ、彼らの一員だった。

誰にも彼にまつわる逸話があった。

デニスは自分のそれを、ミッチがトラック用のオイルを二クォート買うために金物屋に立ち寄った時に聞かせてくれた。デニスがまだ悪ガキだった頃、ある夜、午前三時に、タルが彼の車を停めさせた。デニスと高校のガールフレンドはともにマリファナを所持し、ハイになっていた。しかしタル・ブリスは現行犯逮捕せずに家まで送ってきて、マリファナを没収すると、そのことについては両親にひと言も告げなかった。「彼には俺たちがいい子なのはわかってたんだ」デニスは懐かしそうに思い返した。「俺たちが取り返しのつかないことにならないように念を押したかっただけなんだ」

デニスによれば、タルとはそういう男だった。自殺する前に三人の命を奪った錯乱した殺人者などではない。

自殺に使った銃は、トリー・モダースキー、ナイルス・セイモア、それにタック・ウィームズを殺した銃だった。彼はまたサイズ12のティンバーランドのハイキングブーツを持っていて、トリー・モダースキーの殺人現場で見つかった靴底の跡とぴたりと一致した。それらは所定の事実だった。しかしながらそれより他には、ブリスがあんなことをやった理由がわかる者は一人としていなかった。彼が説明として残したものは二行の手書きの遺書だけだ。それ以外は何もかも、彼とともに死んだ。誰も何も知らなかった――わかるのは、ミトリー警部補が迫ってきた時に、タル・ブリスが堂々と受けて立つより命を絶つことを選んだことだけ。

ジャンフリード警部補が捜査の締めくくりを任された。ミトリー警部補は、正規の手順に反していたかどうかについての監察の調査が未決なので、有給の休職扱いになった。警部補は『ハートフォード新報』紙上で身内から非難を受けた。名前を伏せた州警察の幹部は、彼女は果たして熱心すぎたのだろうかと疑問を呈した。彼らは彼女さえ公式の尋問まで待てば、タル・ブリスはまだ生きていたとまで仄《ほの》めかした。事件の捜査に当たっていた他の警官も同意見だった。どうやら彼女がブリスに会っていたことは知らなかったらしい。

『ハートフォード新報』は彼女の背景を徹底的に調べていた。ミッチはそれで、デジリー・ミトリーがコネティカット州で史上最も高位に登りつめた黒人警官、バック・ミトリー副本部長の娘だと知った。彼女はどうして教えてくれなかったのだろう。どうして教えないことがそんなに大切だと思ったのだろう。

彼女はどんな思いなのだろう。

ミッチは電話して訊きたかった。が、しなかった。今の自分はまず間違いなく、彼女が世界中の誰より連絡をもらいたくない人間だからだ。彼女をブリスの方向に向けてしまった張本人だ。それでも彼女の苦境がとても心配だった。彼女のキャリアは深刻な危機に直面している。ドーセットの住人は事実上誰もが、彼女のことを冷たい無情な名誉欲の塊だと思っている。ミッチは少なからず責任を感じた。

気がつくと、彼女のことを朝から晩まで考えていた。

タブロイド・メディアが戦闘服に身を固めて再びビッグシスターに押し寄せてきた。島の住人は包囲され、出かけることも、電話に出ることもできなくなった。でも、メディアに言いたいことがあるわけではない。いなくなってくれさえすればいいのだ。それは村中の思いでもあった。会衆派教会の牧師は村全体を代弁して言った。

「ドーセットは家族です。私たちは家族の問題は家族の中に留めておくべきだと考えています」

偶然とはいえ、正規に機能するメディアの正規会員でなおかつ正真正銘の情報を入手できるのは、ミッチだけだった。最初にナイルス・セイモアの遺体を発見した時には、それについて書く気などさらさらなかった。忘れたかっただけだ。しかし、タル・ブリスの自殺で気が変わった。村人の反応のせいかもしれない——地元の英雄の唖然《あぜん》とするばかりの堕落は彼らに衝撃を与え、ひどく狼狽させたのだ。彼ら自身のイメージも、その小さなのどかな世界も粉々になってしまった。ミッチはこれを、バイブルベルト（主に米国南部の原理主義が顕著なキリスト教篤信地帯）の小さく堅固なコミュニティで二人のティーンエージャーがある日突然学校にＡＫ47を携えて現れ、クラスメートを殺し始める事件になぞらえた。人々はその理由を知りたいと考える。そして鏡に映る自分の顔をまじまじと見つめて、あんなぞっとする途方もない習性は自分たちの中にもあるのだろうかと考えるのだ。

ミッチはそのことに、食品雑貨店に入った時に気がついた。彼らの目には自信喪失が見てとれ、その声には恐怖がにじんでいたのだ。彼はこの反応に心をかき乱されるとともに魅せられた。そこで、日曜版の担当者がレイシーの提案で電話してきて、記事を書く気はあるかと尋ねた時には、態度を翻《ひるがえ》して、イエスと答えた。

彼にとっては、それが鏡を覗き込むことなのかもしれない。

それでも、まずはドリーの許可を取りたい。砂利の小道を歩いて家を訪ねると、彼女はエヴァンと一緒にキッチンの軽食用コーナーでお茶を飲んでいた。二人の優しく魅力的な顔立ちは、横から見るとほとんど瓜《うり》二つだ。母親も息子も打ちひしがれて、意気消沈しているようだ。それでも彼女は明るい笑顔で迎えてくれて、一緒にお茶をと言ってきかなかった。お相伴《しょうばん》することにして、エヴァンの隣にするりと座った。

「かわいそうなタルのことを話していたところでしたの」彼女がミッチに言った。感情が高ぶって声が震えた。「彼の心の中で起きていたことを、私が知ってさえいたらとばかり考えてしまって。そうすれば何らかの影響を及ぼすことができましたでしょうに。よい方向にということですけど。もちろんすべてを防ぐことは無理だったでしょうが……」ドリーが頭を振って、ティーカップに目を落とした。「知ってさえいたら」

「でも知らなかったんですから」ミッチは言った。「だから自分を責めてはいけません。あなたは彼のやったことに責任はないんですよ」

「そうだよ、母さん」エヴァンがテーブル越しに母の手を取った。「わかるだろ」

「違うわ」ドリーのぱっちりしたブルーの目に涙がにじんだ。「タル・ブリスは私のために三人の人を殺したのはわかっているの。一生そのことを背負っていかなくてはならないことも」そしてティッシュで目を拭って繰り返した。「知ってさえいたら」

「僕の新聞社がこの件について書いてほしいと言ってきてるんです、ドリー。僕がかなり珍しい視点を持ってるからということで。で、書きたいと思ってます。でもあなたが居心地の悪い思いをされるようなら断ります。賃貸契約の条件にはなかったことですから」ミッチはそう付け足して、彼女に微笑みかけた。

ドリーは口元を引き締めてエヴァンをちらりと見やった。「私が反対するわけないでしょう、ミッチ？　とても素晴らしいアイデアだと思いますわ」

「本当に？」

「もちろんです。あなたはタブロイドのゴシップ記者ではないんですもの——あなたは洞察力と思いやりのある方だわ。私たちみんなが信頼できる方。ぜひなさって。きっと私たちの公正で誠実な肖像が公になる唯一本物のチャンスになりますわ」

彼女からこうした反応があるのは意外だった。すべてを葬り去って忘れたいという思いのほうが強いだろうと思っていたのだ。ミッチは分別が足りなかったことを思い知った。ビッグシスターでの生活で唯一不変なものがあるとすれば、この人たちのことが本当にはどうしても理解できないということだからだ。「君も同じ考えかい、エヴァン？」

「そうだよ」エヴァンは穏やかに答えて、ウェーヴのかかった黒い髪に両手を走らせた。「それに、僕もいくらか事件に責任を感じてるってことを言っておかなきゃ。あの日ここでブリスの車を見たのは僕なんだ。君に教えたのも僕だ。べつに言わなくてもよかった。黙っていてもよかったんだ」

「自分を責めるより」ミッチは言った。「彼がべつの行動に出ないでくれたことに感謝しようぜ」

エヴァンが不思議そうに眉をひそめた。「どんな？」

「君の口を封じるために殺すとかさ。君に襲いかかる可能性もあったんだ、エヴァン。俺にだって。俺を脅すだけじゃなく殺したかもしれない。二人とも死なないでラッキーだったと思わなきゃ。そのくらいにしておこうぜ」

と言うわけで、アメリカで最も影響力を持つ映画批評家のミッチ・バーガーは、ニューイングランドの小さな村で実際にあったセックスと殺人と自殺の記事を手がけることになった。

その夜、レイシーがメールをくれた。「参加型ジャーナリズムの楽しさいっぱいの世界にようこそ。まったく新しいあなたの始まりになるかもね」

ミッチは返事を出した。「俺は昔のままだよ。世界のほうはますますおかしなことになっているが」

とことんおかしい。この話が洩れると、ハリウッドのA級プロデューサーが七人以上、それぞれ批評家としてのミッチのご機嫌を気にしながら、映画化の契約に興味があるかと彼の著作権代理人に電話してきたのだ。

ミッチは丁寧に断った。

タル・ブリスのために特別追悼礼拝が白い尖塔のある会衆派教会で行われた。美しい教会の内部は二階分の高さの窓から陽射しが差し込んで明るく、風通しもよかった。そして満員だった。村中が列席しているかのようだ。もちろん島の住人も来ていた。レッド&ビッツィ・ペックがいた。バド&マンディ・ハヴェンハーストも。ドリー、エヴァン、それにジェイミー・ディヴァースも。ミッチも列席した。他のメディア関係者は若くたくましい州警察官に締め出された。

バドが感動的な頌徳《しょうとく》の言葉を述べた。タル・ブリスを子供の頃からとても尊敬していたと述べ、タルがとても公正で良識的だったことをいつまでも忘れないと語った。「私は友だちをそう記憶します」彼は緊張した声で言った。「私にはその権利がありますす」赤ひげの牧師が長々と人の心には強さと弱さがあり、二つの力は絶えず戦っているという説教をした。そして、タル・ブリスはその戦いに敗れてしまったのです、と悲しそうに結論づけた。

白髪で高齢の女性が一人で通路に座って、礼拝の間ずっと派手に泣きじゃくっていた。ミッチはビッツィに誰かと尋ねた。

「あら、シーラ・エンマンだわ」ビッツィは答えて、優しくエンマンを見つめた。「まあ、もう百三十歳になってるんじゃないかしら。長年ボランティアの救急隊を運営していたのよ。その前は高校の国語の教師だったわ。タルはお気に入りだったの。この数年彼がいろいろ気を配ってあげていたのよね、かわいそうに」

その午後遅く、ミッチはトラックに飛び乗って156号線を北に向かい、田園地帯に入っていった。そこまで行くと、大気から潮の香は消えて、湿っぽい掘り返されたばかりの土と牛糞《ぎゅうふん》の臭いがした。トウモロコシがよく育っている。ハナミズキとライラックが咲き誇り、頭上では鷹《たか》が獲物を探してゆっくりと旋回している。シーラ・エンマンはダンズコーヴにある古い水車小屋に住んでいた。水車小屋は二十フィートの落水を受けるために、エイトマイル川に張り出すように建っている。

「曾祖父《そうそふ》が建てたんですよ」一緒に表のポーチに立って、白い水が水に磨かれた岩を駆けて一直線に足下に落ちていくのを見守りながら老女は説明した。「私はほんの子供の頃から住んでるの。当時は自分たちの電力をここで発電してたのよ――この家と川下の何軒かの分を。舗装された道なんてなかったから、食べるものはほとんど自給だった。一クラスしかない学校に一年生から八年生まで通ってね。でもそんな時代は昔のこと。私に言わせれば残念至極よ。あの頃のほうが人々は幸せだった。周りを見てみて、ミスター・バーガー。今じゃ幸せな人なんていないわ。やたら時間に追われて、やたらたくさんのクレジットカードを持って」

シーラ・エンマンは鼻っ柱の強い性格で、村では気難しいヤンキーで通っていた。ミッチは彼女のことがすぐに好きになった。彼女には気骨があって、一徹だ。いい加減なところなどまるでない。油断のないブルーの澄んだ瞳、雪のように白い髪。みすぼらしい古い黄色のカーディガンに濃紺のスラックス、通気性のよい矯正靴《きょうせい》を履いて、老眼鏡のチェーンを首にかけている。加齢によって頭の回転が鈍った様子はまったくない。大柄な身体の腰が曲がっただけ――歩き回るのには杖をつかなくてはならない。

「悪いのは腰よ」と鼻であしらった。「医者は新しいのをあげたいってずっと言ってるわ。でもそんなの不経済でしょう？　来月には九十歳になるのよ。もっと若い人のほうがずっと活用できるはずだわ。けど、そんなことはいいわ――大して面白い話じゃないもの。で、どんなご用かしら？　電話では、ドリーの古い馬車小屋に住んでらっしゃるとか……？」

「そうです」ミッチは答えて、落水から目を引き離した。見ていると催眠術にかかったようになってしまう。「それに、事件についての記事を書いています。それで、タル・ブリスについてもっと知りたいんです。あなたと彼は親しかったと聞いています」

「彼の全人生を知ってたわ」そう認める彼女の目がうるんだ。

「どんな子供でしたか？　教えていただけませんか？」

「それよりいいことがあるわ、ミスター・バーガー。見せてあげる」

「お話を録音してもかまいませんか？」ミッチは時たま監督やスターをインタビューする時に使うマイクロカセットレコーダーを持参していた。

「ちっとも。恥じるものなど何もないもの。座って、ちょっと待ってて」

　ポーチにはロッキングチェアが二つあった。その一つに座った。彼女はよたよたと家に入っていった。杖がフローリングの床にゴツンゴツンと当たった。ミッチはロッキングチェアの間にあるテーブルにテープレコーダーを置いて、スイッチを入れた。少しすると、彼女がゴツンゴツンと戻ってきた。片方の手でうまくバランスを取ってトレーを運んでいる。トレーには手作りのオートミール・クッキーの皿、ミルクのグラスが二つ、それに昔の高校の薄い卒業記念アルバムが載っている。

「持ちましょうか？」ミッチは立ち上がった。

「いいから座ってて」彼女が命じた。「自分のことができなくなったら、車椅子でエセックス・ミードウズ行きだわ。自分のおしっこの中に座ってるのも平気な顔で」そして、ミルクを一滴もこぼすことなくトレーを何とかテーブルに置くと、ふうっとうめきながら隣のロッキングチェアに座った。彼女が卒業アルバムを開いた。

ミッチはクッキーを食べてみた。噛み応えがある。おいしい。とてもおいしい。

「遠慮しなさんな」シーラがもう一つどうぞとしきりに勧めた。

卒業アルバムの一ページ目には、『ドーセット・ファイティング・ピルグリムは一九六七年ショアラインのチャンピオンになった』と堂々と書き留めてあったが、何のチャンピオンかは記されていなかった。〝行動してこそ楽しい〟が上級クラスのモットーだ。シーラが節くれだって指の変形した手でグループ写真のページを次々とめくっていった。身なりのきちんとしたこぎれいな十代の女の子たちと短髪のたくましい男の子たちの写真で、誰もが笑みを浮かべ、全員が白人だ。これはもう食パンの世界で、ミッチが育った濁った多文化都市とは似ても似つかない。それはシーラの子供時代の泥道や一クラスの学校同様、彼には異質の世界だった。

「あのグループもどこかにいるはず」老女がぼんやり呟いた。「レッドフィールド以外は。彼はドリーより二年早く卒業したから。大使とミセス・ペックは彼女をファーミントンのミス・ポーター女学院に入学させたんだけど、本人がいやがって一年で戻ってきてしまったの。あの子は仲間と離れ離れになると幸せでなくて。バドもそうだったわ。あの二人はそんなところでは似たもの同士だった……。ああ、いたわ」彼女が大きな声で言って、ミッチに開いたアルバムを手渡してきた。

確かに彼らだ。上級クラスの写真の中で時間が止まっている。ドリー・ペックがいる。ミッチが思ったとおりの姿だ——素敵な笑顔のほっそりしたかわいい女の子。あごを突き出して、WASP《ワスプ》の優越性を漂わせたバド・ハヴェンハーストがいる。それに肩幅の広いタル・ブリス。髪は墓に持っていったのと同じクルーカットだ。タック・ウィームズはこれ見よがしにオールバックにして、どこか人を馬鹿にしたようににやりとしている。全員が揃っている。写真と並んで、それぞれの学生生活における成果の寸描が記され、ご丁寧に内輪ネタが添えてある。

ドロレス・セジウィック・ペック（ドリー）……「ええ、そうよ！」卒業記念パーティのクイーン。生徒会副会長。フィールドホッケー正選手。市民学研究会。「しーんじられない……！」すぐ騙《だま》される。

一番嫌いなもの：気難し屋。

キンズリー・トワイニング・ハヴェンハースト（バド）……「おい、みんな！」卒業記念パーティのキング。生徒会会長。「おい、僕のブリーフケースにネズミを入れたのは誰だ？」チェスクラブ。弁論部。テニス正選手。たぶん出世する。「冗談は抜きにして、なあ……」エール大学進学予定。

タルマッジ・ハフマン・ブリス（タル）……「通りを渡るのを手伝いましょうか？」模範的な男。常にタックとつるんでいる。バスケット部共同キャプテン、正選手。中高通してオールショアライン選抜選手。とても思いやりがある。ヴェトナム従軍予定。

タッカー・アデーア・ウィームズ（タック）……「何見てんだよ？」ワル。常にタルとつるんでいる。野球部キャプテン、正選手。バスケット部共同キャプテン、正選手。中高通してオールショアライン選抜選手。言い訳の天才。「俺のGTOに誰が座っていいと言った？」ヴェトナム従軍予定。

ミッチはもう一枚クッキーをつまんで、ミルクをすすった。「タル・ブリスとタック・ウィームズがそんなに親しい友だちだとは思いませんでした」アルバムをぱらぱらめくって、バスケットチームの写真を出した。二人は肩を並べて、ピルグリムのシャツを着たチームメートと一緒に立っていた。がっしりしていて、自信に満ちているように見える。

「ああ、そうなのよ、子供の頃からずっと」シーラが椅子を前後に揺らしながら思い起こした。「コインの裏表——一人は善良で、一人は不良。もっともタックは根っからの不良じゃなかった、乱暴だっただけで。家庭に問題があってね。アルコール依存症の母親と虐待的な父親。彼は両親のどちらも嫌っていたわ。スピードの出る愛車と自分のアブナイ評判が大好きだった」しばし落水に目をやってから、「女の子たちはタックに夢中だった。そうねぇ、もうウィンク一つで下着だって脱がせられたんじゃないかしら。かわいそうなタル、あの子はいつだって内気だった」と続けた。

「二人はその後もずっと親友だったんですか？」

「もちろんよ」シーラがうなずいた。「ドリーにだって仲は裂けなかったわよ」

ミッチは老女をじっと見つめた。「ドリーが何なんですか？」

「これは面白い話よ」彼女がクッキーをむしゃむしゃやりながら言った。「いいこと、社会的に相応しいドリーの相手はもう初めからずっと、バド・ハヴェンハーストだったの」彼の名を口にした時には、声から軽蔑がこぼれんばかりになった。「彼女の両親はバドを気に入っていた。条件は申し分なかったから。家柄も育ちも好ましかった。私に言わせれば、彼にゾクゾクするとしても、そんなのはせいぜい私が作る温かいタピオカプディング――」

「待ってください、タピオカプディングを作られるんですか？」

「有名な話よ」彼女が面白そうに目をキラキラさせて彼を見た。「なあに、タピオカが好きなの、ミスター・バーガー？」

「好きなんてもんじゃありませんよ」ミッチは答えた。考えただけで涎《よだれ》が出てきた。

「でも話の腰を折ってしまいました。バドのことを伺っていたんでした」

「初めっからこそこそした男で」彼女がきっぱりと言った。「プライベートで彼を信用したことはないわ——どこのロースクールを出たって関係ないわよ。若いドリーは彼のことがまあ好きだった。けど、タック・ウィームズには夢中だった。もう見境もなく熱を上げて。タックはバドとは正反対だった。使用人の息子で、粗野で。彼はドリーの中の悪い子の部分そのものだったのよ」

「で、タックのほうはどう思ってたんですか？」

「見向きもしなかったわ」シーラが答えた。「町中のほとんどの女の子が言いなりになってくれるんですもの、私の言ってることわかるわよね。結婚してる女性もいくらかいたって噂よ。ドリーは彼のタイプじゃなかったのよ。お行儀がよすぎて。けどドリーは拒絶されても信じなかった。ずっと我がままを通してきた女の子だから、タックを恥も外聞もなく追いかけて、バドを嫉妬に狂わせたわ。タックがヴェトナムに行ったのは、彼女から逃げるためだったって言う人もいるくらい。私じゃないわよ。あれは両親から逃げるためだったもの」そこで急に話すのをやめた。暗い顔になっている。「両親が死ぬと、彼はますます不機嫌に引きこもるようになった。戦争も多少は影響してたかもしれないけど。それにドラッグ。かなりやっていたと聞いてるわ。湖のほうに住んで、我が道を行ったの。ドリーは、バドと一緒になったわ。そして結局ビッグシスターでの仕事に戻るようにタックを説得した。村の人たちは本当に親切だと思ったものよ。それに、タックも多少は彼女への思いやりがあったんでしょうね。

タックは彼女に対するナイルス・セイモアの態度をあまりよく思っていないって、タルが言ってたもの」

「タルもあまりよくは思っていなかったんじゃないかな」

シーラが隙のない目でミッチを見つめた。「そのとおりよ。私に言わせれば、とんでもない恥だわ。あのかわいそうな男は相応しい女性のいい夫になれたはずなのに。素晴らしい父親になったはずよ。子供が大好きだったもの。ところが、辛抱強くひたすらドリーを待った。待って、待って、待って」

「彼女はすごく特別な女性ですからね」

シーラが驚いて、ちらりと彼を見た。「本気でそう思ってるの?」

「違いますか?」

「私の言葉なんか真に受けないで、ミスター・バーガー。頭のおかしな年寄りなんだから。けどあの女の周りで起きた害悪のことは目を凝らしてよく見て。どれだけ多くの人生が破壊されたことか。どうしてそんなことになったのか、自分に訊いてみて。その理由を自分に問うてみて」

「このところは多くのことを自分に訊いてきましたよ」ミッチは認めた。「でも答えはさっぱり出ないみたいで」

ある種の仮説はある——駐在は、ナイルス・セイモアが愛するドリーを裏切ってトリーと浮気しているのを知って、激しい妬《ねた》みにかっとした。そのことでセイモアと対決したのかもしれない。そして喧嘩になって、銃を向けてしまった。で、次にトリーが村に来て彼のことを尋ねて回ることがないように殺した。これなら、セイモアはビッグシスターに埋められ、彼女はメリデンのローレルブルック貯水池で殺されたことの説明がつく。ブリスはセイモアからの伝言を渡すと約束して、彼女をおびき出したのかもしれない。それから、自分のやったことがばれないように、二人が駆け落ちしたように見せかけた——離婚要請状、航空券の予約等々。ここまでは納得できる。

しかし、タック・ウィームズの殺害となるとそうはいかない。タル・ブリスが親友を雨の中ビーチに誘い出して射殺した理由など、まったく思い当たらないのだ。誰にもわかっていない。

「タルがやったなんて、まだ信じられないの」シーラが突然言い出した。「認めることもできないわ。だってあんなに思いやりのあるいい人だったんだもの。毎週日曜日には教会まで車で送ってくれたし、食品雑貨の買い物も代わりにやってくれた。この家の修理や片付けも。そんな必要があるのかなんて絶対に訊かなかった。黙ってやってくれたの。それに、悪い意味で言ってるんじゃないのよ、彼は想像力があるほうじゃなかった。むしろ、いわゆるAからBへってタイプの男だったの。だからキッチンに何時間もこもるのが楽しかったんじゃないかしらね。自分への指示をすべて前に並べて、それを一歩一歩たどっていけば、何かよいものが生まれるわけだから。他の人を喜ばせられるものが。私が言いたいのは……」シーラはひとしきり間を取って、次の言葉を慎重に考えた。「タルがこの計画を一人で創り上げたとは思えないのよ」

「彼とタックが二人ともこの計画にからんでいたってことですか？」

シーラが慌てて退却した。「ああ、私にはわからないわよ。それに死者のことをあれこれ憶測する趣味はないの。タルは家族みたいな存在だったってだけよ。私は彼のことがわかっていたと思いたい。で、彼が絶対にやりそうもないのが裁判沙汰だったわ。あるいはそれから逃げること。もし悪いことをしたのなら、男らしく罰を受けるはずなのよ」

ミッチはいつの間にか椅子から身を乗り出して、彼女を観察していた。「彼が自殺したとも思っていないんですね。誰かが撃って、自殺に見せかけたと考えているんだ」

シーラ・エンマンは答えなかった。聞き流して、落水の前のポーチで椅子を前後に揺らしているだけだ。

「ミセス・エンマン、タル・ブリスが自殺した時には、タック・ウィームズはもう死んでました。もし自殺でなく、殺されたとなれば、計画に加わっていた第三の人物がいたことになります。今も歩き回っている人間が。誰ですか、ミセス・エンマン？」

彼女はもうミッチの言葉を聞いていないらしかった。深い悲しみに浸り込んでいる。

「ミセス・エンマン?!」

「まったく」彼女がとうとう夢見るような甲高い声で言った。「これからはいったい誰が私道の雪かきをしてくれるって言うの?」

16

「タル・ブリスが初めてだったの」デズは告げた。ベラのジープのラングラーでリモン街道を突っ走っている時で、後ろでは空のペット用ケージがガタガタ音を立てている。夕暮れ――アミティ街道の〈A&P〉の大型ゴミ収集箱では夕食の時間だ。「これまで人を殺したことはなかったのよ」

「あなたが殺したわけじゃないわ」ベラが言い張った。二重あごがもうほとんどハンドルに載っかっている。「彼が自分でやったのよ」

「あたしが会いに行かなければ、彼は今日も生きてたわ」

「そんなことわからないわよ、デジリー」

「いいえ、わかるの」デズは陰気に答えた。「わかるのよ」

「あのね、彼がやったことで自分を責めちゃいけないわ」ベラが叱るように言った。

「マシューガになっちゃうわよ」

「マシューガって？」

「頭がおかしくなる」

「でもそういう噂なの」デズは自分に認めてうなずいた。「あたしにも聞こえたのよ」──もうドルビーサウンドで」

丸一昼夜、凶悪犯罪班の隣にある監察の建物で、ハートフォードから派遣されてきた顔を見るのも初めての警部補に厳しく尋問された。彼は敵意があったわけではないが、好意的でもなかった。とにかく事実を知りたがった。彼は先にソーヴと話をしていた。ソーヴは不文律があるにもかかわらず、デズをかばう努力を事実上何もしなかった。デズもべつに当てにしていたわけではない。もうすでに裏切られた実績があるのだから……。「部下の巡査部長にどうしてずっと事情を説明しなかったのか？」監察の警部補は知りたがった。「時間に追われていたので」と答えて、それ以上は控えた。信用できないからなどというグチを聞かせるつもりはない。「捜査の最中にはそうなることもあります」しかし相手は明らかにそれが適切だとは思っていなかった。彼女が監察を通さずに仲間の警官の個人的病歴を調べたことも気に入らなかった。「でも彼のカルテを調べたわけではありません」デズは反論した。「あの薬剤師のリストで彼の名前を見つけるまで知らなかったのです。わかるわけないでしょう？　あたしは彼に尋ねただけです。彼には多くのことを尋ねました。彼が頭を吹っ飛ばすなど、わかるわけないじゃないですか。もう、あたしは自分の仕事をしていただけなんです」

ただ上層部は、彼女にはもうその仕事をさせるつもりがない。ともかくもしばらくは。公安局調査委員会の正式な結論が出るまでは自宅待機。ともかくも正式な言い方だとそうなる。ディーコンがこのことを彼女に告げた時には、低い真面目くさった声でこう言った。「この事件は物議をかもしすぎたのだ、デジリー。格好がついて、ほとぼりが冷めるまで、お前を半径十マイル以内に近づかせたくないんだよ」

翻訳すれば、上層部は彼女を退場させておくために給料を払う。

ソーヴは私物を片付けるために無法地帯に戻った彼女と目を合わせられなかった。みんなそうだった。兄貴のアンジェロも、ポリート警部も、ポリートがウォーターベリーで自ら選んだ部下のジャンフリードも。誰からも慰めや励ましの言葉はなかった。どんな言葉もなかった。それはまるで彼女などもはや存在していないかのようだった。

立ち去る前に、最後に小部屋から『地獄からのキャットガール』の看板をはずした。

彼女の家の前にはリポーターが集まっていた。が、無言でさっさと通り抜け、ドアに鍵をかけて、シャッターを下ろした。出端をくじかれて、彼らは隣人へのインタビューを試みた。大きな間違いだった。ベラが待ってましたとばかりにまくし立てたのだ。「あなたたちハゲタカもたまにはニュースを取材したらどうなの？」と声を張りあげた。「公立学校は崩壊してるわ。手頃な価格の保健医療なんて幻想だし。それなのに、あなたたちときたら、ちゃんと生きてる人たちの生活を壊すことばっかり考えて！」

それからすぐに、彼らはきれいにいなくなった。

ああ、あたしにも彼女の図太さがあればいいのに。デズは思った。

この強制休暇の初日は身体を動かした。三マイル走った。客用寝室に置いたベンチプレスで、二十ポンドのダンベルを使ってサーキットトレーニングを二セットこなした。芝を刈り、低木を剪定《せんてい》し、花壇の草をむしり、熊手で掃いた。家中、掃除機をかけた。吸い取ったのはほとんどが猫の毛だった。四つん這いになってキッチンの床をごしごしこすってきれいにした。でも、無駄だった——深い動揺は消えなかった。カウンセリングをもちかけられたが、断ったのだ。自分なりのセラピーはある。

「このことにお父さんは何ておっしゃったの？」ベラは前を行くのろのろ運転のトヨタに警笛を鳴らした。街道は夜のお出かけの人々で渋滞している。

「特になし」

「驚いてるようには聞こえないけど」

「驚いてないもの」ディーコンの世界では、家族に特別手当はないのだ。仲裁はしない。特別扱いもしない。

「知りたがったのは、あたしが規則どおりに捜査を行ったかどうかってことだけよ」

「行ったの？」

「ベラ、上層部はいかようにもねじ曲げることができるの。向こうは後知恵を発揮できるという利点があるのよ」仕事を取り戻せる自信はある。こんなことでクビにはできないはずだ。でも、今後は名前の横に星印がつくだろう。出世街道はぬかるみになる。今や汚点がついてしまったのだ。あたしは疵物《きずもの》。

「上層部が何よ」ベラが息巻いた。「あたしだったら、辞めてやるわ」

「それで何をするの？」

「あなたが楽しくなれることを。あなたは若くて、頭がよくて、すごく素敵なのよ――やつらになんか用はないでしょ？」

「それで何をするの？」デズは繰り返したが、自分でははっきりとわかっていた。ただ、戦いから逃げるのは性に合わない。あたしは意気地なしじゃない。弱虫だったことはないのだ。「あたしの言いたいことわかる？」

「いいえ、わからないわ」

「誰もがやりたいようにやったら、社会をまとめている枠組みがすっかりバラバラになって、世界は一直線に……」デズは仰天して喋るのをやめた。「いやだ、これじゃまるでディーコン、父と同じだわ」

「あなたはお父さんじゃないわ、デジリー。他の誰でもない。あなたはあなたよ」デズは愛情をこめてベラを見やった。「大金をはたいてでも、あなたが父と十二ラウンド戦うのを見たいわ」

「それは無理だわね」ベラが混ぜっ返した。「彼は七ラウンドももたないでしょうよ」そして、〈A&P〉の駐車場にガタゴトと乗り入れると、ジープをゆっくりとゴミ収集箱のほうに寄せていった。「それで、彼は電話してきたの？」

「えっ、誰が？」

「ミッチ・バーガーよ。誰のことかわからないみたいな口ぶりね」

デズは頭を振った。「電話なんかいらないわ」

「ホントに？　あたしだったらもらいたいわ。内気なのかもね。彼って内気なの？」

「そうは見えなかったけど。言っときますけどね、そういう関係じゃないの――彼とあたしってことだけど」

ベラが大げさにうわっと声をあげた。「そんな雄牛は外につないで。ノストランド・アヴェニューではそう言ったものよ」

「それってどういう意味なの？」

「嘘ばっかりってこと」ベラは答えて、車を停め、エンジンを切った。

ビッグウィリーは二人を待っていた素振りも見せずに茂みに潜んでいた。あらまあ、汚いこと。また喧嘩をしたらしい。左耳に固まってこびりついている血は、今朝早くにはなかったものだ。

デズとベラはケージに七面鳥の裏ごしの瓶を入れると、無難な距離をとって、紐を手に持ち場についた。ビッグウィリーが近づいてきて、低くうずくまり、見えるほうの目で二人を見た。ケージを見て、もう少し近づいた。二人を見て、ケージを見て……。デズはそっと話しかけた。大丈夫だから、と言い聞かせた。

何週間もそっぽを向いていたビッグウィリーが、今の今になって興味を示すなんて不思議だわ。デズは思った。まるでデズが傷ついているのを察したかのようだ。あるいは、デズがマジに本気でこれ以上人生が悪くなるのはご免だと思っているのがわかったのか。いずれにせよ、今夜のビッグウィリーはそっと近づいて……さらに近づいて……とうとうケージの中にすっぽり収まり、デズは扉をバタンと閉めた。

捕まえた。彼が怒ってシューッと威嚇《いかく》するような声を発した。低く伏せ、二人に飛びかかろうとした。ったく、タチが悪いわ。檻《おり》に入れられた小さなライオンのようだ。それでも、やっと彼を捕まえたのだ。

「ビッグウィリーが家に入った！」デズは小躍りして喜んで、意気揚々とベラとハイタッチした。

「やった！」

明日の朝ジョン医師が彼を徹底的に調べるはずだ。それまではベラのガレージに隔離する。ダーティ・ハリーが帰ってきた今、デズの家は満杯なのだ。それでも獣医から無条件の健康証明書が出れば、ビッグウィリーは間違いなくうちの猫になると思っていた。彼女好みの猫なのだ。それにはダーティ・ハリーに新しい家を見つけてやらなくてはならない。どこにあるだろう？

熱いシャワーを浴び、冷えたサムアダムスを飲んだ。一日身体を動かしたので、心地よく疲れていた。ベラからもらったロールキャベツを温めて、ガツガツ食べた。それから、セラピーのためにスタジオに入った。

イーゼルには、タル・ブリスの写真が二枚留めてあった。職務上の身分証明書からの写真はメディアに配布されたものだ。警官の一般的な正面写真で、目はまっすぐ前を見つめ、あごは力強い。タル・ブリスは州警察官のイメージそのもの――勇敢で、決然としていて、公平――だった。誠実な顔をしている。

もう一枚は、セコイア材のピクニックテーブルにぐったりと座っている事件現場の写真。顔はほとんど吹っ飛んでしまっている。

その写真をじいっと見つめ、感覚をゆっくりと再び覚醒させていった。あたりに漂っていたベーコンとセージの香りを呼び覚ます。湖から聞こえたカヤックの二人の笑い声を。テラスに降り注いでいた木漏れ日を。真っ白なTシャツにエプロンをして、キッチンでフルーツサラダを作っていたタル・ブリスがどんなに心穏やかに見えたか思い出した。続いて、自分の恐怖を、怒りを。それから……。

デズはブドウの木炭を使って、彼を描き始めた。大胆にどんどん線を引いていく。まずはジェスチャー・ドローイングを次から次へと。タル・ブリスを紙に定着させる。具体的な輪郭を求めて、光の方向と中心になる陰影を探す。やがて、練り消しゴムで少しずつ消していくと、輪郭はもっと明確になった。目を細くして吹っ飛んでしまった顔の明暗と、胸に載った銃が投げかける影をくまなく探った。二時間後、デッサンには技術面での効果が現れ出した。立体的だ。持てる知識と輪郭と明暗を動員したのだ。加えなかったのは感情だった。デッサンにはまだ命がなかった。寒々とよそよそしく、そこにあるにすぎない。

〝見えるものを描きなさい、知っているものではなく〟

固いグラファイトのエンピツに持ち替えて、明暗より線に意識を集中した。知っているものから解放されるために、写真をさかさまにして、デッサンしてみた。昔習った練習法だ。タル・ブリスの肖像を左手で描いた。次に目を閉じて描いた。何時間も、夜が更けるまで描き続け、床には描き捨てたデッサンの山ができた。しかし、それでもまだうまくいかなかった。納得できるものは描けなかった。へとへとに疲れ、欲求不満に駆られて、エンピツの使い残りを壁に投げつけた。

信じられない。信じられなかったのだ。

タル・ブリスは殺人者ではない。彼は昔かたぎの警官——奉仕するために生きる善良で立派な男だ。タル・ブリスは規範を信奉していた。人を守るために自分の命を危険にさらすことを厭《いと》わなかった。それが彼の仕事だった。本分だった。

デズはバスルームに行って、木炭のついた手を洗った。頭が猛然と働き出していた……。もしも……ああ、もしもそれが事実だったら？　それなら確かに多くのことの辻褄が合うんじゃない？　もしタル・ブリスがあの人たちを誰一人殺していないとしたら？　愛する女性の命を救うために拳銃自殺したのだとしたら？　ドリー・セイモアをかばっていたのだとしたら？

デズには真実はわからなかった。でも、わからない限り、あの肖像画に命が吹き込まれることがないのはわかった。わからない限り安心できないことも。何があったのかわからないうちは。何があったのか知らなくては。

バスルームの鏡に映る自分をにらんで、そのためにいったい自分は何をやるつもりだろうと考えていると、電話が鳴った。

17

帰りがけにシーラ・エンマンがどうしてもと持たせてくれたオートミール・クッキーの詰まったサンドイッチ用のプラスチックケースは、ペック岬に着く頃には空っぽになっていた。ペック岬には、こちらはこちらでうまみのあるひと口がほしくてたまらないテレビリポーターの大群が張り込んでいた。

ミッチは質問を叫ぶ声にはろくに注意を払わず、その中を猛スピードでピックアップを走らせて橋に乗った。まだ目眩がしていた。タック・ウィームズはブリスと共謀していたのか？　他にもいたのだろうか――三人目が？　それともシーラ・エンマンは頭が混乱した老女で、かわいがっていた生徒にあんな途方もないことが一人でできるはずはないと信じたいだけなのだろうか。

ミッチは知りたかった。絶対に知りたい。

帰宅すると、テープレコーダーを再生した。シーラの声は滝のような落水と比較してもはっきりと力強かった……。「タルがこの計画を一人で創り上げたとは思えないのよ」

彼女の声に耳を傾けた。ますます知りたくなった。

パソコンのスイッチを入れて、仕事にかかった。冒頭の一節で多くの考えを言葉にした。うまくできたと確信した。

「我々の多くが楽しい牧歌的なニューイングランドの風景に憧れを抱いていると思う。それはカーリア&アイヴィス印刷工房のリトグラフの世界。ノーマン・ロックウエルの世界だ。フランク・キャプラの『素晴らしき哉、人生!』にあったクリスマス季節の幸せな感傷が、ヴァーモント州のメープルシロップさながら降り注いでいる場所だ。しかし私はここに、現実は必ずしもファンタジーとは一致しないことをお話ししようと思う。実際にはファンタジーに近いとすら言えないのだ」

記事の頭は確かにできた。が、残りが書けなかった。それがたまらなく苛立たしい。

太陽はすっかり傾いてきらめくブルーの海面低く照らし、リビングの窓から長い影を投げかけてくる。潮が引いたので、散歩に出て潮溜まりを歩いた。蟹《かに》や牡蠣《かき》の間を抜けて濡れた砂を一歩一歩歩いている間も、一つの問いが執拗に彼を苦しめた。なぜ? どうしても振り払えなかった。三日前に作ったアメリカ風チャプスイを温めて、ガツガツ食っている間も消えなかった。なぜ?『太陽の中の対決』のえり抜きの数分間を観ている時も。ニューマンが混血だと他の乗客にじわじわとわかっていく、前半の駅馬車のシーンだ。マーチン・リットのカメラは人を虜《とりこ》にするあのブルーの瞳をひたすら映し続ける。なぜ？　ストラトキャスターのスイッチを入れて、エルモア・ジェームズの古いブルースのナンバー、『イット・ハーツ・ミー・トゥ』をなぞっている間も、まだ消えなかった。

なぜタル・ブリスは世界で一番の親友のタック・ウィームズを殺したのか？　シーラが正しいとしよう。彼とタックは一緒にナイルス・セイモアとトリー・モダースキーの殺害をやってのけたとしよう。でも、なぜ次に彼はタックを殺すのだろう？　親友二人は喧嘩をしたのか？　タックが暴露すると脅したのだろうか。単にブリスが口封じをしたということなのか。それともべつの共謀者が二人を撃った？　今も疑われることなく自由に歩き回っている誰かが？

それでは辻褄が合わない。いや、意味をなすところもあるが、完全に納得することはできない。それはたぶん、ミッチが『太陽の中の対決』のリチャード・ブーンのようなしかるべき悪者を探しているからだろう。でもこれは、教訓がわかりやすく鮮明に描かれた西部劇ではない。これは現実——複雑にからみ合っていて、すこぶる曖昧だ。それに、彼らは実在の人間。実在の人間は必ずしも理性的な理由があって行動するわけではない。実際、理由などまるでないこともあるくらいだ。ともかくもまともで理性的な理由は。

ミッチはベッドに横たわり、暗闇で数時間を無駄にした末に、この不幸な結論に到達した。クレミーは胸に載って、喉をゴロゴロ鳴らしている。その柔らかな毛を優しく撫でてやりながら、天窓越しに半月を見上げていた。ナイルス・セイモアにしても――なぜこれ見よがしに若い愛人を見せびらかして、〈セイブルック岬イン〉に現れたのだろう？ ジェイミー・ディヴァースにも彼女のことを話していた。なぜ妻に隠れて浮気をしている男がそんなことをするのだろう？ なぜそんなに向こう見ずで愚かなのだろう。

ミッチは困惑して、ぐっすり眠り込んでしまったクレミーを起こし、階下に下りて、ココアを作るためにミルクを温めた。冷え込んでいる。暖炉に小さな火をおこした。静寂の中に焚きつけがパチパチと音をたてた。ココアを作り、安楽椅子に座って、炎を見つめた。少しすると、コツンコツンと小さな音がした――クレミーが彼を追って一段一段思い切って階段を下りてきたのだ。彼女はニャアと鳴いて部屋に来たことを知らせると、膝に飛び乗ってきた。そしてしばらくもぞもぞしてから丸くなったと思うと、たちまち寝入った。

ミッチと違って、悩みは多くないのだ。

疑問。いやというほどある……。もし第三の人物がいるのなら、誰だ？ バド・ハヴェンハーストか？　この男のタイミングはやけに偶然が多い。何しろタル・ブリスがナイルス・セイモアを殺すことにしたのと事実上まったく同じ瞬間に、ドリーの蓄えを襲撃することにしたのだ。バドの説明では、ホテルでナイルスとトリーが一緒のところを見た時、ナイルスは出奔しようとしていると確信した。そこで、電光石火ナイルスの魔手から守るために彼女の口座を空にした。信用できる話だろうか？　それとも、バドは本人が洩らしてる以上のことを知っているのだろうか。彼とレッド・ペックはあの日ホテルで一緒だった。二人ともナイルスがトリーと一緒にいるのを見た。でも、見たのは結局この二人だけなのではないのか？　ミトリー警部補はトリーの友だちも同僚も誰もスタンを見ていないと言ってなかったか？　もしそうだとしたら、それはつまり……。いや、待てよ……。

ミッチは不意に畏敬の念に打たれて身を起こした。視線はゆっくりと壁に向かった――ちらちら揺れる金色の炉火の光にコンピュータグラフィックスが燃え立つように輝いている。見ていると、ピースがあるべき場所に収まり始めた。不気味な恐ろしい場所に。ぴったりと。もちろんそのはずだ。すべてのピースが収まった。答えが出た。でもどうやって証明する？　どれにしろ、どう証明する？

ミッチはパッと立ち上がって、クレミーを追い払った。彼女は目をぱちくりさせて訝しげに彼を見上げた。睡眠より重要かもしれないものなど理解できないのだ。ミッチは電話に飛んでいった。警部補に電話しようかと思っていた時に自宅の電話番号を見つけ出していた。それをダイヤルした。心臓がドキンドキンと大きな音を立てている。呼び出し音二回で彼女が出た。

「起こしちゃったかな?」もしもしとも言わずに尋ねた。

「あら、いいえ……」声は慎重で落ち着き払って聞こえる。「絵を描いていたの」

「それはいいね。けどどういう風の吹き回しだい? 話し合ったことを考えてみたのか?」

「他にいくつか考えることがあってね、ミスター・バーガー」

「ミッチじゃないのか?」

「あたしの自宅の電話番号がどうしてわかったの、ミッチ?」

「ほら、ジャーナリズム学部を出てるもんで。その手のことを教えてもらえるんだ」

「それで時計の見方は教えてもらわなかったの? 午前四時なのよ」

「何かあれば電話しろって話だっただろ」

「ああ、あの時はね。でも今は、聞いてないなら教えるけど、自宅待機の身なの。だからかまわなければ……」

「かまうさ。フェアじゃないよ。連中の仕打ちだが。新聞に載った君に対するコメントにしても。フェアじゃない」

「フェアなんてあり得ないのよ。もしあたしがそれなりに決着をつけられなかったとしたら、彼らはあたしの力では無理だったと言ったでしょうよ。どっちに転んでもあたしは欠陥品ってことになるのよ。典型的な勝ち目のない状況だわ」そこでちょっと黙り込んでから、「実はあなたに伝えるつもりだったことがあるわ。タル・ブリスが死ぬ前に話してくれたんだけど……」と続けた。

それは、ミッチがもう少しで列車の前に突き落とされるところだったニューヨークでのあの日のことだった。バド・ハヴェンハーストが駐在に、やったのはマンディだと告げたというのだ。彼女にとってはセックスゲームだった。彼ら二人にとっての。バドはあの夜彼女がミッチを誘惑しようとした時には部屋にいたくらいなのだと。

ミッチはこの知らせを長いこと考えた。感情は怒りとただのひどい不快感の間で揺れていた……やっぱり、俺にはあの人たちのことは理解できない……。結局こう答えた。「俺は信じないな、警部補。ああ、バドがあそこに隠れていたというのは信じられるかもしれない。そんな胸糞の悪くなることをわざわざでっち上げるわけないだろ？　でもそれ以外は無理だな」

「あたしもよ」彼女が同意した。「単純に言って、計算が合わないもの。マンディ・ハヴェンハーストの体重は、そうね、百二十ポンド？　百二十五？　で、あなたは

――」

「ずっと重い」ミッチは急いで認めた。

「彼女があなたを引き戻そうとしたって間に合わないわ。たとえ彼女にその気があっても。そんなに強くないもの。かなり大きな男じゃなきゃ無理よ」

「となると、どっちかだな」ミッチは考えながら言葉を続けた。「マンディが本気で俺を殺そうとしたか、バドが犯人についてタル・ブリスに嘘をついたか。君はどう考えてる？」

「考えることはもうないと思ってるわよ」警部補がうんざりしたように答えた。「ねえ、いったい何が望みなの？」

「この事件は決着がついたとは思えない。俺はそれも信じないよ。君が信じてるとも思えない。君はきっと満足していない」

彼女が辛辣《しんらつ》にふっと笑った。「満足？　それはまたヘンな言い方ね」

「そうか、よし、それじゃべつの言い方をしよう――君はタル・ブリスがあれを全部一人でやったとは信じていないんじゃないか？」

「事件は決着したのよ、ミッチ」

「答えになっていないぞ。君はどう信じてるんだ？」

「証拠を信じるわ」

「俺もさ。だから電話したんだ。すごく重大な質問があるんだ。ブリスが自殺でなかった可能性はあるか？」

彼女が黙り込んだ。あまり長いこと黙っているので、ミッチは言った。「もしもし？」

「なあに、彼は殺されたのかってこと？」彼女がようやく答えた。「あり得ないわ。あたしは二秒きっかりで現場に到着したの。現場から逃げる人はいなかった。検死官も争った形跡はまったくないと言ってる。着衣は汚れていなかった。皮膚もきれいだった——顔に火薬による火傷があっただけで。銃に残っていた指紋は彼のものだけ。遺書の筆跡は彼のものだった。いいえ、あれは自殺よ。確信してるわ」

ミッチは彼女の話を慎重に考えた。その点ではシーラが間違っていた可能性もある。でも、だからといって、必ずしも彼の仮説がボツになるわけではない。べつの解釈もある。もっと単純なやつが。

今度はミトリー警部補のほうが沈黙に突入してきた。「それであなたはどうするつもりなの？」

「トリー・モダースキーは仮名で〈セイブルック岬イン〉にチェックインしたと言ってたよな」

「そう。アンジェラ・ベッカーというのが免許証の名前だったわ」

「アンジェラ・ベッカーとナイルス・セイモアが一緒のところを誰か見たのか？」

「ああ、そうよ。バド・ハヴェンハーストとレッドフィールド・ペックが。二人はトリーの写真からアンジェラはトリーだとはっきりと確認したわ。でもこれは新しい情報じゃないわ。あなたも知ってる話よ」

「いや、他に二人を見た者はいるのかってことだよ」

「たとえば？」

「たとえば客室係とか、ホテルマンとか。食堂にいた他の宿泊客とか」

「覚えてないわ。なあに、それが重要なの？」

「超重要だ」

「それじゃノートを取ってくるわ、いいわね？」

うずうずしながら彼女が取ってくるのを待った。戻ってくる足音が聞こえた。たくさんのニャアも。

「他には確証証言は見当たらないわ」彼女がノートのページをめくりながら言った。

「いないってことね」

「それじゃ二人が一緒のところを見たのはバドとレッドだけってことか？」

「そうね。それがどうしたの？」

「明日はどこにいるつもりだい、警部補？」

「午前中にニューポートまで車で行くわ」

「途中で拾ってくれ。一緒に行くから」

「うーん、わかったわ、誘った覚えはないけど」

「でもビッグシスターには近づかないでくれ。俺たちが今も接触してることを人に知られたくないんだ。オールド・セイブルックのスーパー、〈ストップ&ショップ〉の駐車場で待ってるよ。車は？」

「いつものよ、でも——」

「よし、十時頃でいいかな？」

「わけを聞かせて。一つでいいからちゃんとした理由を」

「二つあるな。ニューポートには世界一のニューイングランド・クラムチャウダーを出すと言われる〈ブラック・パール〉って店があるんだ。それに話がある」

「何の？」

「何じゃない」ミッチは言い直した。「誰だよ」

彼女がむっとして、息を吸い込んだ。「それじゃ誰の？」

「ヤンキースの往年の名キャッチャー、ヨギ・ベラさ——『終わるまではわからない』だよ。お休み、警部補」

ミッチは受話器を置くと、パソコンのスイッチを入れた。頭の中で計画が形作られている。巧妙で、大胆不敵で、成功間違いなしの計画。実行に移して書き始めた。指がキーボードを駆け巡り、おとなしく座っていられないほど興奮しているのがわかった。

きっとうまくいく。ミッチにはわかっていた。

なぜわかるかと言えば、前に映画で観たことがあるからだ。

18

ミッチ・バーガーの車高の高い深紫色のピックアップトラック、スチュードベイカーを〈ストップ&ショップ〉のがら空きの駐車場で探すのはべつに難しくなかった。デズが隣の空いたスペースに車を乗り入れた時には、本人は運転席に座って、神経質に指でハンドルを叩いていた。

やがて隣に乗り込んできたが、服はくしゃくしゃ、ひげも剃っていない。髪はとかしていないし、悲しそうな子犬の目は赤くはれぼったい。「おはよう、警部補。風邪の具合はどうだい？」

「風邪じゃないってば。それに、ホントのところを知りたいなら教えるけど、あなたよりずっと元気よ」

「昨日はあまり寝られなかったんだ」

「どうしてこんな秘密に？」エンジンをアイドリングさせたまま、覆面パトカーに並んで座って尋ねた。

「島の住人に一緒のところを見られないことが重要なんだ」

「それなら聞いたわ。でも理由を教えてくれないじゃない」

「パトカーに乗るのは初めてだよ」ミッチが急に熱心に車内を見回した。「パソコンは搭載していないのか？」

デズは首を振った。「移動データ端末装置はものすごく費用がかかるの。あたしたちは大所帯の公共機関でしょ。所帯が大きくなればなるほど、最新設備の導入は遅れるのよ。国税庁はいまだに二十年も前の旧式の装置を使ってるわ」

「おや、そいつは元気づけられる話だな」

「あそこより古い装置を使ってるのは連邦航空局だけだわね」

「おや、そいつはヤバイ」ミッチの手は忙しくダッシュボードを探っていた。「これは何だい？」

「無線よ」

「何に使うんだい？」

「あたしのものに触るのをやめてくれない?!」

「悪かった。今朝はちょっと神経が高ぶっていて」彼が言った。「君もいささか機嫌が悪いんじゃないか？」

「十分な理由があるのよ」デズはぷりぷりして答えると、車を1号線に乗せて、I－

95号線のランプに向かった。

主として不安があった。ミッチにタル・ブリスの自殺にはもっと何かあるかもしれないと言われて、それを見つけ出さずにいられなくなった。何かあってほしいと必死で願った――彼の死に対する責任を少しでも軽くしてくれるものがあってほしい。それに、ミッチの同行を許したのはもう一度会いたかったからだと、心の底ではわかっていた。もっともこうして隣に座られてみると、なぜ会いたかったのかわからなかった。彼は太っている。彼は変わっている。彼は高校の化学の教師みたいな服装をしている。その上ピリピリしていてうるさくて、断然白い。

〝ったく、あたしったら何を考えていたの?〟

車をハイウェイに乗せて、北に向かった。ニューポートまでは海岸沿いを一時間半ほどで、多くはミスティック、ストーニントン、それにロード・アイランドのウォッチヒルといったハッとするほどゴージャスな沿岸小都市を通る。中でもウォッチヒルはアメリカ最古のメリーゴーラウンドがあることで傑出している。デズは右のレーンで無難な六十マイルを保った。車やトラックが慎重に長々とその後ろに続いた。「いいわ、わかった。話して」

「君からだ」彼がこだわった。「どうしてニューポートに行くんだ?」

「今日クラウザー本部長が北東部法科学者協会の昼食会で講演するからよ。その後なら引き留めて話ができるから。そうでもしないと、とてもじゃないけど近づけないの。家から出てきたところを捕まえるならともかく。でもそれじゃまずいでしょ。ストーカーになっちゃうもの」

「これは違うのか？」

「どうしても話さなきゃならないのよ」デズはきっぱりと言った。

「おや、彼がいったい何を知ってるんだ？」

「ロイ&ルイーザ・ウィームズに本当は何があったのか。その死の裏にある真実。ドリー・ペックのレイプの裏にある真実」

「えっ、ドリーはレイプされたのか？」

「ロイに」デズは横目でちらりと彼を見て断言した。「タル・ブリスが遺体を発見した。クラウザーが捜査を担当したんだけど、報告書は穴だらけなの。だから会わなきゃならないのよ。彼の知っていることを見つけ出さなきゃならないの」

「それならお互い様だ」ミッチがやる気満々で手をこすり合わせた。「こいつはいい。俺の記事もずっとよくなる」

「記事って？」デズは鋭く問い詰めた。「記事の話なんて聞いてないわよ」

「うちの日曜版に記事を書いているんだ」

「あなたはその手のジャーナリストじゃないと思ってたけど」

「通常はやらない。でも通常今回のようなことが俺に降りかかることはまずないだろ。だから頼まれた時にはイエスと答えた。何だ、困るのか？」

「当然よ。一緒に来るのを承知した時には、あなたがニュースメディアの一員として動いてるなんて知らなかったんだから」

「車から放り出すつもりじゃないだろうな？」

「考えてるわよ」デズは怒って息巻いた。「マジにそうしてやりたいわよ」

車内は張り詰めた沈黙に包まれ、車はストーニントンに近づいていった。ロード・アイランド州境に近いかつてのポルトガル人の漁村は、今ではヨットマンの天国になっている。瑞々しい緑の牧草地と湿地に囲まれ、かなたでは海峡がきらめいている。放り出してやる場所としては悪くない。が、それでも家までは遠い。それに、穏やかな朝の青空も地平線に沿って赤い筋が見える。日が暮れる前にきっと嵐になる。

「ねえ、できるだけ詳しく教えるわ」デズはようやく口を開いた。「けど彼にはあたし一人で会わなきゃ。それに事件のこの部分についてはあたしを情報源として引き合いに出さないでね。そうじゃなくてももう十分厄介なことになってるんだから。それでどう？」

「了解。ただ、どうして彼が話してくれると思うんだい？」

「きっと話すわ」

「おや、君の親父さんが副本部長だからか？」

「そんなことは何の関係もないわ」ミッチの視線が感じられた。

「どうして親父さんのことを話してくれなかったんだ？」

「あなたは家族の話をした？」

「いいや」彼が認めた。「してない」

「それじゃどうしてあたしが家族の話をしなきゃいけないわけ？　それに、あたしのことはいいわ。今度はあなたの番よ。話して」

「駄目だね」彼が腕を組んだ。「君がクラウザーに会う前に話したら、唯一の取引材料を渡してしまうことになる。それじゃ君が俺に情報を教えなきゃならない理由がなくなってしまうだろ」

「あら、そう、あたしたちの関係は刻々と悪化してる……」

「俺たちに関係なんてないぜ――仕事となったら。まず君がクラウザーと話す。そうしたら俺も話す。今はせいぜい景色を楽しもうぜ。美しい地域じゃないか？」

デズはすぐさま路肩に乗り上げて、車を停めた。頭から湯気を立てていた。

「おい、緊急の場合以外は違法なんじゃないのか？」

「ああ、十分緊急なのよ」エンジンをアイドリングさせて、デズは答えた。後続の車がビュンビュン音を立てて通り過ぎていった。「あなたが命拾いできるように、９１

1を呼ぼうとしてるんだから」

彼が腹立たしくもにやりとした。「こんなことはきっとしょっちゅう聞いてるだろうが、怒った時の君ってすごくきれいだね」

「人を困らせるんじゃないの、生パン!」

ミッチの目が丸くなった。「生パン? また人種差別的なニュアンスを感知したかな?」

「感知すべきはその顔面にあたしのこぶしがめり込もうとしてるってことよ!」

「警部補、俺は自分の仕事をしようとしてるだけなんだ」彼が根気よく説明してきた。「立派な仕事じゃない。それはわかってる。リポーターなんて立派な人間じゃない。それもわかってる。でもこの記事は、この恐ろしい悪夢を俺の中から追い出すためにやらなきゃならないことなんだ。それはわかってもらえるだろう?」

「たぶん」デズは彼を観察しながら認めた。「でも言っておくわ——あたしはあっちのあなたのほうがずっと好きよ……自分のことを何て呼んでたかしら、カビ?」

「キノコって言ったと思うが。でもそれならお互い様さ」

「そうなの? どう?」

「俺だって君が食うに困ってるアーティストのほうがいい。だからこれは引き分けってことにしよう、なっ?」

「あなたは好きにして。あたしにとっては、あなたはもう不快なサイテー男でしかない——完全に自分を見失ってる男よ。でもかまわないわ。承知の上だって顔だから」デズは車を発進した。目は道路を見つめ、背筋を伸ばして、両手はしっかりハンドルを握っていた。

それからしばらくはどちらも口をきかなかった。

とうとう沈黙を破ったのはミッチだった。その頃にはもうロード・アイランドに入っていた。「わかったよ、いささか手札を過信してしまったかもしれない」と認めた。

「かもしれないはいらないわよ」

「でも君は案外俺に悪いことをしたと思わせたいだけかもしれないから、手の内を教えるよ」

デズは聞き流して、黙って運転しながら待った。

「だから、俺はフィボナッチの数列をやってるんだ」彼がとうとう明かした。

眉を寄せて彼を見た。「待って、待ってよ……。それって壁に掛かってた絵の名前じゃなかった？　あの線のたくさんある」

彼がうなずいた。「そう、妻の設計図だ。黄金分割——古代まで遡《さかのぼ》る比率の基本体系——のバリエーションなんだ」

「ミッチ、どうして幾何の話なんかするの？」

「幾何の話じゃないさ、警部補」彼が静かに答えた。「人間の話だよ」

それだけ言うと、ミッチ・バーガーはぴたりと口を閉ざした。馬車小屋で初めて尋問した時と同じだ。こうなると何も聞き出せない。ともかくも今は。

〝ったく、彼はいったい何の話をしてたのかしら？〟

ホープヴァレーでI－95号線を下り、１３８号線に入った。田舎じみた二車線道路で、低い肥沃な農耕地帯をくねくねと抜けて、ナラガンセット湾に出る。橋を渡ると狭いウェストパッセージを通ってジェームズタウンへ。そこにニューポートブリッジの料金所がある。ニューポートブリッジを渡って、今度は広いイーストパッセージからニューポートに入る。植民地時代の薄汚い港町を、ニューヨークの新興成金が一九世紀終わりに夏の行楽地に変えたのだ。当時は、ヨットマンはマリーナに引き寄せられた。観光客はベルヴュー・アヴェニューの巨大な邸宅群にぽかんと見とれ、歴史的ウォーターフロントを散策した。道路が狭くて、車は入れなかったのだ。

ランプを下りたところで右に曲がり、ニューポートのダウンタウンを示す標識をたどった。広大な二つの墓地の間を抜けてから、右折するとアメリカズカップ・アヴェニュー。目指すはゴート島の〈ダブルツリー・イン〉、マーケット広場の先の港に位置する昔の海軍施設だ。ゴート島への連絡道路はブリッジ通りを過ぎたところにある。連絡道路のたもとには小さな公園があった。ベンチが造船所と隣接した地区を見晴らしている。ワシントン通りに面して完璧に修復された築三百年の家々が並ぶ地区だ。

腕時計をちらりと見た。十二時半を過ぎたところだ。

「〈ブラック・パール〉はここから歩いていける」ミッチが言った。「そこで待ってるよ。スプーンを持って」

デズは公園に車を寄せて停め、窓を巻き降ろした。微風は涼しく、湾の匂いがツンと鼻を突いた。西の空を見ると、くすんだグレーの雲がローズ島の灯台の向こうに広がり始めている。

「ねえ、悪かったわ」デズは言った。「生パンなんて呼んでごめんなさい」

「気にするな。俺はプロだ。交渉に影響はないさ」

「そんなことを後悔してるわけじゃないわ」

彼が好奇心に駆られたという顔で見つめてきた。「あんなふうによく怒るのか？」

「まさか。いいえ、ほとんどないわ」

「残念だな」

「どうして？」

「次の時には、キスせずにいられないかもしれないからさ。マジに我慢できそうもないんだ」彼がドアを開け、明るく微笑みかけてきた。「幸運を祈るよ、警部補。本部長が今日は喋りたい気分だといいんだが。正直、彼が秘密を守れなきゃいいと思うよ」それだけ言うと、ミッチ・バーガーはドアをバタンと閉め、ワシントン通りを波止場に向かってドタバタと歩いていってしまった。

デズはその姿を見送った。何度も繰り返される悪夢に突然はまってしまったような気分だった。不意に気がつくと、飛行機に乗っているのだが、荷物もなく、行き先もわからず、自分がなぜ乗っているのかもわからないという悪夢。

でも、これは夢ではない。これは実際に起きていること。彼女とミッチ・バーガー。二人の間で。わけがわからない。まるでわからない。

ようやく震えが止まった時には、彼はもう三ブロック以上も離れ、遠くの歩道のしみにしか見えなくなっていた。

〈ダブルツリー・イン〉はニューポート港をもっとよく見ようとばかりにゴート島の北端にうずくまっている。素晴らしい眺望を除けば、標準仕様の月並みなホテル――まずまず新しく、まずまず大きくて、軍の補給所程度には素敵だ。

積み込み区画に車を置いて、中に入った。ロビーは狭く、天井も低い。ピアノバーがある。ギフトショップもある。鉢植えのヤシがある。長い廊下が舞踏室に続いている。矢印をたどっていった。

舞踏室前の広間に受付のテーブルが用意されていた。広間にはニューイングランド中から集まった何百という実験用ラットが胸に名札をつけ、ソフトドリンクを手にうろうろしている。そうした法科学者の多くが女性だ。犯罪研究所は昔から警察のキッチンと考えられていて――女性のほうが優れていてもかまわないのだ。この人たちは年に一度、情報交換を兼ねて、キャピラリー電気泳動分析とか、ヘッドスペース・ガス・クロマトグラフィーといったワークショップに参加するために集まる。舞踏室の一つには、実験用顕微鏡やカメラのメーカーが展示ブースを出している。

タイミングはよかった。恒例の受賞昼食会がちょうど終わったところだ。

目当ての男は濃紺のスーツに磨き上げた黒のウィングティップ姿で舞踏室の戸口に立ち、一般人と握手して、魅力的にふるまっていた。ジョン・クラウザーは六十歳、きりりと厳格、家庭人、教会に行く男、そして髪をばっちり決めた男だ。彼は魅力的にふるまうのがとてもうまい。ものわかりがよく、思いやりのある偏見のない男に見せるのもとてもうまい。ところが実際はそのどれでもない。彼はタチの悪い悪意に満ちた下司野郎で、接近戦を得意とする筋金入りの政治的ボクサー、強打をお見舞いすべく常に即応態勢にある。彼はまた、知事のポストを狙っている男としても知られている。

彼はデズが隅に立っているのを見つけると、温かく迎えて、人々に紹介した。それから、さりげなく彼らから引き離して囁いた。「来ると思っていたぞ、警部補」

「本当に？」デズは驚いた。「どうしてですか？」

「バック・ミトリーの娘だからさ」いくらかやつれた細面の顔には政治家の表向きの笑みを張りつけている。「君は馬から落とされた。それが気に入らない。とんでもない話だ。ディーコンも気に入らないだろう。もっとも彼は君がここにいることは知らないと、私の年金計画をそっくり賭《か》けてもいいが。言わせてもらえば、ものすごい計画なんだが」

「あたしが参りましたのは――」

「ここではいかん！」彼はそう警告すると、参加者に手を振りながら、デズを広間から連れ出していった。

本部長は空いている宴会場を見つけてデズを入れるとドアを閉め、すぐさま笑みも魅力も引っ込めた。「何しに来たかくらいちゃんとわかっているさ、警部補」彼がぶっきらぼうに告げた。「でも話すことは何もない。何一つ」

「話してくださらなくてかまいません」デズは言った。「タル・ブリスから聞きました――自殺する前に」

本部長が彼女の目をじいっと覗き込んだ。「盗聴器は着けていないな？」

「もちろんです」

彼はあごをぐいと上げて、デズを上から下まで横柄《おうへい》に眺め回した。「発信はしていないだろう。それにはバックアップが必要だが、今君より追い込まれている人間がいるとは思えない。でも私なら、きっとテープレコーダーを考える」それならデズも考えた。「私はそこまで馬鹿ではないが」デズも馬鹿ではない。「それでも身体検査をさせてもらうぞ」彼が断固として結論を下した。

「どうぞ」デズは着ていた軽い濃紺のブレザーを脱ぎ、両腕を脇に広げた。「どうぞ叩いてみてください」

彼はまずブレザーを調べた。襟の折り返し、ポケット、裏地と慣れた手つきで調べていった。それから彼女本体に取りかかり、ブラウスの襟の折り返しとポケットの中を慎重に調べると、胃から腹、脇、腰のくびれ、パンツのウエストバンド、腿《もも》、ふくらはぎ、足首と触れていった。次に頭皮とドレッドヘアをアタマジラミでも探すように調べた――その間ずっと冷淡にこちらの目を覗き込んでいた。デズもまっすぐに見返したが、どっちつかずの表情を浮かべていた。こうした心理戦なら、ウェストポイントでみっちり鍛えられた。我慢できる。ただ、ほとんど息もできず、心臓はドキンドキンと音を立てているので、防音になっている宴会場の静寂の中では彼にもきっと聞こえていると思った。

彼の目はと言えば、気味が悪いほど生気が感じられず輝きを失っている。本部長は瞬《また》きすらしなかった。

何も見つからないとなって、ブレザーを返してきた。「はったりをかけているな、警部補。三十年前ビッグシスターであったことについて、ブリスは何も話してはいない」

「そうならいいのですが、違います」

本部長はむき出しの宴会テーブルから椅子を引き出すとくるりと回して座り、膝についた稲穂色のカーペットの糸くずを払った。そしてパーラメントのパックを出すと、使い捨てライターで火をつけて、深々と吸った。

「ここは禁煙です」デズはドアの上の標示を指差した。

「それじゃ逮捕するんだな」ちらりと見回して灰皿を探したが、見つからないので、カーペットに灰を落とし、「話してみろ」と気短に言った。

デズは椅子に座った。世界一ずば抜けた天性のペテン師ではないので、慎重に口上を準備してきた。「タル・ブリスの話では」低い落ち着いた声で話し始めた。「殺人現場に駆けつけると、若いドリー・ペックが階段に座っていた。彼女は手がつけられないほど泣きじゃくっていた。取り乱していたが、その両手にしっかりとショットガンを握りしめていた」

クラウザー本部長は何も言わなかった。煙草を吸いながら、こちらを見守っているだけだ。シャンデリアの光が、彼の固まってしまったような髪にきらめいている。目は、相変わらずまったくの無表情だ。

デズはさらに踏み込んだ。「ブリスは、彼女からショットガンを取り上げて、死んだロイ・ウィームズの手に持たせ、ロイが自分で撃ったように見せたと話してくれました。実際にもそう記録されました——本当は違ったのに。ロイを殺したのはドリーだったのです。あの男は彼女をレイプした。だから彼女は彼をその汚れたベッドで撃った。屋敷で仕事をしていた妻のルイーザは、銃声を聞いて駆けつけた。そして、階段を上がったところを、やはりドリーに撃たれた」言葉を切って、本部長の反応を待った。まだ何も言わない。でも否定もしなかった。どの部分にも。「あなたはとんでもなく困った事態にぶち当たってしまわれたのです。ドリーは二人の殺害で服役しなくてはならないはずだった。まあ、ロイのほうは違うかもしれませんね。正当防衛かもしれない。でもルイーザは？　こちらは逃げようがありません。でも実際には、逃げようがなかったのはロイ&ルイーザのほうだった。二人は貧乏白人で、ドリーは大使の娘。金持ちの困った娘は、あなたがどうしようと、精神病院に長期入院することになるのは目に見えていた。そこであなたは一族の便宜を図る方向で事態を処理した。報告書には銃から彼女の指紋が検出されたという記述もなく、彼女があの銃を撃ったかどうかを調べる検査を行ったという記述もありませんでした。彼女がレイプされたことまで封印された。あなたは彼女が犯人なのを承知で放免した。みんな知っていたのにです」

クラウザー本部長は最後に深々と吸ってから、煙草を靴のかかとでもみ消した。そして、吸い殻をテーブルに置くと、両手を膝の間で組んで、彼女に向かって眉を上げてみせた。「それで、私から何が聞きたいんだ、警部補？」

「真実。それだけです」

彼がぞっとするような笑い声を洩らした。「真実だと？　私は警察に三十五年間奉職してきたが、一つ学んだことがあるとすれば、真実とは誰かがこれを真実にしたいと望んだものだということだ。O・J・シンプソンが、誰かがニコールとロンを切り刻んでいる間、自分は前庭の芝生でチップショットの練習に励んでいたと語った時には、真実を話していたのだ。ビル・クリントンが我々に指を振りながら、あのルインスキーと性的関係を持ったことはないと語った時には、真実を話していた。ドリー・ペックがロイ＆ルイーザ・ウィームズを殺したか？　真実が知りたいだと？　彼女はやったかもしれない。私にはわからない。当時もわからなかった」

「でも彼女を自由の身にされました」

「当局の意向に沿っただけだ。私は、ちょうど今の君のように、怯えてうろたえた若造だった。結婚したばかりで、給料でぎりぎりの生活をしていた。ところがあの娘はペックだ。金持ちエリートが一般とは別扱いになるくらい言うまでもないだろう。言わせてもらえば、だからこそ彼らは金持ちエリートでいられるのだ」

「タル・ブリスとはどれくらい親しかったのですか？」

彼が不思議そうにちらりとこちらを見た。「おや、彼はどう言っていた？」

「親しくなかったと」

「それじゃどうして私に訊く？」

「彼がヴェトナムから帰還すると州警察官になったからです」

「ああ、あれはいかなる口止めでもない、君がそうにらんでいるのならだが。タルは頭もよく、有能だったから、州警察も喜んで採用した。私も折に触れて、顧問にならないかと持ちかけた。彼は駐在などに甘んじていてはいけない男だからだ。が、耳を貸そうとしなかった。ドーセットで仕事ができればよかったのだ」

最も簡単な理由で、とデズは思った。ドリーの世話ができるように。

「本題に入ろう、警部補」クラウザー本部長が怒鳴って、唐突に話を戻した。「ブリスが教えたとされるこの話を他には誰が知っているんだ？」

「誰も」

「ディーコンは？」

「知りません」

「監察は？」

「知りません」

「まっすぐ私のところへ来たわけか？」

「そうです」

「よし、それでは私はこう考える、警部補」彼が喋り出した。「君は途方もなく頭が切れるか、途方もない愚か者だ。君の捜査手順が現在監察の調査対象になっているからだ。ここに来て、見当違いの非難を浴びせたことがひと言でも私の口から伝われば、君はもはやコネティカット州警察にはいられなくなる」そこで言葉を切って、考え込むようにあごを撫でた。「私は君のお父上をよく知っていると思いたい。彼は愚かな男ではない。そこで君の遺伝子に免じてやろう。君がまっすぐ私のところに来たのは、取引をしたいからだと思う。私が君に感謝して——感謝のあまり、今はまり込んでいる事態から何とか君を助け出してくれると考えた。そんなところか？」

デズは答えなかった。

クラウザーが鋭い目でじっと見つめてきた。「一方では、これが君の一発逆転の大勝負だってこともあり得る。君はもう引っ込みがつかないところまで来ていて、私はチェーンソーを手にここに座っているというわけだ。どっちだね、お嬢さん？」

「あたしは、トリー・モダースキー、ナイルス・セイモア、それにタック・ウィームズを殺した犯人を探し出そうとしているんです」デズは静かに答えた。

「タル・ブリスだ」クラウザーがあっさり答えた。「明らかだ。疑いの余地はない。事件は決着した。どうしてそれが受け入れられない、警部補？　私は納得した。誰もがしたんだ」

「三十年前にドリーがあの二人を殺したのなら、今回も彼女がやった可能性があるからです。そして、タル・ブリスがそれを知ったら、彼女をかばうために自らの命を絶ったこともあり得ます」

「信じられんな」彼が素っ気なく答えた。「いくら何でもそこまでの犠牲を払う者はいない」

「彼なら払ったでしょう。八歳の時からドリーを愛していたのです。それであたしの捜査が終わるとなれば、間違いなく犠牲を払ったと思います。絶対に」

クラウザーは椅子から立ち上がると、ポケットに手を突っ込み、うわの空で硬貨やキーをジャラジャラさせながら神経質に部屋を歩き回り出した。ようやく歩くのをやめると、厳めしく彼女を見た。「私の考えが知りたいか？」

「はい、ぜひ」

「ここでの話はなかったことにしようと思う。君はひどい扱いを受けた優秀な警官だと思う。この監察騒動は立ち消えになるだろう。実際そう保証してもいいくらいだ」

デズの表情は、表向きは用心深く真剣なままだった。が、内心では何度も側転をやっていた。間違っていなかった。推理はどれ一つ間違っていなかった。

「そうなれば」彼が続けた。「君を私の直属に再配置したい。政治的にはお互いのためになるはずだ。私は君の出世の手助けができる。君はマイノリティの共同体で私の役に立つ。君は好感度抜群だ。すこぶるテレビ映りのよい、洗練された話し方のできる若い女性だ。特にそのヘアスタイルが気に入ったよ」

「そうですか？」デズにはここでヘアスタイルが話題になるのが信じられなかった。

「そうとも」彼が大真面目に答えた。「革新的でモダンな人間だという印象を与える。社会の動向を理解している人間だと」本部長が彼女に引きつった笑みを向けた。ひどい苦痛を伴うかのようだ。あるいは本当に伴うのかもしれない。「いいかね、警部補、真価が問われる場では、我々の思いは同じだということだ」

「そうなんですか？」デズは挑むように尋ねた。

彼が再び目を細くしてじっと見た。「違うのか？」

「わかりません。この事件が決着したとは思えないからです。犯人はまだ自由に歩き回っていると思います。本部長もそのことはおわかりのはずです。そこだけは絶対に譲れません」

クラウザー本部長がにらんだ。こめかみの血管が盛り上がっている。「一つ説明させてもらおう」低い脅すような口調だ。「君が友人でないなら、君は敵だ。私を敵に回さないほうがいいぞ。わかるな？」

「もちろんです。率直に言っていただきありがとうございます。それにお時間をありがとうございました。どうぞよい一日を」デズはドアに向かった。

「どこへ行くつもりだ？　話はまだ終わっていない――！」

デズは本部長を残して宴会場を出た。そのまま立ち止まらなかった。振り返ることもなかった。しっかり顔を上げて、長い廊下を堂々とロビーに向かって歩いていった。意気揚々としていた。顔には笑みが浮かんでいた。確かに微笑んでいた。

でも、このヘアスタイルは絶対に変えなくてはならない。

「すごい手を使ったな」ミッチ・バーガーが感嘆して言った。テーブルを挟んで、スープにかぶさるように座っている。「ドリーがウィームズ夫妻を殺害したことを突き止めて、州警察のトップに三十年前の犯罪を隠蔽《いんぺい》したことを認めさせた。すごい話だ。が、一つ問題がある」

「何よ？」デズは詰め寄った。

彼はパンの塊をちぎって噛んだ。口は閉じない。「ドリーはナイルス・セイモアもトリー・モダースキーもタック・ウィームズも殺していない。俺には確信がある」

〈ブラック・パール〉はバニスター波止場にあり、製帆工場だった建物をそのまま転用している。准将の部屋と呼ばれる正式な食堂があり、カジュアルで騒々しいバーがある。ミッチはそのバーで、シャツの襟にナプキンをたくし込んで、いい香りのニューイングランド風クラムチャウダーの三杯目をズルズルすすりながら食べていた。この男がスープを食べると、勢いよく流れる配水管そっくりの音がする。彼の前には山盛りのパンと、ビールの大ジョッキ。どう見ても飢えているらしい。

デズはウェイトレスが現れるとコーヒーを頼んだ。

ミッチが仰天した。そして、「チャウダーを食わないのか？　絶対に食わなきゃ。食わないなんて冒瀆《ぼうとく》だぞ。冒瀆だって言ってやれよ」とウェイトレスに命じた。

「地獄に落ちるわよ」ウェイトレスがうなずいた。

「コーヒーを」とデズ。

ウェイトレスがコーヒーを取りに行った。

ミッチがテーブル越しにじっと見つめた。「緊張してると食えないんだ、そうだろ？」

しぶしぶうなずいた。

「俺はやたら食っちまう。君の体型がそうで、俺の体型がこうなのはそのせいだろうな。こいつは二人の大きな違いだ」

「あら、驚きね——一つあったなんて」身ぎれいにしてあげたらこの人はどんなふうに見えるかしら。デズは思った。たとえばトレッドミルを三ヵ月やらせて、おやつはなし、きちんとした服装と端正なヘアスタイル……。どうかしら？

いつも腹を空かせている平凡な見てくれの白人ができ上がるだけだ。

コーヒーが来るとひと口すすり、彼に向かって頭を振った。「ドリー・セイモアが犯人でないなら、タル・ブリスはどうして自殺したのよ」

「君の言った理由でさ」ミッチが答えた。「ドリーがタックの両親を殺したという真実を君に暴露されるのを恐れたんだ。君の捜査を手っ取り早く終わらせるために自殺したのさ。それだけは本当だ。でも理由は他にもあった。山ほどあったんだ」

「何よ——ブリスが彼らを殺したからだって言いたいの？」

「イエスでノーだな」

「もう、謎かけはやめてよ」

「さっき言っただろ——すべてはフィボナッチの数列に戻るんだ」

「幾何の話で人を煙に巻くのもやめてほしいわ。こっちは何とか聞かないようにと思ってるんだから」

「でも聞かなきゃ」ミッチが言い張った。「これは法なんだ。君が関わってる法ではないが、調和の原則で――」

「はいはい、黄金分割ね。それは……？」

「小さいほうと大きいほうの割合が、大きいほうと全体の割合になるように分割された線だ」

「つまり……？」

「フィボナッチの数列というのは代数的なバリエーションで、それぞれの数字は前の二つの数字を合計したものになる。だから、一、二、三、四、五と数える代わりに、一、一、二、三、五、八、十三、二十一というふうに数えるんだ。わかるか？」

デズは真剣にじっと考えてから答えた。「いいえ、ミッチ、わからないわ」

「そうか、こういうことだ」彼が説明してきた。「二人の男が一緒に行動すると、一人でやるより二倍も凶悪になれるんだ。三人目が加われば、それは単にもう一人プレーヤーが増えることではない。指数が上がって――悪をなす能力は前二人のプレーヤーを足したものになる。四人目が加われば、凶悪な世界までひとつ飛びだ。五人目が加わるとなったら、これはもうリンチをやる暴徒。これが人間性の原則だよ、警部補。これがリンチという狂気の説明だ。これが戦争という暴虐の説明。そしてこれが、ビッグシスター島で起きたことを解明してくれる。ちくしょう、これでしかこの異常な出来事は筋が通らない」

信じられずに彼をぽかんと見つめた。「ビッグシスターの住人全員が関わっていたって言いたいの？」

「それにタック・ウィームズ。タックを忘れちゃいけない――非常に重要な役を演じたんだから」ミッチが言葉を切って、ビールをごくりと飲み、手の甲で口元を拭った。「エヴァンは除ける。もし加わっていたら、俺を床下に閉じ込めた男がブリスだとは指摘しなかっただろう。ドリー、ビッツィ、マンディの三人も当然省ける。こいつは絶対に男のやり方だ。考えてみると、男性ショーヴィニズムの究極の行動だな。彼らは、ドリーは脆《もろ》いし心得違いをしているので、正しい選択ができないと考えた。そこで彼女に代わって選択をした。ここまではわかるか？」

「わかるとは言わないけど、聞いてはいるわ」デズは疑わしげに答えた。

ミッチが椅子から身を乗り出して、こちらを見た。目が輝いている。「よし、わかっているのはこういうことだ。バド・ハヴェンハーストは、ドリーを奪われてナイルス・セイモアを憎んでいた。兄のレッド・ペックは、ナイルスは下層階級の詐欺師で妹を虐待すると憎んでいた――やつがビッグシスターに分譲マンションを建てたがっていたってこともある。ジェイミー・ディヴァースは彼がエヴァンの犬を殺したこと、しかもしょっちゅうゲイをバッシングすることで憎んでいた。そしてタル・ブリスは、ドリーを自分のものにするためにやつには消えてほしかった。彼がタック・ウイームズを引き込んだ。タックはドリーを殴ったことでナイルスを殺すと脅していたから」

「けどどうしてタックが彼女を守るために駆けつけるわけ？」デズは異議を唱えた。

「ドリーに両親を殺されたのよ」

「それにはすごく感謝してたんだよ」ミッチが言い返してきた。「タックは両親を憎んでいたんだ。父親は虐待的で、母親はアルコール依存症だった。彼の生活で唯一確かな存在はタル・ブリスだった。二人は子供の頃から親友だった。無二の親友だった。それは知ってたか？」

「いいえ、でもそれが何だっていうの？」

「男たちをフィボ・ファイヴと呼ぶことにしよう――クズ野郎よりはましだ。実際にはクズなんだが。彼らは共謀して、差し出がましくも彼らがとんでもない人間のクズとみなした男をビッグシスター島から追い払おうとした。誰も一人ではやってのける度胸もずるさもなかった。が、束になると、圧倒的な高さに到達することができた」

ウェイトレスがデズのコーヒーを注ぎ足しに来た。デズはカップを覗き込んだ。目眩がする。「うーん、それじゃ、ミッチ、あなたにどうしてわかるの？」

「それこそが起きたことだからさ。だからわかる」

「それじゃとても十分とは言えないわ。信じられるだけの根拠を示してくれなきゃ」

「お安いご用だ」彼があっさり答えた。「実際に展開させてみよう。まずはトリー・モダースキーの既婚のボーイフレンド、彼女の友だちも見ていない影のようなスタンだ。俺たちはずっとスタンとナイルス・セイモアは同一人物だと思っていた。そう思うように仕組まれていたからだ。こっちがそう思うようなことを彼らが言ったからだ。ジェイミーはナイルスからメリデンに愛人がいると聞いたと言った。バーン、俺たちは、愛人はトリーだと早合点した。バドとレッドはナイルスとトリーが〈セイブルック岬イン〉に一緒にいるのを見たと言った。バーン、俺たちは彼らが本当にいたと思ってしまった。当然だろ？　もっとも、覚えているかもしれないが、俺は既婚の男が愛人を隠すにはずいぶんと妙な場所のように思えると言った」

「同感。あまりに人目につくわ。ただ、彼女は本当にあそこにいたの」

「わかってる」ミッチが認めた。「けどホテルの人間で彼女とナイルスが一緒のところを見た者はいない。バドとレッドの証言しかないんだ」

「彼らがでっち上げたと言いたいの？」

「そうだ」

「どうしてそんなことを？」

「ナイルスがトリーと付き合ってると俺たちに信じさせるためさ。実際には付き合っていなかった。二人が彼女と一緒にいるのを見たのはナイルスではなかった。ナイルスはスタンじゃないんだ」

「それじゃ誰――タル・ブリス？」

ミッチが首を振った。「いや、いや。彼は病的なほど女性が苦手だった。ドーセット在住の女たらしは、シーラ・エンマンによれば、何を隠そうタック・ウィームズだ。タックはこと女に関しては神の手を持っていた。彼がスタンだったんだ。ちょっと考えてみればわかる。ジェイミーは元子役スター、顔を見分けられかねない。それにゲイだ。レッドにはとうてい無理。バドには異常に嫉妬深い妻がいる。となれば、タックしかいない。だからこそ引き入れられた――無防備な貧しい娘を誘惑するために。ドーセットから十分離れていれば、死んでもナイルス・セイモアの失踪と結びつけられることはない」

デズはしばらく考え込んだ。タックと同棲していた若い愛人のダーレーンは、彼は夜家を空けることがあると言っていた。「続けて」

ミッチが話を再開した。「彼らの計画は、タックがトリーを引っかけて、〈セイブルック岬イン〉に泊まるように頼んだところから動き出した。彼女はタックに言われたとおりに現金で支払い、偽の運転免許証を使った。こうすればフィボ・ファイヴは自分たちの行動の証拠を隠せるわけだ。赤毛のウィグを着けさせたのも同じ理由からだ。かわいそうにトリーはただの愉快な変態気味の戯れだと思っただろう」

「待って、ちょっと待って。どうしてそんな面倒なことをするわけ？　とにかく二人が見たことにするだけでいいじゃない」

「ナイルスがドリーを捨てて他の女に走ったことを文書で証明できるようにしたかったんだ」ミッチが答えた。「そうすれば、ドリーはすぐに離婚の手続きにかかれる。さもないと、審理に何年もかかりかねない。彼の親族がどこからともなく湧いてくるかもしれない……。いや、いや――いわゆる他の女がいなきゃならない。使い捨ての性悪女が必要だった。トリーのような女、中途半端な売春婦で自業自得だと警察があっさり片付けるような女だ」そこでもう一度ビールをゴクゴク飲んだ。「そしてこれがものの見事に成功した。世間が知る限りでは、ナイルス・セイモアはべつの女と駆け落ちしたのだ。一方トリー・モダースキー殺害の捜査は……」

「進展がなかった」デズはしぶしぶ認めた。

「そのとおり。でも彼らが計算に入れていなかった要素、Xがあった――俺がナイルス・セイモアの遺体を掘り出したことだ。あれで彼らは動揺した。二人を殺すのに、同じ銃を使用していたからだ……。いや、待てよ、これじゃプロットを追い抜いちまってる。これまでのところはどうだ？」

「まさにそれだって気がするわ」デズは疑わしげに答えた。「プロットよ。映画よ。現実じゃないわ」

「いいや、これは現実なんだ」彼が熱心にもみ手をしながら言い張った。「さて、フイボ・ファイヴは有能で周到だった。ナイルスが失踪すると、できるだけ説得力を持たせるようにした。ドリーにはあの忌まわしい離婚要請状を残した。飛行機のチケットを二枚予約した。ナイルスの車を空港に停めた。バドはドリーの口座を清算した――ナイルスから守るためということで――事態をますます説得力のあるものに見せるために。トリーを殺したのはタック・ウィームズだと思う。そしてタル・ブリスが現場を片付けた。証拠を隠滅するとなったら、本職の州警察官以上の適役はいないだろ？　それからはもう傍観を決め込んで、うまくいったと喜んでいた。彼らの出会った中でも最も唾棄《だき》すべき男を厄介払いするために慎重に計画した精妙な作戦をやってのけたのだ。誰もが、とりわけドリーは、彼が出奔したと思った。でもそうではなかった。ビッグシスターに埋められていたんだ。誰が撃ったかは訊かないでくれ。俺にはわからない。それでも、ドリーが急に馬車小屋を貸すことにしなければ、彼らはまんまと逃げおおせたはずなのはわかる。あれは彼女の独断だった。彼らはやめさせようとした。俺を追い払うために死ぬほど怖い思いもさせた。でも失敗した。それからのことは君も知ってのとおりだ」

「知らないわよ」とデズ。「彼らはどうしてタック・ウィームズを殺したの？」

「タックは罪悪感に苦しんだんじゃないかな」ミッチが答えた。「本気でトリーのことが好きだったのかもしれない。彼がものすごくカリカリしてたのは知ってるんだ。それが日に日にひどくなって。ナイルスの遺体が発見されそうだってことで、プッツンしたんだとしても俺は驚かない。バドは間違いなくそうだった——突然ドリーの口座を襲撃した理由を説明しなきゃならなくなるんだから。タックはドリーにばらしてしまう恐れがあったのかもしれない。あるいは警察に出頭するか。そこで彼らとしては殺すしかなくなった。この仕事はたぶんタル・ブリスに任されたんだろう。ブリスは親友とビーチで会って酒を飲ませ、苦痛を感じないように酔っ払わせた。かくして秘密は彼とともに死んだ。バッチリだ。が、それも君がブリスに迫り出すまでだった。彼には耐えられなかった。罪悪感。不面目。ドリーに向けられる疑惑の目。そこで、自分が死ぬことで、バド、レッド、ジェイミーを責任から逃れさせようとした。ただ、そうはいかない。俺たちにはわかってるんだから」ミッチがにやりとしてこちらを見た。「さあ、何とか言えよ。一発かましてみろよ。当たって砕けろなんだから」

「ホント言って、巧妙な仮説だわ、ミッチ」ゆっくりと言った。「認められるものよ。けど進めるのはとても無理だわ。だって、何一つ証明できないじゃない」

「それはわかってる」彼が認めた。「だからこそ行動を起こしたんだ」

「行動？　どんな行動を？」

「『あなたのこと、見たわよ』っていう映画、聞いたことないか？」

デズはうめいた。「まあ、大変、マジに聞きたくない気分だわ」

「いや、大丈夫。バッチリさ。マジに。一九六五年にウィリアム・キャッスルが監督したゴミみたいなモノクロのスリラーで、ジョン・アイアランドとちょっと痩せこけたジョーン・クローフォードが出ている。製作費は十二ドルってところじゃないかな。ひどいガラクタだ。ただ面白いことに、脚本が『ビッグ・ヒート／復讐は俺に任せろ』を書いた小説家のウィリアム・P・マッギヴァーンでね。これも映画になってる。リー・マーヴィンがグロリア・グレアムの顔にコーヒーのポットを投げつけるやつだ、覚えてるか？」

「ねえ、さっさと要点に入らないと、ものすごく気難しくなってやるわよ！」

「わかった、わかった――どういう内容かというと、ティーンエージャーの女の子が二人、ある晩家で罪のないいたずら電話をかける。電話帳からでたらめに選んだ番号に電話して、『あなたのこと、見たわよ』と言う。それだけ言って、くすくす笑いながら通話を切るんだ、わかるか？」

「ええ……」

「ただ、偶然にも妻を殺したばかりの男に電話してしまう。男は本当に見られたと思ってすっかりパニックを起こし、口を封じるために二人を探すんだ。コンセプトはなかなかだろ？」

「そうね……」

「俺はメモでいく。単純明快なやつだ、『わかってるぜ』みたいな。それを彼らのドアの下に滑り込ませる。彼らは俺を追ってきて、揚げ句に尻尾を出す。で、バーン、捕まえるってわけだ。完璧だろ？」

デズはテーブル越しに彼をじっと見つめた。「あのね、ここでどうしてもはっきりさせたいことがあるの」

「いいとも。言えよ」

「あたしをからかってるわけ？」

ミッチはその問いに驚いたようだった。「俺はすごく真剣なんだぜ。どうしてからかってるなんて思うんだ？」

「これは現実で、とんでもない映画じゃないからよ！」デズは大声で言った。周囲のテーブルの客が一斉にこちらを向いた。声を落とした。ともかくもそのつもりだった。「その違いはわかるわよね？　わからない人は専門用語でこう呼ばれるの——クレージーって！」

「うまくいくさ」ミッチが頑固に言い張った。

「ミッチ、いけないわ」

「これしか方法はないんだ」

「ミッチ、やめて」

「君がそう考えるなんて、すごく残念だよ、警部補」ミッチが片手で顔を拭った。急にひどく不安になったようだ。「だから、もうやってしまったんだ。実行に移してしまったんだよ」

「何ですって?!」「いつ?!」収拾がつかない。あたしの人生は手のつけようもなく転がり出してしまった。

「昨日の晩だ」彼がぐっと唾を飲み込んだ。「電話で話してすぐに。メモを彼らのドアの下に置いた。潔白な者には何の話かわからないだろう。でも身に覚えのある者なら今頃は俺を殺す計画を練ってるだろう」

「何てことかしら」デズは喘いだ。「あなた、マジに頭がおかしいわ」

「いいや、そんなことはない」静かな決意のこもった声だ。「俺はとにかくビッグシスターが好きなんだ。なのに、やつらはあそこでマジに恐ろしいことをやらかした。しかも君のキャリアをぶち壊した。このまま逃がしてはいけないんだ。そのどれからも」

「けど彼らが本当に殺そうとしたらどうするのよ」デズは迫った。「その時はどうするかも考えたの?」

「もちろん。君が逮捕してくれる。君には全幅の信頼を置いてるよ」

デズは大きく息を吸い込んで、ゆっくりと吐き出した。「ミッチ、よく聞いてね。あなたの提案してることは、法的にはおとり捜査に該当するの。そうした状況で得た情報は何であれ、裁判所では証拠能力がないとみなされるのよ。裁判官はあっさりドロップキックで放り出すわ。あたしも一緒に。あたしはいっさい関われない。今だって監察に調査されてるところなのよ。そんなとんでもないことにほんのわずかでも関わったら、警察官としてのあたしのキャリアはおしまいよ」

「そうなったらアートに専念するしかなくなる。悪くないじゃないか」

「それはあたしが決めることよ。あたしのキャリア、あたしのアート、あたしの生活なの！」

「俺は君の生活を仕切ろうとしてるわけじゃないよ、警部補。正直なところ、手伝おうとしてるだけだ」

「どうしてよ。どうしてそんなことをするの？　だから、あたしはどうしてそこまでしてもらえちゃうわけ？」

「レイシーは正しかったからだよ」彼が説明してきた。

「レイシーって誰よ?!」

「担当編集者だよ。彼女は俺が誰かに出会ったと確信していた。俺は彼女の勘違いだと確信した。でもそうじゃなかった。俺は確かに誰かに出会ってたんだ。その誰かというのが君なんだよ」

デズの身体から一気に空気が抜けた。口がきけなかった。口の中はカラカラに渇き、心臓はバクバクで、目眩がする。

「俺は君にもう一度会いたかった」彼が続けた。「君をもっとよく知りたかった。だからホントのことを言えば、これで優先事項がバッチリまとまる気がしたんだ」

デズはコーヒーをひと口飲んだ。震えているのが彼にもわかってしまうだろうかと思った。「あたしにもう一度会いたかったのなら、誘えばよかったんじゃない？」

「デートにってことか？」

「そんなところね」

「そうしたら、イエスって言ってくれたか？」

「それは、ないわね……」

「ほら、そうだろ？　俺が言いたいのもそこさ」

「でもまともな大人にはとるべき行動規範というのがあるわ、ミッチ。これは違うわ。これはプレストン・サーティスの古い映画じゃない――」

「スタージェス。プレストン・スタージェスだよ」

「うるさいわね！　運転手と関わり合いたいからって、走ってる車の前に身を投げ出せばいいってものじゃないでしょ」デズは彼を見ながら非難するように頭を振った。

「やれやれ、あなたに出会ったこと、それほどうれしくないわ」

「そんな優しい言葉、もう長いこと聞いてなかったよ」彼が得意そうに微笑みかけてきた。その瞬間、デズには顔中にグレープのジャムをつけた丸顔の少年時代の彼がはっきり見えた気がした。

「やる前にどうしてあたしに確認してくれなかったの？　訊いてくれるべきだったわ」

「確かにそうだ」彼があっさり認めた。「次の時には訊くよ」

「次なんてないわよ、馬鹿ね！　うまくいくわけないじゃない——彼らはあなたを殺しにかかるのよ！」

「俺の背中を見張ってくれないか？」彼が懇願してきた。「現場にいてくれないか？」

「言ったでしょ——駄目なの！　そうはいかないの！」

「俺にわかるのは、君の選択肢は二つだってことだけだ」ミッチ・バーガーが低い凄《すご》みのある声で言った。「イエスと答えるか、ノーと答えるか。どっちだい、警部補？」

19

ピックアップで幹線道路を走っていると、灰色の雲がよく見えた。嵐はまさしく険悪なものになる。ミッチにもわかった。

雲はリングにぬっと現れた巨大な二人の闘士のように、空の両側からむくむくと大きくなって、真ん中で一つになろうとしている。雲の形も動きもこれまで見たこともないものだ。遠くでは雷鳴が不吉に轟《とどろ》いている。大気はどんよりと淀《よど》んで電気を帯びている。突風が吹いて、波は荒れ狂い、塩分を含んだ冷たい飛沫《しぶき》が幹線道路まで飛んできた。

クレミーは耳を後ろに倒してベッドカバーにもぐっていた。猫は風が嫌いだ。あるいは雷が。猫は馬鹿ではない。

ミッチはすぐに窓という窓を閉め、ありったけの鍋やバケツに水道の水を汲み置きした。火屋《ほや》付きランプには灯油を、懐中電灯には新しい電池を入れ、納屋を二往復して薪を二抱え運んだ。ガーデンチェアを中にしまった。いつもと何ら変わらないかのようにふるまうのがとても重要な気がしていた。

たとえ実際には変わっていても。ミッチ・バーガーは大胆不敵なその道のプロというわけではない。ともかくも彼自身が冒険の主役を演じるとなったら。どう演じていいかもさっぱりわからない。最後にヒーローになるのか、犠牲者になるのかも。本当のところ、身が竦《すく》んでいたが、警部補には知られたくないと思った。

彼女に知られないことがとても重要なのだ。

空が真っ暗になって、大きな雨粒が落ちてきた。雷鳴が島全体を揺らし、稲妻がバリバリと空を走った。と、急に空を切り裂いて玉砂利ほどもある雹《ひょう》が猛然と降ってきて、屋根に激しく当たった。

それから間もなく、ポンという音がして電気が消え、まだ夕方だというのに夜の闇に投げ込まれた。

電話も不通になった。

雹はすぐに激しい土砂降りに変わった。湿気に備えて、暖炉に火をおこし、リビングの椅子に丸くなってランプの明かりでマニー・ファーバーを読んだ。が、集中できなかった。ページに記された言葉は意味のない殴り書きにしか見えない。本を放り出して、レンジに火をつけ、コーヒーをいれた。カップのコーヒーを飲みながら、外で吹き荒れる嵐に耳を傾けた。凄まじい突風に、屋根が飛ばされるのではないかと思った。どこか近くで木が倒れる音がした。恐ろしい音――帆布を切り裂くような音――だった。その直後、今度は鈍いドスンという音がして地面を揺るがせた。解体用の鉄球がレンガの建物の側面にぶち当たった時のようだ。床下に避難することも考えたが、あんな身の毛もよだつ場所に戻るくらいなら、オズの国まで吹き飛ばされるほうがいいと覚悟を決めた。

待った。当然ながら腹が空《す》いた。残っていた一食分のアメリカ風チャプスイを温め、直接鍋から取り分け用スプーンで食べた。八時になり、九時になった。雨は激しくなるばかりだ。おかげで玄関のドアの下から浸水してきた。ランプの火を受けて金色にきらめいている。モップで吸い取った。そこで、雨はリビングの窓からも沁《し》みてきているのに気がついた。食い止めるために古いバスタオルをあてがい、ランプを手にしゃがんで、床が濡れていないか調べた。部屋にまでは入っていないようだ。ともかくもまだ。満足して立ち上がって、思わずショックに喘《あえ》いだ。

目の前に彼らがいた。

悪天候用の身支度をした三つの人影が降りしきる雨の中、窓の反対側に佇《たたず》んでこちらを見つめている。ガラスについた滴《しずく》のせいで人影はいくらか歪んでいるが、難なく誰だかわかった。

立っているのは、バド・ハヴェンハースト、レッド・ペック、それにジェイミー・

ディヴァース。砂利の小道を歩いてくる足音は聞かなかったが、この雨と風では聞こえるわけがないのだ。

ミッチは一瞬、足が床にボルト留めされてしまったような気がした。こんな思いに打たれていた。〝何てことだ、ホントにうまくいった〟まさかいくとは思わなかった。まさか。確かにあのジョーン・クローフォードの映画ではうまくいった。でも、あれは現実ではないのだ。それに、警部補が信じようが信じまいが、その違いはわかっている。これは現実――現実に窓の向こうからこちらを見つめている。ミッチの最初の反応はパニックだった。こんなことではうまくやってのけられるかどうか心もとない。それだけの頭はあるとしても、度胸はあるだろうか？

正直わからなかった。しかし最初の衝撃が去ると、秘めた不屈の精神がきちんと動き出し、決意が血管を巡った。落ち着いていると思った。俺はしっかりしている。船乗りがほうれん草の缶詰を一気に飲み込んでポパイになったとまではいかない。が、そう信じた。深呼吸をしてから、大股で玄関に行き、ドアを開け放って、風に閉められないように身体でおさえた。

「よう！」バドが嵐の暗闇から声をかけてきた。

「よう！」ミッチは大声で答えて、満面の笑みを浮かべた。「雨宿りをしてったらどうです？」

「いいのか？」ジェイミーが頼み込むように言った。「もうびしょ濡れなんだ」

「もちろん」ミッチは脇に寄って、彼らを中に入れた。

「ドリーの木を調べてたんだ」レッド・ペックがうわの空で言った。雨靴でずかずか入ってきた三人から雨水が滴《したた》り落ちた。三人ともゴム引きされた光沢のある黄色の上下を着ている。バドは大きな黒のマグライトの懐中電灯を握っている。「私道の脇の古いオークだったよ」レインフードを脱ぎながら、レッドが続けた。フードの下の髪はぺったり貼りついているが、濡れてはいない。

「倒れる音が聞こえました」ミッチは答えたが、心臓がバクバクしていた。「何ともいやな音だったな」

「太い枝が折れたんだ」とバド。「でも運がよかった——ドリーの家ではなく私道のほうに倒れた。朝になったら、チェーンソーで片付けなきゃ。雨がやむとしてだが」

「旅人よ、そいつはずいぶんと大胆な仮説だぞ」ジェイミーがいたずらっ子のように目を輝かせて口を挟んだ。「ランプの光が見えたんだ、ミッチ。で、あんたが大丈夫なことを確かめようと思って。何か必要なものとか」

　そうか、お茶を濁すつもりだな。上等じゃないか。

「持ちこたえてますよ」ミッチはドアを押して閉めた。「でも様子を見に来てくれてありがとう。お返しにスコッチはどうですか？」

「ぜひ」ジェイミーが期待に手をこすり合わせた。

他の二人も同意してうなずいた。

ミッチは懸命に平静を保って、キッチンからグラスを四つ持ってきた。シングルモルトのボトルは机の脇の書棚に置いてある。おかげで、忙しく酒を注いでいる間に、やるべきことをやるチャンスができた——マイクロカセットレコーダーのスイッチを入れたのだ。それから、三人に酒を持っていった。ランプに照らされたスコッチは蜂蜜のような光を放っている。

バドとジェイミーはレインコートを脱いで、ゴム引きのオーバーオール姿で暖炉のそばに立っていた。海峡での長い一日の仕事を終えて寛《くつろ》いでいる漁師を思わせる姿だ。

レッドはレインコートの前を開け、隠していたブローニングの12番径を取り出していた。でもショットガンはミッチに向けられてはいなかった。安全を意識したハンターらしく銃口を床に向けている。

「何を撃つつもりなんですか、レッド？」ミッチはグラスを手渡しながら尋ねた。

「ミッチ、それは君次第だ」レッドが静かな声で答えた。

三人の訪問者は不気味に押し黙って、冷淡にミッチを見つめていた。外では風がうなり、雨がこの小さな家を叩いている。彼らはもはやフィボ・ファイヴではない。彼らは三馬鹿大将――アンティークを商う歳を食った子役スター、財産を扱う弁護士、バンビより獰猛《どうもう》なものなど撃ったことのない短足のパイロット。タック・ウィームズとタル・ブリスが彼らの殺し屋だったのだ。二人が画面から消えた今、彼らは長靴の中で震えながら慣れない土俵に立っている。

と、ミッチは必死で願い、祈った。

バドがポケットに手を突っ込んで、ミッチが置いたメモを引っ張り出した。「どういうことだ？」と細くて長い鼻を向けて見下すように問い詰めてきた。

「そのまんまですよ」ミッチは自分の声が普通に聞こえることを喜んだ。「わかってるってことです」

ジェイミーがスコッチをぐいっと飲んだ。「何をだ、ミッチ？」

「全部です、ジェイモ。ナイルスを厄介払いするために結託したこと。タックがトリーを誘惑したこと。〈セイブルック岬イン〉に彼女を泊まらせたこと。タル・ブリスが自殺した理由」ミッチは言葉を切って、彼らの反応を見た。バドの額には玉の汗が浮かんでいる。ジェイミーの息遣いは浅くなって乱れている。三人の中では、レッドが一番冷静で、感情がコントロールできているようだ。まずい。ブローニングを持っているのは彼なのだ。「当然、警察に行くつもりです。でもまだわからないことがいくつかあって。まず第一に、どうしてナイルスをビッグシスターに埋めたんですか？」


「何も言うな！」レッドが他の二人に怒鳴った。「ひと言もだ」

「べつにかまわないんじゃないか、レッド」バドが言い返した。「彼が警察に行けるわけはないんだから」

「そうとも」ジェイミーが重苦しい口調で続いた。

彼らは俺を殺す気だ。ここで、今。ミッチはごくりと唾を飲み込んだ。目がショットガンに吸い寄せられた。レッドはまだ床に向けている。

「潮の問題だったんだよ、ミッチ」バドが言った。「満ち潮だったら、死体を船で運んでリトルシスターの岩の下に埋めただろう。ところが生憎《あいにく》あの午後は引き潮だった。ここの桟橋からの水路は狭い。座礁《ざしょう》するのは珍しくないんだ。その危険は冒せなかった。ナイルスの死体を積んでいるのだから。そこで、最も安全な選択肢のここに埋めた」

「でもどうして我が家そのものみたいな場所で殺したんですか？」

「もっといい場所を挙げてみろ」バドが答えた。「ここは完全な私有地だ。目撃者もいない。女たちは午後のお出かけで留守だった」

「納屋で待ち合わせたんだ」ジェイミーが思い起こした。「ことはあそこで起きた」

「ナイルスはもうびっくり仰天」バドが馬鹿にしたように言った。「あいつには信じられなかったんだ。私たちがからかっていると思った」

ミッチはスコッチをごくりと飲んだ。手でグラスをしっかり握りしめていた。「引き金を引いたのは誰だったんですか？」

「タック・ウィームズだ」ジェイミーが答えた。「女を撃ったのも彼だ」

レッドはまだ何も言わない。ショットガンを手に、暖炉の前に立っているだけだ。外では風がうなり、雨が激しく降りしきっている。

「同じ銃を使うなんて馬鹿だよな」ミッチは言った。「あれは決定的なミスでしたよ」

「同感だ」バドが惨《みじ》めそうに認めた。「でもそれは後知恵というものだ。あの時には、ナイルスの死体が見つかるはずはないと思っていたのだから」

「それにタックも自分のやってることがちゃんとわかってるように見えた」ジェイミーがむきになって付け足した。「当初はあいつの一人舞台だった。こっちはあの女との任務のために車を貸せばいいだけだった」

「トリーです」ミッチは言った。「彼女の名前はトリーです」

「タックは覚えられるような足跡を残したくなかったんだ」バドが説明した。

「それじゃどうしてその彼を殺したんです？」

「良心の呵責《かしやく》に苦しむようになってしまって」レッドが声をあげた。ようやく黙っていても意味はないと判断したのだ。ミッチにはそれがよい徴候か悪い徴候か判断できなかった。「五十歳で初めて父親になることと大いに関係があった。かわいそうに、神でも見た気になった」そしてうんざりしたように頬をぷっとふくらませた。「突如すべてをきちんとしたくなった——ダーレーンと結婚して、それなりに家庭的な男になろうなんて」

「警察に行くおそれがあった」バドが引き取った。「我々全員を道連れにしかねなかった」

レッドがうなずいた。「それでは困る。そこでタル・ブリスが片付けた。それがタルをひどく動揺させてしまって」

「ナイルス・セイモア殺しを企むのは平気だったんですか？」

「ナイルスはまさに癌だった」バドが容赦なく断言した。「始末する必要があった」

「ドリーの秘密を三十年守り続けるのと同じように必要だったってことですか？」

バドがスコッチをすすって、グラスの縁越しにじっと見つめてきた。「そうか、あのことも知っているのだな？　ミトリー警部補が真相に迫っていた。タルが自殺する直前に電話で伝えてきたのはそのことだった。今になってかわいそうなドリーが殺人者の烙印《らくいん》を押されることを恐れていた」

「でも、彼らを殺したんですから」ミッチは指摘した。

「あの男は彼女をレイプしたんだ」バドが文句を言った。感情が高ぶって言葉が詰まった。「彼女はヴァージンだったのに、あいつはそれを奪った！　裁判所も彼女を有罪にはできなかったはずだ。でも裁判は――ああ、彼女を殺してしまっただろう。彼女がそんな報いを受ける謂《いわ》れはない。そんな扱いを受けるべきではなかった。今でもそうだ。この世界に、真に特別な人間はほんのわずかしかいないのだよ、ミッチ。ドリーはその一人だ」

「それにエヴァン」ジェイミーが愛しげに付け足した。「あの母親にして、あの息子ありさ。彼らはこの世界にはあまりに育ちがよすぎるんだ、ミッチ。ドリーやエヴァンのような人間は自分の力だけでは生きていけない。守ってやらなくてはならないんだ」

「その点では、ジェイミーと私は常に意見が一致していた」バドが引き取った。「彼らは守ってやらなくてはならない」

「ビッグシスターも」レッドが続いた。「この島は三百五十年間私の一族のものだったのだ、ミッチ。一族に受け継がれ、どの代もその恩恵に与《あずか》ってきた。だから我々のものとしておくための手段を講じるのは義務なのだ。ナイルスには一族の伝統がわからなかった。宝の山に見えただけだ。彼が居座っていたら、十年、二十年後にここがどうなっていたかわかったものではない。ナイルスは決着をつけるべき問題だった。

だからつけたのだ」

「そのために罪もない女性を殺してまで？　トリー・モダースキーの命を犠牲にしたことをまるで気にしていないようですね。あるいは息子が孤児になったことを」

「女は必要だった」レッドがあっさり説明してきた。「いなかったら計画はうまくいかなかっただろう」

「ダーレーンを利用することも提案したんだ」バドが言い出した。「彼女を〈セイブルック岬イン〉に泊まらせたらと。でもタックは巻き込もうとしなかった——あのだらしない女を本気で愛していたんだ」

「トリーのことは何とも思っていなかったんですか？」

「トリーは売女《ばいた》だった」レッドが吐き捨てるように言った。

「そしてあなた方三人は腑《ふ》抜けの役立たず」ミッチは三人に頭を振ってみせた。「僕のことも殺せる時に殺しておけばよかったのに。もちろん、やらなかったと言ってるわけじゃありません。あの地下鉄のホームで——そうですよね、バド？」

「あれは……べつの事情だった」バドがおとなしく答えた。

「あの日、あなたは車でニューヨークに向かったのではなかったんでしょう？　同じ列車に乗っていたんだ」

「そうだ」バドが顔を赤らめて認めた。「十列後ろに座っていた。二人ともまったく気づかなかった。でも私には見えた。彼女は君と親しくなろうとしていた。グランドセントラルの真ん中で人が見ているというのに、彼女が君にキ、キスしたところを見た。身体を君に押しつけて、唇が……。あ、あの地下鉄のホームでは気が動転していて。頭に血がのぼっていた。マンディを愛することは――病気だ。恥ずべき不治の病だ」

「それでもタル・ブリスには押したのはマンディだと話した。なぜですか？」

「あれは彼女が言い出したことだ」バドが説明してきた。「自分なら誰も起訴しないからと。これまでもしなかったし、これからも絶対にないはずだと。でも私ではそうはいかないかもしれない。私のキャリアのことを考えなくてはならなかった。信望のこともあるし」

「僕を殺すべきでした」ミッチは繰り返して、三人をちらりと見回した。「実際にはい、いや、あなた方は誰も殺していないんですよね。代わって手を下してくれる正義の味方とはみ出し者がいましたから。でも今回はそういきません。自ら引き金を引かなくてはならないんです。僕にはとうていできると思えません。あなた方には無理だってほうに命を賭けてもいいくらいです」

三人は今や張り詰めた沈黙の中に佇んでいた。

「何が望みだ、ミッチ？」とうとうバドが尋ねてきた。

「僕の望み？」ミッチは遠くでドアがバタンと閉まる音がしたと思った。が、風の音だったのかもしれない。よくわからない。「ハリウッドが、知的向上心の失われていない質の高い素晴らしい映画を作ってくれることです。それに三十ポンド痩せること。さる危険な長身のブルネットと上質の時間を過ごすこと。それに——」

「彼が言いたいのは」レッドがせっかちにさえぎった。「どうすれば黙っていてもらえるかということだ」

「私たちは誰一人として百万長者ではない」バドが釘《くぎ》をさしてきた。「それにマンディの金は信託財産になっているんだ。でもこの家の所有権譲渡なら私が手配できる」

「ドリーのものですよ」ミッチは指摘した。

「大丈夫だ。私が保証する」

「金がほしいなら」ジェイミーが続いた。「明日の十時までに十万ドル用意できる。週末にはさらに十万ドル。それでどうだ？」

「口止め料ですか」とミッチ。「そんな、無駄ですよ。みなさんは本気で正しいことをしたと考えているかもしれません。それもしかるべき理由があって。でもそうじゃない。そして僕はそのことを知っている。僕が黙ってるわけないですよ。誰にも許されることじゃないからです。誰にもです。だから僕を撃ち殺すしかないんじゃないですか、レッド。鹿を撃つのとはいささかわけが違いますよ——後で僕を食うわけじゃないんですから。いや、ともかくも僕はそう願っています。でも、まったく違うわけじゃない。所詮《しよせん》僕はヘッドライトに引っかかったわけのわからない闖入者《ちんにゆうしや》ですからね。だから引き金を引くことです、レッド。さっさと片付けてください」

これには三人が厳しい視線を交わした。

「それより我々についてくるといい、ミッチ」レッドがとうとう耳障りな声を発した。

「どこへ？」

「桟橋だ」

ミッチは頭をぐいと引いて、不思議そうに彼を見た。「どうして桟橋に？」

バドがスコッチを飲み干して、空のグラスをじっと覗き込んだ。「君も決定的なミスを犯したんだ、ミッチ。我々にカナヅチだと教えてしまった」

「海に落ちるんだよ、ぼうず」ジェイミーが説明した。「杭に頭をぶつけて溺れるんだ」

「まさか、うまくいくわけがない。警察は僕がそこまで向こう見ずで無分別だとは信じません――嵐だろうが嵐でなかろうが」

「でも、君が愛する妻の死のせいで自殺衝動に駆られていたことはきっ、と信じる」バドが言った。「君はそのことを我々三人に長々と話していた。君は意気消沈し、悲しみに沈んですらいた。そこで妻のもとへ旅立つわけだ」

レッドがショットガンを構えて、ミッチの胸をそっと突いた。「行こう」

が、どこにも行けなかった。戸口はふさがれていた。

降りしきる雨の中に立っていたのはドリー。薄いネグリジェはぐっしょり濡れて肌に貼りつき、その目は不気味に焦点が合っていない。ずぶ濡れの髪はべたりとへばりついている。裸足の白い足には草の切れ端と泥がこびりつき……。

右手には、切り盛り用の大ナイフを握りしめている。

ドアがバタンと閉まる音は空耳ではなかった。ドリーの症状がまた発現したのだ。寝室まで入り込んできたあの夜と同じだ。嵐に誘発されたのだ。きっかけは嵐だったのだ。

口から唾《つば》がぶくぶく泡になって噴き出してきた。「お母さんが」彼女がそっと呟いた。「お母さんが怪我してる」

「お母さんは大丈夫だよ、ピーナッツ」バドが彼女に向かって歩き出した——驚かせないようにそっと。そして、雨の中から家に入れた。「お母さんは大丈夫だ」

ドリーがバドの声に反応した。トランス状態から覚めるかにすら見えた。目を数回瞬《しばたた》かせてから、当惑して部屋を見回した。どこにいるのか知ろうとしている。理解しようと。が、理解できそうになったその時、その目が突然恐怖に飛び出した。彼女が悲鳴をあげた。血も凍るような悲鳴だった。ミッチは生まれてこの方こんな悲鳴は聞いたことがなかった。

ショットガンだった。

レッドがショットガンを構えて立っている光景だった。ただし彼女にはレッドの顔は見えていない。ロイ・ウィームズの顔を見ている。彼女は戻ってしまったのだ。この家でロイが銃で脅してレイプした三十年前のあの日に。彼とルイーザを撃ち殺したあの日。彼女の記憶から消えてしまったあの日に。

戻ってしまった。

「いや、もうやめて！」彼女がべそをかいた。少女が必死でしぼり出した声だ。「お願い、痛いことしないで！」

「痛い思いはさせないよ、ドリー」レッドが懸命に穏やかな声を装った。顔には苦悩が刻まれている。「誰もお前を傷つけたりしない。だからどうかナイフを渡してくれ……。ナイフを渡すんだよ、いいね？」

いいや、そうはいかなかった。

ドリーが兄に襲いかかった――大ナイフを振りかざし、野獣のうなり声が喉の奥から洩れた。

「いかん、ドリー！」レッドが叫んだ。「私だ！　レッドだよ！」

無駄だった。彼女には彼の声は聞こえていない。彼の姿は見えていない。彼女が見ているのはロイ・ウィームズ、信頼していた家族の管理人なのだ。彼女から純潔を奪った男。そして彼女は、もう一度その男を殺そうとしていた。

バドが彼女に飛びかかり、両手首を摑んでもみ合った。ナイフが床に落ちて無邪気にカタカタ鳴った。ところがドリーは、今度はショットガンに突進して、レッドの手から奪い取ろうとした。獰猛《どうもう》に彼を引っかいた。彼とバドの二人を爪で引っかいた。やがて三人がそれぞれ銃身を摑んで、喘ぎ、うめき、うなって……。

突然、ショットガンが耳を聾《ろう》するばかりのドーンという音とともに暴発した。と、ミッチの世界が突然傾いておかしなことになった。もう立っていないらしい。床。床に横たわっている。

すると、階段を敏捷《びんしょう》に下りる足音がした。警部補がシグザウエルを手に覗き込むように立っている。

「ああ、駄目だよ。これじゃ台無しだ」ミッチは彼女を叱った。「計画が失敗しない限り、君は階上《うえ》にいるはずだったのに」

「あのね――失敗したの！」彼女が叫んだ。「さあ、みんなじっとして！　動かないで！」

しかし誰かが動いた。ジェイミーがドアに突進した。が、たどり着けなかった――

足は警部補のほうが速かった。彼の片脚を下から蹴り上げた。ジェイミーはドスンと床に落ちて倒れた。彼はもうそのまま立ち上がらなかった。

　誰かが泣きじゃくっている。ドリー。ドリーだ。他はみな黙り込んでいる。

　ミトリー警部補がそばに膝をついた。「具合はどう？」なぜかひどく心配しているようだ。「何か言って」

　具合？　寒い。目眩がする。周囲がぐるぐる回っているように見える。十歳の時に手首を折ったことがあった。スタイヴェサント競技場の木から落ちたのだ。あの時みたいだ。「俺なら気分は上々だよ。俺たちは彼らをやっつけたのか？」

　彼女は聞いていなかった。携帯にわめくのに忙しいのだ。「雨なんて知ったこっちゃないわよ。救急車をすぐよこして！」ミッチにはその先は理解できなかった。出血がどうとか。

　確かに血があった。ミッチは自分の血溜まりの中に横たわっていた。撃たれたんだ。不意に悟った。彼女が脚にベルトを巻いて渾身《こんしん》の力で締めようとしている。首の腱《けん》が浮き上がっているのが見えた。

「つたく、あたしったらどうしてこんな話に乗せられちゃったのかしら」彼女が息巻いた。

「簡単な話さ。彼らがまんまと逃げおおせたら、君は一生自分を許せないからさ」

「それなら今だって許せないかも。だいたいあなたが今さっき言った〝さる危険な長身のブルネット〟って誰よ？」

「グウィネス・パルトロウだよ。あの金髪は染めてるんだ」

警部補がえくぼを見せた。「ホントに？　知らなかったわ」

「俺のそばにいてみろよ。驚くべきトリビアを山ほど聞けるぜ」目眩がひどくなっている。失神しそうな気がしてきた。「警部補、自分についてマジに衝撃的な発見をしたよ」

「どんな？」

「俺はこういうことに絶対の才能がある」

「はいはい」

「いや、マジな話だ。俺は冷静だった。落ち着いていた。言わせてもらえば、タフガイだった」

「せいぜい自分にそう言ってやって、タフガイ気取り。痛みを忘れられるわ」

「クレミーを頼めるか？」

「任せて。他には何か？」

「タピオカ」

彼女がすぐそばまで顔を寄せてきた。「何ですって？」

「温かなタピオカの大盛りが食いたい。シーラ・エンマンに伝えてくれないか？」

警部補の顔立ちがぼやけ出した。やがて顔そのものが見分けられなくなった。彼が見ているのはメイシーの顔だった。最愛のメイシー。メイシーがすぐそばで手を差し伸べ、一緒に行こうと誘っている。ミッチは手を差し出した。彼女がその手を握った。彼女の手は、覚えているとおり温かくて力強かった。

二人は一緒に遠く、遠くへと旅立った。


ミッチは病院のベッドで目を覚ました。脚にはものすごい包帯が巻かれ、口には汚れたソックスが詰め込まれている。昼間だ。太陽が輝いている。そして、彼は一人ではなかった。

「コネティカット州ニューロンドン歴史地区のローレンス＆メモリアル病院へようこそ」ミトリー警部補が元気よく言った。ベッドの足のほうに座っている。パリッとした白いシャツにグレーのフランネルのパンツ。快活で、有能で、覚えていたよりずっと機敏に見える。「十六時間くらい意識がなかったの。弾丸が動脈に命中したから、大量に失血したのよ。正直な話、あと十五分処置が遅れてたら、助からなかったかもしれない。でも大丈夫。骨は折れていなかった。腿の一番肉付きのいいところに当たったの。お肉たっぷり。すごい肉付きで。実際医者は――」

「もういいわよ、肉付きのことはわかったから、デジリー」隣に座る女性がさえぎった。小太りの年配の女性で、昔のスローガンが描かれた色あせたスウェットシャツを着ている。ＥＲＡ（男女平等権修正条項）――賛成。スウェットシャツには猫の毛がたくさんくっついているようだ。

「どなたですか？」しゃがれ声で尋ねた。口にはべつに何も詰まっていなかった。単に喉が渇いているだけだ。こんなに喉が渇いたのは初めてだ。

「あたしの友だちのベラ・ティリスよ、歓迎してあげて」警部補が言った。

「あなたのお仕事の大ファンなのよ、ミスター・バーガー」ベラが叫んだ。「『トゥルーマン・ショー』についてのあなたの否定的評価には断然同意しかねますけどね。私は悪質な現代メディアの蔓延《まんえん》についてのメッセージはプロットそのものの弱さを補って余りあると思いますよ」

ミッチは内心うめいた。俺はニューロンドンの病院にいるんじゃない。死んで、映画批評家の地獄に来てしまったんだ。「ベラ、前にお会いしたことありますよね？」彼女をじっと見つめて尋ねた。

ベラが下唇を突き出した。「それはないと思うわ。ないわよ」

「スタイヴェサント・タウンに住んでらしたことは？」

「いいえ、ないわ」

「あっ、わかった――あなたはシド叔父さんの最初の奥さんだ、そうでしょう？」

「いいえ、違いますよ」

「親類なんだ」ミッチは言い張った。「絶対に俺たちは親類だ」

「何かほしいものは？」ミトリー警部補が尋ねた。

「水を頼む」

ベッド脇の食器棚に水を入れたデカンターがあった。彼女が立ち上がって、水を注いだ。彼女が近くに立っていると思うと、ミッチの鼓動が速くなった。発泡スチロールのコップを手渡された時には、その目をしっかり見つめた。角縁メガネの奥で、彼女の目が見開かれて輝いた。

「腕のバンドエイドはどうしたんだい？」水をごくごく飲んでから尋ねた。「怪我をしたのか？」

「いいえ、いいえ。ちょっと献血しただけよ」

「それはえらいね」

「まっ、あなたには必要だったから」

「君の血を俺に献血してくれたってことか？」

「そう言ったのよ、色男」

「君の血が、今この瞬間も俺の血管を流れてるってことか？」

警部補が頭をぐいと引いて不思議そうに彼を見た。「そんなことで何を大騒ぎしてるの？」

「俺たちが同じ種族の一員になったってことだからさ」

「やめなさいよ――そんな子供じみたこと」

「それは違うな。こいつは『折れた矢／ブロークン・アロー』（ABCのテレビ番組。一九五六―五八）まで遡《さかのぼ》れる由緒ある自明の理ってやつなんだ」

「ちょっと、またそうやって古い映画をわめき出すなら、あたしは出てくわよ」

ミッチはその時、戸口にもう一人誰か立っているのに気がついた。

「気がついたのね」その誰かが言った。

あんぐりと口が開いた。「レイシー、こ、こんなところでいったい何をしてるんだ？」

担当編集者が身をこわばらせた。「それなら、信じられないような驚きを見せつけられて、すごく気を悪くしてるわよ。私だって世話はできるし、献血もできる……。まっ、世話はできるわね。それにメディア軍団が駐車場に群がってるの。あなたの記事がどうしてもほしいのよ」

「すぐに取りかかるよ、ボス。君たちは……？」

「ああ、もう挨拶はしたわよ」レイシーが辛辣に答えた。「結託したの。秘密を話し合って。ニューヨークに去勢したオスのぶち猫を二匹、連れて帰ることになったわ」

そこで言葉を切ると、唇をきゅっと引いて苦々しげににやりとした。「ミセス・ティリスはご親切にうちのアート欄の全般的な衰退について意見を聞かせてくださったわ」

「特にあの舞踏批評家がいやだわ」ベラが馬鹿にしたように言った。「えらく独り善《よ》がりで」

「警察にはどう？」ミッチは警部補に尋ねた。

「うまく行ったわ」彼女がぶっきらぼうに答えた。「家で保護してた子猫を届けに行ったからあそこにいたんだって説明したの。で、たまたま猫と二階にいる時に、あの三人のホシが現れた。テープを回したのはあなたの機転だったって」

「理論的にはそのとおりだよな」ミッチは指摘した。もちろん、彼女をトラックに隠して連れてきたことも、彼女は二階に隠れて彼らが手の内を見せるのを待っていたということも事実なのだが。「彼らは信じたのか？」

「信じたとも信じなかったとも」

「つまりどういうことだ？」

「あたしの立場はまだ調査中だってこと。あたしはまだ休職状態なの」

「本当に悪かったよ、警部補。俺の責任だ」

彼女が頭を振った。「そんなことないわ。あたしには選ぶ権利があって、選んだことだもの。後悔はしてないわ。でもこれだけは言える——あなたが命を取り留めなかったら、走ってる車に飛び込んでたでしょうよ」

「おいおい、俺ならそこまでヤバくはなかったさ。ドリーの具合は？」

「あまりよくないわ」警部補が厳しい顔で答えた。「彼女はこれまでずっと記憶を遮断してたの。だからあの日にあったことを。そこへ真実がどっと押し寄せてきたとなって、ひどい鬱状態になってしまった。いずれは対処できるようになると医者は言ってるけど、今は階下の精神科病棟にいるわ——自殺しないように監視されて」

「かわいそうなドリー」ミッチは重苦しい口調で言った。「あの殺人で起訴されるのか？」

「その件で訴訟手続きに入りたがってる地方検事はいないわね」

「あの三人は？」

彼女の顔が途端に輝いた。「今朝、ニューロンドン上級裁判所に召喚されたわ。複数の殺人の共同謀議で起訴されてるの。それにあなたに対する殺人未遂——バド・ハヴェンハーストは二件だわね。保釈なしで勾留《こうりゅう》されてるわ」

「まっ、そいつはいい知らせだ」

「もっとよくなってるのよ——ジェイミー・ディヴァースがすでに自白してるの。司法取引をしようとしてるのよ。それに、トリー・モダースキーの毛髪がバドのレンジローバーから見つかったわ」

「素晴らしい」

「ホントに」彼女が同意した。「あの島はすっかり静かになっちゃったけど。残されたのはビッツィ・ペックとエヴァン・ハヴェンハーストの二人だけだもの」

「マンディはどうした？」

「さっさとニューヨークに逃げたわ」警部補の声からは軽蔑がこぼれんばかりだ。マンディ・ハヴェンハーストはどうも好きになれないのだ。「本人の言い草では、隠遁《いんとん》生活を送っている」

「そのいやな女にリポーターとカメラマンを二十四時間張りつかせましょうか」レイシーが愛想よく尋ねた。

「まあ、あなたとはお友だちになれそう」ミトリー警部補が彼女に微笑んだ。それから、「ああ、いけない、忘れるところだったわ……」と蓋をしたタッパーのボウルを取って、ミッチに渡した。「タピオカよ。ミセス・エンマンはとても喜んでたわ」

「覚えててくれたんだ！」

「当然よ。男の最期の頼みは重要だわ。どうしてそんなものが食べたいのかわからないけど。言わせてもらえば、カスタードに目玉がいっぱい浮かんでるみたいじゃない」

「君の意見なんか誰が訊いた？」ミッチは言い返した。「だいたい君に食べ物のことがわかるのか？」

「そうなのよ、ミスター・バーガー」ベラが引き取って、ずんぐりした人差し指を彼に振ってみせた。「この娘《こ》は食べないの。あたしが鷹みたいに食物摂取を見張っていなかったら、きっと簡単に痩せ衰えちゃうわ」

警部補がむっとしたようにため息をついた。「いいわよ、あたしマジに帰るわ」

「駄目よ」ベラが怒鳴った。「あなたはここで、この気の毒な男性の食事の世話をするの。体力を取り戻さなきゃならないんだから」そして、食器棚をざっと見ていった。「ここにはフォークってものはないのかしら？」

レイシーが探すと言った。あるいは、警部補が言ったのかもしれない。ミッチには定かでなかった。また意識が遠のいていた。疲れていた。ひどく疲れているので、すべてがまたぼやけ始めた。

でも、今回はメイシーと一緒にはならなかった。メイシーはもういなかった。行ってしまったのだ――永遠に。ミッチははっきりそう感じていた。行ってしまう前に貴重な置き土産をしてくれた。フィボナッチの数列をくれた。ミッチはそのことをずっとありがたいと思うだろう。なぜなら、これからは最愛の妻を思う時にはいつでも微笑むことができそうだからだ。

そしてたぶん、近い将来には声をあげて笑うこともできるかもしれなかった。

エピローグ

三日後

「すべてを語ってほしいよ、ミッチ」エヴァン・ハヴェンハーストがデッキを走り回って帆を上げながら告げた。「ひと言も洩らさず——母さんとタック・ウィームズの親父さんの件にしても。何も隠さないでくれ。何一つ」

海峡には朝靄《もや》がかかっている。五月末の大気は温和で、夏の最初の息吹《いぶき》が感じられる。ミッチはライフジャケットを着て『バッキーのリベンジ』の舵を受け持ち、怪我をした脚を不自然に伸ばしてうずくまっていた。ずきずきする痛みは退いてきている。もう鎮痛剤は飲まないでいられる。それに足を引きずりながらでもけっこうよく歩き回っていた。ただ、まだ疲れやすい。体力をつけるために、一日に三回ビーチを歩き——その都度少しずつ距離を延ばしている。

ヨットで出かけるというのはエヴァンのアイデアだった。若者は話をしたがった。

「陽光を浴びながら悩みを話そうぜ」ミッチから舵柄を引き継いで言い放った。J24はすぐに風を受け、帆をピンと張って滑り出した。塩辛い飛沫《しぶき》は冷たく清々しい。

「心機一転して、息を吹き込もう」

「本当にいいのか、エヴァン？」

「ミッチ、ホントにいいんだ。そうしてもらわなきゃ困るんだよ。僕の癒やしの一環だと考えてくれよ、なっ？　僕はきっと回復するから」

「そうとも」ミッチは励ますように言った。

もっともエヴァンが粉々に壊れてしまったとしても、誰も責めなかっただろう。恋人と父親と伯父を一挙に失ってしまったのだ。しかも母親は今もまだとても危なっかしい状態にある。あっさり叩きのめされたとしてもおかしくない。でもそうはならなかった。エヴァンはあの夜以来、『バッキーのリベンジ』に一人で長いこと乗り込んで、自分の中の秘めた力を探した。そして、どうやら見つけたらしい。ミッチはそんな彼から以前にもましてキャプテンの資質を感じた。

「ミッチ、彼らがなぜか、僕のためにやらなきゃならないと思ったというのがひどくいやなんだ」彼が怒ったように言った。ヨットは順風に乗って青い海原を疾走している。「僕は甘やかされたり守られたりする必要はないんだ。無力な子供じゃないんだから。僕はあの中のどれ一つ彼らに頼んだ覚えはない。母さんだってそうだ。僕たちが頼むわけないさ」

「わかってる」ミッチは言った。「誰だってわかってるさ。あんなものは傲慢な妄想——自分たちの犯罪を正当化するためにでっち上げた言い訳だ。案外うまくいったのかもしれない。自分たちは騙《だま》せたのかも。でも人は騙せなかった。だから真《ま》に受けるな、エヴァン」

「ようし、忘れてやる」エヴァンが応じた。「とにかく集中してなきゃ。毎日起きて、店を開けて、母さんの世話をして、島を管理して……。自分以外のことにまで責任を持つなんて、生まれて初めてだよ。でも大丈夫。ビッツ伯母さんがいてくれるから。従妹《いとこ》のベッカも。一緒に店をやるために、サンフランシスコから帰ってきてくれるんだ。ドラッグの問題を抱えていたことがあるけど、マジにシニカルで楽しい人だよ。君もきっと好きになるさ、ミッチ。それで思い出した——君にはこれからもいてもらいたいんだが。だから、今回のことで逃げ出さないでほしいんだ」

「どこにも行かないさ」ミッチははっきりと言った。「そうはいかないんだ——シーラ・エンマンに毎週食品雑貨を届ける約束をしてしまった。それにまだ書かなきゃならない本が残ってるし」

日が高くなって朝靄が消えると、青空が広がった。明るく晴れ渡った一日になりそうだ。

エヴァン・ハヴェンハーストのハンサムな顔に悲しげな笑みが走った。「僕の家族は、言わずと知れたことだけど、ホントにメチャメチャだ」

「どこの家族もそうだと思うよ。だからこそ家族って呼べるんじゃないかな」

「今なら僕にもわかるよ」エヴァンが認めた。「そういうものなんだって。それさえ認めれば、すべてに納得がいく気がする。それもまた何か面白くないか？」

一方、ビッツィ・ペックは庭深く引きこもった。ミッチがエヴァンとの帆走から戻った時も庭にいた。菜園と多年草の花壇の間にまったく新しい生け垣を作っている最中のようだ。黄麻布で丸く根を包んだ四フィートほどのモチノキの低木が十二本、一列に並んで、彼女が二十フィートの溝を掘り終えるのを待っている。ビッツィは汗を滴らせ、熱に浮かされたように一心に掘っている。早晩、涙があふれるに違いない。でも今は、ひと鍬《くわ》ひと鍬掘ることで拒んでいる。

彼女を見守っていると、自分の鋤がナイルス・セイモアの脚に当たった時の音がいやでも思い出された。

「ソヨゴよ」ミッチがいるのに気づいて、ビッツィが興奮したように早口で言った。「やっと雄株を見つけたの。もう何週間も探してたのよ。ケープの栽培業者のところにあったわ。ほら、少なくとも一本は雄株を植えないと、雌株はあのかわいい赤い実をつけないでしょ。繁殖できないから」

「植物に性別があるとは知りませんでした」ミッチは白状した。

「あら、それがあるのよ」ビッツィが息を切らして叫んだ。「ごく基本的な鳥や蜂の取り持ちでね。科学的なことは訊かないで。私もわからないんだから」

「雄株をどうやって見分けるんですか？」

「まったく実をつけない。左から三本目、わかる？　うちの種牛よ」ビッツィは喋るのをやめて、バンダナで顔と首を拭った。「ああ、ホントに素晴らしいわ。もう何年もこの生け垣を作るのが夢だったの！」

「こんなことになってどうしてますか？」ミッチは優しく尋ねた。「大丈夫ですか？」

彼女はすぐさま掘る作業に戻った。不自然なくらい熱心に土に挑んでいる。「もちろんよ、ミッチ。ドリーだって。あなたたち男性が理解しているより、私たちはずっとたくましい種なの。私の心配ならまったく無用よ。だって――向こう見ずで愚かなことをやらかしたのは私じゃないんですもの。今この瞬間拘置所の独房にたった一人で座っているのは私じゃない。私はまだ外にいて、砦《とりで》を守っているのよ」そこで大きく息を継いで、「見てみて、ミッチ。起きたことをしっかりよく見て。そしてこう訊いてみて。弱い性はどっちか？」と結んだ。

答えなかった。答えるまでもないからだ。

脚を引きずって小さな我が家に帰り、パソコンのスイッチを入れて、日曜版に載せる記事に取りかかった。先に書いたどこか甘ったるいカーリア&アイヴィス印刷工房のリトグラフを思わせる冒頭の一節を消した。もっとすっきりと力強い書き出しが生まれた。「彼女は笑顔の素敵な純真でほっそりしたブロンドの娘だった。上院議員の孫で、誰もがピーナッツと呼んだ。誰もが彼女を求めた——とりわけ一家の管理人が。そしてある午後、彼女に撃ち殺される少し前、彼は彼女を自分のものにした」

すらすら出てきた。これで決まりだ。

これで書ける。

夕方になってもまだキーボードを叩いていた。クレミーは膝で満足そうにうとうとしている。と、外の砂利の私道に車が停まる音がした。続いて足音、そしてドアにノックがあった。

ミトリー警部補だった。カジュアルな服装だ——グレーのヘンリーシャツに色あせたジーンズ。しかも手ぶらではない。片手にはジムバッグ、もう片方には猫のケージを提げている。ケージは空《から》ではない。鳴き声が聞こえる。クレミーがすぐさま興味を持った。ミッチも。そちらに気を取られていたので、警部補が決定的に変わったことに気づくのが一瞬遅れた。

「おやまあ、髪を切ったんだ！」ドレッドヘアはもうなかった。髪は短く刈り込まれている。見違えるほどだが、これはこれで素晴らしく印象的だ。彼女の首と肩のすらりと優美な曲線を際立たせている。彼女の態度も断然堂々として見える。この女性となら、彫刻家は思う存分のことができるだろう。「どうして？」ミッチは物珍しそうに尋ねた。

「あたしなりの理由があってね」彼女が猫のケージを下ろした。クレミーが早速はしゃいだ声を発して、中にいる猫と向き合った。どちらも低く身構えている。

「それじゃ訊いてもいいかな、中にいるのは誰だい？」

彼女が満面の笑みを見せた。「ダーティ・ハリーをよろしく。タル・ブリスの猫よ。ビッグウィリーを引き取ったものだから、この子を引っ越しさせなきゃならなくなったの」

「死んだ男の猫を連れてきたのか？」

「あら、あなたは知らないけど、ラッキーだったのよ——ビッグウィリーのほうが来ちゃうことだってあり得たんですもの。それにハリーはネズミを獲るのがうまいの。クレミーにコツを教えてやれるんじゃないかと思って。だいたい猫は二匹でいるほうが幸せなのよ。かまわないでしょう？」

「かまうと言ったら、何とかなるのか？」

「まさか、ならないわよ。脚の具合はどう？」

「いいよ」

「よかった」彼女はケージを持ってリビングを横切っていった。クレミーが懸命に後を追った。「立たなくていいわ。勝手はわかってるから」

彼女が階上でダーティ・ハリーを出してやっている間に、ミッチはパソコンを切って、冷蔵庫からビールを二本出した。少しして彼女が戻ってくると、ビールを手渡した。

「成功よ」うまそうにごくごく飲んでから報告してきた。「もうすっかり家族みたいに追っかけ合ってるわ」

「夕飯は食ったのか？　何なら俺の名高いアメリカ風チャプスイが冷蔵庫に残ってるぞ」

「あら、素敵、ミッチ。でも今のところお腹は空いていないわ」

これも男と女の違いなんだろう。ミッチは思った。単に女性にはアメリカ風チャプスイのよさが理解できないということかもしれない。

警部補は話があるのだ。重大な話が。ミッチにはそれが感じられた。彼女はひどく落ち着かない様子で黙って窓辺に立ち、ビールを飲みながらコネティカット川に沈む夕日を見つめている。ミッチもその隣で、階上の寝室で猫が追いかけっこをしている音に聞き入った。

「今回の事件でわかったことがあるの」彼女がようやく口を開いた。慎重な低い声だ。「ブランドンが去ってからというもの、あたしは言ってみれば一時休止状態になっていた。でもあたしにも時が……。だから、本気で生活を変えなきゃいけないって決心したの」

「どんなところを？」ミッチは注意深く見守りながら尋ねた。

「家を売りに出したわ、ミッチ。引っ越すことにしたの」

ミッチはがっくりした。〝俺は死んでしまう。この女性がいてくれなかったら生きていけない〟しばらく黙り込んでいたもののようやく口を開いた。「それは残念だよ、警部補。こっちの勝手な理由でだが。でも君のためには前向きな一歩を踏み出せてよかったと思う。これからも連絡が取り合えるといいんだが」

「あたしだってよ」

「どこに引っ越すか決めてるのか？」

「ええ」

「どこに？」

彼女がこちらに向き直った。「ここ」

ミッチは唖然《あぜん》として彼女を見つめた。「ごめん、〝ここ〟って聞こえた気がするんだが」

彼女は夕焼けに目を戻した。「うーん、そうね、説明したほうがいいかも……」

「ああ、そうだな」心臓がドキンドキンと大きな音を立てている。「いいかもしれない」

「あたしはもういわゆる州警察の男女共同参画のシンボルじゃないの。つまり、彼らはあの夜の出来事についてのあたしの説明を必ずしも信じなかったってこと」

「君をクビにしたのか？」

「それは無理よ。あたしを解雇するとなったら、ものすごく混乱するし、ものすごく人目を引くわ。クラウザー本部長には困るのよ。あたしは知りすぎてるから。だからディーコンとあたしは双方がいくらか泣くことで決着をつけたの。あたしは新たなチャンスと引き換えに多少の降格と減給を呑んだ。新たなチャンスによって、あたしには他の興味を追い求めるためのより多くの時間と柔軟性が――」

「そうだな、この際あっさり行くっていうのがいいんじゃないかな」ミッチはせっかちにさえぎった。

彼女があっさり伝えてきた。「ドーセットの新しい駐在になったの」

「何だって？」

「村にはタル・ブリスの穴を埋める人が必要なのよ」彼女が説明した。堰《せき》を切ったように言葉が転がり出てきた。「その人というのがあたしなの。地元の人たちが真っ先に選びたい候補じゃないと思う。それくらいわかってるわ。けど苦しい戦いには慣れてるから。それに彼らにあたしのことを知ってもらえば、信用と信頼が得られる自信はある。昔ながらの直接参加型共同体の警察なのよ、ミッチ。生活に密着してるの。毎日制服を着ることになるわ。住民と差しで付き合うの。で、厄介なことが起きたら、電話でウェストブルックの本部に連絡するわけ。けどこういう町ではそうあることじゃないわ」

「そうなのか？　俺の経験では違ったが」

「今回の事件は異例中の異例だったのよ」

「つまりこういうことか……」ミッチは頭をかいて考えながら言った。「君は『ジョーズ』のロイ・シャイダーみたいになるわけだ。ただしサメは出ない」

「そう願いたいわね」

「友だちのベラは？　彼女はどうするんだろう？」

「しばらく前からもう少し小さい家に引っ越したがってたの。だからここで探してるわ。ドーセット初の怒れるユダヤ人女性になるつもりなのよ」

「そいつはきっと共同体が長いこと待ち望んでいたものだぜ。親父さんは納得してるのか？」

「父はあたしの頭がおかしくなったと思ってるわ。父にはあたしにとってアートがどんなに大切になっているか理解できないのよ。あたしの生活は前よりずっとあたしらしいものになるわ、ミッチ。アートアカデミーに二分で行けるのよ。今日の午後、あそこの要覧を手に入れたわ。一年中夜間クラスがあって――解剖学、三点透視画法、モデルデッサン……。そういうクラスを実際に受講できるの。凶悪犯罪班にいたら考えられないことだわ。夜の時間をそっくり充てたっていいのよ」

「ああ、そこはいいな」

「ホントに？」彼女の目がミッチの顔を探っている。

「ああ、すごくいいよ。実は君にあげたいものがある。相応しい機会を待ってたんだが、今こそその機会だと思う」ミッチは足を引きずって階段の下の狭いクロゼットまで行くと、エヴァンから買った古いオークのイーゼルを取り出した。それはジョージ・M・ブルーストルという名高い地元の画家が所有していたもので、警部補が夢中になった逸品だと、ともかくもジェイミーは、彼女の来店後、エヴァンに報告していた。

「まあ、あなたがそんなもので何をしてるの？」彼女が信じられずにぽかんと見とれて言った。

「君のために買ったんだよ」

「そんな馬鹿な！」彼女がイーゼルに手を伸ばし、触れて、撫でて、慈しんだ。どう見ても思い切って贅沢《ぜいたく》をするタイプの人間ではない。「でもなぜ？」

「君の笑顔が見たかった」

「それはまたずいぶんと高価な笑顔ね。お金をかけただけのことがあればいいけど」

「ああ、それはあったさ。本当だ。ただ、一つ個人的な質問をしてもいいかな、警部補？」

「もう警部補じゃないわ、ミッチ。あたしは曹長よ」

ミッチは頭を振った。「君を曹長なんて呼べないよ。アニメのキャラクターみたいだし、その一方でSMの女王みたいな響きもあるから。いや、いや、それはまずい。何と呼べばいいだろう？」

「それじゃデジリーと」

「ドーセットを選んだのには他にも理由があるのかい、デジリー？　州内で駐在が必要な村はここだけじゃないはずだ」

彼女が彼から目を逸らした。「言ったようにアートアカデミーに近いのよ」

「この場所に興味がある理由はそれだけなのか？」

「ねえ、何を言わせたいの？」

「君の考えていることを」

彼女は窓辺に戻って、外の景色を眺めた。背中がこわばって見える。彼女は何も言わなかった。

ミッチはつけていたスタンドを二つとも消してから部屋を横切って近づいていった。両手を肩にやって、優しく振り向かせた。抵抗はなかった。二人は触れ合わんばかりの近さでお互いの目を覗き込んだ。

「どうして照明を消したの？」彼女が静かに尋ねた。震えている。あの日〈ブラック・パール〉でコーヒーカップを手にした時と同じだ。

「いつもの癖でね。最高の仕事はいつも暗闇の中でしてるから。もう一つ個人的な質問をしていいか？」

彼女がまっすぐに彼の目を見つめた。「どうぞ」

「ジムバッグには何が入ってるんだい？」

「スケッチブックと木炭」

「他には？」

「ジョギングウェア」

「他には？」

「ナイトシャツ」かすれた声で答えが返ってきた。「あたしのタトゥー見てみる？」

「ぜひとも」

「どれくらい本気？」

「おや、条件があるのか？」

「ええ」

「言ってくれ」

「他の人がどう思うかなんて気にしない。うまくいくかどうかなんて自問しない。それから——」

「ストップ。もっといい申し出を一つ——お互い何も考えない。どうだ？」

「いいわ」

「それじゃ協定締結ってことで握手かな？」

彼女の唇が彼の唇に触れてきた。ミッチの身体に電流のような衝撃が走った。「あら、もっとずっといいことができると思うけど」


その後、ずいぶん時間が経ってからだが、月の光を浴びてベッドで抱き合ったまま、ミッチは言った。「デジリー……？」

「うーん……？」彼女が彼の胸に物憂げに指を走らせながら呟いた。

「君のタトゥーだが……」

「なあに？」

「どこにあるかわかってた気がする」

その言葉に、デジリー・ミトリーは微笑んだ。「そうじゃないかと思ってたわよ」

訳者あとがき

ミッチ・バーガーは三十二歳、生粋のニューヨークっ子で、新進気鋭の映画評論家だ。ただ、暗い映画館の中で育った〝キノコ〟を自認するほどのオタクで、人生で大切なことはすべて映画から学んだ。人付き合いはやはり苦手、しかも社会と彼をつなぐ存在だった最愛の妻を一年前に癌で亡くし、ますます引きこもるようになっていた。

そんな彼が仕事でしぶしぶコネティカット州ドーセットを訪れ、ひょんなことからその先に浮かぶビッグシスター島のコテッジを借りることになった。ひと目見て、自然に抱かれた隠れ家のようなこの島こそ地上の楽園、パラダイスだと確信したのだ。確かに、ミッチならずとも住んでみたくなるロケーションなのだが、島は名門ペック家所有で、点在する築二百年を下らない屋敷に住むのも、ペック家ゆかりの者ばかりわずか七人だ（ちなみに邦題の『ブルー・ブラッド』は、英語では貴族や名門、あるいはその血統という意味です）。

そんな場所に、いきなり縁もゆかりもない人間が入り込むとなれば、それなりの波乱があっても、まあ、不思議はない。

でも、殺人事件!?

菜園を作ろうとしたミッチが、あろうことか、腐乱死体を掘り出してしまったのだ。数日過ごしただけでもう癒やされていると実感したパラダイスは、不吉な死の臭いのする島だった。

事件を担当するのは、二十八歳のデズ・ミトリー。ウェストポイント出身の、コネティカット州警察でも最年少かつ唯一の黒人女性警部補だ。当然ながら、隙あらば追い落とそうと機をうかがう上司や同僚がいくらでもいる。だからデズも、ミスを犯すまい、弱みを見せまいと、いつも身構えている。それでも同僚にひたすら愛想がいいのは、猫を里子に出すためだ。仕事の傍ら、隣人と野良猫保護に勤しんでいるので、自宅は猫にあふれ、里親探しはいつだって急務なのだ。

「これで臭い付き映画が絶対に広まらない理由がわかった気がするよ」と、真顔でデズに告げた死体の第一発見者のミッチは、愛護協会に保護された動物さながらの悲しい目をした男だった。さっそく子猫を一匹進呈することに。

死体の身元はすぐに割れた。しかし、事件は思わぬ展開を見せて……。

作者のデイヴィッド・ハンドラーは、スタイリッシュな都会派ミステリー、ホーギー・シリーズで知られている。そのハンドラーが満を持して放ったのが、がらりと趣の違う本書だ。オシャレでシニカルなホーギーから素朴で大らかなミッチへ。ホーギー・シリーズに親しまれた読者は少し驚かれるかもしれないが、人の心のひだを丹念に読み取ろうとするハンドラーの姿勢は、自然体でおよそ気負ったところのない新しいタイプの主人公にしっかり受け継がれたようだ。映画批評家らしい観察力や洞察力に独特の冴えを見せるミッチと地道で堅実なデズが活躍する物語は、左記のようにすでに五作を数えている。

『The Cold Blue Blood』　二〇〇一年刊　（本書）
『The Hot Pink Farmhouse』　二〇〇二年刊
『The Bright Silver Star』　二〇〇三年刊
『The Burnt Orange Sunrise』　二〇〇四年刊
『The Sweet Golden Parachute』　二〇〇六年刊

光にあふれ、清々しい風が吹き渡る島のコテッジに時間はゆったりと流れ、パソコンを打つミッチの膝では子猫が丸くなっている……読んでいるこちらまで何だかほっとするそんな情景は、作者の新境地なのだろう。現代を舞台にしながらどこか懐かしさを覚える、このなごみ系のミステリーを、日本でもぜひシリーズとして定着させたいと願うのは訳者ばかりだろうか。

最後に、本書訳出にあたりお世話になりました文庫出版部の小池徹氏をはじめとする皆様に、心よりお礼を申し上げます。

|著者|デイヴィッド・ハンドラー　1952年ロサンゼルス生まれ。カリフォルニア大学サンタバーバラ校を卒業。元売れっ子作家のゴーストライター〝ホーギー〟と愛犬ルルを主人公にした「フィッツジェラルドをめざした男」でMWA賞受賞。ドラマ作家としても、数度エミー賞に輝いている。本書『ブルー・ブラッド』は、〝バーガー&ミトリー〟シリーズの第1作。

|訳者|北沢あかね　神奈川県生まれ。早稲田大学文学部卒業。映画字幕翻訳を経て翻訳家に。訳書に、ジョハンセン『見えない絆』、ハンドラー『殺人小説家』、サンドフォード『餌食』、シュワルツ『湖の記憶』(以上、すべて講談社文庫)、クレイ『裁きを待つ女』(ソニー・マガジンズ)などがある。

ブルー・ブラッド

デイヴィッド・ハンドラー|北沢《きたざわ》あかね 訳
講談社文庫
定価はカバーに
表示してあります

2006年4月15日第1刷発行
2006年12月1日第2刷発行

発行者――野間佐和子
発行所――株式会社 講談社
東京都文京区音羽2-12-21　〒112-8001
電話 出版部 (03) 5395-3510
販売部 (03) 5395-5817
業務部 (03) 5395-3615
Printed in Japan

デザイン―菊地信義
本文データ制作―講談社プリプレス制作部
印刷――豊国印刷株式会社
製本――株式会社国宝社

BN4-06-275380-4

講談社文庫刊行の辞

二十一世紀の到来を目睫に望みながら、われわれはいま、人類史上かつて例を見ない巨換期をむかえようとしている。

世界も、日本も、激動の予兆に対する期待とおののきを内に蔵して、未知の時代に歩み入ろうとしている。このときにあたり、創業の人野間清治の「ナショナル・エデュケイター」への志を現代に甦らせようと意図して、われわれはここに古今の文芸作品はいうまでもなく、ひろく人文・社会・自然の諸科学から東西の名著を網羅する、新しい綜合文庫の発刊を決意した。

激動の転換期はまた断絶の時代である。われわれは戦後二十五年間の出版文化のありかたへの深い反省をこめて、この断絶の時代にあえて人間的な持続を求めようとする。いたずらに浮薄な商業主義のあだ花を追い求めることなく、長期にわたって良書に生命をあたえようとつとめるところにしか、今後の出版文化の真の繁栄はあり得ないと信じるからである。

同時にわれわれはこの綜合文庫の刊行を通じて、人文・社会・自然の諸科学が、結局人間の学にほかならないことを立証しようと願っている。かつて知識とは、「汝自身を知る」ことにつきていた。現代社会の瑣末な情報の氾濫のなかから、力強い知識の源泉を掘り起し、技術文明のただなかに、生きた人間の姿を復活させること。それこそわれわれの切なる希求である。

われわれは権威に盲従せず、俗流に媚びることなく、渾然一体となって日本の「草の根」をかたちづくる若く新しい世代の人々に、心をこめてこの新しい綜合文庫をおくり届けたい。それは知識の泉であるとともに感受性のふるさとであり、もっとも有機的に組織され、社会に開かれた万人のための大学をめざしている。大方の支援と協力を衷心より切望してやまない。

一九七一年七月

野間省一